江苏省社会科学基金重大委托项目
“江苏文化精髓与精神标识研究”（24ZDW002）成果

江苏省社会科学基金重大委托项目
“江苏文脉工程精华编研究”（16WTD001）成果

江苏省“十四五”时期重点出版物出版专项规划项目

本卷编写人员

主　编：苗怀明

评　注：贺川雅　季开来　尹谭皓
　　　　张亦洋　张子玥　胡　钰
　　　　魏文心

江蘇歷代文選

主编　徐兴无　曾学文

笔记小说卷

分卷主编　苗怀明

广陵书社

图书在版编目（CIP）数据

江苏历代文选. 笔记小说卷 / 徐兴无，曾学文主编 ；苗怀明分卷主编. -- 扬州 ： 广陵书社，2025. 6.

ISBN 978-7-5554-2264-8

Ⅰ. I218.53

中国国家版本馆CIP数据核字第202594D5A1号

书　　名　江苏历代文选：笔记小说卷
主　　编　徐兴无　曾学文
分卷主编　苗怀明
评　　注　贺川雅　季开来　尹谭皓　张亦洋
张子玥　胡　钰　魏文心
责任编辑　郭玉同
出 版 人　刘　栋

出版发行　广陵书社
扬州市四望亭路 2-4 号　　邮编　225001
（0514）85228081（总编办）　85228088（发行部）
http://www.yzglpub.com　　E-mail:yzglss@163.com
印　　刷　江苏凤凰扬州鑫华印刷有限公司

开　　本　720 毫米 × 1020 毫米　1/16
印　　张　24
字　　数　397 千字
版　　次　2025 年 6 月第 1 版
印　　次　2025 年 6 月第 1 次印刷
标准书号　ISBN 978-7-5554-2264-8
定　　价　98.00 元

总　序

江苏有着悠久的历史和卓越的文化。江河湖海，皆是鱼米之乡；锦绣江南，誉为人间天堂。中国大运河发祥于此，沟通南北，连接中外，遂成华夏首出之地，递为东南都会中心。于是山川焕绮，性灵所钟。骚人咏歌，蔚为诗国。文章经世，俨然大邦。

江苏文脉开启于春秋时期。吴公子季札聘鲁观乐，叹为观止；言偃在孔子之侧，闻知大道。而江苏文学之兴则肇始于战国。《汉书·地理志》称吴、楚之地"文辞并发，故世传楚辞"。西汉吴、楚、淮南诸国，招纳词客；武、宣二帝，喜好文学，枚乘、枚皋、严忌、朱买臣、刘安、刘向等吴、楚之士皆长于辞赋，雅善议论。三国魏晋，吴有陆机、陆云兄弟，少有异才，文章冠世。东晋南朝，山水、玄言、声律之诗相继兴起；《文选》《诗品》《文心雕龙》等总集、论著并世而出；《抱朴子》《世说新语》《后汉书》等诸子、史传别开生面；文学与儒学、史学、玄学并列于国学，形成了江苏历史上第一个文学高峰时代。隋唐统一，扬州和江南成为诗家留连之地。孟浩然、李白、高适、杜甫、白居易、刘禹锡、杜牧、李商隐等大诗人于此或游或宦，留下千古佳句；而扬州诗人张若虚的《春江花月夜》，孤篇横绝，竟为大家。南唐君臣沉浸小令，吟风咏月，却感慨深沉。宋代文坛领袖欧阳修、王安石、苏轼、辛弃疾、陆游等在江苏皆有佳作，平山堂、半山园、放鹤亭、北固楼、瓜洲渡，风流宛在，脍炙人口。宋词境界开阔，范仲淹、秦观、叶梦得、范成大等江苏名家代不乏人，各领风骚。宋诗始开宗派，彭城陈师道被尊为江西诗派"三宗"之一；无锡尤袤、吴中范成大名列"中兴诗人"。明清两代，江苏经济发达，文教昌盛，城市文化与家族文化得到进一步发展,文学进入了第二个高峰时代。明代文坛如“前后七子”“唐宋派”,有徐祯卿、王世贞、唐顺之、归有光等江苏士人;明清易代,有顾炎武、归庄、吴嘉纪、吴伟业等抒发遗民情思;钱谦益、沈德潜、黄景仁、赵翼等诗作和诗论,均在清代诗坛独树一帜。阳羡词派、常州词派为清词大宗,或雄浑悲慨,或兴寄深闳。清代江苏骈文成就斐然,袁枚、汪中、洪亮吉等皆是大家;阳湖文派骈散结合,与安徽桐城古文分庭抗礼。江苏也是明清通俗小说、戏曲、说唱文学的沃土,冯梦龙《三言》、施耐庵《水浒传》、吴承恩《西游记》、梁辰鱼《浣纱记》、李玉《清忠谱》等,经典名著,层出不穷。江苏的女性作家众多,中国古代有著作可考的女作家中,江苏超过三分之一,尤以明清时期为盛,她们的创作为江苏古代文学增添了靓丽的风景。江苏的园林楼台,甲冠天下,吸引了历代名家争相书联题额,撰记作文,为江山增色,形成了情景交融的文学景观。

编纂地方文学文献,是江苏古代优秀学术传统。西汉目录学家、汉室宗亲、沛人刘向编纂的《楚辞》,上承《诗经》风雅篇什之意,下启中国地域文学编纂之绪。唐代丹阳人殷璠编选其当代诗集《荆扬挺秀集》和《丹阳集》,虽仅存书目或残篇,却是唐人编选唐代地方诗歌的开端。其中《丹阳集》选录开元天宝时代润州籍十八位诗人的作品,推崇建安风骨,展示了“时迁推变,俗异风革,信乎人文化成天下”的盛唐气象。宋代以后继有编纂,有北宋曾旼《润州类集》、马希孟《扬州集》,南宋郑虎臣《吴都文粹》等编。秦观曾经为《扬州集》作序,“推表废兴迁徙之迹”。明清两代是中国地方文学文献编纂的鼎盛时期,据《历代地方诗文总集汇编·前言》(国家图书馆出版社2016年版)统计,存世超过千种。在数量众多的江苏文学文献中,丹徒文士王豫编纂的《江苏诗征》一百八十三卷,收录清初至嘉庆间五千多位诗人的诗作,堪称中国古代部帙最大的以行政省命名的地方断代诗歌总集,表现出“江苏文教甲天下”的文化自信。这部巨帙的赞助者和审定者,清代大学者、仪征阮元又编有江苏扬州与南通州诗集《淮海英灵集》，又命阮亨与王豫编纂《续集》，皆是江苏地方文学文献的经典。

公元六世纪初，刘勰在南齐的都城建康完成了中国历史上第一部文学批评巨著《文心雕龙》。他在其中指出，文学的情思往往来自于自然和文化空间的启发，所谓"能洞监风骚之情者，抑亦江山之助乎"；而文学的变革兴衰往往受制于世道和时代的演进，所谓"文变染乎世情，兴废系乎时序"。唯有在更为广阔悠久的文化空间和历史长河之中，文学作品才能超越个人的情感与生命，突破具体的语境，并在后世不断的阐释之中，获得愈加丰赡的意义。古代学人对地方文学文献的编纂，正是这种文化意识的体现。他们通过收集整理乡邦文献，传承文化记忆，梳理文化脉络，考察历史变迁，为我们留下了宝贵的文化遗产。

正是本着对江苏古代文学成就及其学术传统的敬意，进而对江苏古代文学和文化做出我们的当代诠释，我们编纂了这套《江苏历代文选》。从经、史、子、集、方志以及名人信札、家族文献、文物碑刻等文献资料中遴选历代反映江苏历史、书写江苏社会、描绘江苏风光、刻画江苏人物、体现江苏智慧的韵文和散文，其中既有江苏人的作品，又有关涉江苏的篇章，按照文体或内容编为十五卷，每卷一册，包括诗歌、词曲、辞赋骈文、戏曲、楹联、论说文、书信、史传、碑志、序跋、杂记小品、楼台园记、家训嘉言、笔记小说、女性诗文等。当然，本书并不是江苏历代文学的文献总集，而是一部面向大众的普及读物，对所选作品略作解题，简明注释，点评作品的内容与价值，以期通过江苏历代文学的选本，为读者提供一条浏览江苏文脉、了解中华文化的方便途径。

2016 年，江苏省启动了"江苏文脉整理研究与传播工程"，编纂包括书目、文献、精华、方志、史料、研究六编的《江苏文库》，系统梳理江苏文脉，彰显江苏对中国文化的历史贡献，总结江苏文化的发展规律，为江苏的文化创新提供学术资源，是江苏历史上规模最大的典籍整理与文化研究工程。南京大学文学院的古代文学和古典文献专业承担着《江苏文库》“文献编”与“精华编”的整理与研究工作，也是与广陵书社合作编纂这套书的主要团队。编纂工作得到江苏省社会科学基金重大委托项目“江苏文脉工程精华编研究”和“江苏文化精髓与精神标识研究”的支持。这套书的编纂，尝试以“文选”响应“文库”，为传播江苏文化，讲好江苏故事，增强文化自信做一点文化普及工作。

由于江苏文学源远流长，名家辈出，佳作如林，典籍浩繁，且文体众多，地域不均，各卷的选编标准和文字表达难以整齐划一，尽管我们努力精选，但一定会有遗珠之憾，学术错误亦在所难免，希望读者们批评指正，帮助我们修订完善。

徐兴无　曾学文

2025 年 3 月

前　言

在中国小说发展史上，江苏无疑是一个重镇，无论是从作者来看还是作品来看，皆是如此。白话小说的情况，人们更为熟悉，施耐庵、吴承恩、冯梦龙、曹雪芹、夏敬渠、褚人获、李汝珍……这无疑是一个豪华的江苏小说家阵容，且不说晚清四大谴责小说，有三部出于李伯元、刘鹗、曾朴这三位江苏人之手。就人们不太熟悉的文言小说来看，江苏籍的小说家也同样引人注目，从六朝时期的葛洪、刘义庆、刘敬叔到唐代的沈既济、蒋防，从宋元时期的徐铉、吴淑、崔公度、陈师道再到明清时期的陆粲、钮琇、沈起凤、屠绅、王韬、邹弢。在中国小说发展演进的过程中，江苏籍小说家从未缺席，发挥着重要乃至引领性的作用，将这些作家和他们的小说作品作为一个整体进行观照，不难看出江苏在中国小说史上的重要地位。

江苏之所以涌现如此多的小说作家作品，与其独特的地理优势与文化底蕴是分不开的。江苏地跨长江，连通南北，自然条件优越，物产丰富，是中国最为宜居的地区之一，因而也是中华文明的发祥地之一。从远古到春秋战国，经过先民的辛勤耕耘，逐渐摆脱蒙昧状态，形成具有地方特色的吴越文化，特别是吴文化。从东吴在南京建都开始，拉开了六朝的序幕，经过数百年的不断开发和培育，成为中国最为富足的地区，形成独特的江南文化，这是江苏文化的根基，江苏的小说正是在这种得天独厚的环境中孕育发展的。

江苏文化的发展演进与中国古代小说的步伐大体是同步的，六朝时期是江南文化的奠基期，同样也是中国小说的形成期，正是在这一时期，中国小说脱胎自神话传说，汲取诸子散文、史传文学的养分，发展成为一种独立的文体，以江苏为核心的江南是当时经济文化的发达地区，小说创作起步较早也是顺理成章的事情。这一时期江苏出现了葛洪、刘义庆等具有代表性的小说家，代表了当时小说创作的最高水平，且各具特色。其中葛洪的《西京杂记》多记前代逸闻趣事，如王昭君、司马相如、匡衡等人的故事，颇为生动，流传很广，成为后世小说戏曲改编的依据。刘义庆的《世说新语》是这一时期志人小说的代表作，以小见大，文笔简洁，三言五语，写尽士人百态，成为六朝文化的重要体现。其编排方式及写法后世多有模仿者，以至于形成了一种"世说体"。《幽明录》则是一部志怪小说集，反映了刘义庆创作的另一面，其中刘晨阮肇等故事影响深远。这一时期作品的内容也有不少涉及江苏的，比如人们所熟知的《阳羡书生》。来自宜兴的许彦奇遇书生，随后套娃式的奇幻情节，让人大开眼界，其中的情节明显受到印度文化的影响，这篇小说可以看作是江南文化与异域文化碰撞产生的绚丽火花。相关作品还有《紫珪》等。

唐宋时期，江苏地区经过数百年的开发，成为真正的鱼米之乡，是中国经济文化最为发达的地区之一，金陵、扬州都是当时的大都市，特别是扬州，交通便利，中外客商云集，文人荟萃，因而成为不少小说作品的故事发生地，洪迈《夷坚志》里的《扬州茅舍女子》篇甚至将天下举子榜单的织造作坊设在扬州。代表一代文学之胜的唐传奇，有不少杰作出自江苏作家之手，比如沈既济的《枕中记》《任氏传》，蒋防的《霍小玉传》皆是唐传奇具有代表性的作品。《枕中记》反映了唐代文人对现实人生的深层思考，《任氏传》则一改人与妖的对立，将人妖之恋写得浪漫缠绵，对《聊斋志异》等后世作品产生重要影响。《霍小玉传》写负心人故事，反映了爱情小说的另一面，增加了唐代小说的深度和厚度。还有一些小说故事发生在江苏，比如与《枕中记》齐名的《南柯太守传》，故事就发生在具有梦幻色彩的扬州，只有在扬州这样的繁华都市中经历过奢华之后，才能真切体会到人生如梦的奇幻感。《元无有》《胡媚儿》《僧珉楚》等小说也将故事地点放在扬州。值得注意的是吴淑的《江淮异人录》，他本是丹阳人，其小说集以“江淮”为名，将故事地点限定在这个区域，可见他具有自觉的地域意识，该书也可以看作是第一部江苏小说集。江苏的风物文化对不少外地人产生了很大的吸引力，费衮《梁溪漫志》中的《东坡卜居阳羡》就记载了苏轼在江苏终老的佚闻。

明清时期，江苏地区的经济文化走向繁荣，这种繁荣也从小说创作上体现出来。从数量来看，这个时期江苏的小说家也是各个历史时期中最多的。特别是出现了不少苏州籍的作家，如冯梦龙、陆粲、周玄暐、褚人获、钮琇、沈起凤、王韬等，这不是一个偶然现象，这与苏州在这个时期经济文化的发达有着直接的关系，这里不仅生活富足，而且是人文荟萃之地。有这么多小说家出自苏州，明清时期不少作品的故事发生地在苏州，也就很容易理解了。

这一时期比较能体现江苏地域特色的作品当数宋懋澄的《负情侬传》，这个故事从北京开始，沿着运河这条黄金水道而展开。从唐代开始，大运河成为沟通中国南北的大动脉，其中以江苏段最长，占整个运河的五分之二，直到今天江苏段的运河仍承担着航运的重任。这个爱情故事到瓜洲走到高潮，在这里杜十娘怒沉百宝箱，痛斥负心人，毅然跳水自尽。虽然是小说，但体现了运河上的世情百态。每天都有无数的人在这条运河上来来往往，上演着悲欢离合的传奇故事。在瓜洲渡口，人们建了一座沉香亭，纪念这个凄美的爱情故事。相关作品还有李渔的《秦淮健儿传》、钮琇的《云娘》《睐娘》等。

将江苏籍作家所写小说与故事涉及江苏的作品放在一起，可以对中国小说的地域性获得更直接、更深切的感受。其中有几个方面值得关注：一是故事地点较为集中。相当多的故事发生在扬州、金陵和苏州这三座城市。它们都是历史文化名城，人口众多，商业发达，文化底蕴丰厚，很自然地成为故事的发生地。此外还有不少故事写到宜兴、丹阳、镇江、常州、无锡、徐州等地方。二是作品具有浓郁的地域特色，比如江苏多水，船只是常见的交通工具，不少故事发生在水道上，或为河流，或为湖泊。前面所说的杜十娘的故事就发生在运河上，《吴堪》所讲田螺女的故事也发生在荆溪水畔。再比如陆粲《庚巳编》中《说妖》记载的五通神崇拜是明清时期江南地区普遍流行的民间信仰，其他地区是没有的。明清那些描写金陵青楼女子的作品更是带有鲜明的地域色彩。三是不少具有地方特色的风物民俗、名胜古迹出现在作品中，比如《刘元游吴郡虎丘》的故事发生在苏州虎丘，《金山寺医僧》的故事就发生在镇江的金山寺。

从地域的角度来看，提出江苏小说的概念还是有其意义的，不仅仅是一些小说家出身江苏，不仅仅一些作品故事发生在江苏，描写了这里的风土人情、名胜古迹，更重要的还在于江苏为中国小说的发展演进提供了滋养，这种滋养既有思想层面的，也有内容层面的，当然还有文体技巧方面的。可以说，从江苏这个角度观照，可以对中国小说有一个新的认识。孙逊教授主编“中国古代文学双城书系”，选择了汴京和临安、长安和洛阳、扬州和苏州、广州和上海、北京和南京五对城市，探讨历史文化名城与中国古代小说的关系，五对城市中江苏就有三座，且不说上海在历史上很长一段时期隶属江苏，可见江苏与中国小说的密切关系，这一问题也受到了研究者的关注，除了“中国古代文学双城书系”，还有不少专书探讨南京、苏州与中国小说的关系，在这个方面，还有比较大的学术空间。

本书选编目的在展示江苏历代小说的成就与特色，书名为《江苏历代文选·笔记小说卷》，共收录历代小说作品124篇，其中包括两类作品，一类是23位江苏籍小说家所写小说作品，另一类是其他地方小说家所写内容涉及江苏的小说作品。不管是哪一类，皆选收思想艺术性较高、流传较广者。对所选作品皆选取较好的底本进行校对,因系通俗读本,不再出校记。对正文做有简要的注释,内容包括人名地名、典章制度、较为生僻的字词等。每篇作品后还附有简要的评析文字,对作品中值得注意的问题进行提示,帮助读者阅读欣赏。

该书的评注是由我和我的学生们一起完成的。接受本书的任务后,我将其与自己承担的硕士课程“通俗文学文献学研究”结合起来,将其作为同学们学习通俗文学文献的一种专业训练。承担任务的有如下几位同学:贺川雅、季开来、尹谭皓、张亦洋、张子玥、胡钰、魏文心(该同学只参加了初期的校对工作)。大致流程是:我先选定篇目,给每位同学布置任务,他们为自己负责的篇目选择好的底本进行校对、做注、撰写评析。然后由我统稿,进行补充完善并撰写前言。因为与课堂教学结合起来做,大家有充分的时间进行交流,因而整个工作的进展还比较顺利,一个学期结束,书的初稿也基本完成,可以说是一次较为愉快且有成效的合作。

苗怀明

2025 年 3 月

目　录

《西京杂记》

葛　洪

葛洪(283—363),字稚川,自号抱朴子,句容(今属江苏)人。历任将兵都尉、司徒掾、咨议参军。后弃官隐居罗浮山。少好学,博览群书。著有《抱朴子》《神仙传》《隐逸传》《肘后备急方》《金匮药方》《西京杂记》等。

《西京杂记》原书二卷,后世分六卷。所记多西汉间逸闻轶事,其中不少故事被后世小说戏曲作为素材。

戚夫人歌舞〔1〕

高帝、戚夫人善鼓瑟击筑〔2〕。帝常拥夫人倚瑟而弦歌〔3〕,毕,每泣下流涟〔4〕。夫人善为翘袖折腰之舞〔5〕,歌《出塞》《入塞》《望归》之曲,侍婢数百皆习之。后宫齐首高唱,声入云霄。

【注释】

〔1〕选自葛洪《西京杂记》卷一。戚夫人(?—前194):汉高帝宠妃,貌美,擅乐舞。

〔2〕高帝:即汉高帝刘邦(前256—前195),西汉开国皇帝,亦称汉高祖。筑:古代一种乐器。

〔3〕倚:随着。弦歌:随着琴瑟等伴奏唱歌。

〔4〕流涟:流泪哭泣的样子。

〔5〕翘袖折腰:举起袖子弯下腰。这里指戚夫人的舞姿。

【评析】

本篇叙汉高帝、戚夫人事。古人写帝王后宫事,多靡丽浓艳,此篇则不然，清丽悠扬，且有些伤感。以帝王后妃之尊而亲自鼓瑟歌舞，后又潸然泪下，有不可言说之凄切，颇为动人。后宫数百侍婢齐声高唱，声入云霄，可壮观瞻，皇家气度于此可见。文字虽短，意蕴悠长，所述场景令人难忘。

缢杀如意〔1〕

惠帝尝与赵王同寝处〔2〕，吕后欲杀之而未得〔3〕。后，帝早猎，王不能夙兴〔4〕，吕后命力士于被中缢杀之。及死，吕后不之信。以绿囊盛之，载以小軿车〔5〕，入见，乃厚赐力士。力士是东郭门外官奴，帝后知，腰斩之，后不知也。

【注释】

〔1〕选自葛洪《西京杂记》卷一。如意：即刘如意（前105—前194），刘邦与戚夫人所生之子，初封为代王，后改封为赵王。

〔2〕惠帝：即汉惠帝刘盈（前210—前188），西汉第二任皇帝，刘邦与吕后所生之子。

〔3〕吕后：即吕雉（前241—前180），汉高帝皇后，惠帝即位后吕后临朝称制。高帝宠爱戚夫人，曾有意废刘盈立如意为太子，终未能行。吕后称制后残忍杀害戚夫人，后又杀死赵王如意。

〔4〕夙兴：早早起床。夙，早。

〔5〕軿（píng）：古代一种有帷幔的车，多供妇女乘坐。

【评析】

本篇述吕后杀赵王如意事。叙事极简练，但细致完整，又颇曲折。先言惠帝与赵王共同生活，使吕后不能得手，再叙吕后趁赵王独处时派力士将其杀害，其后吕后还不相信，亲眼看到尸体后，才赏赐力士，足见吕后必欲置其于死地。最后又叙言惠帝腰斩力士以泄愤之事。至此吕后缢杀赵王事首尾皆备，细节清楚，吕后、惠帝之为人及性格于此可见，极为鲜明。

剑光射人〔1〕

汉帝相传以秦王子婴所奉白玉玺、高祖斩白蛇剑〔2〕。剑上有七采珠、九华玉以为饰〔3〕,杂厕五色琉璃为剑匣〔4〕。剑在室中〔5〕,光景犹照于外〔6〕,与挺剑不殊〔7〕。十二年一加磨莹〔8〕,刃上常若霜雪。开匣拔鞘,辄有风气,光彩射人。

【注释】

〔1〕选自葛洪《西京杂记》卷一。

〔2〕子婴(?—前206):秦朝末代君主。刘邦率兵入关后,子婴开城投降,向刘邦献秦朝玉玺、兵符等。

〔3〕采:同“彩”。七采珠即赤、橙、黄、绿、青、蓝、紫七种颜色的珠子。九华玉:绚丽多彩的玉石。

〔4〕杂厕:混杂。五色:指青、黄、赤、白、黑五色,也泛指各种色彩。古代以此五者为正色。

〔5〕室:指刀剑的鞘。

〔6〕光景:此处指剑光。

〔7〕挺剑:指拔出来的剑。

〔8〕磨莹:磨治光亮。

【评析】

本篇写汉高帝斩白蛇之剑,先简要描写剑身装饰与剑匣,然后着重写剑光之奇:剑在鞘中而光照于外,如同已拔出的剑;拔出时,剑光寒气逼人。装饰、剑匣本属锦上添花之物,只可见其贵重而不见其奇,剑光竟能透过剑鞘,光彩射人,才是真正的世所罕见,传国宝物,名不虚传。

昭阳殿富丽〔1〕

赵飞燕女弟居昭阳殿〔2〕,中庭彤朱〔3〕,而殿上丹漆,砌皆铜沓〔4〕,黄金涂，白玉阶，壁带往往为黄金釭[5]，含蓝田璧[6]，明珠翠羽饰之[7]。上设九金龙，皆衔九子金铃[8]，五色流苏，带以绿文紫绶[9]，金银花镊[10]。每好风日[11]，幡旄光影[12]，照耀一殿，铃镊之声，惊动左右。中设木画屏风[13]，文如蜘蛛丝缕，玉几玉床，白象牙簟[14]，绿熊席。席毛长二尺余，人眠而拥毛自蔽，望之不能见，坐则没膝，其中杂熏诸香，一坐此席，余香百日不歇。有四玉镇[15]，皆达照[16]，无瑕缺。窗扉多是绿琉璃，亦皆达照，毛发不得藏焉。椽桷皆刻作龙蛇[17]，萦绕其间，鳞甲分明，见者莫不兢栗[18]。

匠人丁缓、李菊，巧为天下第一。缔构既成，向其姊子樊延年说之，而外人稀知，莫能传者。

【注释】

〔1〕选自葛洪《西京杂记》卷一。

〔2〕女弟：即妹妹。赵飞燕（前45—前1），汉成帝第二任皇后，貌美善舞，体态轻盈。其妹亦貌美，入宫，封为昭仪。赵氏姊妹俱受宠爱，冠于一时。

〔3〕中庭：厅堂正中。彤朱：涂成红色。

〔4〕铜沓：用铜包裹在门槛外面。

〔5〕壁带：墙壁上方露出的横木，像带子一样，故称。釭（gāng）：宫室壁带上的环状金属装饰物，套在横木接头部位或者中间。

〔6〕蓝田：在今陕西，盛产美玉。

〔7〕翠羽：翠鸟的羽毛。古时多用作饰物。

〔8〕九子金铃：古代宫殿、寺观风檐前或帷帐上所挂的用金子制成的装饰铃。

〔9〕绿文紫绶：有绿色花纹的紫色丝带。文，纹理、花纹；绶，一种丝质带子。

〔10〕花镊：有花纹图案的铃铛。

〔11〕好风日：即风和日丽的好天气。风日，天气，气候。

〔12〕幡（fān）旄（máo）：旄旗的羽毛饰，也指饰有羽毛的旗幡。

〔13〕木画：以木为底，杂嵌山水、人物、花鸟等图案，谓之“木画”。

〔14〕白象牙簟（diàn）：将象牙剖为细薄长条编织而成的垫席，亦泛指珍美的

席子。簟,席子。

〔15〕镇:镇席。

〔16〕达照:通明透亮。

〔17〕椽(chuán)桷(jué):泛指椽子。椽,圆形;桷,方形。

〔18〕栗:恐惧颤抖竦缩。

【评析】

本篇极写昭阳殿的富丽奢华。全文如同汉赋,不避铺陈,渲染昭阳殿种种奢华之物,几近堆叠,然细察之,又井然有序,并非随意拼凑。铺陈以外,用语亦新奇动人,如"每好风日,幡旄光影,照耀一殿",化静为动,摇曳生姿;作者好以夸张笔触摹写奇物,如写绿熊席毛长二尺余,匪夷所思,令人难忘;琉璃竟然可照毛发,亦颇神奇。

画工弃市〔1〕

元帝后宫既多〔2〕,不得常见,乃使画工图形〔3〕,案图召幸之〔4〕。诸宫人皆赂画工,多者十万,少者亦不减五万。独王嫱不肯〔5〕,遂不得见。匈奴入朝,求美人为阏氏〔6〕,于是上案图,以昭君行。及去,召见,貌为后宫第一,善应对,举止闲雅〔7〕。帝悔之,而名籍已定。帝重信于外国,故不复更人。乃穷案其事〔8〕,画工皆弃市,籍其家〔9〕,资皆巨万。画工有杜陵毛延寿〔10〕,为人形,丑好老少,必得其真。安陵陈敞〔11〕,新丰刘白、龚宽〔12〕,并工为牛马飞鸟众势,人形好丑,不逮延寿。下杜阳望亦善画,尤善布色。樊育亦善布色。同日弃市。京师画工,于是差稀〔13〕。

【注释】

〔1〕选自葛洪《西京杂记》卷二。弃市:被处死刑。

〔2〕元帝:汉元帝刘奭(前74—前33),西汉第十一位皇帝。

〔3〕图形:画像,图绘形象。

〔4〕案：同“按”，按照，根据。

〔5〕王嫱（约前54—前19）：字昭君，南郡秭归（今湖北兴山）人。汉元帝时宫人，后奉命和亲匈奴。

〔6〕阏（yān）氏（zhī）：汉时匈奴单于正妻的称号。

〔7〕闲雅：亦作“娴雅”，安适高雅。

〔8〕案：查讯，审问。

〔9〕籍：没收入官。

〔10〕杜陵：在今陕西西安东南。古为杜伯国，秦置杜县，汉宣帝筑陵于东原上，因名杜陵，并改杜县为杜陵县。

〔11〕安陵：在今陕西咸阳，是汉惠帝陵。汉代因陵置邑，以守护陵园。此处杜陵、安陵均指陵邑。

〔12〕新丰：县名，在今陕西临潼东北。汉高祖为慰其父思乡之情，依故乡丰邑街里房舍格局改筑骊邑，并迁来丰民，改称新丰。

〔13〕差稀：减少。

【评析】

本篇述王昭君故事。昭君虽然相貌绝美，因不肯贿赂画工而未受宠幸，最终远嫁匈奴。元帝为此大开杀戒，京师画工付出惨痛代价。此事未见正史，当属民间传闻，因描写细致，极富戏剧性，因而广为流传，后世几以为真，由此衍生出许多文艺作品。昭君出塞，促进了民族融合，人们感念其美德，又同情其遭遇，各类文艺作品在代代相传中不断丰富细节，塑造出一个清高孤傲、美丽聪慧、怀才不遇的昭君形象，昭君也逐渐成为中国文学乃至中国文化的一个重要符号。

公孙弘粟饭布被〔1〕

公孙弘起家徒步〔2〕，为丞相，故人高贺从之。弘食以脱粟饭〔3〕，覆以布被。贺怨曰：“何用故人富贵为？脱粟布被，我自有之。”弘大惭。贺告人曰：“公孙弘内服貂蝉〔4〕，外衣麻枲〔5〕，内厨五鼎，外膳一肴，岂可以示天下？”于是朝廷疑其矫焉[6]。弘叹曰：“宁逢恶宾，不逢故人。”

【注释】

〔1〕选自葛洪《西京杂记》卷二。公孙弘（前200—前121）：字季，齐地菑川（今山东寿光）人。汉武帝时丞相。

〔2〕徒步：旧时平民的代称。平民外出无车，故称。

〔3〕脱粟：粗粮，只脱去谷皮的粗米。

〔4〕貂蝉：貂尾和附蝉，旧时侍中、常侍等贵近之臣的冠饰。

〔5〕麻枲（xǐ）：指麻的种植、纺绩之事。此处指麻布之衣。

〔6〕矫：假托，诈称。此处意为虚伪。

【评析】

本篇述公孙弘故事。公孙弘富贵之后招待故人仍用普通衣食，遂遭其怨恨诬陷，终致被朝廷怀疑，差点惹出大麻烦。“宁逢恶宾，不逢故人”，可谓点睛之笔，可见世态人情，令人感叹。名相如公孙弘都遭遇恶友之害，可见流言之可怖。本文所写虽为丞相，而言近市井，情同常人，读后令人感叹。

相如死渴[1]

司马相如初与卓文君还成都[2]，居贫愁懑[3]，以所着鹔鹴裘就市人阳昌贳酒[4]，与文君为欢。既而文君抱颈而泣曰：“我平生富足，今乃以衣裘贳酒。”遂相与谋，于成都卖酒。相如亲著犊鼻裈涤器[5]，以耻王孙[6]。王孙果以为病，乃厚给文君，文君遂为富人。

文君姣好，眉色如望远山，脸际常若芙蓉，肌肤柔滑如脂，十七而寡，为人放诞风流，故悦长卿之才而越礼焉。长卿素有消渴疾[7]，及还成都，悦文君之色，遂以发痼疾。乃作《美人赋》，欲以自刺[8]，而终不能改，卒以此疾至死。文君为诔[9]，传于世。

【注释】

〔1〕选自葛洪《西京杂记》卷二。相如：即司马相如，生卒年不详，字长卿，西汉蜀郡成都（今四川成都）人。工辞赋，善音律，有才名。

〔2〕卓文君：生卒年不详，西汉临邛（今四川邛崃）人。巨商卓王孙之女，悦相如之琴音而与之私奔。

〔3〕愁懑：愁闷，烦闷。

〔4〕鹔（sù）鹴（shuāng）：古代神话传说中的西方神鸟。市人：市肆中人，商人。贳（shì）：本义借贷，此处意为赊欠。

〔5〕著（zhuó）：同“着”，穿着。犊鼻裈（kūn）：短裤，一说围裙，形如犊鼻，故名。裈，旧时称有裆的裤子。

〔6〕耻：使……感到耻辱。王孙：这里指文君之父卓王孙。

〔7〕消渴疾：中医病名。症状表现为多饮、多尿、多食及消瘦、疲乏等。

〔8〕自刺：告诫自己，警示自己。

〔9〕诔（lěi）：祭文，哀悼死者的文章。

【评析】

本篇述司马相如、卓文君故事。文字简练而人物跃然纸上，颇有意趣。司马相如是典型的风流才子，慕文君之色而与其私奔，穷困潦倒而不舍酒，为谋生当垆卖酒，又不以才自矜，何其爽快潇洒。其后慕色而死，风流放诞，可谓极矣。至于卓文君，同样不拘小节，又富机智，以一富家女而至卖酒为生，也是风流放诞的奇女子。全文叙事详备，人物可亲，活画出相如文君的洒脱形象。

闻《诗》解颐[1]

匡衡字稚圭[2]，勤学而无烛。邻舍有烛而不逮[3]，衡乃穿壁引其光，以书映光而读之。邑人大姓文不识[4]，家富多书，衡乃与其佣作[5]，而不求偿。主人怪，问衡，衡曰：“愿得主人书遍读之。”主人感叹，资给以书，遂成大学。衡能说《诗》，时人为之语曰：“无说《诗》，匡鼎来。匡说

《诗》,解人颐。”鼎,衡小名也。时人畏服之如是,闻者皆解颐欢笑。衡邑人有言《诗》者,衡从之,与语质疑,邑人挫服[6],倒屣而去[7]。衡追之,曰:“先生留听,更理前论。”邑人曰:“穷矣。”遂去不反[8]。

【注释】

〔1〕选自葛洪《西京杂记》卷二。解颐:开颜欢笑。

〔2〕匡衡:生卒年不详,字稚圭,东海郡承县(今山东兰陵)人。汉元帝时丞相。

〔3〕逮(dài):到,及。

〔4〕邑人:同邑的人,同乡。

〔5〕佣作:受雇为人工作。

〔6〕挫服:折服、信服。

〔7〕倒屣(xǐ):倒穿着鞋。旧时家居,脱鞋席地而坐,此处言邑人慌忙逃去,以至于把鞋子都穿倒了。

〔8〕反:同“返”。

【评析】

本篇写匡衡故事。匡衡家贫但酷爱读书,于是想办法凿壁引光。与人佣作却不求佣金,只求尽读其书,其好学精神令人叹服。匡衡学已大成,人闻其说而解颐欢笑,与人争论,竟然说得对方慌乱逃走,连鞋子都穿倒了,匡衡还不放过,要追出去理论,此情此景,跃然纸上。全文写匡衡轶事,文字简练,叙事完整且富有情趣,其形象鲜明生动,给人印象至深。

《列异传》

《列异传》,《隋书·经籍志》题为曹丕所撰,但书中记正始、甘露年间事,时间在曹丕之后,《旧唐书·经籍志》《新唐书·艺文志》均改题张华撰,清人姚振宗认为是张华续文帝之书。南朝宋裴松之《三国志注》、北魏郦道元《水经注》均曾征引该书,当出魏晋人之手。全书三卷,已佚,鲁迅《古小说钩沉》辑得五十则,所记多为鬼怪狐妖之迹、荒诞怪异之事,其中许多故事为后世小说采用。

彭城男子〔1〕

彭城有男子娶妇,不悦之,在外宿。月余日,妇曰:“何故不复入?”男曰:“汝夜辄出,我故不入。”妇曰:“我初不出〔2〕。”婿惊〔3〕。妇云:“君自有异志,当为他所惑耳。后有至者,君便抱留之,索火照视之为何物。”后所愿还至〔4〕,故作其妇,前却未入,有一人从后推令前。既上床,婿捉之曰:“夜夜出何为?”妇曰:“君与东舍女往来,而惊欲托鬼魅,以前约相掩耳〔5〕。”婿放之,与共卧。夜半心悟,乃计曰:“魅迷人,非是我妇也。”乃向前揽捉,大呼求火,稍稍缩小〔6〕,发而视之,得一鲤鱼,长二尺。

【注释】

〔1〕选自《太平广记》卷四六九。彭城:即今江苏徐州。

〔2〕初:自来,从来,一直。

〔3〕婿:夫婿。

〔4〕所愿:指彭城男子所想念的人。

〔5〕君与东舍女往来,而惊欲托鬼魅,以前约相掩耳:此句意为你和东舍之女来

往，却装着吃惊的样子，想假托有鬼魅，用以前有约定来遮掩自己的行为，这是鲤怪模仿彭城男子之妻口吻来蛊惑他的托词。

〔6〕稍稍：渐渐。

【评析】

本篇写彭城男子遇鲤怪之事。彭城男子不喜欢妻子而在外留宿，妻子质问他，他竟然说妻子一到夜晚就会出去，妻子表示自己从不出去，男子大惊。其妻怀疑他被鬼魅迷惑，让他下次留住鬼魅，用火照照到底是个什么怪物。后来鬼魅果然又来，男子质问，它模仿其妻口吻推托，骗取男子的信任，半夜男子醒悟过来，这才捉住鬼魅，拿火一照，原来是一条鲤鱼。全文篇幅不长，但情节完整曲折且有逻辑，又巧设悬念，引人入胜，显示出较高的叙事技巧。

《搜神记》

干　宝

干宝(？—336),字令升,东晋新蔡(今属河南)人。自幼好学,博览群书,曾任山阴令、始安太守、司徒右长史、散骑常侍、著作郎等,被赐爵关内侯。东晋初年受命修著国史,成《晋纪》二十卷,当时称为"良史"。干宝精于《易》学,曾注《周易》,今已佚。

《搜神记》,三十卷,原书已佚。李剑国据诸书辑录缀补成《新辑搜神记》,收录三百四十三则,所记多为神怪灵异之事,保存一些神话传说和民间故事,系六朝志怪小说代表作。

紫　珪[1]

吴王夫差小女[2],名紫珪。童子韩重有道术,紫珪悦之,许与韩重为婚。韩重乃学于齐鲁之间,临去,属其父求婚。王怒,不与女。紫珪结气亡[3],葬于阊门之外[4]。重三年归,闻其死,哀恸,至紫珪墓所哭祭之。紫珪忽魂出冢傍[5],见重流涕。重与言,乃左顾宛颈而歌曰[6]:

"南山有鸟,北山张罗[7]。鸟既高飞,罗将奈何。志欲从君,谗言孔多[8]。悲结生疾,没命黄垆[9]。命之不造[10],冤如之何。羽族之长,名为凤凰。一日失雄,三年感伤。虽有众鸟,不为匹双。故见鄙姿,逢君辉光。身远心近,何尝暂忘。"

遂邀重入冢。三日三夜,重请还。临去,紫珪取径寸明珠并昆仑玉壶以送重。重赍二物诣夫差[11],夫差大怒,按其发冢[12]。紫珪见梦于父,以明重之事。夫差异之,悲咽流涕,因舍重[13],以子婿之礼待之[14]。

【注释】

〔1〕选自干宝《搜神记》卷十六。

〔2〕夫差(？—前473)：春秋时吴国国君。吴王阖闾之子。

〔3〕结气：郁闷，气闷。

〔4〕阊(chāng)门：苏州古城之西门。

〔5〕傍：同“旁”，旁边，侧。

〔6〕宛：弯，曲，折。

〔7〕罗：捕鸟的网。

〔8〕孔：很。

〔9〕黄垆：黄泉，即地下。

〔10〕不造：不幸。

〔11〕赍：携带，持。诣：到，特指到尊长那里去。

〔12〕按：审察，稽查。

〔13〕舍：舍弃，放下。此处意为释放。

〔14〕子婿：女婿。

【评析】

本篇写夫差小女紫珪与少年韩重的恋爱故事。紫珪爱慕韩重，许以婚事，但其父不允，遂气结而死，可见其用情之深。后来韩重往其墓哭祭，情到深处，紫珪魂魄出现。紫珪与韩重不顾人鬼殊途，同入坟冢而结欢好，可见情可以超越生死。韩重被夫差怀疑盗墓，紫珪魂魄又到父亲梦中，说明原委，夫差被打动，终于认韩重为婿。全文所写虽为人鬼之恋，但情真意切，富有浪漫色彩，哀婉动人。

何　铜〔1〕

道士丹阳谢非〔2〕，往石城冶买釜〔3〕。还，日暮，不及家。山中有庙舍于溪水上，入中宿，大声语曰：“吾是天帝使者〔4〕，停此宿。”犹畏人劫夺其釜，意苦搔搔不安〔5〕。

夜二更中，有来至庙门者，呼曰：“何铜。”铜应诺。“庙中有人气，是谁？”铜云：“有人，言是天帝使者。”少顷便还。须臾又有来者，呼铜，问之如前，铜答如故，复叹息而去。非惊扰不得眠，遂起，呼铜问之：“先来者是谁？”铜答言：“是水边穴中白鼍〔6〕。”“汝是何等物？”云：“是庙北岩嵌中龟也〔7〕。”非皆阴识之。

天明，便告居人〔8〕，言：“此庙中无神，但是龟、鼍之辈，徒费酒肉祀之。急具锸来〔9〕，共往伐之。”诸人亦颇疑之，于是并会伐掘〔10〕，皆杀之。遂坏庙绝祀，自后安静。

【注释】

〔1〕选自干宝《搜神记》卷十九。

〔2〕丹阳：今江苏丹阳。

〔3〕石城：即石头城，今江苏南京。冶：冶炼金属的作坊，铁铺。釜：旧时的一种锅。

〔4〕天帝：传说中天上的主神。

〔5〕搔搔：忧虑的样子。

〔6〕鼍（tuó）：扬子鳄。

〔7〕岩嵌：险峻的山岩。

〔8〕居人：住在当地的人。

〔9〕锸（chā）：铁锹。

〔10〕并会：一起。

【评析】

本篇讲道士谢非遇妖事。这篇作品写得挺有趣：谢非到石头城买釜，回去晚了，临时住到一个庙里，他担心有人抢他的东西，为了壮胆，大喊自己是“天帝使者”，结果夜里发现了庙里的秘密。原来庙里供奉的不过乌龟、鳄鱼之辈，它们夜里到庙中活动，因谢非声言自己是天帝使者而取消。发现这个秘密后，谢非同当地人一起杀死这些妖怪，庙中从此平静。作者没有写的是，平静意味着当地居民不再担惊受怕，不再耗费财物到庙中进贡。

《搜神后记》

陶渊明

陶渊明(365—427),本名渊明,字元亮;入宋后改名潜,字渊明。私谥靖节。浔阳柴桑(今江西九江)人。累仕江州祭酒从事史、镇军参军、建威参军、彭泽令,后辞官归隐。有诗文传世,著述有《陶渊明集》等。

《搜神后记》,旧本题晋陶潜撰,十卷。该书为《搜神记》续作,所写多鬼神怪异之事。

杨生狗〔1〕

晋太和中〔2〕,广陵人杨生养一狗〔3〕,甚怜爱之,行止与俱。后生饮酒醉,行经大泽草中,眠不能动〔4〕。时冬月,有野火起,风又猛。狗周章号唤〔5〕,生醉不觉。前有一坑水,狗便走往眠水中,还以身压生左右。如此数四,周旋跬步〔6〕,草皆沾湿着地。火寻过去。生醒,方见之。他日又暗行,堕空井中,狗呻吟彻晓。须臾,有人迳过〔7〕,怪犬向井号,往视见生。生曰:“君可出我,当厚报君。”人问:“以何物见与〔8〕?”生云:“唯君耳〔9〕。”人曰:“以此狗见与,便当相出〔10〕。”生曰:“此狗曾活我于已死,不得相与,余即无惜〔11〕,任君所须也。”人曰:“若尔,便不成相出。”狗因下头目井,生知其意,乃语路人:“以狗相与。”人乃出之,系狗而去。却后五日,狗夜走还。

【注释】

〔1〕选自陶渊明《搜神后记》卷九。

〔2〕太和:366—371年,东晋废帝司马奕年号。

〔3〕广陵:今江苏扬州。

〔4〕眠：躺，睡。

〔5〕周章：围绕，回旋。

〔6〕周旋：周围。跬步：半步。

〔7〕迳：经过。

〔8〕见与：给我。下同。

〔9〕唯：听凭，任随。

〔10〕相出：救你出来。

〔11〕余即无惜：这句话的意思是，除了狗之外，其他的东西都不足惜。

【评析】

本篇讲述人与狗之间的故事。这条狗非常忠诚，两次救了主人的性命，主人对其也非常珍视，彼此不离不弃，读后令人感动。全文语言朴实，徐徐道来，但自有动人的力量，“周章号唤”“如此数四”“呻吟彻晓”……这些都是点睛之笔，让一只原本寻常的家犬形象变得丰满而立体。全文最后，“狗因下头目井，生知其意”，这一瞬间，人、狗之间达成默契，这份默契建立在人与狗彼此信任的基础上。

鲁肃墓〔1〕

王伯阳者，家在京口〔2〕。家东有一大冢，传是鲁肃墓。伯阳妇，郗鉴兄女也〔3〕，丧，乃平其坟以葬焉。后数年，忽一日，伯阳方在厅事中〔4〕。忽见一贵人乘平肩舆〔5〕，将从数百，人马络绎，皆浴铁〔6〕，径来坐。怒谓伯阳曰：“身是鲁子敬，安冢在此二百许年矣。君何敢遽毁坏身冢？”因目左右：“何不与手〔7〕？”左右遂牵伯阳下床，以刀环筑之数百而去〔8〕。伯阳登时绝，良久乃苏，其筑破处皆发疽〔9〕。疽溃，数日而死。

【注释】

〔1〕选自陶渊明《搜神后记》卷六。

〔2〕京口：今江苏镇江。

〔3〕郗鉴(269—339)：字道徽，高平金乡(今山东金乡)人。西晋惠帝时官至太子中舍人、中书侍郎。南渡后，历仕元帝、明帝兖州刺史、尚书令、徐州刺史等职，拜太尉。有女名璿，嫁右军将军王羲之。

〔4〕厅事：私人住宅的堂屋。

〔5〕平肩舆：旧时的一种轿子。《资治通鉴·梁武帝天监四年》："(萧渊藻)乃乘平肩舆巡行贼垒。"胡三省注："平肩舆，使人就扛肩之，故曰平肩。"

〔6〕浴铁：披挂铁甲。亦指披甲的骑兵和战马。

〔7〕与手：犹言下毒手。

〔8〕筑：打，击。

〔9〕疽：中医指局部皮肤肿胀坚硬的毒疮。

【评析】

本篇讲述的是一个因果报应故事。王伯阳平掉鲁肃的坟墓来安葬自己的妻子，结果被鲁肃之魂追索冤债。从今人的视角来看，这固然是荒诞不经的；但在当时来看，人鬼共存，鬼也有自己的居所。王伯阳不管是有意的还是无意，都严重冒犯了在此安葬了两百多年的鲁肃，后果非常严重。

《幽明录》

刘义庆

刘义庆(403—444),字季伯,彭城(今江苏徐州)人。宋武帝刘裕之侄,长沙景王刘道怜次子,后过继叔父临川王刘道规为嗣。永初元年(420)袭封临川王,历仕秘书监,丹阳尹,尚书左仆射,中书令,荆州、江州、南兖州刺史等职。虽历任要职,但不愿卷入皇室斗争,爱好文学,门下招聚了不少文学之士。著有《世说新语》《幽明录》《宣验记》等,现仅存《世说新语》。

《幽明录》,三十卷,原书已佚,鲁迅《古小说钩沉》辑得二百六十五则。所记多神鬼怪异故事。

刘晨阮肇[1]

汉明帝永平五年[2],剡县刘晨、阮肇共入天台山[3],迷不得返。经十三日,粮食乏尽,饥馁殆死。遥望山上有一桃树,大有子实,而绝岩邃涧,永无登路。攀援藤葛,乃得至上。各啖数枚[4],而饥止体充。复下山,持杯取水,欲盥漱[5],见芜菁叶从山腹流出[6],甚新鲜,复一杯流出,有胡麻糁[7]。相谓曰:“此知去人径不远。”便共没水[8],逆流二三里,得度山,出,一大溪。

溪边有二女子,资质妙绝,见二人持杯出,便笑曰:“刘、阮二郎捉向所流杯来。”晨、肇既不识之,缘二女便呼其姓,似如有旧,乃相见而悉。问:“来何晚耶?”因邀回家。其家简瓦屋[9],南壁及东壁各有一大床,皆施绛罗帐[10],帐角悬铃,金银交错。床头各有十侍婢。敕云:“刘、阮二郎,经陟山岨[11],向虽得琼实[12],犹尚虚弊[13],可速作食。”食胡麻饭、山羊脯、牛肉,甚甘美。食毕,行酒,有一群女来,各持五三桃子,笑而言:“贺汝婿来。”酒酣作乐,刘、阮欣怖交并。至暮,令各就一帐宿。女往就之,言声轻婉,令人忘忧。

十日后,欲求还去。女云:“君已来是,宿福所牵〔14〕,何复欲还邪?”遂停半年。气候草木是春时,百鸟啼鸣,更怀悲思,求归甚苦。女曰:“罪牵君,当可如何〔15〕?”遂呼前来女子有三四十人,集会奏乐,共送刘、阮,指示还路。

既出,亲旧零落,邑屋改异,无复相识。问讯得七世孙,传闻上世入山,迷不得归。至晋太元八年〔16〕,忽复去,不知何所。

【注释】

〔1〕选自刘义庆《幽明录》卷一。

〔2〕永平五年:即公元62年。永平,汉明帝年号。

〔3〕剡县:汉代县名,包括今浙江嵊州、新昌。天台山:位于今浙江天台城北。

〔4〕啖(dàn):吃。

〔5〕盥(guàn):浇水洗手,泛指洗。

〔6〕芜菁:一种二年生草本植物,块根肉质,扁球形或长形,可食。

〔7〕胡麻糁(sǎn):用芝麻和米粒混合煮食。糁,煮熟的米粒。

〔8〕没水:沉入水中。此处指涉水而行。

〔9〕简瓦:以竹简当瓦。

〔10〕绛罗:红色纱罗。绛,赤色,火红。

〔11〕岨(jū):带土的石山。

〔12〕琼实:仙果的别称。

〔13〕虚弊:虚弱疲敝,贫乏疲困。

〔14〕宿福:命中注定的福气。

〔15〕当:判罪,意为处以相当的刑罚。此句意为:我犯了牵绊挽留你的罪,大概要判处什么样的刑罚呢?

〔16〕太元八年:即公元383年。太元,晋孝武帝年号。

【评析】

本篇写刘晨、阮肇入山遇仙的故事。东汉时刘晨、阮肇入山迷路，涉水过山之后，遇到两位仙女，蒙其殷勤款待，饮宴奏乐，同结欢好。停留半年后，两人思乡求归，等回到家，才发现人间竟然已过去三百多年，只访得自己的七世孙，在东晋的时间刻度上，自己早已成为一个模糊的传奇。神仙生活虽然美好，但极为短暂，对人间来说，则是沧海桑田，亲旧凋零，两个世界，两个时空，由此形成鲜明对比，令人感慨。故事最后，二人“忽复去，不知何所”，意味悠长，余韵无穷。

卖胡粉女〔1〕

有人家甚富，止有一男，宠恣过常〔2〕。游市，见一女子美丽，卖胡粉。爱之，无由自达，乃托买粉。日往市，得粉便去，初无所言。积渐久，女深疑之。明日复来，问曰：“君买此粉，将欲何施？”答曰：“意相爱乐，不敢自达，然恒欲相见，故假此以观姿耳。”女怅然有感，乃相许以私〔3〕，克以明夕〔4〕。

其夜，安寝堂屋，以俟女来。薄暮果到，男不胜其悦〔5〕，把臂曰：“宿愿始伸于此。”欢踊遂死〔6〕。女惶惧，不知所以〔7〕，因遁去，明还粉店。

至食时，父母怪男不起，往视，已死矣。当就殡殓〔8〕，发箧笥中〔9〕，见百余裹胡粉，大小一积〔10〕。其母曰：“杀吾儿者，此粉也。”入市遍买胡粉。次此女，比之，手迹如先。遂执问女曰：“何杀我儿？”女闻呜咽，具以实陈。父母不信，遂以诉官。女曰：“妾岂复吝死？乞一临尸尽哀。”县令许焉。径往，抚之恸哭曰：“不幸致此。若魂而灵，复何恨哉？”男豁然更生〔11〕，具说情状。遂为夫妇，子孙繁茂。

【注释】

〔1〕选自刘义庆《幽明录》卷一。胡粉：铅粉，用于化妆或绘画。

〔2〕宠恣：溺爱放纵。

〔3〕私：偏爱，爱。

〔4〕克：约定。

〔5〕不胜其悦：喜不自禁。

〔6〕踊（yǒng）：跳跃。此处用以形容男子兴奋至极。

〔7〕不知所以：不知道该怎么办。

〔8〕殡殓（liàn）：为死者更衣下棺，准备埋葬。

〔9〕发：打开。箧（qiè）笥（sì）：收藏东西的竹器。

〔10〕大小一积：大包小包堆积在一起。一，皆，都。

〔11〕豁然：一下子，顿时。

【评析】

本篇写一富家男与一卖胡粉女恋爱的故事。重点在男女主人公的纯粹志诚，男子平素虽然娇生惯养，但遇见心爱的女子不知该如何接近，假托买胡粉以求见之，其志诚纯粹可见。等女子来约会时，竟兴奋过度而死，至女抚尸恸哭时又死而复生。其人其行，正如《牡丹亭》所说的"情不知所起，一往而深，生者可以死，死者可以生"。卖胡粉女得知对方情意后深受感动，表明心意，大胆约会。后见官时更表示不吝一死，只求临尸尽哀，其深情感动天地，起死回生。全文情节曲折，峰回路转，柳暗花明，引人入胜，显示出高超的叙事技巧。

徐　郎〔1〕

京口有徐郎者〔2〕，家甚褴褛〔3〕，常于江边拾流柴。忽见江中连船盖川而来，径回入浦〔4〕。对徐而泊，遣使往云："天女今当为徐郎妻。"徐入屋角，隐藏不出。母兄妹劝励强出〔5〕。未至舫，先令于别室为徐郎浴，水芬香，非世常有。赠以缯绛之衣〔6〕。徐唯恐惧，累膝床端〔7〕，夜无酬接之礼〔8〕。女然后发遣，以所赠衣物乞之而退〔9〕。家大小怨情煎骂〔10〕，遂懊叹卒。

【注释】

〔1〕选自刘义庆《幽明录》卷一。

〔2〕京口：即今江苏镇江。

〔3〕褴褛：衣服破烂。这里指家中贫困。

〔4〕浦：水边。

〔5〕劝励：鼓励，激励。

〔6〕缯（zēng）：古代对丝织品的总称。

〔7〕累膝：跪坐。

〔8〕酬接：应酬，接待。

〔9〕乞：与，给予。

〔10〕煎：闹。煎骂，即吵骂。

【评析】

本篇写徐郎娶天女的故事。凡人邂逅仙女，往往会有人神相恋的风流韵事，这位徐郎则不然，他遇到天女后惶恐不安，惊慌失措，不仅没浪漫起来，最终反而被天女遣还，真是煞风景。并不是人人都想要这种生活，这种写法不落窠臼，写出了人神之恋的另一面，耐人深思。值得注意的是，遇到天女，家人表现得比徐郎更主动，徐郎的死其实也是他们造成的。

妙　音〔1〕

汉时，太山黄原平旦开门〔2〕，忽有一青犬在门外伏守〔3〕，备如家养。原绁犬〔4〕，随邻里猎。日垂夕，见一鹿，便放犬。犬行甚迟，原绝力逐，终不及。行数里，至一穴，入百余步，忽有平衢〔5〕，槐柳列植，行墙回匝〔6〕。原随犬入门，列房栊户可有数十间〔7〕，皆女子，姿容妍媚，衣裳鲜丽，或抚琴瑟，或执博棋〔8〕。至北阁，有三间屋，二人侍直〔9〕，若有所伺。见原，相视而笑："此青犬所致妙音婿也。"一人留，一人入阁。须臾，有四婢出，称："太真夫人白黄郎：'有一女年已弱笄〔10〕，冥数应为君妇〔11〕。'"既暮，引原入内，内有南向堂，堂前有池，池中有台，台四角有径尺穴，穴中光映帷席。妙音容色婉妙，侍婢亦美。交礼既毕，宴寝如旧[12]。

经数日，原欲暂还报家。妙音曰："人神道异，本非久势。"至明日，解佩分袂，临阶涕泗。后会无期，深加爱敬。"若能相思，至三月旦[13]，可修斋洁[14]。"四婢送出门。半日至家，情念恍惚。每至其期，常见空中有軿车仿佛若飞。

【注释】

〔1〕选自刘义庆《幽明录》卷一。

〔2〕太山：即泰山。平旦：清晨，平明。

〔3〕青犬：黑狗。

〔4〕绁（xiè）：绳索。此处意为用绳子系、栓。

〔5〕衢（qú）：大路，四通八达的道路。

〔6〕行墙：指围墙。回匝：环绕。此句意为围墙回环。

〔7〕栊（lóng）：窗棂木、窗。亦借指房舍。

〔8〕博棋：围棋子。

〔9〕直：通"值"，值守。

〔10〕弱笄：旧时女子十五岁开始插簪，将头发挽起，以示成年待嫁，称为及笄。后以"弱笄"指刚刚及笄，十五岁的女子。

〔11〕冥数：定数，命运。

〔12〕交礼既毕，宴寝如旧：行过交拜礼后，吃饭睡觉像早就相识一样。

〔13〕旦：农历每月初一。

〔14〕斋洁：斋戒。

【评析】

本篇写黄原与仙女妙音的故事。可与刘晨、阮肇故事对读，刘晨、阮肇是入山迷路遇仙，黄原则是被黑犬引至仙境，可见神仙更主动。短暂的蜜月生活后，黄原同样请求归家，但他不知道的是，人神殊途，本不长久，走了就再不可能回来。比刘晨、阮肇幸运的是，黄原还能定期与妙音相聚。算是人神之恋故事中结局最好的。仙境还是红尘,这是人仙之恋故事中反复纠结的一个话题。

全文写仙境风物陈设细腻有致,移步换景,先入一穴,百余步后豁然而出,槐柳行墙赫然在目,再入门,遇女郎若干,各有姿态,再至北阁成婚,一路行来,层层递进,所见皆跃然纸上,宛然在目。

庞 阿〔1〕

钜鹿有庞阿者〔2〕,美容仪。同郡石氏有女,曾内睹阿,心悦之。未几,阿见此女来诣阿。阿妻极妒,使婢缚之,送还石家,中路遂化为烟气而灭。婢乃直诣石家说此事,石氏之父大惊曰:“我女都不出门〔3〕,岂可毁谤如此?”

阿妇自是常加意伺察之〔4〕。居一夜,方值女在斋中,乃自拘执以诣石氏。石氏之父见之,愕眙曰〔5〕:“我适从内来,见女与母共作,何得在此?”即命婢仆于内唤女出,向所缚者奄然灭焉〔6〕。父疑有异,故遣其母诘之〔7〕。女曰:“昔年庞阿来厅中,曾窃视之。自尔仿佛即梦诣阿,及入后,即为妻所缚。”石曰:“天下遂有此奇事。”夫精神所感,灵神为之冥著〔8〕,灭者盖其魂神也。

既而女誓心不嫁〔9〕。经年,阿妻忽得邪病,医药无征〔10〕。阿乃授币石氏女为妻〔11〕。

【注释】

〔1〕选自刘义庆《幽明录》卷一。

〔2〕钜鹿:今属河北。

〔3〕都不出门:完全不出门。

〔4〕加意:特别留意。

〔5〕愕眙(chì),因惊愕而瞪大眼睛。眙,直视,瞪。

〔6〕奄然:忽然。

〔7〕诘：追问，询问。

〔8〕冥著：不知不觉显露出来。

〔9〕誓心：心中发誓，立定心愿。

〔10〕无征：没有效验。征，证验，效应。

〔11〕授币：送去聘礼。

【评析】

本篇写石氏女慕庞阿事。开篇设了一个悬念，石氏女爱慕庞阿，私下来访，被庞妻抓住，送还其家，结果在途中化为烟气，其父又说其未曾外出，令人生疑。后此事重演，石父让石母问女儿，这才知道原来是女儿因慕庞阿而魂魄出体。至此悬念始解。后来庞妻病死，石氏女终得如愿。作品篇幅虽小，但设疑而解疑，情节起伏，叙事颇费周折，引人入胜。石氏女因爱慕而离魂，想象丰富，当为郑光祖《倩女离魂》、汤显祖《牡丹亭》之先驱，对后世影响很大。

牛泣拜〔1〕

桓冲镇江陵〔2〕，正会夕当烹牛〔3〕，牛忽熟视帐下都督甚久〔4〕，目中泣下。都督咒之曰〔5〕：“汝若能向我跪者，当启活也〔6〕。”牛应声而拜，众甚异之。都督复谓曰：“汝若须活，遍拜众人者，直往。”牛涕陨如雨〔7〕，遂拜不止。值冲醉，不得启，遂杀牛。

冲醉止，得启。冲闻之叹息，都督痛加鞭罚。

【注释】

〔1〕选自刘义庆《幽明录》卷三。

〔2〕桓冲(328—384)：字幼子，谯国龙亢(今安徽怀远)人。东晋名将，历中军将军、扬豫二州刺史、徐州刺史、车骑将军等职。江陵：即今湖北荆州。

〔3〕正会：皇帝元旦朝会群臣、接受朝贺的礼仪，这里指元旦。

〔4〕帐下都督：将军府中管理日常事务的僚佐。下文的“都督”也是指帐下

都督。

〔5〕咒：祝告。

〔6〕启：启奏，禀告。这句话的意思是，向将军启奏，让你活下来。

〔7〕陨：落。

【评析】

本篇写牛跪拜求活事。这头牛通人性，知道自己将死，泪流不止，都督让其向自己跪拜以求活，牛应声而拜。都督又让其遍拜众人，牛泪如雨下，依旧照做。但最终还是因桓冲酒醉而难逃宿命，可谓命中注定。故事虽然简单，但写得惊心动魄，牛为求活命一再向众人跪拜，“涕陨如雨，遂拜不止”一句，看似平铺直叙，实则直刺人心，牛的无助与灵性跃然纸上，即便如此，仍是被杀，读后令人叹息。

《世说新语》

刘义庆

《世说新语》,刘义庆撰。原名《世说新书》,分德行、言语等三十六个门,记录东汉到东晋间轶事传闻,上至帝王将相、下到庶族僧道,生动地反映了当时的社会、学术、文化风貌,是世人小说的代表作,对后世小说有着深远影响。

荀巨伯〔1〕

荀巨伯远看友人疾,值胡贼攻郡〔2〕,友人语巨伯曰:“吾今死矣,子可去!”巨伯曰:“远来相视,子令吾去,败义以求生,岂荀巨伯所行邪?”贼既至,谓巨伯曰:“大军至,一郡尽空,汝何男子,而敢独止?”巨伯曰:“友人有疾,不忍委之〔3〕,宁以我身代友人命。”贼相谓曰:“我辈无义之人,而入有义之国!”遂班军而还,一郡并获全。

【注释】

〔1〕选自刘义庆《世说新语》德行第一。荀巨伯:汉桓帝时人,颍川(今河南许昌)人,生平未详。

〔2〕胡贼:北方的少数民族军队。

〔3〕委:抛弃,舍弃。

【评析】

本篇讲荀巨伯有义全友事。荀巨伯于史无载,生平不详,显然不是什么达官贵人,但是平常之人自有不平常之处,他上不了史册,却留下了人生中最光彩的一页:他对朋友的情义保全了朋友,保全了自己,也保全了一郡的百姓，这就是“义”的力量。这种精神在后世得到传承，可以在《水浒传》等小说中看到。

孔融认亲〔1〕

孔文举年十岁，随父到洛〔2〕。时李元礼有盛名〔3〕，为司隶校尉〔4〕，诣门者皆俊才清称及中表亲戚乃通〔5〕。文举至门，谓吏曰：“我是李府君亲。”既通，前坐。元礼问曰：“君与仆有何亲？”对曰：“昔先君仲尼与君先人伯阳〔6〕，有师资之尊，是仆与君奕世为通好也〔7〕。”元礼及宾客莫不奇之。太中大夫陈韪后至〔8〕，人以其语语之。韪曰：“小时了了〔9〕，大未必佳！”文举曰：“想君小时，必当了了！”韪大踧踖〔10〕。

【注释】

〔1〕选自刘义庆《世说新语》言语第二。孔融（153—208）：字文举，鲁国（今山东曲阜）人，孔子二十世孙。官至虎贲中郎将、北海国相。系“建安七子”之一。

〔2〕洛：即洛阳，东汉都城。

〔3〕李元礼：即李膺（110—169），字元礼，颍川襄城（今河南许昌）人。官至司隶校尉。死于党锢之祸。

〔4〕司隶校尉：汉代负责监察的官职。武帝征和四年（前89）初置，东汉复置，监察河南尹、河内、右扶风、左冯翊、京兆尹、河东、弘农七郡。

〔5〕清称：美誉。中表：里外。通：通禀。

〔6〕仲尼：即孔子，名丘，字仲尼。伯阳：即老子，姓李名耳，字聃，一字伯阳。

〔7〕奕世：累世。

〔8〕太中大夫：官名，始于秦代，掌论议。陈韪（wěi）：一作“陈炜”，生平不详。

〔9〕了了：通达事理。

〔10〕踧（cù）踖（jí）：恭敬不安的样子。

【评析】

本篇写孔融小时候的机智与胆识。他巧妙地通过历史追溯，与李膺建立亲友关系，其想象力之丰富，反应之敏捷，令人惊叹。这本来是件开心的事情，偏偏那位陈韪不解风情，竟然去嘲讽孔融，结果不出意外地自取其辱，也是活该，为孔融的聪慧做了反面衬托。

咏　雪〔1〕

谢太傅寒雪日内集〔2〕，与儿女讲论文义。俄而雪骤，公欣然曰："白雪纷纷何所似？"兄子胡儿曰〔3〕："撒盐空中差可拟。"兄女曰："未若柳絮因风起。"公大笑乐。即公大兄无奕女〔4〕，左将军王凝之妻也〔5〕。

【注释】

〔1〕选自刘义庆《世说新语》言语第二。

〔2〕谢太傅：即谢安（320—385），字安石，陈郡阳夏（今河南太康）人。官至太保、录尚书事。赠太傅。淝水之战中指挥东晋军队击败前秦。内集：家庭聚会。

〔3〕胡儿：即谢朗，字长度，小字胡儿，谢安次兄谢据长子。官至东阳太守。

〔4〕无奕：即谢奕，生卒年不详，字无奕，谢安长兄。历任安西将军、豫州刺史，赠镇西将军。

〔5〕王凝之：字叔平，王羲之次子。历江州刺史、左将军、会稽内史。

【评析】

本篇写谢安与儿女赏雪事。篇幅不长，但很有情趣。家庭聚会，正好遇到降雪，于是谢安就想试试孩子们的文学才华。胡儿将雪比作空中撒盐，虽然很形象，但缺少美感。兄女"柳絮因风起"，有诗意，有美感，自然是更胜一筹。谢安虽然没有直接进行评判，但他的大笑说明了一切。

贺太傅作吴郡〔1〕

贺太傅作吴郡，初不出门。吴中诸强族轻之〔2〕，乃题府门云："会稽鸡，不能啼。"贺闻故出行，至门反顾，索笔足之曰："不可啼，杀吴儿！"

于是至诸屯邸[3],检校诸顾、陆役使官兵及藏逋亡[4],悉以事言上,罪者甚众[5]。陆抗时为江陵都督[6],故下请孙皓[7],然后得释。

【注释】

〔1〕选自刘义庆《世说新语》政事第三。贺太傅:即贺邵,字兴伯,会稽山阴(今浙江绍兴)人。历任散骑常侍、吴郡太守,后迁太子太傅。吴郡:东汉时郡名。永建四年(129)始置,治所在吴县(今江苏苏州)。

〔2〕强族:豪门望族。

〔3〕屯邸:驻军在外者的居所。

〔4〕检校:查核察看。诸顾、陆:吴郡各世族。当时顾、陆、朱、张并称"吴郡四姓"。逋:逃亡。

〔5〕罪者甚众:获罪的人很多。

〔6〕陆抗(226—274):字幼节,吴郡人,陆逊之子。曾任江陵都督,累迁大司马、荆州牧。

〔7〕孙皓(242—284):字元宗,孙权之孙。东吴末代皇帝,后被俘入晋,封归命侯。

【评析】

本篇写贺邵打击豪强事。贺邵刚到吴郡上任,当地豪强就给他一个下马威,竟然在府门题字,公开羞辱。面对挑衅,他毫不畏惧,奋起反击,收集这些人违法乱纪的证据,向朝廷举报,抓了一批人,打击了这些当地豪强的嚣张气焰。贺邵这样做,是要冒很大风险的,需要勇气和胆识。

陈太丘与友期[1]

陈太丘与友期行,期日中[2]。过中不至,太丘舍去,去后乃至。元方时年七岁[3],门外戏。客问元方:"尊君在不[4]?"答曰:"待君久不至,已去。"友人便怒曰:"非人哉!与人期行,相委而去[5]。"元方曰:"君与家君期日中。日中不至,则是无信;对子骂父,则是无礼。"友人惭,下车引之[6]。元方入门不顾。

【注释】

〔1〕选自刘义庆《世说新语》方正第五。陈太丘：即陈寔(104—187)，字仲弓，颍川许昌(今河南许昌)人。任闻喜令、太丘长。期：约定。

〔2〕日中：中午，正午。

〔3〕元方：即陈纪(129—199)，字元方，陈寔之子。累仕五官中郎将、尚书令。

〔4〕尊君：您的父亲，指陈寔。

〔5〕委：抛弃，舍弃。

〔6〕引：拉，牵。

【评析】

本篇讲陈纪幼时故事。这本来是大人之间的事情，但通过一个孩子，看出了各自的境界。陈太丘和朋友约定中午见面，朋友过期不至，等于毁约，陈太丘走开做自己的事情，无可厚非。问题出在那位朋友，明明自己违约在先，还骂陈太丘不守约，这就难怪陈元方毫不留情进行反驳，孩子说得合情合理，那位朋友终于感到羞愧，但并没有得到孩子的原谅。寥寥几笔，一个小大人的形象跃然纸上。孩子的明事理与大人的不讲理形成鲜明对比。

王敦欲废明帝[1]

王敦既下，住船石头[2]，欲有废明帝意[3]。宾客盈坐，敦知帝聪明，欲以不孝废之。每言帝不孝之状，而皆云“温太真所说[4]。温尝为东宫率[5]，后为吾司马，甚悉之”。须臾，温来，敦便奋其威容[6]，问温曰：“皇太子作人何似？”温曰：“小人无以测君子。”敦声色并厉[7]，欲以威力使从己，乃重问温：“太子何以称佳？”温曰：“钩深致远[8]，盖非浅识所测。然以礼侍亲，可称为孝。”

【注释】

〔1〕选自刘义庆《世说新语》方正第五。王敦(266—324):字处仲,琅琊临沂(今山东临沂)人。累迁青州刺史。渡江后,历任侍中、丞相、大将军、扬州牧,后以罪伏诛。

〔2〕石头:即石头城,东晋都城建康。

〔3〕明帝(299—325):即晋明帝司马绍,字道畿。322—325年在位。

〔4〕温太真:即温峤(288—329),字太真,太原祁(今山西祁县)人。曾任司空刘琨左司马,累迁骠骑大将军。

〔5〕东宫率:即太子中庶子之职。

〔6〕奋其威容:神色威严。

〔7〕声色并厉:声音和脸部表情都很严厉。

〔8〕钩深致远:探取深处的,招来远处的。形容精深而广博地探索道理。

【评析】

本篇讲温峤正直不阿事。尽管王敦声色俱厉,在众人面前耀武扬威,但本文的主角并不是他,而是温峤。本来他不过是王敦废掉明帝时借用的道具,结果他偏偏不配合演出,让王敦的戏没法唱下去。温峤显然知道其中的风险,但他无所畏惧,面对王敦的逼问,从容不迫。话不多,且较为温和,但柔中带刚,自有一种威严和力量。

东床快婿〔1〕

郗太傅在京口〔2〕,遣门生与王丞相书〔3〕,求女婿。丞相语郗信:“君往东厢〔4〕,任意选之。”门生归,白郗曰:“王家诸郎,亦皆可嘉,闻来觅婿,咸自矜持〔5〕。惟有一郎,在东床上坦腹卧,如不闻。”郗公云:“正此好!”访之,乃是逸少〔6〕,因嫁女与焉。

【注释】

〔1〕选自刘义庆《世说新语》雅量第六。

〔2〕郗太傅：即郗鉴(269—339)，字道徽，高平金乡(今山东金乡)人。曾任徐州刺史，因平苏峻乱，拜司空，进太尉。

〔3〕王丞相：即王导。

〔4〕东厢：正房东侧的房屋。

〔5〕矜持：紧张，局促。

〔6〕逸少：即王羲之，字逸少。

【评析】

本篇讲王羲之东床快婿事，所写故事颇能体现魏晋名士的风韵和气质。这种风韵和气质是通过对比显露出来的，听说郗太傅要来选婿，王家子弟都很重视，越重视就越紧张，发挥失常。相比之下，王羲之像不知道这件事一样，照常生活。这也许是不在乎，也许是自信。不管是哪种，都可见其过人的气度与胸怀，郗公选其为快婿，还是很有眼光的。

周处自新〔1〕

周处年少时，凶强侠气，为乡里所患。又义兴水中有蛟〔2〕，山中有邅迹虎〔3〕，并皆暴犯百姓〔4〕，义兴人谓为“三横”，而处尤剧。或说处杀虎斩蛟，实冀三横唯余其一。处即刺杀虎，又入水击蛟，蛟或浮或没，行数十里，处与之俱。经三日三夜，乡里皆谓已死，更相庆，竟杀蛟而出。闻里人相庆，始知为人情所患，有自改意。乃自吴寻二陆〔5〕，平原不在，正见清河，具以情告，并云：“欲自修改，而年已蹉跎〔6〕，终无所成。”清河曰：“古人贵朝闻夕死，况君前途尚可。且人患志之不立，亦何忧令名不彰邪？”处遂改励〔7〕，终为忠臣孝子。

【注释】

〔1〕选自刘义庆《世说新语》自新第十五。周处(236—297)：字子隐，吴郡阳羡(今江苏宜兴)人。父周鲂，任吴鄱阳太守。

〔2〕义兴：今江苏宜兴。

〔3〕邅迹：艰难行进，指跛足。

〔4〕暴犯：侵害。

〔5〕二陆：指陆机、陆云兄弟二人。陆机(261—303)，字士衡，吴郡吴县(今江苏苏州)人。祖父陆逊，吴丞相。父陆抗，大司马。入晋后仕著作郎，官至平原内史。陆云(262—303)，陆机弟，字士龙。累迁太子舍人、清河内史。

〔6〕蹉跎：虚度光阴。

〔7〕改励：改过自新，奋发上进。

【评析】

本篇讲周处改过自新事。周处并不是个坏人，这表现在他愿意为乡里杀虎斩蛟，为此差点丢了性命。让他没有想到的是，自己竟然成为乡里头疼的三横之一。可以想象他内心的失落和痛苦，这也证明了他不是坏人，否则就不会有悔改的想法。关键时刻，陆云给了他信心，让其经过改过自新，成为忠臣孝子。这个故事很有励志意义，它告诉后人，想要改过自新，永远都不会晚。

人琴俱亡〔1〕

王子猷〔2〕、子敬俱病笃〔3〕，而子敬先亡。子猷问左右："何以都不闻消息？此已丧矣！"语时了不悲〔4〕。便索舆来奔丧，都不哭。子敬素好琴，便径入坐灵床上，取子敬琴弹，弦既不调，掷地云："子敬！子敬！人琴俱亡。"因恸绝良久〔5〕，月余亦卒。

【注释】

〔1〕选自刘义庆《世说新语》伤逝第十七。

〔2〕王子猷：即王徽之(338—386)，字子猷，王羲之第五子，仕至黄门侍郎。

〔3〕子敬：即王献之(344—386)，字子敬，王羲之第七子，晋简文帝婿。

〔4〕了：全然，完全。

〔5〕恸绝：因悲伤过度而昏厥。

【评析】

本篇讲王子猷吊丧事。全文的重点在王子猷的情感：他听说弟弟去世的消息，“了不悲”，坐车过去奔丧，“都不哭”。似乎不近人情，哪有手足失去而不悲伤的道理。直到将弟弟生前弹过的琴摔到地上，感情这才爆发出来，不是不悲伤，而是伤心至极。“人琴俱亡”四字，写尽王子猷失去亲人后内心的悲凉和绝望。

刘伶病酒[1]

刘伶病酒，渴甚，从妇求酒。妇捐酒毁器[2]，涕泣谏曰：“君饮太过，非摄生之道[3]，必宜断之！”伶曰：“甚善。我不能自禁，唯当祝鬼神，自誓断之耳！便可具酒肉。”妇曰：“敬闻命。”供酒肉于神前，请伶祝誓。伶跪而祝曰：“天生刘伶，以酒为名，一饮一斛，五斗解酲[4]。妇人之言，慎不可听。”便引酒进肉，隗然已醉矣[5]。

【注释】

〔1〕选自刘义庆《世说新语》任证第二十三。刘伶：字伯伦，沛郡（今安徽淮北）人。竹林七贤之一。病酒：饮酒沉醉。

〔2〕捐：舍弃，倒掉。

〔3〕摄生：求生，生活。

〔4〕酲（chéng）：酒醉后的病态。

〔5〕隗（wěi）然：颓倒的样子。

【评析】

本篇讲刘伶病酒事。刘伶喜欢饮酒喜欢到什么程度，开篇一个“病”字用得极为传神，用贪杯之类的词语都没有这样的效果。由此也可以想象，妻子的劝诫不会有什么效果。最后面对鬼神的一段话，可谓刘伶饮酒的宣言书。如此病酒，从生理的依赖到精神的麻醉，达到极致。由此可见刘伶的精神世界，不能仅仅将其作为一个酒徒来看。

王蓝田性急[1]

王蓝田性急。尝食鸡子[2]，以箸刺之[3]，不得，便大怒，举以掷地。鸡子于地圆转未止，仍下地以屐齿蹍之，又不得，瞋甚[4]，复于地取内口中[5]，啮破即吐之。王右军闻而大笑曰[6]："使安期有此性[7]，犹当无一豪可论[8]，况蓝田邪？"

【注释】

〔1〕选自刘义庆《世说新语》忿狷第三十一。王蓝田：即王述(303—368)，字怀祖，太原晋阳人。袭爵蓝田侯。

〔2〕鸡子：鸡蛋。

〔3〕箸：筷子。

〔4〕瞋：愤怒，生气。

〔5〕内：通"纳"，放入。

〔6〕王右军：即王羲之。曾任右将军，故称。

〔7〕安期：即王承，字安期，王述之父。

〔8〕豪：通"毫"，一点。

【评析】

本篇写王蓝田性急之事，写得非常生动传神。本来不过是吃鸡蛋的小事，结果王蓝田弄出了大动静，"刺""举""掷""圆转未止""蹍""内""啮""吐"，一连串动词的运用，带来快节奏的叙述，活画出王蓝田性急的神态，给人一种身临其境的感觉。

《异苑》

刘敬叔

刘敬叔，生卒年不详，彭城（今江苏徐州）人。东晋时拜南平国郎中令。刘宋时历任征西长史、给事黄门郎。后卒于家。

《异苑》，十卷，共三百八十多则。所述多为汉魏六朝时期的传闻异事。

永康人献龟[1]

吴孙权时，永康县有人入山[2]，遇一大龟，即束之以归。龟便言曰："游不量时[3]，为君所得。"人甚怪之，担出欲上吴王。夜泊越里，缆舟于大桑树。宵中，树忽呼龟曰："劳乎元绪[4]，奚事尔耶？"龟曰："我被拘系，方见烹臛[5]。虽然，尽南山之樵，不能溃我。"树曰："诸葛元逊博识[6]，必致相苦。令求如我之徒，计从安出？"龟曰："子明无多辞[7]，祸将及尔。"树寂而止。既至建业，权命煮之，焚柴万车，语犹如故。诸葛恪曰："燃以老桑树乃熟。"献者乃说龟树共言。权使人伐桑树煮之，龟乃立烂。今烹龟犹多用桑薪，野人故呼龟为元绪。

【注释】

〔1〕选自刘敬叔《异苑》卷三。

〔2〕永康县：今浙江金华。

〔3〕量：掌握，把握。

〔4〕元绪：这里指龟的名字。

〔5〕臛（huò）：做成肉羹。

〔6〕诸葛元逊：即诸葛恪（203—253），字元逊，诸葛瑾之子。官至吴丞相、太傅。

〔7〕子明无多辞：这句话的意思是，你既然明白，就不要多说了。

【评析】

本篇讲大龟被桑树烹杀事。这个故事在后世流传甚广，并形成了“老龟烹不烂，移祸在枯桑”这一俗话，意思是灾祸会殃及无辜。如《清平山堂话本》的《曹伯明错勘赃记》篇：“州尹教将伯明枷了，封了赃，做了文书，解上东平府去。有分教个人去数千里外去安身立命。正是：老龟烹不烂，移祸在枯桑。”大龟虽然难以煮烂，但它有短板。桑树看到了这一点，似乎有些幸灾乐祸，但正如大龟说的“祸将及尔”，后来果然如此，大龟命没保住，桑树也未能幸免。

丹阳梅姑庙〔1〕

秦时，丹阳县湖侧有梅姑庙，姑生时有道术，能着履行水上，后负道法，婿怒杀之，投尸于水，乃随流波漂至今庙处铃下〔2〕。巫人当令殡殓，不须坟瘗〔3〕，实时有方头漆棺在祠堂下。晦朔之日〔4〕，时见水雾中，暧然有着履形〔5〕。庙左右不得取鱼、射猎，辄有迷径没溺之患〔6〕。巫云：姑既伤死，所以恶见残杀也。

【注释】

〔1〕选自刘敬叔《异苑》卷五。丹阳：在今江苏镇江。梅姑：旧时传说中的神灵，一说即麻姑。

〔2〕铃：一说作“岭”。

〔3〕瘗（yì）：埋葬。

〔4〕晦：阴历每月最后一天。朔：阴历每月第一天。

〔5〕暧然：昏暗不明的样子。

〔6〕没溺：沉没。

【评析】

本篇讲梅姑传说事。作品记录了有关梅姑的民间传说与习俗,传说中的梅姑是一位悲剧人物,因为会道术,竟然被自己的丈夫杀死,并投尸于水,任其漂泊。自己被冤杀,因此也不喜欢“残杀”,梅姑成为神灵之后,每到固定日期,便不准有人在自己庙宇周围捕鱼打猎。在信仰习俗的背后隐含着生态保护的思想。

刘元游吴郡虎丘〔1〕

刘元字幼祖,少与武帝善〔2〕,而轻何无忌〔3〕,遂不相得,乃去,游吴郡虎丘山,心欲留焉。夜临风长啸,对月鼓琴。于剑池上忽闻环珮音,一女子衣紫罗之衣,垂钿带〔4〕,谓元曰:“吴王爱女,愿来相访。”元曰:“吴王爱女,岂非韩重妻紫玉耶〔5〕?”遂与元偕行,谓元曰:“闻君与刘裕相得,裕是王者,然与何无忌不美,此人恐为君患。若北还仕魏朝,官亦不减牧伯〔6〕。”言讫,忽不见,乃在一大陵松树下,约去虎丘三里许。元乃北去仕魏,累官青州刺史。

【注释】

〔1〕选自刘敬叔《异苑》卷六。

〔2〕武帝:即晋武帝司马炎(236—290),字安世。西晋王朝建立者。公元266—290年在位。

〔3〕何无忌:东晋名将刘牢之的外甥。

〔4〕钿(diàn)带:镶有金属、宝石等的衣带。

〔5〕韩重妻紫玉:详情参见本书《紫珪》篇。

〔6〕牧伯:指州郡长官。

【评析】

本篇讲刘元遇紫玉事。因故事涉及本书前面的《紫珪》,可将两文对读。吴王小女的故事在当时流传甚广,《紫珪》是一篇爱情故事,本文可以看作是续篇。刘元因与何无忌关系紧张，离开朝廷，想在虎丘隐居。这时候紫玉以一位预言者的身份出来，为刘元指明方向，解决了其人生难题。作者应该是有意这样写，他也许是通过《搜神记》了解到这一故事，也许是听亲友讲述，由此丰富了吴王小女故事的内涵。

乐安章沉〔1〕

临海乐安章沉年二十余〔2〕，死经数日，将敛而苏〔3〕，云：被录到天曹〔4〕，天曹主者是其外兄〔5〕，断理得免。初到时，有少年女子同被录送，立住门外。女子见沉事散，知有力助〔6〕，因泣涕，脱金钏一只，及臂上杂宝〔7〕，托沉与主者，求见救济。沉即为请之，并进钏物。良久出语沉：已论秋英，亦同遣去。秋英即此女之名也。于是俱去。脚痛，疲顿殊不堪行。会日亦暮，止道侧小窟，状如客舍，而不见主人。沉共宿嬿接〔8〕，更相问次。女曰："我姓徐，家在吴县乌门〔9〕，临渎为居，门前倒枣树即是也。"明晨各去，遂并活。

沉先为护府军吏，依假出都，经吴乃到乌门，依此寻索，得徐氏舍。与主人叙阔，问秋英何在，主人云："女初不出入，君何知其名？"沉因说昔日魂相见之由。秋英先说之，所言因得。主人乃悟。甚羞，不及寝嬿之事，而其邻人或知，以语徐氏。徐氏试令侍婢数人递出示沉，沉曰非也。乃令秋英见之，则如旧识。徐氏谓为天意，遂以妻沉，生子名曰天赐。

【注释】

〔1〕选自刘敬叔《异苑》卷八。

〔2〕临海乐安：今浙江台州仙居。

〔3〕敛：收殓。

〔4〕天曹：天上的官署。

〔5〕外兄：表兄。

〔6〕有力：有权势、能力的人。

〔7〕杂宝：各种珍宝。

〔8〕嬿（yàn）接：交欢，交合。

〔9〕吴县：今江苏苏州。

【评析】

本篇讲章沉、秋英婚恋事。作品融合了复生、婚恋两种元素，可以看作是六朝志怪故事的集成。故事前半段为复生故事，本来都是录到天曹的，章沉靠自己外兄帮忙，得以复生，秋英向章沉求助，同样达到目的。后半段是两人的婚恋故事，两人由此相识并成就姻缘。伴随着复生结成的姻缘，无疑带有一层命中注定的色彩，难怪徐氏认为是天意，也难怪两人的儿子名叫天赐。

《续齐谐记》

吴　均

吴均(469—520),吴兴故鄣(今浙江安吉)人。历任吴兴郡主簿、奉朝请。擅诗文,精于史学,注范晔《后汉书》,著有《齐春秋》等。

《续齐谐记》,一卷,原书已佚失,今存十七则。所记多神鬼怪异之事。

阳羡书生[1]

阳羡许彦,于绥安山行[2]。遇一书生,年十七八,卧路侧,云脚痛,求寄鹅笼中。彦以为戏言。书生便入笼。笼亦不更广,书生亦不更小,宛然与双鹅并坐,鹅亦不惊。彦负笼而去,都不觉重。前行,息树下,书生乃出笼,谓彦曰:“欲为君薄设[3]。”彦曰:“善。”乃于口中吐出一铜奁子[4],奁子中具诸肴馔,海陆珍羞方丈[5]。其器皿皆铜物。气味香旨[6],世所罕见。酒数行,谓彦曰:“向将一妇人自随,今欲暂邀之。”彦曰:“善。”又于口中吐一女子,年可十五六,衣服绮丽,容貌殊绝。共坐宴。

俄而书生醉卧。此女谓彦曰:“虽与书生结好,而实怀外心。向亦窃得一男子同行,书生既眠,暂唤之,君幸勿言。”彦曰:“善。”女子于口中吐出一男子,年可二十三四,亦颖悟可爱。乃与彦叙寒温。书生卧欲觉,女子口吐一锦行障遮书生。书生乃留女子共卧。男子谓彦曰:“此女子虽有情,心亦不甚尽。向复窃得一女人同行,今欲暂见之,愿君勿泄。”彦曰:“善。”男子又于口中吐一妇人,年可二十许。共宴酌戏谈甚久。

闻书生动声,男子曰:“二人眠已觉。”因取所吐女人,还纳口中。须臾书生处女子乃出，谓彦曰："书生欲起。"乃吞向男子，独对彦坐。然后书生起，谓彦曰："暂眠遂久，君独坐，当悒悒邪[7]！日又晚，当与君别。"遂吞其女子，诸器皿悉纳口中。留大铜盘，可二尺广，与彦别曰："无以藉君，与君相忆也。"彦太元中为兰台令史[8]，以盘饷侍中张散[9]。散看其铭题，云是永平三年作[10]。

【注释】

〔1〕选自吴均《续齐谐记》。阳羡：今江苏宜兴。

〔2〕绥安：今福建漳州。

〔3〕薄设：设小酌、便宴。

〔4〕奁子：旧时盛东西的器皿。

〔5〕方丈：这里指食物很多。

〔6〕香旨：醇香，芳香。

〔7〕悒悒：忧郁，愁闷。

〔8〕太元：东晋孝武帝年号，时间为376—396年。兰台令史：职官名。汉代设置，职掌典校图籍，治理文书。

〔9〕饷：同"飨"，用饮食款待。

〔10〕永平三年：公元60年，永平为东汉明帝年号（58—75）。

【评析】

本篇讲许彦山行奇遇事。作品给人印象最深的是其丰富奇异的想象，先是书生坐在鹅笼中，再是书生变出美味佳肴，这已经够神奇的了，结果还有更神奇的。书生变出女子，女子变出男子，男子再变出女子，然后再逐一收回，越变越奇，这种套娃似的变幻让人眼界大开。究其渊源，可以追溯到印度佛教。佛教自东汉传入中国，给社会文化各个方面带来深远影响，其中包括文学艺术。六朝小说多写幻术，其中不少受到异域文化影响，这篇作品是个典型的例子。

沈既济

沈既济，生卒年不详，吴县（今江苏苏州）人。历任太常寺协律郎、左拾遗、史馆修撰、礼部员外郎。著有《建中实录》《选举志》等，今皆佚。小说作品有《枕中记》《任氏传》等，对后世文学有较大影响。

枕中记[1]

开元七年[2]，道者吕翁[3]，行邯郸道中[4]，息邸舍[5]，摄帽弛带[6]，隐囊而坐[7]。俄有邑中少年卢生，衣短褐[8]，乘青驹，将适于田，亦止邸中，与翁接席[9]，言笑殊畅。

久之，卢生顾其衣装敝亵[10]，乃叹曰："大丈夫生世不谐[11]，而困如是乎。"翁曰："观子肤极腧[12]，体胖无恙，谈谐方适，而叹其困者，何也？"生曰："吾此苟生耳，何适之为。"翁曰："此而不适，又何为适？"生曰："当建功树名，出将入相，列鼎而食[13]，选声而听[14]，使族益茂而家用肥，然后可以言其适。吾志于学而游于艺[15]，自惟当年[16]，朱紫可拾[17]。今已适壮，犹勤田亩[18]。非困而何？"言讫，目昏思寐。

是时主人蒸黄粱为馔[19]，共待其熟。翁乃探囊中枕以授之，曰："子枕此，当令子荣适如志。"其枕瓷而窍其两端[20]，生俯首就之。

【注释】

〔1〕选自陈翰《异文集》。

〔2〕开元七年：即公元719年。开元为唐玄宗年号（713—741）。

〔3〕道者：得道的人。

〔4〕邯郸：唐县名，今属河北。

〔5〕邸舍：客店，客栈。

〔6〕摄帽弛带：拿着帽子，松开衣带。

〔7〕隐囊：供人倚凭的软囊。这里指靠着隐囊而坐。

〔8〕短褐：旧时平民穿的粗布短衣。

〔9〕接席：坐席相接，形容亲近。

〔10〕敝亵：破旧肮脏。

〔11〕不谐：不顺利，不如意。

〔12〕腧：同“腴”，丰腴。

〔13〕列鼎而食：旧时贵族用鼎烹煮食物，后用以形容豪门贵族的奢侈生活。

〔14〕选声：选择优美的音乐。

〔15〕志于学而游于艺：语出《论语》：“吾十有五而志于学……”“志于道，据于德，依于仁，游于艺。”意思是有志于学问，游憩于六艺。

〔16〕惟：想。

〔17〕朱紫：红色、紫色的官服，借指高官。

〔18〕勤：忙于，致力于。

〔19〕蒸黄粱为馔：蒸黄小米做饭。

〔20〕窍其两端：两端有孔洞。

寐中，见其窍渐大，明朗可处〔1〕，举身而入，遂至其家。

数月，娶清河崔氏女〔2〕，女容甚丽而产甚殷，生大悦，由是衣裘服御〔3〕，日已华侈。明年，举进士，登甲科〔4〕，解褐授校书郎〔5〕，应制举〔6〕，授渭南县尉〔7〕，迁监察御史〔8〕、起居舍人〔9〕，为制诰〔10〕。三年即真〔11〕。出典同州〔12〕，寻转陕州〔13〕。生好土功〔14〕，自陕西开河八十里，以济不通。邦人赖之〔15〕，立碑颂德。迁汴州〔16〕，领河南道采访使〔17〕，入京为京兆尹〔18〕。

【注释】

〔1〕处：置身。

〔2〕清河崔氏：当时的豪门大族。清河，今属河北。

〔3〕服御：服饰车马器用之类。

〔4〕甲科：唐宋进士分甲乙科，甲为第一等。

〔5〕解褐授校书郎：进入仕途，任校书郎。解褐，脱去布衣，指出仕做官。校书郎，官名，曹魏时始置，管理宫中所藏典籍。

〔6〕制举：唐代科举取士，皇帝亲自诏试于殿廷，称“制举科”，简称“制举”或“制科”。

〔7〕渭南：今属陕西。县尉：官名，主管治安。

〔8〕监察御史：官名，隋代始设，掌管监察百官，肃整朝仪等事务。

〔9〕起居舍人：官名，隋代始设，负责记录皇帝所发命令。

〔10〕制诰：起草诏令。

〔11〕真：由代理转为实际掌职。

〔12〕出：出京到地方做官。典：主管。同州：治所在今陕西大荔。

〔13〕陕州：今河南三门峡。

〔14〕土功：治水、筑城等工程。

〔15〕邦人：乡里之人。

〔16〕汴州：今河南开封。

〔17〕采访使：官名，唐代始设。分全国为十五道，每道置采访处置使，简称采访使，掌管检查刑狱和监察州县官吏。

〔18〕京兆尹：官名，管辖京都地区的行政长官。

是时神武皇帝方事夷狄〔1〕，恢宏土宇〔2〕，会吐蕃悉抹逻、烛龙莽布支攻陷瓜、沙〔3〕，节度使王君㚟新被杀〔4〕，河湟战恐〔5〕。帝思将帅之任，遂除生御史中丞〔6〕、河西陇右节度使〔7〕，大破戎虏七千级〔8〕，开地九百里，筑三大城以防要害，北边赖之，勒石纪功焉〔9〕。归朝策勋〔10〕，恩礼极崇。转御史大夫〔11〕、吏部侍郎〔12〕。物望清重，群情翕习〔13〕，大为当时宰相所忌，以飞语中之〔14〕，贬端州刺史〔15〕。

【注释】

〔1〕神武皇帝：即唐玄宗李隆基（685—762），其尊号为开元圣文神武皇帝。方事夷狄：正与少数民族有战事。

〔2〕恢宏土宇：扩大疆域。

〔3〕吐蕃：古代藏族政权，在今青藏高原。悉抹逻、烛龙莽布支，均为人名。瓜：即瓜州，今属甘肃酒泉。沙：即沙洲，治所在今甘肃敦煌。

〔4〕节度使：官名，掌管地方军政大权。王君㚟（chuò）：唐开元时任凉州都督、河西节度使。

〔5〕河隍：黄河与湟水之间的地区。隍，通"湟"。战恐：恐惧发抖。

〔6〕御史中丞：官名，主管章奏，监察百官。

〔7〕河西陇右：在今陕西、甘肃一带。

〔8〕七千级：指杀敌斩首七千人。

〔9〕勒石：刻石纪念。

〔10〕策勋：将功勋载之策书。

〔11〕御史大夫：官名，负责监督百官，为丞相副手。

〔12〕吏部侍郎：官名，吏部副长官。

〔13〕翕（xī）习：和谐亲近。这里指大家和卢生相处和谐，彼此亲近。

〔14〕飞语：流言。中：中伤。

〔15〕端州：今广东肇庆。刺史：官名，地方长官。

三年，征还〔1〕，除户部尚书〔2〕。未几，拜中书侍郎〔3〕，同中书门下平章事〔4〕，与萧令嵩〔5〕、裴侍中光庭同掌大政十年〔6〕，嘉谋密命〔7〕，一日三接〔8〕，献替启沃〔9〕，号为贤相。同列者害之〔10〕，遂诬与边将交结，所图不轨。下狱，府吏引徒至其门，追之甚急，生惶骇不测。泣谓妻子曰："吾家本山东，良田数顷，足以御寒馁，何苦求禄！而今及此，思复衣短褐，乘青驹，行邯郸道中，不可得也！"引刀欲自裁，其妻救之得免。共罪者皆死，生独有中人保护〔11〕，得减死，论出授驩牧〔12〕。

【注释】

〔1〕征还：皇帝征召回京。

〔2〕户部尚书：官名，户部长官。

〔3〕中书侍郎：官名，中书省副长官，协助中书令管理中书省事务。

〔4〕同中书门下平章事：官名，唐代实际担任宰相者往往授此衔。

〔5〕萧令嵩：即萧嵩（668—749），唐玄宗时宰相。

〔6〕裴侍中光庭：即裴光庭（678—733），唐玄宗时宰相。

〔7〕嘉谋：好的谋略。密命：皇帝的秘密敕命。

〔8〕一日三接：指每天与皇帝多次见面。

〔9〕献替：典出《左传·昭公二十年》："臣献其可以去其否。"意思是进献可行者、废去不可行者。启沃：典出《尚书·说命》："启乃心，沃朕心。"意思是开导、沃润皇帝的心。

〔10〕同列者：指与卢生共事，位次相同的官员。害：嫉恨。

〔11〕中人：这里指太监。

〔12〕论：判定罪行。驩（huān）牧：驩州太守。驩州，在今越南义安和河静。

数岁，帝知其冤，复起为中书令〔1〕，封赵国公，恩旨殊渥〔2〕，备极一时。

生有五子：曰俭、曰传、曰位，曰倜、曰倚，皆有才器〔3〕。俭进士登第，为考功员外〔4〕；传为侍御史〔5〕；位为太常丞〔6〕；倜为万年尉〔7〕；季子倚最贤，年二十四，为右补阙〔8〕。其姻媾皆天下望族〔9〕。有孙十余人。

凡两窜岭表〔10〕，再登台铉〔11〕，出入中外〔12〕，回翔台阁〔13〕，三十余年间，崇盛赫奕〔14〕，一时无比。

【注释】

〔1〕中书令：官名，中书省长官。

〔2〕恩旨：恩典。渥：优厚。

〔3〕才器：才气格局。

〔4〕考功员外：即考功员外郎，官名，隋代始设，掌外官考课之事。

〔5〕侍御史：官名，掌纠察百官。

〔6〕太常丞：官名，太常寺副长官，掌管礼乐。

〔7〕万年尉：官名，即万年县尉，掌分判诸司之事。

〔8〕右补阙：官名，掌供奉讽谏。

〔9〕姻媾（gòu）：姻亲。

〔10〕窜：放逐，流放。岭表：岭外，即岭南。

〔11〕台铉：台鼎，指宰辅重臣。铉：举鼎的器具。

〔12〕中外：朝廷内外，指中央与地方。

〔13〕回翔：盘旋，流连。台阁：尚书台，指朝廷重要部门。

〔14〕赫奕：显赫、光耀。

末节颇奢荡〔1〕，好逸乐，后庭声色皆第一。前后赐良田甲第〔2〕、佳人名马，不可胜数。后年渐老，屡乞骸骨〔3〕，不许。及病，中人候望，接踵于路，名医、上药毕至焉。

将终，上疏曰："臣本山东书生，以田圃为娱。偶逢圣运，得列官序。过蒙荣奖，特受鸿私〔4〕，出拥旄钺〔5〕，入升鼎辅〔6〕，周旋中外，绵历岁年〔7〕，有忝恩造〔8〕，无裨圣化〔9〕。负乘致寇〔10〕，履薄战兢。日极一日，不知老之将至。今年逾八十，位历三公〔11〕。钟漏并歇〔12〕，筋骸俱弊，弥留沉困，殆将溘尽〔13〕。顾无诚效〔14〕，上答休明〔15〕，空负深恩，永辞圣代。无任感恋之至〔16〕。谨奉表称谢以闻。"

诏曰："卿以俊德〔17〕，作朕元辅，出雄藩垣〔18〕，入赞缉熙〔19〕，升平二纪〔20〕，实卿是赖。比因疾累〔21〕，日谓痊除〔22〕，岂遽沉顿〔23〕，良深悯默〔24〕。今遣骠骑大将军高力士就第候省〔25〕，其勉加针石〔26〕，为余自爱。宴冀无妄〔27〕，期丁有喜〔28〕。"

其夕卒。

【注释】

〔1〕末节：指晚年。奢荡：奢侈放纵。

〔2〕甲第：豪门贵族的宅第。

〔3〕乞骸骨：请求告老返乡。

〔4〕鸿私：鸿恩。

〔5〕旄(máo)钺(yuè)：旄节和斧钺，借指兵权。

〔6〕鼎辅：执政大臣。

〔7〕绵历：延续时间长久。

〔8〕忝(tiǎn)：辱，有愧于。谦辞。恩造：皇帝的恩典。

〔9〕裨(bì)：增添，补益。圣化：天子的教化。

〔10〕负乘致寇：典出《易·解》："六三：负且乘，致寇至，贞吝。"这里指居非其位，才不称职，就会招致祸患。

〔11〕三公：旧时朝廷三种最高官衔的合称，即丞相、太尉、御史大夫。

〔12〕钟漏并歇：比喻年老衰残。

〔13〕溘(kè)尽：突然离世。

〔14〕诚效：忠诚和效力。

〔15〕休明：美好清明，赞美明君或盛世。

〔16〕无任：很，非常，不胜。

〔17〕俊德：才能杰出。

〔18〕雄：称雄。藩垣：藩篱和垣墙，比喻藩镇屏障。

〔19〕赞：辅佐。缉熙：典出《诗·大雅·文王》："穆穆文王，于缉熙敬止。"指光明、光辉。

〔20〕升平：太平。二纪：一纪十二年，二纪即二十四年。

〔21〕比：及，等到。

〔22〕痊(quán)除：痊愈。

〔23〕沉顿：沉重。

〔24〕悯默：因忧伤而沉默。

〔25〕高力士(684—762)：唐玄宗近侍宦官，官至骠骑大将军。候省：探视问候。

〔26〕针石：针灸。这里指治疗。

〔27〕寔冀无妄：愿希望不会落空。

〔28〕期丁有喜：期盼痊愈的喜讯。

卢生欠伸而寤[1]，见方偃于邸中[2]，顾吕翁在傍，主人蒸黄粱尚未熟，触类如故[3]，蹶然而兴曰[4]：“岂其梦寐耶！”翁笑谓曰：“人世之事，亦犹是矣。”生怃然良久[5]，谢曰：“夫宠辱之数[6]，穷达之运，得丧之理，死生之情，尽知之矣。此先生所以窒吾欲也[7]，敢不受教。”再拜而去。

【注释】

〔1〕欠伸而寤：打着哈欠、伸着懒腰醒来。

〔2〕偃：仰卧。

〔3〕触类如故：各种东西都和原来一样，一切照常。触类，各种，每项。

〔4〕蹶（jué）然：急忙起身的样子。兴：站起来。

〔5〕怃（wǔ）然：怅然失意的样子。

〔6〕数：命运，天命。

〔7〕窒：抑止，断绝。

【评析】

本篇写卢生黄粱一梦事。卢生在旅店偶遇吕翁，对现状很是不满，吐露羡慕富贵功名之心。于是吕翁借法术让其在梦中实现自己的理想。在梦中卢生飞黄腾达，青云直上，一个人所能达到的尊崇，他都享受过，自然其间也经历了被小人中伤、贬谪远方等痛苦，最终寿终正寝，完满地度过了一生。作品详细描写了这一过程。值得注意的是作品的结尾，卢生醒来之后，再也没有之前的牢骚，而是向吕翁表示感谢。何以一梦之后思想发生如此大的转变？其实他本人已经揭示了答案，那就是他终于明白了“宠辱之数，穷达之运，得丧之理，死生之情”，所谓荣华富贵，所谓高官厚禄，不过是短暂的一梦，人生中还有比这些更为重要的东西。

任氏传[1]

任氏,女妖也。有韦使君者[2],名崟[3],第九,信安王祎之外孙[4]。少落拓[5],好饮酒。其从父妹婿曰郑六[6],不记其名。早习武事,亦好酒色,贫无家,托身于妻族[7]。与崟相得,游处不间。

天宝九年夏六月[8],崟与郑子偕行于长安陌中[9],将会饮于新昌里[10]。至宣平之南[11],郑子辞有故,请间去,继至饮所。崟乘白马而东,郑子乘驴而南,入升平之北门[12]。偶值三妇人行于道中,中有白衣者,容色姝丽。郑子见之惊悦,策其驴,忽先之,忽后之,将挑而未敢。白衣时时盼睐[13],意有所授。郑子戏之曰:"美艳若此而徒行,何也?"白衣笑曰:"有乘不解相假[14],不徒行何为?"郑子曰:"劣乘不足以代佳人之步,今辄以相奉。某得步从,足矣。"相视大笑。同行者更相眩诱[15],稍已狎昵[16]。

【注释】

〔1〕选自陈翰《异文集》。

〔2〕使君:汉代以后对州郡长官的尊称。

〔3〕崟(yín):韦崟,生卒年不详,曾任陇州刺史。

〔4〕信安王祎:即李祎(?—743),陇西成纪(今甘肃秦安)人。唐太宗李世民曾孙,吴王李恪之孙,曾任兵部尚书,被封信安郡王。

〔5〕落拓:放荡,不拘小节。

〔6〕从父妹:堂妹。从,旧读zòng,表堂房亲属。

〔7〕托身:寄身。

〔8〕天宝九年:即公元750年,天宝为唐玄宗年号。

〔9〕陌:市内街道。

〔10〕新昌里:唐代里坊名,在长安城东延庆门附近,朱雀街东自北数第八坊。

〔11〕宣平:唐代里坊名,紧邻新昌里之西。

〔12〕升平:唐代里坊名,紧邻宣平坊之南。

〔13〕盼睐：眼睛斜瞟着。

〔14〕乘（shèng）：四马一车为一乘。此处指坐骑。

〔15〕眩诱：用目光引诱。

〔16〕狎昵：过于亲近而态度不庄重。

郑子随之，东至乐游园[1]，已昏黑矣。见一宅，土垣车门[2]，室宇甚严。白衣将入，顾曰“愿少踟蹰”而入[3]。女奴从者一人，留于门屏间，问其姓第，郑子既告，亦问之。对曰：“姓任氏，第二十。”少顷，延入。

郑子絷驴于门[4]，置帽于鞍。始见妇人，年三十余，与之承迎[5]，即任氏姊也。列烛置膳，举酒数觞。任氏更衣理妆而出，酣饮极欢。夜久而寝，其妍姿美质，歌笑态度，举措皆艳，殆非人世所有。将晓，任氏曰：“可去矣。某兄弟名系教坊[6]，职属南衙[7]，晨兴将出，不可淹留。”乃约后期而去。

【注释】

〔1〕乐游园：古苑名，在今陕西西安南郊，唐时为长安游览名胜。

〔2〕车门：大门旁专供车马出入的门。

〔3〕踟蹰：徘徊不前的样子。

〔4〕絷：栓，系。

〔5〕承迎：迎接。

〔6〕教坊：旧时宫廷音乐机构。始创于唐代，管理宫廷俗乐教习和演出事宜。

〔7〕南衙：唐代禁卫军有南衙、北衙之分，兵分隶十六卫。

既行，及里门，门扃未发[1]。门旁有胡人鬻饼之舍[2]，方张灯炽炉。郑子憩其庑下[3]，坐以候鼓[4]，因与主人言。郑子指宿所以问之曰：“自此东转有门者，谁氏之宅？”主人曰：“此隤墉弃地[5]，无第宅也。”郑子曰：“适过之，曷以云无？”与之固争。主人遽悟，乃曰：“吁！我知之矣。此中有一狐，多诱男子寓宿，尝三见矣。今子亦遇乎？”郑子赧而隐曰[6]:“无。”质明[7],复视其所,见土垣车门如故。窥其中,皆蓁荒及废圃耳[8]。

既归,见崟。崟责以失期,郑子不泄,以他事对。然想其艳冶[9],愿复一见之心,常存之不忘。

【注释】

〔1〕扃:上闩,关门。

〔2〕鬻(yù):卖。

〔3〕庑(wǔ):堂下周围的走廊、廊屋。

〔4〕候鼓:等待解除宵禁的鼓声。

〔5〕隤(tuí)墉:残垣。隤指倒下,墉指高墙。

〔6〕赧(nǎn):因羞惭而脸红。

〔7〕质明:天刚亮的时候。

〔8〕蓁(zhēn):草木茂盛的样子。

〔9〕艳冶:艳丽妖冶,多形容女子的仪态。

经十许日,郑子游,入西市衣肆[1],瞥然见之[2],曩女奴从。郑子遽呼之,任氏侧身周旋于稠人中以避焉。郑子连呼前迫,方背立,以扇障其后,曰:“公知之,何相近焉?”郑子曰:“虽知之,何患?”对曰:“事可愧耻,难施面目。”郑子曰:“勤想如是,忍相弃乎?”对曰:“安敢弃也,惧公之见恶耳。”郑子发誓,词旨益切。任氏乃回眸去扇,光彩艳丽如初。谓郑子曰:“人间如某之比者非一,公自不识耳,无独怪也。”郑子请之与叙欢。对曰:“凡某之流,为人患忌者非他,为其伤人耳。某则不然。若公未见恶,愿终己以奉巾栉[3]。意有少怠,自当屏退,不待逐也。今旧居僻陋,不可复往。”郑子许与谋栖止[4],任氏曰:“从此而东,安邑坊之内曲有小宅[5],宅中有小楼,楼前有大树出于栋间者,门巷幽静,可税以居[6]。前时自宣平之南,乘白马而东者,非君妻之昆弟乎[7]?其家多什器[8],可以假用。”

【注释】

〔1〕西市:唐代长安有东西两大集市,西市位于廓城偏北、皇城西南。

〔2〕瞥然:忽然。

〔3〕巾栉:原指毛巾和梳子,代指婢妾执管之事。

〔4〕栖止:停留,居住。

〔5〕安邑坊:在长安城西,紧邻上文提到的宣平之北。

〔6〕税:租。

〔7〕昆弟:兄弟。

〔8〕什器:日用器物。

是时,崟伯叔从役于四方,三院什器,皆贮藏之。郑子如言访其舍,而诣崟假什器。问其所用,郑子曰:“新获一丽人,已税得其舍,假具以备用。”崟笑曰:“观子之貌,必获诡陋,何丽之绝也。”崟乃悉假帷帐榻席之具,使家僮之慧黠者随以觇之[1]。俄而奔走返命,气吁汗洽。崟迎问:“有之乎?”曰:“有。”又问:“容若何?”曰:“奇怪也,天下未尝见之矣!”崟姻族广茂,且夙从逸游[2],多识美丽。乃问曰:“孰若某美?”僮曰:“非其伦也[3]!”崟遍比其佳者四五人,皆曰:“非其伦。”是时吴王之女有第六者[4],则崟之内妹[5],秾艳如神仙,中表素推第一[6]。崟问曰:“孰与吴王家第六女美?”又曰:“非其伦也。”崟抚手大骇曰:“天下岂有斯人乎?”遽命汲水澡颈,巾首膏唇而往[7]。

【注释】

〔1〕觇(chān):偷偷地察看。

〔2〕逸游:放纵游乐。

〔3〕伦:辈,类。

〔4〕吴王:即李巘,吴王李祇子,李祇即信安王李祎之弟。李巘生卒年不详,官

至宗正卿、检校刑部尚书。

〔5〕内妹：舅表妹或妻妹。

〔6〕中表：父亲姊妹之子为外兄弟，母亲兄弟姊妹之子为内兄弟，合称为“中表”。

〔7〕巾首膏唇：这里巾、膏作动词，指裹头巾、涂唇膏。

既至，郑子适出。崟入门，见小僮拥彗方扫〔1〕，有一女奴在其门，他无所见。征于小僮，小僮笑曰：“无之。”崟周视室内，见红裳出于户下。迫而察焉，见任氏戢身匿于扇间〔2〕。崟引出，就明而观之，殆过于所传矣。

崟爱之发狂，乃拥而凌之〔3〕，不服，崟以力制之。方急，则曰：“服矣。请少回旋。”既纵，则捍御如初，如是者数四。崟乃悉力急持之。任氏力竭，汗若濡雨〔4〕，自度不免，乃纵体不复拒抗，而神色惨变。

崟问曰：“何色之不悦？”任氏长叹息曰：“嗟乎，郑六之可哀也！”崟曰：“何谓？”对曰：“郑生有六尺之躯，而不能庇一妇人，岂丈夫哉！且公少豪侈，多获佳丽，遇某之比者众矣。而郑生穷贱，其所称惬者，唯某而已。忍以有余之心，而夺人之不足乎？哀其穷馁不能自立，衣公之衣，食公之食，故为公所褻耳。若糠糗可给〔5〕，不当至是。”崟豪俊，有义烈，闻其言，遽置之。敛衽而谢曰〔6〕：“不敢。”俄而郑子至，与崟相视咍乐〔7〕。

【注释】

〔1〕彗：扫帚。

〔2〕戢：收敛，藏。

〔3〕凌：侵犯，欺压。

〔4〕濡雨：被雨淋湿。

〔5〕糠糗（qiǔ）：此处泛指粮食。糠指稻、麦、谷子等果实脱落的壳或皮，糗指干粮。

〔6〕敛衽：整理衣襟，表示恭敬。

〔7〕咍（hāi）乐：嘻笑欢乐。

自是，凡任氏之薪粒牲饩[1]，皆崟给焉。任氏时有经过，出入或车马舆步，不常所止[2]。崟日与之游，甚欢。每相狎昵，无所不致，唯不及乱而已。是以崟爱之重之，无所吝惜[3]，一食一饮，未尝忘焉。

任氏知其爱己，因言以谢曰："愧公之见爱甚矣。顾以陋质，不足以答厚意；且不能负郑生，故不得遂公欢。某，秦人也，生长秦城[4]，家本伶伦[5]，中表姻族，多为人宠媵，以是长安狭斜[6]，悉与之通。或有姝丽，悦而不得者，为公致之可矣。愿持此以报德。"崟曰："幸甚！"廛中有鬻衣之妇曰张十五娘者[7]，肌体凝洁，崟常悦之。因问任氏："识之乎？"对曰："是某表娣妹[8]，致之易耳。"旬余，果致之。

数月厌罢。任氏曰："市人易致，不足以展效。或有幽绝之难谋者，试言之，愿得尽智力焉。"崟曰："昨者寒食，与二三子游于千福寺。见刁将军缅张乐于殿堂[9]。有善吹笙者，年二八，双鬟垂耳，娇姿艳绝。当识之乎？"任氏曰："此宠奴也。其母即妾之内姊也，求之可也。"崟拜于席下，任氏许之。乃出入刁家。

【注释】

〔1〕薪粒牲饩（xì）：柴米肉食。

〔2〕不常所止：所去之处不固定。

〔3〕吝惜：吝啬顾惜。

〔4〕秦城：今甘肃天水。

〔5〕伶伦：乐人或戏曲演员的代称。

〔6〕狭斜：小街曲巷，多指妓院。

〔7〕廛（chán）：旧时城里平民的房地。

〔8〕娣妹：姊妹。

〔9〕刁将军缅：即刁缅，正史无考，《太平广记》等称其官至左卫率、右骁卫将

军、左羽林将军。

月余，崟促问其计。任氏愿得双缣以为赂[1]，崟依给焉。后二日，任氏与崟方食，而缅使苍头控青骊以迓任氏[2]。任氏闻召，笑谓崟曰："谐矣。"初，任氏加宠奴以病，针饵莫减[3]。其母与缅忧之方甚，将征诸巫。任氏密赂巫者，指其所居，使言从就为吉。及视疾，巫曰："不利在家，宜出居东南某所，以取生气。"缅与其母详其地，则任氏之第在焉，缅遂请居。任氏谬辞以逼狭[4]，勤请而后许。乃辇服玩[5]，并其母偕送于任氏。至则疾愈。未数日，任氏密引崟以通之，经月乃孕。其母惧，遽归以就缅，由是遂绝。

【注释】

〔1〕缣（jiān）：双丝的细绢。

〔2〕苍头：家奴，奴仆。青骊：青黑相杂的马。迓（yà）：迎接。

〔3〕针饵：针灸和药物。

〔4〕逼狭：狭窄。

〔5〕辇服玩：用车拉着服饰和玩赏的物品。

他日，任氏谓郑子曰："公能致钱五六千乎？将为谋利。"郑子曰："可。"遂假求于人，获钱六千。任氏曰："有人鬻马于市者，马之股有疵，可买以居之。"郑子如市，果见一人牵马求售者，眚在左股[1]。郑子买以归。其妻昆弟见，皆嗤之，曰："是弃物也，买将何为？"无何，任氏曰："马可鬻矣，当获三万。"郑子乃卖之。有酬二万，郑子不与。一市尽曰："彼何苦而贵买？此何爱而不鬻？"郑子乘之以归，买者随至其门，累增其估，至二万五千，亦不与，曰："非三万不可。"其妻昆弟聚而诟之。郑子不获已[2]，遂卖，卒不登三万。既而密伺买者，征其由，乃昭应县之御马疵股者[3]，死三岁矣。斯吏不时除籍[4]，官征其估，计钱六万，设其以半买之，所获尚多以。若有马以备数，则三年刍粟之估[5]，皆吏得之，且所偿盖寡，是以买耳。

任氏又以衣服故弊，乞衣于崟。崟将买全彩与之，任氏不欲，曰："愿得成制者。"崟召市人张大为买之，使见任氏，问所欲。张大见之，惊谓崟曰："此必天人贵戚，为郎所窃，且非人间所宜有者，愿速归之，无及于祸。"其容色之动人也如此。竟买衣之成者，而不自纫缝也，不晓其意。

【注释】

〔1〕眚（shěng）：瑕疵，小的毛病。

〔2〕不获已：不得已，没有办法。

〔3〕昭应县：在今陕西临潼。

〔4〕除籍：除去名籍。

〔5〕刍粟：刍粮，指供军队用的饲料和粮食。

后岁余，郑子武调[1]，授槐里府果毅尉[2]，在金城县[3]。时郑子方有妻室，虽昼游于外，而夜寝于内，多恨不得专其夕。将之官，邀与任氏俱去。任氏不欲往，曰："旬月同行，不足以为欢。请计给粮饩[4]，端居以迟归[5]。"郑子恳请，任氏愈不可。郑子乃求崟资助，崟与更劝勉，且诘其故。任氏良久曰："有巫者言，某是岁不利西行，故不欲耳。"郑子甚惑也，不思其他，与崟大笑曰："明智若此，而为妖惑，何哉！"固请之。任氏曰："倘巫者言可征，徒为公死，何益？"二子曰："岂有斯理乎！"恳请如初。任氏不得已，遂行。

崟以马借之，出祖于临皋[6]，挥袂别去。信宿[7]，至马嵬[8]。任氏乘马居其前，郑子乘驴居其后。女奴别乘，又在其后。是时西门圉人教猎狗于洛川[9]，已旬日矣。适值于道，苍犬腾出于草间。郑子见任氏欻然坠于地[10]，复本形而南驰。苍犬逐之。郑子随走叫呼，不能止。里余，为犬所获。

【注释】

〔1〕武调：铨选武官职位。

〔2〕槐里府：在今陕西兴平。果毅尉：职官名，为折冲都尉副职，每折冲府二人，共同掌管府兵。

〔3〕金城县：在今陕西兴平。唐景龙四年(710)，中宗送金城公主去吐蕃至此，故名。

〔4〕粮饩：食物。

〔5〕端居：安居，闲居。迟归：等待归来。

〔6〕出祖：饯别。临皋：唐代驿站，在长安城西十里。

〔7〕信宿：连宿两夜。

〔8〕马嵬：在今陕西兴平西。

〔9〕圉(yǔ)人：职官名，掌管养马放牧等事，此处泛称养马人。洛川：今属陕西。

〔10〕欻(xū)然：忽然。

郑子衔涕〔1〕，出囊中钱赎以瘗之〔2〕，削木为记。回睹其马，啮草于路隅，衣服悉委于鞍上，履袜犹悬于镫间，若蝉蜕然。唯首饰坠地，余无所见。女奴亦逝矣。

旬余，郑子还城。崟见之喜，迎问曰："任子无恙乎？"郑子泫然对曰〔3〕："殁矣。"崟闻之惊恸，相持于室，尽哀。徐问疾故，答曰："为犬所害。"崟曰："犬虽猛，安能害人？"答曰："非人。"崟骇曰："非人，何者？"郑子方述本末。崟惊讶叹息不能已。明日，命驾与郑子俱适马嵬，发瘗视之，长恸而归。追思前事，唯衣不自制，与人颇异焉。

其后郑子为总监使〔4〕，家甚富，有枥马十余匹〔5〕。年六十五，卒。

【注释】

〔1〕衔涕：含泪。

〔2〕瘗(yì)：掩埋，埋葬。

〔3〕泫然：流泪的样子。

〔4〕总监使：职官名，掌管宫苑、养牧等事。

〔5〕枥马：拴在马槽上的马。这里指郑子家养的马。

大历中[1]，沈既济居钟陵[2]，尝与崟游，屡言其事，故最详悉。后崟为殿中侍御史[3]，兼陇州刺史[4]，遂殁而不返。

嗟乎！异物之情也，有人道焉。遇暴不失节，徇人以至死[5]，虽今妇人有不如者矣。惜郑生非精人，徒悦其色而不征其情性。向使渊识之士，必能揉变化之理[6]，察神人之际，著文章之美，传要妙之情，不止于赏玩风态而已。惜哉！

【注释】

〔1〕大历：唐代宗年号（766—779）。

〔2〕钟陵：在今江西进贤。

〔3〕殿中侍御史：职官名，掌殿廷仪卫及京城纠察事。

〔4〕陇州：今陕西陇县。

〔5〕徇：顺从，依从。

〔6〕揉：探究，揣摩。

建中二年[1]，既济自左拾遗与金吾将军裴冀[2]、京兆少尹孙成[3]、户部郎中崔儒[4]、右拾遗陆淳[5]，皆谪居东南，自秦徂吴[6]，水陆同道。时前拾遗朱放因旅游而随焉[7]。浮颍涉淮[8]，方舟沿流[9]，昼宴夜话，各征其异说。众君子闻任氏之事，共深叹骇，因请既济传之，以志其异云。沈既济撰。

【注释】

〔1〕建中二年：即公元781年，建中为唐德宗年号（780—783）。

〔2〕左拾遗：职官名，武周置左右拾遗，掌供奉讽谏。金吾将军：职官名，掌管

宫中及京城昼夜巡警之事。裴冀：生平事迹不详。

〔3〕京兆：京师。少尹：职官名，府州副职。孙成（？—789）：字退思，潞州涉县（今河北涉县）人。以父荫累授云阳、长安尉，历任监察御史，转殿中。

〔4〕户部郎中：职官名，户部某司主管。崔儒：生卒不详，滑州灵昌（今河南滑县）人。历任起居舍人、户部郎中。著有《严先生钓台记》。

〔5〕陆淳（？—806）：一名陆质，字伯冲，吴郡（今江苏苏州）人。历任信州、台州刺史。著有《春秋集传纂例》《春秋微旨》等。按，新、旧《唐书》本传均记载陆淳官拜左拾遗，疑为沈既济之误。

〔6〕徂（cú）：往。

〔7〕朱放：生卒不详，约为代宗时人，贞元二年（786）拜左拾遗，辞不就。

〔8〕浮颍涉淮：渡过颍水和淮水。淮水发源于河南桐柏，经湖北、河南、安徽、江苏四省，于江苏扬州入江；颍水为淮水最大支流。

〔9〕方舟：船只相连。

【评析】

本篇讲郑六、任氏的爱情故事。与六朝小说中祸害人类的妖狐不同，任氏尽管也有神异的一面，但更多表现出人的特点，而且是那种符合男性理想的女性特点，正如作者所感叹的，“异物之情也，有人道焉”。面对韦崟的侵犯，她坚守贞节；明知大凶，她仍跟随郑六西行。也是这一点导致了最后的悲剧。六朝志怪小说写人妖之恋，多强调人妖之间的对立，这篇小说在写法上有新的突破，一方面写出妖狐的人性，另一方面重在写两者的和谐。郑六虽然知道了任氏的身份，但并不嫌弃，仍然愿意与其相处，任氏也以人的身份与郑六相爱。这种写法对后世影响很大，比如蒲松龄《聊斋志异》对鬼狐花妖的描写显然受到《任氏传》等唐代小说的影响。

李公佐

李公佐，字颛蒙，陇西(今属甘肃)人。生卒年不详。举进士。曾任江南西道观察使判官。《旧唐书·宣宗纪》载李公佐武宗会昌初为扬州录事参军，宣宗大中二年(848)因事削两任官，不知与小说家李公佐是否为同一人。其小说作品有《南柯太守传》《谢小娥传》《庐江冯媪传》《古岳渎经》等。

南柯太守传〔1〕

东平淳于棼〔2〕，吴楚游侠之士〔3〕。嗜酒使气，不守细行〔4〕。累巨产，养豪客。曾以武艺补淮南军裨将〔5〕，因使酒忤帅，斥逐落魄，纵诞饮酒为事〔6〕。家住广陵郡东十里，所居宅南有大古槐一株，枝干修密，清阴数亩。淳于生日与群豪大饮其下。

唐贞元十年九月〔7〕，因沉醉致疾，时二友人于坐，扶生归家，卧于堂东庑之下〔8〕。二友谓生曰："子其寝矣，余将秣马濯足〔9〕，俟子小愈而去。"

【注释】

〔1〕选自陈翰《异文集》。

〔2〕东平：今属山东泰安。

〔3〕游侠：旧时轻生重义、救人急难的人。

〔4〕细行：小节。

〔5〕裨(pí)将：副将。

〔6〕纵诞：恣肆放诞。

〔7〕贞元十年：即794年。贞元为唐德宗李适年号(785—805)。

〔8〕东庑：正房东边的廊屋。

〔9〕秣马濯足：喂马、洗脚。

生解巾就枕，昏然忽忽[1]，仿佛若梦。见二紫衣使者，跪拜生曰："槐安国王遣小臣致命奉邀。"生不觉下榻整衣，随二使至门。见青油小车[2]，驾以四牡[3]，左右从者七八人，扶生上车，出大户，指古槐穴而去。使者即驱入穴中。生意颇甚异之，不敢致问。

忽见山川风候，草木道路，与人世甚殊。前行数十里，有郛郭城堞[4]，车舆人物，不绝于路。生左右传车者传呼甚严，行者亦争辟于左右。又入大城，朱门重楼，楼上有金书题曰"大槐安国"。守门者趋拜奔走，旋有一骑传呼曰："王以驸马远降[5]，令且息东华馆。"因前导而去。

【注释】

〔1〕忽忽：时间快速飞逝的样子。

〔2〕青油：又叫梓油，由乌桕树种仁制得的一种油，用于油漆等。青油车通常指达官贵人的车马。

〔3〕牡：本意为雄性的动物，这里泛指马匹。

〔4〕郛郭城堞(dié)：城市城墙。郛郭，城郭，城市；城堞，城上的矮墙。这里泛指城墙。

〔5〕远降：从远方到来。

俄见一门洞开，生降车而入[1]。彩槛雕楹，华木珍果，列植于庭下；几案茵褥[2]，帘帏肴膳，陈设于庭上。生心甚自悦。复有呼曰："右相且至[3]。"生降阶祗奉[4]。有一人紫衣象简前趋[5]，宾主之仪敬尽焉。右相曰："寡君不以弊国远僻，奉迎君子，托以姻亲[6]。"生曰："某以贱劣之躯，岂敢是望。"

右相因请生同诣其所。行可百步，入朱门。矛戟斧钺，布列左右；军吏数百，辟易道侧[7]。生有平生酒徒周弁者，亦趋其中。生私心悦之，不敢前问。右相引生升广殿。御卫严肃，若至尊之所。见一人长大端严，居正位，衣素练服[8]，簪朱华冠[9]。生战栗，不敢仰视。左右侍者令生拜。

【注释】

〔1〕降车：下车。

〔2〕茵褥：床垫。

〔3〕右相：官名。唐玄宗开元初年改左右仆射为尚书左右丞相，天宝初复其旧，乃改侍中为左相，中书令为右相。

〔4〕祗(zhī)：恭敬侍奉。

〔5〕象简：象笏。

〔6〕托：托付，寄托。

〔7〕辟易：退避。

〔8〕素练：白色绢帛。

〔9〕簪：戴。

王曰："前奉贤尊命，不弃小国，许令次女瑶芳奉事君子。"生但俯伏而已，不敢致词。王曰："且就宾宇[1]，续造仪式。"有顷，右相亦与生偕还馆舍。生思念之，意以为父佐边将，因没虏中，不知存亡。将谓父北蕃交通[2]，而致兹事，心甚迷惑，不知其由。

是夕，羔雁币帛[3]、威容仪度、妓乐丝竹、肴膳灯烛、车骑礼物之用，无不咸备。有群女，或称华阳姑，或称青溪姑，或称上仙子，或称下仙子，若是者数辈，皆侍从数千，冠翠凤冠，衣金霞帔，彩碧金钿，目不可视。遨游戏乐，往来其间，争以淳于郎为戏弄。风态妖丽[4]，言词巧艳，生莫能对。

复有一女谓生曰："昨上巳日[5]，吾从灵芝夫人过禅智寺[6]，于天竹院观石延舞《婆罗门》[7]，吾与诸女坐北牖石榻上[8]。时君少年，亦解骑来看。君独强来亲洽，言调笑谑。吾与琼英妹结绛巾，挂于竹枝上。君独不忆念之乎？又七月十六日，吾于孝感寺侍上真子[9]，听契玄法师讲《观音经》。吾于讲下舍金凤钗两只，上真子舍水犀合子一枚[10]。时君亦在讲筵中[11]，于师处请钗、合视之，赏叹再三，嗟异良久[12]，顾余辈曰：'人之与物，皆非世间所有。'或问吾氏，或访吾里，吾亦不答。情意恋恋，瞩盼不舍。君岂不思念之乎？"生乃应曰："中心藏之，何日忘之。"群女曰："不意今日与君为眷属。"

【注释】

〔1〕宾宇：宾客所居之处。

〔2〕交通：交流往来，此处指通敌。

〔3〕羔雁币帛：旧时婚娶时的礼品。羔，小羊；币帛，金帛。

〔4〕风态：风姿仪态。

〔5〕上巳日：旧时节日名，在农历三月三日，人们在这一天游乐、洗濯，除病消灾，青年男女也借此机会进行欢会。

〔6〕禅智寺：又名上方禅智寺，故址在扬州东门外月明桥北。

〔7〕《婆罗门》：天竺婆罗门教中的舞蹈，后改名为《霓裳羽衣舞》。

〔8〕北牖（yǒu）：朝北的窗户。

〔9〕孝感寺：寺名，故址在今江苏扬州。

〔10〕合子：盒子

〔11〕讲筵：讲经、讲学的处所。

〔12〕嗟异：赞叹称异。

复有三人，冠带甚伟，前拜生曰："奉命为驸马相者。"中一人，与生且故，生指曰："子非冯翊田子华乎[1]？"田曰："然。"生前，执手叙旧久之。生谓曰："子何以居此？"子华曰："吾放游[2]，获受知于右相武成侯段公[3],因以栖托[4]。”生复问曰:“周弁在此,知之乎?”子华曰:“周生贵人也。职为司隶[5],权势甚盛。吾数蒙庇护。”言笑甚欢。

俄传声曰:“驸马可进矣。”三子取剑佩冕服更衣之[6]。子华曰:“不意今日获睹盛礼,无以相忘也。”有仙姬数十,奏诸异乐,婉转清亮,曲调凄悲,非人间之所闻听。有执烛引导者亦数十,左右见金翠步障[7],彩碧玲珑,不断数里。生端坐车中,心意恍惚,甚不自安。田子华数言笑以解之。向者群女姑姊,各乘凤翼辇,亦往来其间。至一门,号修仪宫。群仙姑姊,亦纷然在侧。令生降车辇拜,揖让升降,一如人间。撤障去扇,见一女子,云号金枝公主,年可十四五,俨若神仙。交欢之礼,颇亦明显[8]。

【注释】

〔1〕冯翊:唐朝设冯翊郡,治所在今陕西大荔。

〔2〕放游:纵游,漫游。

〔3〕受知:受人知遇。

〔4〕栖托:寄托,安身。

〔5〕司隶:官职名,掌管捕巫蛊、督奸猾等事。

〔6〕冕服:礼服。

〔7〕步障:旧时贵族妇女出行时用来挡风或遮蔽尘土的屏幛。

〔8〕明显:隆重。

生自尔情义日洽,荣曜日盛[1],出入车服,游宴宾御[2],次于王者。王命生与群寮备武卫[3],大猎于国西灵龟山。山阜峻秀,川泽广远,林树丰茂,飞禽走兽,无不蓄之。师徒大获[4],竟夕而还。

生因他日启王曰:“臣顷结好之日,大王云奉臣父之命。臣父顷佐边将,用兵失利,陷没胡中,尔来绝书信十七八岁矣。王既知所在,臣请一往拜觐。”王遽谓曰:“亲家翁职守北土,信问不绝。卿但具书状知闻,未用便去。”遂命妻致馈贺之礼,一以遣之。数夕还答。生验书本意,皆父平生之迹。书中忆念教诲，情意委曲，皆如昔年。复问生亲戚存亡，闾里兴废。复言路道乖远[5]，风烟阻绝，词意悲苦，言语哀伤，又不令生来觐[6]。但云："岁在丁丑，当与女相见。"生捧书悲咽，情不自堪。

【注释】

〔1〕荣曜：富贵显耀。

〔2〕宾御：宾客和驭手。

〔3〕群寮：百官。

〔4〕师徒：车兵和步兵，这里泛指兵士。

〔5〕乖远：遥远。

〔6〕觐：拜见，特指下级见上级或晚辈见长辈。

他日，妻谓生曰："子岂不思为政乎？"生曰："我放荡，不习政事。"妻曰："卿但为之，余当奉赞[1]。"妻遂白于王。王谓生曰："吾南柯郡政事不理，太守黜废，欲借卿才，屈卿为守，便与小女同行。"生敦受教命[2]。王遂敕有司备太守行李，因出金玉、锦绣、箱奁、仆妾、车马，列于广衢，以饯公主之行。

生少游侠，曾不敢有望至是，甚悦，因上表曰："臣将门余子，素无艺术[3]。猥当大任，必败朝章。自惭负乘，坐致覆餗[4]。今欲广求贤哲，以赞不逮。伏见司隶颍川周弁[5]，忠亮刚直，守法不回[6]，有毗佐之器[7]；处士冯翊田子华[8]，清慎通变，达政化之源。二人与臣有十年之旧，备知才用，可托政事。周请署南柯司宪[9]，田请署司农[10]，庶使臣政绩有闻，宪章不紊也[11]。"

【注释】

〔1〕奉赞：辅助，襄助。

〔2〕敦受：恭谨地接受。

〔3〕艺术：技艺学术，泛指本领、才能。

〔4〕覆餗(sù):把鼎中的食品打翻,比喻不能胜任而将事情办坏。

〔5〕颍川:今河南许昌。

〔6〕不回:正直,不屈曲。

〔7〕毗佐:辅助。

〔8〕处士:有才能而未做官的士人。

〔9〕署:任命,任用。司宪:掌管监察刑狱的官吏。

〔10〕司农:管理田赋、钱粮的官员。

〔11〕宪章不紊:朝廷政策与法度得到执行。

王并依表以遣之。其夕,王与夫人饯于国南。王谓生曰:"南柯,国之大郡,土地丰壤,人物豪盛,非惠政不能以治之。况有周、田二贤,卿其勉之,以副国念〔1〕。"夫人戒公主曰:"淳于郎性刚好酒,加之少年,为妇之道,贵乎柔顺。尔善事之,吾无忧矣。南柯虽封境不遥〔2〕,晨昏有间,今日暌别〔3〕,宁不沾巾。"生与妻拜首南去,登车拥骑,言笑甚欢。

累日达郡。郡有官吏、僧道、耆老〔4〕、音乐、车舆、武卫、銮铃,争来迎奉。人物阗咽〔5〕,钟鼓喧哗不绝。十数里,见雉堞台观〔6〕,佳气郁郁。入大城门,门亦有大榜〔7〕,题以金字,曰"南柯郡城"。见朱轩棨户〔8〕,森然深邃。生下车〔9〕,省风俗,察疾苦,政事委以周、田,郡中大理。

【注释】

〔1〕副:不辜负。

〔2〕封境:受封的境域,这里指所守的地方。

〔3〕暌别:离别。

〔4〕耆(qí)老:德高望重的老者。

〔5〕阗(tián)咽:繁华热闹的样子。

〔6〕雉堞:城上短墙。台观:楼台馆阁等高大建筑。

〔7〕榜:匾额。

〔8〕棨(qǐ)户:挂着棨戟的大门。棨,一种木制画戟,挂在门前以示主人官品

权势。

〔9〕下车：此处指到任。

自守郡二十载，风化广被，百姓歌谣，建功德碑，立生祠宇。王甚重之，赐食邑锡爵〔1〕，位居台辅〔2〕。周、田皆以政治著闻，递迁大位。生有五男二女，男以门荫授官，女亦聘于王族。荣耀显赫，一时之盛，代莫比之。

是岁，有檀萝国者，来伐是郡。王命生练将训师以征之。乃表周弁将兵三万，以拒贼之众于瑶台城。弁刚勇轻敌，师徒败绩，弁单骑裸身潜遁，夜归城。贼亦收辎重铠甲而还〔3〕。生因囚弁以请罪，王并舍之。是月，司宪周弁疽发背，卒。生妻公主遘疾〔4〕，旬日又薨。生因请罢郡，护丧赴国，王许之。便以司农田子华行南柯太守事。

生哀恸发引〔5〕，威仪在途，男女叫号，人吏奠馔，攀辕遮道者不可胜数。遂达于国。王与夫人素衣恸哭于郊，候灵舆之至。谥公主曰"顺仪公主"，备仪仗、羽葆〔6〕、鼓吹，葬于国东十里盘龙冈。是月，故司宪子荣信亦护丧赴国〔7〕。

【注释】

〔1〕食邑：皇帝将某地封赐给有功或宠信者，该地赋税由受封之人收取，称为食邑，又叫"采地"。

〔2〕台辅：宰相。

〔3〕辎重：粮草等军需品。

〔4〕遘（gòu）疾：得病。

〔5〕发引：出殡。引，用来牵引灵柩的白布。

〔6〕羽葆：旧时葬礼仪仗的一种。以鸟羽聚于柄头如盖。

〔7〕护丧：护送灵柩归葬。

生久镇外藩，结好中国，贵门豪族，靡不是洽。自罢郡还国，出入无恒[1]，交游宾从，威福日盛。王意疑惮之。时有国人上表云：“玄象谪见[2]，国有大恐。都邑迁徙，宗庙崩坏。衅起他族，事在萧墙[3]。”时议以生僭侈之应也[4]。遂夺生侍卫，禁生游从，处之私第。

生自恃守郡多年，曾无败政，流言怨悖[5]，郁郁不乐。王亦知之，因命生曰：“姻亲二十余年，不幸小女夭枉[6]，不得与君子偕老，良用痛伤。夫人因留孙自鞠育之[7]。”又谓生曰：“卿离家多时，可暂归本里，一见亲族。诸孙留此，无以为念。后三年，当令迎卿。”生曰：“此乃家矣，何更归焉？”王笑曰：“卿本人间，家非在此。”

【注释】

〔1〕无恒：没有常规。

〔2〕玄象谪见：天象异常。玄象，天象；谪见，旧时人们认为异常的天象是上天对人的谴责，称作“谪见”。

〔3〕事在萧墙：动荡叛乱来源于朝廷内部。

〔4〕僭侈：权势太大而有非分之举。

〔5〕怨悖：怨恨诽谤。

〔6〕夭枉：短命早死。

〔7〕鞠育：抚养。

生忽若惛睡[1]，瞢然久之[2]，方乃发悟前事，遂流涕请还。王顾左右以送生，生再拜而去，复见前二紫衣使者从焉。至大户外，见所乘车甚劣，左右亲使御仆，遂无一人，心甚叹异。生上牛车行可数里，复出大城，宛是昔年东来之途[3]，山川原野，依然如旧。所送二使者，甚无威势，生逾怏怏[4]。生问使者曰：“广陵郡何时可到？”二使讴歌自若，久乃答曰：“少顷即至。”

俄出一穴，见本里闾巷，不改往日，潸然自悲[5]，不觉流涕。二使者引生下车，入其门，升自阶，己身卧于堂东庑之下。生甚惊畏，不敢前近。二使因大呼生之姓名数声，生遂发寤如初。见家之僮仆拥彗于庭，二客濯足于榻，斜日未隐于西垣，余樽尚湛于东牖[6]。梦中倏忽，若度一世矣。

【注释】

〔1〕惛睡：神志不清。

〔2〕瞢然：懵懵懂懂，糊里糊涂的样子。

〔3〕宛：仿佛，好像。

〔4〕逾：更加。怏怏：不高兴的样子。

〔5〕潸然：流泪的样子。

〔6〕樽：酒器。湛：满。

生感念嗟叹，遂呼二客而语之，惊骇，因与生出外，寻槐下穴。生指曰："此即梦中所经入处。"二客将谓狐狸、木媚之所为祟[1]，遂命仆夫荷斤斧，断拥肿[2]，折查枿[3]，寻穴究源，旁可袤丈[4]，有大穴，洞然明朗，可容一榻。上有积土，环为城郭台殿之状，有蚁数斛，隐聚其中。中有小台，其色若丹。二大蚁处之，素翼朱首，长可三寸，左右大蚁数十辅之，诸蚁不敢近，此其王矣，即槐安国都也。又穷一穴，直上南枝可四丈，宛转方平，亦有土城小楼，群蚁亦处其中，即生所领南柯郡也。又一穴，西去二丈，磅礴空圬[5]，嵌窞异状[6]，中有一腐龟壳，大如斗，积雨浸润，小草丛生，繁茂翳荟，掩映振壳，即生所猎灵龟山也。又穷一穴，东去丈余，古根盘屈，若龙虺之状[7]，中有小土壤，高尺余，即生所葬妻盘龙冈之墓也。追想前事，感叹于怀。披穴穷迹，皆符所梦。不欲二客坏之，遽令掩塞如旧。

【注释】

〔1〕木媚：木魅，木妖。

〔2〕拥肿：指粗大鼓胀的树根。

〔3〕查（zhā）枿（niè）：同“楂蘖”，砍伐后新长的枝丫。这里泛指树枝。

〔4〕袤：长度。

〔5〕磅礴空圬（wū）：空旷的洞穴四壁涂抹泥土。圬，用泥涂墙。

〔6〕嵌窞（dàn）：洞穴凹陷很深。

〔7〕虺（huǐ）：毒蛇。这里泛指蛇类。

是夕，风雨暴发。旦视其穴，遂失群蚁，莫知所之。故先言“国有大恐，都邑迁徙”，此其验矣。复念檀萝征伐之事，又请二客访迹于外。宅东一里，有古涸涧，侧有大檀树一株，藤萝拥织，上不见日。旁有小穴，亦有群蚁隐聚其间。檀萝之国，岂非此耶？嗟呼！蚁之灵异，犹不可穷，况山藏木伏之大者所变化乎？

时生酒徒周弁、田子华并居六合县〔1〕，不与生过从旬日矣〔2〕。生遽遣家僮疾往候之，周生暴疾已逝，田子华亦寝疾于床。生感南柯之浮虚，悟人世之倏忽，遂栖心道门，绝弃酒色。后三年，岁在丁丑，亦终于家，时年四十七，将符宿契之限矣〔3〕。

【注释】

〔1〕六合：今属江苏南京。

〔2〕旬日：十天。亦指较短的一段时间。

〔3〕宿契：事先的约定。

公佐贞元十八年秋八月〔1〕，自吴之洛〔2〕，暂泊淮浦〔3〕，偶觌淳于生兄楚〔4〕，询访遗迹。翻覆再三，事皆摭实〔5〕，辄编录成传，以资好事。虽稽神语怪〔6〕，事涉非经，而窃位著生〔7〕，冀将为戒。后之君子，幸以南柯为偶然，无以名位骄于天壤间云。

前华州参军李肇赞曰[8]："贵极禄位，权倾国都。达人视此，蚁聚何殊。"

【注释】

〔1〕贞元十八年：即公元802年。贞元是唐德宗李适年号。

〔2〕吴：吴郡。洛：洛阳。

〔3〕淮浦：在今江苏淮安。

〔4〕觌（dí）：看见，遇到。

〔5〕摭（zhí）实：根据事实。

〔6〕稽：考察，考核。

〔7〕窃位著生：窃取高位而求得生存。

〔8〕参军：旧时诸王及将帅的幕僚。李肇：字里居，生卒年不详。历任尚书左司郎中、左补阙、翰林学士、将作监。著有《翰林志》《国史补》。

【评析】

本篇讲淳于棼槐安国奇遇事，可与沈既济的《枕中记》对读。两篇作品的立意和写作相似，都是以奇幻的方式让主人公经历显达的一生，醒来之后大彻大悟，"感南柯之浮虚，悟人世之倏忽"。相比之下，本文写得更有奇幻色彩，淳于棼的奇遇是在蚁穴中完成的，醒来之后还能在现实中一一找到对应之处，这样人间与蚁穴的对比更为鲜明。《枕中记》重在人生的感悟，本文则更具现实意义，淳于棼在槐安国因失势而返，作者希望后之君子"幸以南柯为偶然，无以名位骄于天壤间"，任何时候都不要得意忘形，所谓的飞黄腾达不过是蚁穴中的小插曲而已。李肇则说得更为直接："贵极禄位，权倾国都。达人视此，蚁聚何殊。"可惜达官贵人不明白这个道理，明白这个道理的人成不了达官贵人。

《玄怪录》

牛僧孺

牛僧孺(780—848),字思黯,安定鹑觚(今甘肃平凉灵台)人。贞元二十一年(805)进士,官至宰相。著有《玄怪录》。

《玄怪录》,原书十卷,后残佚辑录。宋代因避赵匡胤始祖玄朗之讳,改名《幽怪录》。其中作品,多托言隋唐以前事。记唐代之事,亦以德宗贞元以前者为多。鲁迅《中国小说史略》称“选传奇之文,荟萃为一集者,在唐代多有,而煊赫莫如年僧孺之《玄怪录》”。

元无有〔1〕

宝应中〔2〕,有元无有,尝以仲春末独行维扬郊野〔3〕。值日晚,风雨大至。时兵荒后,人户逃窜,入路旁空庄。

须臾霁止,斜月自出。无有憩北轩,忽闻西廊有人行声。未几至堂中,有四人,衣冠皆异,相与谈谐,吟咏甚畅,乃云:“今夕如秋,风月若此,吾党岂不为文,以展平生之事?”其文即曰口号联句也〔4〕。

吟咏既朗,无有听之甚悉。其一衣冠长人曰〔5〕:“齐纨鲁缟如霜雪〔6〕,寥亮高声为予发。”其二黑衣冠短陋人曰:“嘉宾长夜清会时,辉煌灯烛我能持。”其三故弊黄衣冠人,亦短陋,诗曰:“清冷之泉俟朝汲,桑绠相牵常出入〔7〕。”其四黑衣冠,身亦短陋,诗曰:“爨薪贮水常煎熬〔8〕,充他口腹我为劳。”无有亦不以四人为异,四人亦不虞无有之在堂隍也〔9〕。递相褒赏,虽阮嗣宗《咏怀》亦不能加耳〔10〕。

四人迟明方归旧所,无有就寻之,堂中惟有故杵〔11〕、烛台、水桶、破铛〔12〕,乃知四人即此物所为也。

【注释】

〔1〕选自牛僧孺《玄怪录》卷一。

〔2〕宝应：唐代宗年号(762—763)。

〔3〕维扬：扬州的别称。

〔4〕口号：随口作诗。

〔5〕长人：身材高的人。

〔6〕齐纨鲁缟：山东出产的绢缎。齐鲁，指山东；纨，细绢；缟，未经染色的绢。

〔7〕绠：汲水用的绳子。

〔8〕爨(cuàn)：烧火煮饭。

〔9〕不虞：意料不到。堂隍：宽大的殿堂。此处指元无有所在的北轩。

〔10〕阮嗣宗：即阮籍(210—263)，字嗣宗，陈留尉氏(今河南开封)人。官至步兵校尉。著有《咏怀》《大人先生传》等。

〔11〕杵：捶衣用的木棒。

〔12〕铛：烙饼或做菜用的平底浅锅。

【评析】

本篇讲元无有遇怪事。这篇作品属游戏之笔，从主人公元无有的名字就可以看出来，其谐音“原无有”，暗示故事不过是子虚乌有的想象。阅读作品有一种猜谜的快乐，主人公遇到的四个妖怪分别具有“衣冠长人”“黑衣冠短陋人”“黄衣冠短陋人”“黑衣冠”的外貌特征，所吟诗句也与各自身份吻合，这就形成了一个悬念，四个怪物究竟是什么？篇末揭示四物实为故杵、烛台、水桶、破铛，令人产生一种豁然开朗之感。

由此也可深想一层，故事发生在宝应年间，暗含安史之乱的战争背景，兵荒之后，人烟稀少，四物所吟皆是描绘旧主昔日的生活场景，然而此处已成“路旁空庄”，屋主或死亡，或逃难，文字间透出物是人非的悲凉感。

蒋 防

蒋防(792—835),字子徵,义兴(今江苏宜兴)人。出身望族,少聪慧好学。初任司封郎中,知制诰,旋升翰林学士。后在牛李党争中受排挤,被贬汀州刺史,后转连州刺史。善诗文,有文集一卷,赋集一卷,遗诗十二首。

霍小玉传[1]

大历中,陇西李生名益[2],年二十,以进士擢第。其明年,拔萃[3],俟试于天官[4]。夏六月,至长安,舍于新昌里。

生门族清华[5],少有才思,丽词嘉句,时谓无双,先达丈人[6],翕然推伏[7]。每自矜风调[8],思得佳偶,博求名妓[9],久而未谐[10]。长安有媒鲍十一娘者,故薛驸马家青衣也[11],折券从良十余年矣[12]。性便僻[13],巧言语,豪家戚里,无不经过,追风挟策[14],推为渠帅[15]。常受生诚托厚赂[16],意颇德之[17]。

【注释】

〔1〕选自陈翰《异文集》。

〔2〕陇西:今甘肃定西。陇西李氏是当时有名的士族。

〔3〕拔萃:唐代科举考试进士及第后,还要经过吏部的选拔,其中考察判词者称“拔萃”。

〔4〕天官:吏部。

〔5〕清华:门第清高显贵。

〔6〕先达:德行高、学问深的先辈。丈人:旧时对老者的尊称。

〔7〕翕然：形容一致。推伏：同“推服”。

〔8〕矜：自诩，自夸。风调：品格情调。

〔9〕博求：广求。

〔10〕谐：和，妥当。这里指找到心仪的佳偶。

〔11〕青衣：婢女。旧时卑贱者衣青衣，故称。

〔12〕折券：毁弃债券，这里指婢女赎身，毁去卖身文契。从良：奴婢或妓女赎身成为良民。

〔13〕便僻：谄媚逢迎。

〔14〕追风挟策：这里指奔走说媒，撮合男女婚事。追风，追逐风情；挟策，持鞭，扬鞭。

〔15〕渠帅：首领，魁首。

〔16〕赂：赠送的财物。

〔17〕德：感激。

经数月，李方闲居舍之南亭。申未间〔1〕，忽闻扣门甚急，云是鲍十一娘至。摄衣从之〔2〕，迎问曰：“鲍卿，今日何故忽然而来？”鲍笑曰：“苏姑子作好梦也未〔3〕？有一仙人，谪在下界，不邀财货〔4〕，但慕风流。如此色目〔5〕，共十郎相当矣〔6〕。”生闻之惊跃，神飞体轻，引鲍手且拜且谢曰：“一生作奴，死亦不惮。”因问其名居，鲍具说曰：“故霍王小女，字小玉，王甚爱之。母曰净持，即王之宠婢也。王之初薨，诸弟兄以其出自贱庶，不甚收录。因分与资财，遣居于外，易姓为郑氏，人亦不知其王女。姿质秾艳，一生未见，高情逸态，事事过人，音乐诗书，无不通解。昨遣某求一好儿郎格调相称者，某具说十郎。他亦知有李十郎名字，非常欢惬。住在胜业坊古寺曲〔7〕，甫上东闲宅是也〔8〕。已与他作期约。明日午时，但至曲头觅桂子〔9〕，即得矣。”

【注释】

〔1〕申未间：未时和申时之间，相当于现在下午三点左右。

〔2〕摄衣：整饬衣装。

〔3〕苏姑子作好梦也未：这应是当时的俗语，意思是有好事应该做个好梦，得个好兆头。

〔4〕邀：希求。

〔5〕色目：品质，品格。

〔6〕十郎：指李益。李益行十，故称。

〔7〕胜业坊：唐长安里坊名，在皇城东第二街。胜业坊西南有胜业寺，十字街北之西有修慈尼寺，寺西北有甘露尼寺，皆古寺。曲：街巷，小巷。

〔8〕甫：同“圃”，菜园。闲宅：安静的宅院。

〔9〕曲头：巷口。桂子：霍家侍儿名，见后文。

鲍既去，生便备行计〔1〕。遂令家僮秋鸿，于从兄京兆参军尚公处〔2〕，假青骊驹〔3〕、黄金勒〔4〕。其夕，生浣衣沐浴，修饰容仪，喜跃交并，通夕不寐。迟明〔5〕，巾帻〔6〕，引镜自照，惟惧不谐也。徘徊之间，至于亭午〔7〕。遂命驾疾驱，直抵胜业。

至约之所，果见青衣立候，迎问曰：“莫是李十郎否？”即下马，令牵入屋底，急急锁门，见鲍果从内出，遥笑曰：“何等儿郎造次入此？”生调诮未毕〔8〕，引入中门。庭间有四樱桃树，西北悬一鹦鹉笼，见生入来，即语曰：“有人入来，急下帘者。”生本性雅淡，心犹疑惧，忽见鸟语，愕然不敢进。

逡巡〔9〕，鲍引净持下阶相迎，延入对坐。年可四十余，绰约多姿，谈笑甚媚。因谓生曰：“素闻十郎才调风流，今又见容仪雅秀，名下固无虚士。某有一女子，虽拙教训，颜色不至丑陋，得配君子，颇为相宜。频见鲍十一娘说意旨，今亦便令永奉箕帚〔10〕。”生谢曰：“鄙拙庸愚，不意顾盼〔11〕，倘垂采录，生死为荣。”

【注释】

〔1〕行计：即行装。

〔2〕从兄：堂兄。

〔3〕青骊驹：纯黑色的马。

〔4〕勒：马笼头。

〔5〕迟明：黎明，天快亮时。

〔6〕巾帻（zé）：头巾。这里指戴上头巾。

〔7〕亭午：正午，中午。

〔8〕调诮：调笑，开玩笑。

〔9〕逡（qūn）巡：徘徊不前。

〔10〕奉箕帚：从事家内洒扫之事，意思是充当妻室。

〔11〕顾盼：眷顾，垂爱。

遂命酒馔，即令小玉自堂东阁子中而出。生即拜迎，但觉一室之中，若琼林玉树，互相照曜，转盼精彩射人[1]。既而遂坐母侧。母谓曰："汝尝爱念'开帘风动竹，疑是故人来[2]'，即此十郎诗也。尔终日吟想，何如一见？"玉乃低鬟微笑，细语曰："见面不如闻名，才子岂能无貌？"生遽起连拜曰："小娘子爱才，鄙夫重色。两好相映，才貌相兼。"母女相顾而笑。遂举酒，数巡，生起，请玉唱歌。初不肯，母固强之。发声清亮，曲度精奇[3]。

酒阑及暝[4]，鲍引生就西院憩息。闲庭邃宇[5]，帘幕甚华。鲍令侍儿桂子、浣沙，与生脱靴解带。须臾玉至，言叙温和，辞气宛媚。解罗衣之际，态有余妍[6]，低帏昵枕[7]，极其欢爱。生自以为巫山、洛浦不过也[8]。

【注释】

〔1〕转盼：目光流转。精彩：精神，神采。精彩射人，指光彩照人。

〔2〕开帘风动竹，疑是故人来：出自李益诗作《竹窗闻风寄苗发司空曙》。

〔3〕曲度：歌曲的节拍、音调。

〔4〕酒阑：酒宴结束。暝：日落、天黑。

〔5〕闲庭：安静的庭院。邃宇：深广的屋宇。

〔6〕态有余妍：体态无限娇美。

〔7〕低帏昵枕：放下帏帐，在枕上亲昵。

〔8〕巫山：典出宋玉《高唐赋》序，后遂用为男女幽会的典故。洛浦：典出曹植《洛神赋》，后世因以代指男女欢好。

中宵之夜[1]，玉忽流涕顾生曰："妾本倡家，自知非匹。今以色爱，托其仁贤。但虑一旦色衰，恩移情替，使女萝无托[2]，秋扇见捐[3]。极欢之际，不觉悲至。"生闻之，不胜感叹，乃引臂替枕，徐谓玉曰："平生志愿，今日获从，粉骨碎身，誓不相舍。夫人何发此言？请以素缣[4]，著之盟约。"玉因收泪，命侍儿樱桃，褰幄执烛[5]，授生笔砚。

玉管弦之暇，雅好诗书，筐箱笔砚，皆王家之旧物。遂取朱丝缝绣囊，出越姬乌丝栏素缣三尺以授生[6]。生素多才思，援笔成章。引谕山河，指诚日月，句句恳切，闻之动人。染毕，命藏于宝箧之内。自尔婉娈相得[7]，若翡翠之在云路也[8]。

【注释】

〔1〕中宵：中夜，半夜。

〔2〕女萝：即松萝，攀树而生。这里比喻女子依托丈夫。

〔3〕秋扇：典出班婕妤《怨歌行》："新裂齐纨素，皎洁如霜雪。裁为合欢扇，团团似明月。出入君怀袖，动摇微风发。常恐秋节至，凉飙夺炎热。弃捐箧笥中，恩情中道绝。"后以"秋扇"比喻女子年老色衰而见弃。

〔4〕素缣（jiān）：白色的绢帛。

〔5〕褰（qiān）：撩起。幄：帷幕。

〔6〕乌丝栏：绢帛上的框格和行线，即绢帛上下用乌丝织成栏，其间以朱墨两色分行。

〔7〕婉娈：深挚眷恋。

〔8〕翡翠：这里指翠鸟。

如此二岁，日夜相从。其后年春，生以书判拔萃登科[1]，授郑县主簿[2]。至四月，将之官，便拜庆于东洛[3]。长安亲戚，多就筵饯。时春物尚余[4]，夏景初丽，酒阑宾散，离恶萦怀[5]。玉谓生曰："以君才地名声，人多景慕，愿结婚媾，固亦众矣。况堂有严亲[6]，室无冢妇[7]，君之此去，必就佳姻。盟约之言，徒虚语耳。然妾有短愿，欲辄指陈，永委君心，复能听否？"生惊怪曰："有何罪过，忽发此辞？试说所言，必当敬奉。"

玉曰："妾年始十八，君才二十有二，迨君壮室之秋[8]，犹有八岁。一生欢爱，愿毕此期。然后妙选高门，以谐秦晋[9]，亦未为晚。妾便舍弃人事，剪发披缁[10]，夙昔之愿，于此足矣。"生且愧且感，不觉涕流，因谓玉曰："皎日之誓，死生以之，与卿偕老，犹恐未惬素志，岂敢辄有二三[11]！固请不疑，但端居相待[12]。至八月，必当却到华州[13]，寻使奉迎，相见非远。"更数日，生遂诀别东去。

【注释】

〔1〕书判：书法和文理。《新唐书·选举志下》："凡择人之法有四：一曰身，体貌丰伟；二曰言，言辞辩正；三曰书，楷法遒美；四曰判，文理优长。"

〔2〕郑县：今河南郑州。主簿：职官名，各级主官属下掌管文书的佐吏。

〔3〕拜庆：久别归家省亲。东洛：即洛阳，唐朝的东都。

〔4〕春物：春日的景物。

〔5〕离恶：典出刘义庆《世说新语·言语》："谢太傅语王右军曰：'中年伤于哀乐，与亲友别，辄作数日恶。'"这里指因离别而心里难过。

〔6〕严亲：指父母。

〔7〕冢妇：嫡长子之妻。

〔8〕迨（dài）：等到。壮室：三十岁，旧时为娶妻之年。《礼记·曲礼上》："三十曰壮，有室。"郑玄注："有室，有妻也。妻称室。"

〔9〕秦晋：春秋时秦晋两国世代联姻，后代指婚姻。

〔10〕披缁（zī）：出家。缁，黑色，僧尼多穿黑衣。

〔11〕二三：三心二意。

〔12〕端居：平常居处。

〔13〕华州：今陕西渭南。

到任旬日[1]，求假往东都觐亲。未至家日，太夫人已与商量表妹卢氏，言约已定。太夫人素严毅，生逡巡不敢辞让，遂就礼谢，便有近期[2]。卢亦甲族也[3]，嫁女于他门，聘财必以百万为约，不满此数，义在不行。生家素贫，事须求贷，便托假故，远投亲知[4]，涉历江淮，自秋及夏。生自以孤负盟约，大愆回期[5]，寂不知闻，欲断其望。遥托亲故，不遗漏言。

玉自生逾期，数访音信。虚词诡说，日日不同。博求师巫，遍询卜筮，怀忧抱恨，周岁有余，羸卧空闺，遂成沉疾。虽生之书题竟绝[6]，而玉之想望不移，赂遗亲知，使通消息。寻求既切，资用屡空，往往私令侍婢潜卖箧中服玩之物[7]，多托于西市寄附铺侯景先家货卖[8]。

【注释】

〔1〕旬日：十日。

〔2〕近期：在短时间内完婚。

〔3〕甲族：世家大族。

〔4〕亲知：亲戚知交。

〔5〕愆（qiān）：耽误。

〔6〕书题：书信。

〔7〕服玩：服饰器用玩好之物。

〔8〕寄附铺：寄售店。

曾令侍婢浣沙将紫玉钗一只诣景先家货之。路逢内作老玉工[1]，见浣沙所执，前来认之，曰："此钗吾所作也。昔岁霍王小女将欲上鬟[2]，令我作此，酬我万钱，我尝不忘。汝是何人？从何而得？"浣沙曰："我小娘子即霍王女也。家事破散，失身于人。夫婿昨向东都，更无消息。悒怏成疾[3],今欲二年。令我卖此,赂遗于人[4],使求音信。”玉工凄然下泣曰:“贵人男女,失机落节[5],一至于此。我残年向尽,见此盛衰,不胜伤感。”遂引至延光公主宅,具言前事。公主亦为之悲叹良久,给钱十二万焉。

时生所定卢氏女在长安,生既毕于聘财,还归郑县。其年腊月,又请假入城就亲。潜卜静居[6],不令人知。有明经崔允明者[7],生之中表弟也[8],性甚长厚[9]。昔岁常与生同欢于郑氏之室,杯盘笑语,曾不相间。每得生信,必诚告于玉。玉常以薪刍衣服[10],资给于崔,崔颇感之。生既至,崔具以诚告玉。玉恨叹曰:“天下岂有是事乎!”遍请亲朋,多方召致。

【注释】

〔1〕内作:宫内工匠。

〔2〕上鬟:即上头。旧时女子十五岁及笄,称为上头。

〔3〕悒(yì)怏:忧郁不快。

〔4〕赂遗:馈赠,赠送。

〔5〕失机落节:时运不济,落魄失意。

〔6〕潜卜静居:悄悄找了个僻静的住处。

〔7〕明经:唐代科举考试的科目之一,与进士科并举。这里指考中明经科的士子。

〔8〕中表:指舅父、姑母、姨母的儿女。

〔9〕长厚:恭谨宽厚。

〔10〕薪刍:薪柴和牧草。这里泛指生活用品。

生自以愆期负约,又知玉疾候沉绵[1],惭耻忍割[2],终不肯往。晨出暮归,欲以回避。玉日夜涕泣,都忘寝食,期一相见,竟无因由。冤愤益深,委顿床枕[3]。自是长安中稍有知者,风流之士,共感玉之多情;豪侠之伦,皆怒生之薄行。

时已三月，人多春游。生与同辈五六人诣崇敬寺玩牡丹花[4]，步于西廊，递吟诗句。有京兆韦夏卿者，生之密友，时亦同行，谓生曰："风光甚丽，草木荣华。伤哉郑卿，衔冤空室。足下终能弃置，实是忍人[5]。丈夫之心，不宜如此，足下宜为思之。"

【注释】

〔1〕沉绵：久病不愈。

〔2〕惭耻忍割：因惭愧羞耻而忍心割舍。

〔3〕委顿：疲惫，憔悴。

〔4〕崇敬寺：在长安靖安坊西南隅。靖安坊在胜业坊南，相隔四五坊。

〔5〕忍人：残忍的人，硬心肠的人。

叹让之际[1]，忽有一豪士，衣轻黄纻衫[2]，挟朱弹[3]，丰神隽美，衣服轻华，唯有一剪头胡雏从后[4]，潜行而听之。俄而前揖生曰："公非李十郎者乎？某族本山东，姻连外戚。虽乏文藻，心尝乐贤。仰公声华，常思觏止[5]。今日幸会，得睹清扬[6]。某之敝居，去此不远，亦有声乐，足以娱情。妖姬八九人，骏马十数匹，唯公所欲。但愿一过。"

生之侪辈[7]，共聆斯语，更相叹美。因与豪士策马同行。疾转数坊，遂至胜业。生以近郑之所止，意不欲过，便托事故，欲回马首。豪士曰："敝居咫尺，忍相弃乎？"乃挽挟其马[8]，牵引而行。迁延之间[9]，已及郑曲。生神情恍惚，鞭马欲回。豪士遽命奴仆数人，抱持而进。疾走推入车门，便令锁却，报云："李十郎至也。"一家惊喜，声闻于外。

【注释】

〔1〕叹让：感叹指责。

〔2〕纻（zhù）：苎麻纤维织成的布。

〔3〕朱弹：红色弓弹。

〔4〕剪头胡雏：短发的胡族小童。

〔5〕觏（gòu）止：相遇。
〔6〕清扬：眉清目秀。这里泛指美好的仪容。
〔7〕侪辈：同伴。
〔8〕挽挟：牵引夹持。
〔9〕迁延之间：拉扯的工夫。

先此一夕，玉梦黄衫丈夫抱生来，至席，使玉脱鞋。惊寤而告母，因自解曰："鞋者，谐也。夫妇再合。脱者，解也。既合而解，亦当永诀。由此征之，必遂相见，相见之后，当死矣。"凌晨，请母妆梳。母以其久病，心意惑乱[1]，不甚信之。俛勉之间[2]，强为妆梳。

妆梳才毕，而生果至。玉沉绵日久，转侧须人[3]，忽闻生来，欻然自起，更衣而出，恍若有神。遂与生相见，含怒凝视，不复有言。羸质娇姿，如不胜致[4]，时复掩袂，返顾李生。感物伤人，坐皆欷歔[5]。

【注释】
〔1〕惑乱：迷乱。
〔2〕俛（mǐn）勉：勤勉努力。这里指劝勉。
〔3〕转侧：翻身，转身。
〔4〕如不胜致：弱不禁风。致，意态，风致。
〔5〕欷（xī）歔（xū）：感叹，叹气。

顷之，有酒馔数十盘，自外而来。一座惊视，遽问其故，悉是豪士之所致也。因遂陈设，相就而坐。玉乃侧身转面，斜视生良久，遂举杯酒酹地曰[1]："我为女子，薄命如斯；君是丈夫，负心若此。韶颜稚齿[2]，饮恨而终。慈母在堂，不能供养。绮罗弦管，从此永休。征痛黄泉[3]，皆君所致。李君李君，今当永诀。我死之后，必为厉鬼，使君妻妾，终日不安。"乃引左手握生臂，掷杯于地，长恸号哭，数声而绝。母乃举尸置于生怀，令唤之，遂不复苏矣。

生为之缟素[4]，旦夕哭泣甚哀。将葬之夕，生忽见玉繐帷之中[5]，容貌妍丽，宛若平生。着石榴裙、紫褴裆[6]、红绿帔子[7]，斜身倚帷，手引绣带，顾谓生曰："愧君相送，尚有余情。幽冥之中，能不感叹。愿君努力，善保辉光[8]。"言毕，遂不复见。

明日，葬于长安御宿原[9]。生至墓所，尽哀而返。

【注释】

〔1〕酹（lèi）：把酒洒在地上，表示祭奠或起誓。

〔2〕韶颜稚齿：年轻貌美。

〔3〕征痛：遭受痛苦。

〔4〕缟素：穿丧服服丧。

〔5〕繐帷：即灵帐。

〔6〕褴（kè）裆：唐代妇女穿的一种外衣。

〔7〕帔子：旧时女子披在肩背的服饰。

〔8〕辉光：光辉，光彩。

〔9〕御宿原：长安城南墓地。

后月余，就礼于卢氏[1]。伤情感物，郁郁不乐。夏五月，与卢氏偕行，归于郑县。至县旬日，生方与卢氏寝，忽帐外叱叱作声，生惊视之，则见一男子，年可二十余，姿状温美，藏身映幔，连招卢氏。生惶遽走起，绕幔数匝，倏然不见。生自此心怀疑恶，猜忌万端，夫妻之间，无聊生矣[2]。或有亲情[3]，曲相劝喻[4]。生意稍解。

后旬日，生复自外归，卢氏方鼓琴于床，忽见自门抛一斑犀钿花合子[5]，方圆一寸余，中有轻绢，作同心结，坠于卢氏怀中。生开而视之，见相思子二[6]、叩头虫一[7]、发杀觜一[8]、驴驹媚少许[9]。生当时愤怒叫吼，声如豺虎，引琴撞击其妻，诘令实告。卢氏亦终不自明。尔后往往暴加捶楚[10]，备诸毒虐，竟讼于公庭而遣之[11]。

卢氏既出，生或侍婢媵妾之属，暂同枕席，便加妒忌，或有因而杀之者。

【注释】

〔1〕就礼：成亲。

〔2〕无聊生矣：不再有情趣。

〔3〕亲情：亲戚，亲友。

〔4〕曲相：委婉，含蓄。

〔5〕斑犀：雌犀牛角，因斑白分明，故名。钿花：用金、银、玉、贝等做成的花朵状装饰品。

〔6〕相思子：又名红豆，一种高大乔木的种实，通身皆红，略呈心形，常用来寄托思念之情。

〔7〕叩头虫：又名叩甲，置木板上，用手按住腹部，即以头和前胸打击木板，状如叩头。旧时男女情人间借以传达问候。

〔8〕发杀觜（zī）：旧时一种媚药。

〔9〕驴驹媚：旧时传说驴驹出生未落地时，口中有一物，似肉，名“媚”，妇女带之能媚。

〔10〕捶楚：杖击，鞭打。

〔11〕遣：休妻。

生尝游广陵，得名姬曰营十一娘者，容态润媚[1]，生甚悦之。每相对坐，尝谓营曰：“我尝于某处得某姬，犯某事，我以某法杀之。”日日陈说，欲令惧己，以肃清闺门。出则以浴斛覆营于床[2]，周回封署[3]，归必详视，然后乃开。又畜一短剑，甚利，顾谓侍婢曰：“此信州葛溪铁[4]，唯断作罪过头。”大凡生所见妇人，辄加猜忌，至于三娶，率皆如初。如郑所誓也。

【注释】

〔1〕润媚：柔润娇媚。

〔2〕浴斛：澡盆。

〔3〕周回：周围。封署：封缄后复加印记。

〔4〕信州：今江西上饶。唐代信州葛溪铁以质优著称。

【评析】

本篇讲李益、霍小玉爱情事。唐代小说多爱情题材，如《任氏传》《离魂记》《李娃传》等，与同时期的其他作品相比，这篇作品显得有些另类，因为它写的不是对爱情的忠贞，而是对爱情的背叛，也就是负心故事。其实悲剧早在男女主人公刚认识的时候就已经开始了，正如李益所说的“小娘子爱才，鄙夫重色”。一方重才，另一方重色，恰恰缺少最为重要的情感。霍小玉对此是清醒的，她缺少安全感，认识李益之初就提出了这一问题，结果李益又是海誓山盟，又是写承诺书。等到李益要回家的时候，她预感到两人不能长久，就提出相守八年，然后出家的天真想法，结果李益又是一阵山盟海誓，一个痴情公子的形象跃然纸上。作品之所以这样写，是为了与后文李益的负心形成鲜明对比。谁也想不到，李益回家后未经受任何考验就抛弃了霍小玉，还刻意隐瞒自己娶亲的消息，甚至连面都不见，完全不顾霍小玉的感受，从深情到绝情。转变如此之快之大，令人惊诧。这注定是场悲剧，黄衫客的出场无济于事，霍小玉最后的报复也无济于事，她无法决定自己的命运，更左右不了别人的命运，也许这就是悲剧的根源吧。

《河东记》

薛渔思

薛渔思,亦作薛涣思,生卒年及生平事迹不详,唐大和(827—835)前后在世。著《河东记》。

《河东记》,三卷,自序谓系续牛僧孺《玄怪录》而作。原书已佚,《太平广记》录存三十三则。所记多神怪事。

胡媚儿[1]

唐贞元中,扬州坊市间[2],忽有一妓术丐乞者[3],不知所从来。自称姓胡,名媚儿,所为颇甚怪异。旬日之后,观者稍稍云集。其所丐求,日获千万。

一旦,怀中出一琉璃瓶子[4],可受半升,表里烘明[5],如不隔物。遂置于席上,初谓观者曰:“有人施与满此瓶子,则足矣。”瓶项才如苇管[6],于是有人与之百钱,投之,琤然有声[7],则见瓶间大如粟粒,众皆异之。复有人与之千钱,投之如前。又有与万钱者,亦如之。俄有好事人,与之十万、二十万,皆如之。或有以马驴入之瓶中,见人马皆如蝇大,动行如故。

须臾,有度支两税纲[8],自扬子院部轻货数十车至[9]。驻观之,以其一时入,或终不能致将他物往,且谓官物不足疑者[10],乃谓媚儿曰:“尔能令诸车皆入此中乎?”媚儿曰:“许之则可。”纲曰:“且试之。”媚儿乃微侧瓶口,大喝,诸车辂辂相继[11],悉入瓶中,历历如行蚁然。有顷,渐不见。媚儿即跳身入瓶中,纲乃大惊,遽取扑破[12],求之一无所有。从此失媚儿所在。

后月余日,有人于清河北逢媚儿[13],部领车乘[14],趋东平而去[15]。

是时，李师道为东平帅也〔16〕。

【注释】

〔1〕选自《太平广记》卷二八六。

〔2〕坊市：街市。

〔3〕丐乞：求乞，乞讨。

〔4〕琉璃：用铝和钠的硅酸化合物烧制而成的釉料，常见的有绿色和金黄色两种，多加在黏土的外层，烧制成缸、盆、砖瓦等。

〔5〕烘明：通透明亮。

〔6〕苇管：芦苇杆。

〔7〕琤（chēng）然：声音清脆的样子。

〔8〕度支：官署名，魏晋始置，掌管全国的财政收支。两税：夏税和秋税的合称。纲：唐宋时期成批运输货物的组织。这里指押送两税纲的人。

〔9〕扬子院：唐代盐铁转运使在扬州扬子县所置巡院。

〔10〕官物：官家财产。

〔11〕辂（lù）辂：车子一辆接一辆。辂是绑在车辕用来牵引车子的横木，引申为大车。

〔12〕扑破：摔碎。

〔13〕清河：在今河北东南。

〔14〕部领：统辖，率领。

〔15〕东平：位于今山东。

〔16〕李师道：营州（今辽宁朝阳）人，高句丽族。唐朝地方割据军阀，曾任密州刺史、平卢淄青节度使，后为部将所杀。

【评析】

本篇讲胡媚儿幻术事。起初以为胡媚儿在扬州街头表演幻术不过是为了谋生，渐渐发现这是一个很大的局。果然十几天后，度支两税纲主动上钩，想用几十车官物来验证胡媚儿琉璃瓶，结果既在意料之中，又出意料之外。作品篇幅不长，但情节跌宕起伏，善于营造悬念，读起来很有趣味。胡媚儿这个神奇的琉璃瓶很容易让人联想到《西游记》中的紫金红葫芦、羊脂玉净瓶。

《原化记》

皇甫氏

皇甫氏，生卒年及生平事迹不详。

《原化记》原书已佚，《太平广记》收录六十多则。所记多神仙冥报、动物异变之事。

吴　堪[1]

常州义兴县，有鳏夫吴堪[2]，少孤，无兄弟。为县吏，性恭顺。其家临荆溪[3]，常于门前，以物遮护溪水，不曾秽污。每县归，则临水看玩，敬而爱之。

积数年，忽于水滨得一白螺，遂拾归，以水养。自县归，见家中饮食已备，乃食之，如是十余日。然堪谓邻母哀其寡独，故为之执爨[4]，乃卑谢邻母。母曰："何必辞，君近得佳丽修事[5]，何谢老身？"堪曰："无。"因问其母，母曰："子每入县后，便见一女子，可十七八，容颜端丽，衣服轻艳，具馔讫[6]，即却入房。"

【注释】

〔1〕选自《太平广记》卷八三。

〔2〕鳏夫：成年无妻或丧妻的人。

〔3〕荆溪：源出江苏高淳东北，经溧阳东流，到宜兴大埔附近入太湖。

〔4〕执爨：料理炊事。

〔5〕修事：这里指治馔之事。

〔6〕讫：完成。

堪意疑白螺所为，乃密言于母曰：“堪明日当称入县，请于母家自隙窥之，可乎？”母曰：“可。”明旦诈出，乃见女自堪房出，入厨理爨。堪自门而入，其女遂归房不得。堪拜之，女曰：“天知君敬护泉源，力勤小职〔1〕，哀君鳏独，敕余以奉媲〔2〕，幸君垂悉，无致疑阻。”堪敬而谢之。自此弥将敬洽〔3〕。

闾里传之，颇增骇异。时县宰豪士闻堪美妻，因欲图之。堪为吏恭谨，不犯笞责〔4〕。宰谓堪曰：“君熟于吏能久矣，今要虾蟆毛及鬼臂二物，晚衙须纳〔5〕，不应此物，罪责非轻。”堪唯而走出〔6〕，度人间无此物，求不可得，颜色惨沮〔7〕，归述于妻，乃曰：“吾今夕殒矣。”妻笑曰：“君忧余物，不敢闻命，二物之求，妾能致矣。”堪闻言，忧色稍解，妻曰：“辞出取之。”少顷而到。堪得以纳令，令视二物，微笑曰：“且出。”然终欲害之。

【注释】

〔1〕力勤：勤勉，勤劳。

〔2〕奉媲（pì）：侍奉陪伴。媲，匹配。

〔3〕弥：更加。恰：和谐。

〔4〕笞责：拷打责罚。

〔5〕晚衙：旧时官署长官一日早晚两次坐衙，其中傍晚申时坐衙称晚衙。

〔6〕唯：答应。

〔7〕惨沮：忧伤沮丧。

后一日，又召堪曰：“我要蜗斗一枚〔1〕，君宜速觅此，若不至，祸在君矣。”堪承命奔归，又以告妻，妻曰：“吾家有之，取不难也。”乃为取之，良久，牵一兽至，大如犬，状亦类之，曰：“此蜗斗也。”堪曰：“何能？”妻曰：“能食火，奇兽也，君速送。”堪将此兽牵上宰。宰见之怒曰：“吾索蜗斗，此乃犬也。”又曰：“必何所能？”曰：“食火，其粪火。”宰遂索炭烧之，遣食。食讫，粪之于地，皆火也。宰怒曰：“用此物奚为〔2〕？”令除火埽粪〔3〕。

方欲害堪，吏以物及粪，应手洞然〔4〕，火飙暴起〔5〕，焚爇墙宇〔6〕，烟焰四合，弥亘城门，宰身及一家皆为煨烬〔7〕，乃失吴堪及妻。其县遂迁于西数百步，今之城是也。

【注释】

〔1〕蜗斗：一种异兽的名字，传说能食火。

〔2〕奚为：有什么用。

〔3〕埽：同“扫”，打扫。

〔4〕洞然：亦作“洞燃”，熊熊燃烧的样子。

〔5〕飙：形容火势扩展极快。

〔6〕爇（ruò）：燃烧。

〔7〕煨烬：灰烬。

【评析】

本篇讲吴堪遇仙事。这应该是在一个流传甚广的民间传说基础上创作而成的，六朝时期《搜神后记》的《白水素女》篇就记载了这个传说。相比之下，《白水素女》的情节较为简单，只相当于本文的前半段，本文的故事更为曲折复杂，增加了善恶斗争的情节，县宰图谋不轨，屡屡故意刁难吴堪，都未能得逞，最后受到了应有的惩罚。经过不断演变，这个故事在唐代呈现出新的特点，世俗性逐渐增强，且带有鲜明的地域色彩，与宜兴的风物结合在一起。从这个角度来看，这篇作品具有文学化石的意义。

《宣室志》

张 读

张读(833—889),字圣用,一作圣朋,深州陆泽(今河北深州)人。大中六年(852)进士及第,官至尚书左丞、弘文馆学士。著有《西狩录》等,今多已不存。

《宣室志》,十卷,共一百九十九则;另有《补遗》一卷。多记仙鬼灵怪、佛门休咎之事。

陆 乔[1]

元和初[2],有进士陆乔者,好为歌诗[3],人颇称之。家于丹阳[4],所居有台沼[5],号为胜境。

乔家富而好客。一夕,风月晴莹[6],有扣门者。出视之,见一丈夫衣冠甚伟,仪状秀逸。乔延入与坐,谈议朗畅,出于意表。乔重之,以为人无及者,因请其名氏,曰:“我沈约也[7]。闻君善诗,故来候耳。”乔惊起曰:“某一贱士,不意君之见临也,愿得少留,以侍谈笑。”

既而命酒,约曰:“吾平生不饮酒,非阻君也。”又谓乔曰:“吾友人范仆射云[8],子知之乎?”乔对曰:“某常读《梁史》,熟范公之名久矣。”约曰:“吾将邀之。”乔曰:“幸甚。”约乃命侍者邀范仆射。顷之,云至,乔即拜延坐,云谓约曰:“休文安得而至是耶?”约曰:“吾慕主人能诗,且好宾客,步月至此[9]。”遂相谈谑。

【注释】

〔1〕选自《太平广记》卷三四三。

〔2〕元和:唐宪宗李纯年号(806—820)。

〔3〕歌诗：本意为配有乐谱可以歌唱的乐府诗，后引申为诗歌。

〔4〕丹阳：在今江苏镇江。

〔5〕台沼：亭台池水。

〔6〕晴莹：天晴月明。

〔7〕沈约(441—513)：字休文，武康(今浙江德清)人。历任著作郎、国子祭酒、尚书仆射，官至太子少傅。创“四声八病”之说，著有《晋书》《宋书》《齐纪》《梁武帝本纪》等。

〔8〕范仆射云：即范云(451—503)，字彦龙，南乡郡舞阴(今河南泌阳)人。历任侍中、散骑常侍、吏部尚书、尚书右仆射。仆(pú)射(yè)，职官名。秦始置，汉以后因之。唐宋时期左右仆射为宰相之职。

〔9〕步月：月下行走。

久之，约呼左右曰：“往召青箱来。”俄有一儿至，年可十岁余，风貌明秀，约指谓乔曰：“此吾爱子也，少聪敏，好读书。吾甚怜之，因以青箱名焉。欲使传吾学也。不幸先吾逝，今令谒君。”即命其子拜乔。又曰：“此子亦好为诗，近从吾与仆射同过台城〔1〕，因命为《感旧》，援笔立成，甚有可观。”即讽之曰：“六代旧江川〔2〕，兴亡几百年。繁华今寂寞，朝市昔喧阗〔3〕。夜月琉璃水，春风卵色天。伤时与怀古，垂泪国门前。”

乔叹赏久之，因问约曰：“某常览昭明所集之《选》〔4〕，见其编录诗句皆不拘音律，谓之‘齐梁体’〔5〕。自唐朝沈佺期、宋之问方好为律诗〔6〕。青箱之诗乃效今体，何哉？”约曰：“今日为之，而为今体，亦何讶乎？”

【注释】

〔1〕台城：六朝时的皇宫，即建康宫。

〔2〕六代：即六朝，指孙吴、东晋、南朝宋、南朝齐、南朝梁、南朝陈六个朝代。

〔3〕喧阗(tián)：喧哗拥挤。

〔4〕昭明：萧统(501—531)，字德施，小字维摩，兰陵(今江苏武进)人。梁武帝萧衍长子。昭明为其谥号。《选》：即《昭明文选》，萧统主持编撰，选录先秦至梁一

百三十余位作家的作品七百余篇，是现存最早的诗文总集。

〔5〕齐梁体：六朝齐梁时盛行的诗体，崇尚绮丽，注重排偶，讲究声律。

〔6〕沈佺（quán）期（约656—约715）：字云卿，相州内黄（今河南内黄）人。官至太子少詹事。与宋之问齐名，史称“沈宋”。宋之问（约656—约712）：名少连，字延清，汾州隰城（今山西汾阳）人。上元二年（675）进士，官至考功员外郎。

云又谓约曰：“昔我与君及玄晖、彦升俱游于竟陵之门〔1〕，日夕笑语卢博〔2〕，此时之欢，不可追矣。及萧公禅代〔3〕，吾与君俱为佐命之臣〔4〕，虽位甚崇，恩愈厚，而心常忧惕，无曩日之欢矣。诸葛长民有言〔5〕：‘贫贱常思富贵，富贵又践危机。’此言不虚哉！”约亦吁嗟久之。又叹曰：“自梁及今，四百年矣。江山风月不异当时，但人物潜换耳。能不悲乎！”既而谓云曰：“昔为蔡公郢州记室〔6〕，尝梦一人告我曰：‘君后当至端揆〔7〕，然终不及台司〔8〕。’及吾为仆射尚书令，论者颇以此见许，而终不得。乃知人事无非命也。”

时夜已分〔9〕，云谓约曰：“可归矣。”因相与去，谓乔曰：“此地当有兵起，不过二岁。”乔送至门，行未数步，俱亡所见。乔话于亲友。后岁余，李锜叛〔10〕。又一年而乔卒。

【注释】

〔1〕玄晖：即谢朓（464—499），字玄晖，陈郡阳夏县（今河南太康）人。出身陈郡谢氏，与谢灵运同族，世称“小谢”。历任太尉行参军、宣城太守、尚书吏部郎，著有《谢宣城集》。彦升：即任昉（460—508），字彦升，小字阿堆，乐安郡博昌（今山东寿光）人。曾任竟陵王萧子良记室参军。官至宁朔将军、新安太守。游于竟陵之门：南齐永明年间出现了一个文人集团，由竟陵王萧子良召集，包括萧衍、沈约、谢朓、王融、萧琛、范云、任昉、陆倕八人，史称“竟陵八友”，故此处沈约自称“游于竟陵之门”。

〔2〕卢博：旧时樗蒲戏的别称。

〔3〕萧公禅代：中兴二年（502），梁武帝萧衍接受萧宝融禅位，建立南梁。

〔4〕佐命之臣：辅佐帝王创业的功臣。

〔5〕诸葛长民（？—413）：琅琊阳都（今山东沂南）人。历任辅国将军、宣城内史、青州刺史，后谋反被杀。

〔6〕郢州：今湖北钟祥。记室：职官名。东汉置，掌章表书记文檄。

〔7〕端揆：指相位。宰相居百官之首，总揽国政，故称。

〔8〕台司：指三公等宰辅大臣。

〔9〕时夜已分：到了半夜。

〔10〕李锜（741—807）：唐朝叛臣。凭父亲李国贞权势，恃宠而骄，后起兵造反，被处死。

【评析】

本篇讲陆乔遇沈约、范云事。故事虽涉神怪，但写得颇为风雅。陆乔遇到的是沈约、范云，他们都是著名的文人，因欣赏陆乔的才华而相聚，一起谈文论艺，相谈甚欢。两位从前代而来，也揭示了一些尘封的往事，这是陆乔想知道的，自然也是读者想知道的，读起来很有趣味。沈约抚今追昔，所抒发的感慨相信也是作者的感慨。这类让古人与今人对话，带有穿越色彩的作品还有一些，是志怪小说的一个故事类型。

《传奇》

裴　铏

裴铏，生卒年不详。唐咸通中，为静海节度使高骈掌书记，加持御史内供奉。僖宗乾符五年(878)，以御史大夫为成都节度副使。著有《传奇》。

《传奇》，又作《裴铏传奇》，三卷，原书已佚，《太平广记》等书收录三十多则。所记皆神仙诡谲之事，所形成的传奇体文本对后世文言小说影响深远。

颜　濬[1]

会昌中[2]，进士颜濬下第游广陵，遂之建业[3]。赁小舟，抵白沙[4]。同载有青衣，年二十许，服饰古朴，言词清丽。濬揖之，问其姓氏，对曰："幼芳姓赵。"问其所适，曰："亦之建业。"濬甚喜，每维舟，即买酒果，与之宴饮。多说陈隋间事，濬颇异之。或谐谑，即正色敛衽不对。

及抵白沙，各迁舟航，青衣谢濬曰："数日承君深顾，某陋拙，不足奉欢笑，然亦有一事可以奉酬。中元必游瓦官阁[5]，此时当为君会一神仙中人。况君风仪才调，亦甚相称。望不渝此约。至时，某候于彼。"言讫，各登舟而去。

【注释】

〔1〕选自《太平广记》卷三五〇。

〔2〕会昌：唐武宗年号(841—846)。

〔3〕建业：今江苏南京。

〔4〕白沙：今江苏仪征。

〔5〕中元：即中元节，每年农历七月十五日。瓦官阁：在今江苏南京集庆路南。

濬志其言[1]，中元日，决游瓦官阁。士女阗咽，及登阁，果有美人，从二女仆皆双鬟而有媚态。美人倚栏独语，悲叹久之。濬注视不易，美人亦讶之。又曰："幼芳之言不缪。"而使双鬟传语曰："西廊有惠监阇梨院[2]，则某旧门徒。君可至彼，幼芳亦在彼。"濬甚喜，蹑其踪而去，果见同舟青衣，出而微笑。濬遂与美人叙寒暄，言语竟日。僧进茶果。

至暮，谓濬曰："今日偶此登眺，为惜高阁，病兹用功，不久毁除，故来一别，幸接欢笑。某家在青溪[3]，颇多松月，室无他人，今夕必相过[4]。某前往，可与幼芳后来。"濬然之，遂乘轩而去[5]。

【注释】

〔1〕志：记在心里。

〔2〕阇（shé）梨：梵语音译，阿阇梨的略称，指教育僧徒的轨范师、高僧。这里泛指僧众。

〔3〕青溪：源于今南京紫金山西南，汇入秦淮河。

〔4〕相过：拜访往来。

〔5〕乘轩：乘车。

及夜，幼芳引濬前行，可数里而至。有青衣数辈，秉烛迎之。遂延入内室，与幼芳环坐，曰："孔家娘子相邻，使邀之曰：'今日偶有嘉宾相访，愿同倾觞，以解烦愦。'"少顷而至，遂延入，亦多说陈朝故事。

濬因起白："不审夫人复何姓第，颇贮疑讶。"答曰："某即是陈朝张贵妃[1]，彼即孔贵嫔[2]。居世之时，谬当后主采顾[3]，宠幸之礼，有过嫔嫱[4]，不幸国亡为杨广所杀[5]。然此贼不仁何甚。昔刘禅亦有后妃[6]，魏君不罪[7]；孙皓岂无嫔御[8]，晋帝不诛[9]。独有此人，行此冤暴。且一种亡国，我后主实即风流，诗酒追欢，琴樽取乐而已。不似杨广西筑长城[10]，东征辽海[11]，使天下男冤女旷，父寡子孤。途穷广陵，死于匹夫之手[12]，亦上天降鉴，为我报仇耳。”

【注释】

〔1〕张贵妃：即张丽华（559—589），南朝陈后主妃嫔，被杀于青溪。

〔2〕孔贵嫔（？—589）：会稽郡山阴（今浙江绍兴）人。南朝陈后主妃嫔，被杀于青溪。

〔3〕后主：即陈叔宝（553—604），字元秀，小名黄奴，吴兴郡长城（今浙江长兴）人。南朝陈末代皇帝。

〔4〕嫔嫱：宫中女官，天子诸侯姬妾。

〔5〕杨广（569—618）：本名杨英，小字阿摩，弘农华阴（今陕西华阴）人。隋朝第二位皇帝。

〔6〕刘禅（207—271）：字公嗣，小名阿斗。蜀汉末代皇帝。

〔7〕魏君：即曹奂（246—302），本名曹璜，字景明，沛国谯县（今安徽亳州）人。曹魏末代皇帝。

〔8〕孙皓（242—284）：字元宗，幼名彭祖，又字皓宗，吴郡富春（今浙江杭州）人。孙吴末代皇帝。

〔9〕晋帝：即司马炎（236—290），字安世，河内郡温县（今河南温县）人。西晋开国皇帝。

〔10〕西筑长城：隋炀帝杨广多次修筑长城。

〔11〕东征辽海：大业八年（612）到大业十年，隋炀帝杨广曾三征高句丽。

〔12〕途穷广陵，死于匹夫之手：大业十四年，江都宫（在今江苏扬州）兵变，杨广被宇文化及叛军杀死。

孔贵嫔曰：“莫出此言，在坐有人不欲。”美人大笑曰：“浑忘却。”濬曰：“何人不欲斯言耶？”幼芳曰：“某本江令公家嬖者[1]，后为贵妃侍儿。亡国之后为隋宫侍女。炀帝幸江都，为侍汤膳。及化及乱兵入，某以身蔽帝，遂为所杀。萧皇后怜某尽忠于主[2]，因使殉葬。后改葬雷塘侧[3]，不得从焉。特至此谒贵妃耳。”

孔贵嫔曰："前说尽是闲事，不如命酒，略延曩日之欢耳。"遂命双鬟持乐器，洽饮久之。贵妃持诗一章曰："秋草荒台响夜蛩[4]，白杨凋尽减悲风。彩笺曾襞欺江总[5]，绮阁沉消《玉树》空[6]。"孔贵嫔曰："宝阁排云称望仙[7]，五云高艳拥朝天。清溪犹有当时月，应照琼花绽绮筵。"幼芳曰："皓魄初圆恨翠娥[8]，繁华浓艳竟如何？两朝唯有长江水，依旧行人作逝波。"濬亦和曰："箫管清吟怨丽华，秋江寒月倚窗斜。惭非后主题笺客，得见临春阁上花[9]。"

【注释】

〔1〕江令公：即江总(519—594)，字总持，济阳郡考城(今河南兰考)人。陈后主朝曾官至宰相。嬖(bì)者：宠幸之人。

〔2〕萧皇后：即隋炀帝愍皇后萧氏(567—647)，南兰陵(今江苏丹阳)人。

〔3〕雷塘：在今江苏扬州城北，隋唐时为风景胜地。

〔4〕蛩(qióng)：蟋蟀。

〔5〕襞(bì)：褶皱，此处引申为折叠。

〔6〕绮阁：即结绮阁，张丽华居处。《玉树》：指《玉树后庭花》，陈叔宝所作，被称为亡国之音。

〔7〕望仙：即望仙阁。至德二年(584)，陈后主建临春、结绮、望仙三座楼阁，后主自居临春阁，张贵妃居结绮阁，龚、孔二贵嫔居望仙阁。

〔8〕皓魄：明月。翠娥：美女。

〔9〕临春阁：陈后主居处。见"望仙"条。

俄闻叩门曰："江修容、何婕妤、袁昭仪来谒贵妃[1]。"曰："窃闻今夕佳宾幽会，不免辄窥盛筵。"俱艳其衣裾，明其珰佩而入座。及见四篇，捧而泣曰："今夕不意再逢三阁之会[2]，又与新狎客题诗耳[3]。"

顷之，闻鸡鸣，孔贵嫔等俱起，各辞而去。濬与贵妃就寝，欲曙而起。贵妃赠辟尘犀簪一枚[4]，曰："异日睹物思人。昨宵值客多，未尽欢情，别日更当一小会，然须谘祈幽府[5]。"呜咽而别。

濬翌日懵然[6]，若有所失。信宿，更寻曩日地，则近青溪，松桂丘墟。询之于人，乃陈朝宫人墓也。怆恻而返[7]。数月，阁因寺废而毁[8]。后至广陵，访得吴公台炀帝旧陵[9]，果有宫人赵幼芳墓，因以酒奠之。

【注释】

〔1〕江修容、何婕妤、袁昭仪：均为陈后主妃嫔。

〔2〕三阁：指临春、结绮、望仙三座楼阁。见“望仙”条。

〔3〕狎客：陪伴权贵游乐的人。

〔4〕辟尘犀：传说中的海兽，其角可去尘，故名。

〔5〕谘：同“咨”。幽府：阴间地府。

〔6〕懵然：迷迷糊糊的样子。

〔7〕怆（chuàng）恻：凄惨伤痛。

〔8〕阁因寺废而毁：会昌中，唐武宗推行灭佛，其间大量寺庙遭到撤毁。

〔9〕吴公台：隋炀帝初次下葬之地，在今江苏扬州城北。

【评析】

本篇讲颜濬遇鬼事，可以与前面的《陆乔》篇对读。两文都是穿越时空，让生活在唐代的主人公与前朝人物的精魂相遇，所不同的是，陆乔遇到的是沈约和范云，他们谈文论艺，重在风雅，而本文颜濬遇到的则是陈后主的嫔妃们，带有更多的情感色彩，这与张鷟的《游仙窟》更为相似。作者似乎有意为历史翻案，为陈后主的嫔妃们打抱不平，提出“刘禅亦有后妃，魏君不罪；孙皓岂无嫔御，晋帝不诛”，杨广杀害她们是不公平的。他站在嫔妃们的角度，认为后主取乐不过是风流之举，而隋炀帝西筑长城、东征辽海，这才是真正的罪过。作品虽然是虚构的，但人物及地点则都是真实的，真真假假，虚虚实实，营造了一种颇为奇幻的艺术世界。

《稽神录》

徐　铉

徐铉(916—991),字鼎臣,广陵(今江苏扬州)人。少而能文,工于书法。初仕杨吴,再仕南唐,后随南唐后主李煜归顺北宋,历任太子率更令、散骑常侍。与人共同校订《说文解字》,参与编纂《文苑英华》,著有《骑省集》《质疑论》等。

《稽神录》,六卷,另有《拾遗》一卷,《补遗》一卷,《再补》一卷(李剑国辑)。内容多鬼神怪异及因果报应故事。

僧珉楚〔1〕

广陵法云寺僧珉楚〔2〕,常与中山贾人章某者亲熟。章死,珉楚为设斋诵经。

数月,忽遇章于市中,楚未食,章即延入食店,为置胡饼〔3〕。既食,楚问:“君已死,那得在此〔4〕?”章曰:“然,吾以小罪,未得辞脱,今死为扬州掠剩儿。”复问:“何为掠剩?”曰:“凡市人卖贩,利息皆有常数。过数得之,为掠剩。吾得而掠有之。今人间如吾辈甚多。”因指路人男女曰:“某人某人,皆是也。”顷之,有一僧过于前,又曰:“此僧亦是也。”因召至,与语良久,僧亦不见楚也。

顷之,相与南行,遇一妇人卖花。章曰:“此妇人之花,亦鬼所买。花亦鬼用之,人间无所用也。”章即出数钱买之以赠楚,曰:“凡见此花而笑者,皆鬼也。”即告辞而去。其花红色,可爱而甚重。

楚亦昏然而归。路人见花,颇有笑者。至寺北门,自念:“我与鬼同游,复持鬼物,不可。”即将花掷濺水中。既归,同院人觉其面色甚异,以为中恶[5]，竟持汤药以救之，良久乃复。且言其故。因相与覆视其花[6]，乃一死人手也。楚亦无恙。

【注释】

〔1〕选自徐铉《稽神录》卷三。

〔2〕法云寺：在今江苏扬州。东晋时为谢仁祖住宅，后建为寺。

〔3〕胡饼：一种面食，和今天的烧饼相似。

〔4〕那：同“哪”，疑问词。

〔5〕中恶：又名中邪，中医病名。因冒犯不正之气所致。

〔6〕覆视：查核、察看。

【评析】

本篇讲法云寺僧珉楚遇鬼事。珉楚遇到生前好友章某，这并不算奇怪，志怪小说中多有这类描写。奇特的是章某死后所做的事情，他担任了扬州的“掠剩”，所谓“掠剩”就是“凡市人卖贩，利息皆有常数。过数得之，为掠剩。吾得而掠有之”。可见冥冥之中有一种非自然的力量在制衡人间交易的公平。故事的后半段有些惊悚，章某赠送的红花竟然是死人手，珉楚也差点送了小命，这是章某有意设局还是无意伤害呢？作者没有给出答案，小说因此增加了一层奇诡的色彩。

王　攀[1]

高邮县医士王攀，乡里推其长者。恒往来广陵城东，每数月辄一直县。自念明日当赴县，今夕即欲出东水门[2]，夜泛小舟，及明可至。既而乃与亲友饮于酒家，不觉大醉，误出参佐门[3]，投一村舍宿。

向晓稍醒，东壁有灯而不甚明。仰视屋室，知非常宿处。因独叹曰：“吾明日须至县，今在何处也？”久之，乃闻其内躧履声[4]，有妇人隔壁问曰：“客将何之？”因起辞谢曰：“欲之高邮，醉中误至于是。”妇曰：“此非高邮道也。吾使人奉送至城东,无忧也。”乃有一村竖至[5],随之而行,每历艰险,竖辄以手捧其足而过。既曙,至城东常宿之店,告辞而去。攀解其襦以赠之[6],竖不受。固与之,乃持去。既而入店易衣[7],又见其襦放在腰下。即复诣宿处寻之,但一古冢,并无人家。

【注释】

〔1〕选自徐铉《稽神录》卷三。

〔2〕东水门:在唐时扬州城罗城东门北侧。

〔3〕参佐门:在今扬州平山堂东路与瘦西湖路交会处东北侧,是唐代扬州城“四面十八门”之一,也是罗城北城墙上唯一一座北门。

〔4〕蹑履声:即脚步声。

〔5〕村竖:村童。

〔6〕襦(rú):短衣、短袄。

〔7〕易衣:更换衣服。易,改变。

【评析】

本篇讲王攀遇鬼事。遇鬼这一情节在志怪小说中比较常见,大多带有恐怖色彩,这篇则不同。王攀醉酒走错路,稀里糊涂到一个村舍住了一夜,在“妇人”和“村竖”的帮助下,顺利到达城东,这才发现自己原来是住在古墓里。故事情节很简单,但给人一种温馨的感觉。细究之下,村鬼之所以愿意帮助王攀,应该与他的身份有关,他是“高邮县医士”,也是乡里德高望重的长者,这次也是去县里诊疗,可谓行善之人。善有善报,这应该就是这篇作品的立意。

史氏女[1]

溧水五坛村人史氏女[2],莳田困倦[3],偃息树下。见一物,鳞角爪距可畏[4],来据其上。已而有娠[5],生一鲤鱼,养于盆中,数日益长,乃置投金濑中[6]。顷之,村人刈草,误断其尾,鱼即奋跃而去,风雨随之,入太湖而止。家亦渐富,其后女卒,每寒食[7],其鱼辄从群鱼至一墓前,至今,每闰年一至尔。

有渔人李黑獭,恒张网于江。忽获一婴儿,长可三尺,为网乱缍所萦[8],浃旬不解[9]。有道士见之曰:“可取铁汁灌之。”如其言,遂解。视婴儿,口鼻眉发如画,而无肩,口犹有酒气。众惧,复投于江。

【注释】

〔1〕选自徐铉《稽神录》卷三。

〔2〕溧水:今属江苏南京。

〔3〕莳(shì)田:种田。

〔4〕爪距:脚爪脚距。距,爪子后面突出像脚趾的部分。

〔5〕娠(shēn):胎儿在母体中微动,泛指怀孕。

〔6〕金濑:即濑水,今名溧水,在今江苏溧阳西南。

〔7〕寒食:即寒食节,节日名。在清明前一日或二日。

〔8〕缍(xiàn):同“线”。萦:缠绕,缭绕。

〔9〕浃(jiā)旬:一旬,十天。浃,周匝。

【评析】

本篇讲史氏女奇遇事。史氏女故事应该是个民间传说,类似的传说早在上古就有,比如商始祖契、周始祖后稷的诞生,古代小说戏曲中英雄人物特别是帝王的出生也多用这个模式,可见这类传说一直在广泛流传,且在各地产生了带有浓郁地方色彩的版本。渔人李黑獭网中那个怪异的婴儿不知道和史氏女所生的那条鲤鱼有关系否,也许就是这条鲤鱼所化。

广陵士人[1]

广陵有士人,常张灯独寝。一夕,中夜而坐。忽有双髻青衣女子,资质甚丽[2],熟寐于其足[3]。某知其妖物也,惧不敢近,复寝如故。向晓乃失,门户犹扃闭。后自是夜夜恒至。有术士为书符施其髻中[4]。夜半寝以阅之[5],果见自门而入,径诣髻中解取符,灯下视之,微笑讫,复为置髻中,升床而寝。无惧。

后闻玉笥山有道士[6],符禁神妙,乃往访之。至暮登舟,遂长往。途次豫章[7],暑夜乘月行舟。时甚热,乃尽开船窗而寝。中夜,忽复见寐于床后。某即潜起[8],急提其手足,投之江中,紞然有声[9]。因尔遂绝。

【注释】

〔1〕选自徐铉《稽神录》卷四。

〔2〕资质:天质。这里指姿态容貌。

〔3〕熟寐:熟睡。

〔4〕施:设置,安放。

〔5〕阅:看,察看。

〔6〕玉笥(sì)山:又名群玉峰。在江西峡江县东南。相传汉武帝曾南巡至此。笥:盛饭或衣物的方形竹器。

〔7〕次:旅行居止。豫章:今江西南昌。

〔8〕潜:悄悄,偷偷。

〔9〕紞(dǎn)然:象声词,形容似击鼓之声。

【评析】

本篇讲广陵士人遇怪事。广陵士人喜欢晚上点着灯睡觉,有个妖怪幻化成美女每天过来陪宿,而且也没有伤害人的意思。这本来应该是个人妖恋爱的故事,正如后世《聊斋志异》中所写的。但广陵士人并不这么想,他为此感到恐惧,去找术士作法,结果没用。于是又到玉笥山求符,不承想那个妖怪一路跟随,广陵士人只好自己动手,把怪物扔到江里,这才解决了问题。这样玉笥山也不用去了,权当外出旅游吧。

沈　彬[1]

吴兴沈彬[2],少而好道,及致仕归高安[3],恒以焚修服饵为事[4]。

尝游都下洞观[5]，忽闻空中乐声。仰视云表，见仙女数十，冉冉而下，往之观中，遍至像前焚香，良久乃去。彬匿室中不敢出。既去，入殿视之，几案上皆有遗香。彬悉取置炉中。已而自悔，曰："吾平生好道，今见神仙而不能礼谒，得仙香而不能食之，是其无分欤？"

初，彬恒诫其子云："吾所居室中，正是吉地[6]，死即葬之。"及卒，如其言，掘地得自然砖圹[7]。制作甚精，砖上皆作吴兴字。彬年八十余卒。

其后豫章有渔人投生米于潭中捕鱼，不觉行远。忽入一石门，焕然明朗。行数百步，见一白髯翁，谛视之[8]，颇类彬。谓渔人曰："此非尔所宜来，速出犹可。"渔人遽出登岸，云入水已三日矣。故老有知者云：此即西山天宝洞之南门也[9]。

【注释】

〔1〕选自徐铉《稽神录》卷五。沈彬：字子文，高安（今属江西）人。唐末应进士，不第。事吴为秘书郎，以吏部郎中致仕。

〔2〕吴兴：今浙江湖州。

〔3〕致仕：退休，辞官。

〔4〕焚修：焚香修行，泛指净修。服饵：服食丹药。

〔5〕都下：指京城。洞观：道观。

〔6〕吉地：风水好的地方。

〔7〕圹（kuàng）：墓穴，坟墓。

〔8〕谛视：仔细审视。

〔9〕西山：又名南昌山、散原山。在江西南昌西、新建县西南，多道教胜迹。天宝洞：西山的一个天然石洞，为道教天下第十二小洞天。洞门有石泉状如帘，即玉帘泉。

【评析】

本篇写沈彬成仙事。这位沈彬史有其人，是位虔诚的道教徒，"少而好道"，"恒以焚修服饵为事"，精诚所至，真的遇到了仙女降临，但幸福来得太突然，把他吓得“匿室中不敢出”，错失了立即成仙的机会。好在他还有机会，找到了风水宝地，最后得以如愿。最后渔人的出场不过是为了证明沈彬已经得道成仙。西山为江西道教圣地，其地有不少民间传说，沈彬的故事应该是其中的一个。

酤酒王氏[1]

建康江宁县廨之后有酤酒王氏[2]，以平直称[3]。癸卯岁二月既望夜，店人将闭外户，忽有朱衣数人，仆甚盛[4]，奄至户前[5]，叱曰：“开门，吾将暂憩于此。”店人奔告其主，其主曰：“出迎。”则已入坐矣。主人因设酒食甚备，又犒诸从者，客甚谢焉。

顷之，有仆夫执细绳百千丈，又一人执撅杙数百枚[6]，前白请布围，紫衣可之。即出以杙钉地，系绳其上，围坊曲人家使遍。良久曰：“事讫。”紫衣起，至户外，从者曰：“此店亦在围中矣。”紫衣相谓曰：“主人相待甚厚，空此一店可乎？”皆曰：“一家耳，何为不可？”即命移杙出店于围外。顾主人曰：“以此相报。”遂去，倏忽不见。顾视绳杙已亡矣。

俄而，巡使欧阳进逻夜至店前[7]，问：“何故深夜开门，又不灭灯烛，何也？”主人具告所见，进不信，执之下狱，将以妖言罪之。居一日，江宁大火，朱雀桥西至凤台山居人焚之殆尽[8]，此店四邻皆为煨烬[9]，而王氏独免。

【注释】

〔1〕选自徐铉《稽神录》卷六。酤酒：卖酒。

〔2〕建康：今江苏南京。江宁：今江苏南京江宁区。廨（xiè）：官署。

〔3〕平直：平正，正直。

〔4〕盛：众，多。

〔5〕奄：突然地。

〔6〕撅（juē）杙（yì）：木桩。撅，同“橛”；杙，小木桩。

〔7〕逻夜：巡夜。

〔8〕朱雀桥：在今江苏南京夫子庙附近，因面对六朝建康城正南门朱雀门而得名。凤台山：在今江苏南京中华门内西南隅，因凤凰台在此而得名。

〔9〕煨(wēi)烬(jìn)：灰烬。

【评析】

本篇讲酤酒王氏奇遇事。酤酒王氏就是个普通开酒店的，但人不错，"以平直称"。本来夜里准备打烊，结果来了一拨客人，人家老王本着顾客至上的原则，不仅没有怨言，而且招待周到。没想到这拨客人不是凡人，竟然是火神，本来酒店也在失火的范围，结果人家格外开恩，回报了老王。正所谓善有善报，恶有恶报，这就是这篇作品要说的朴素道理。

鄂州小将〔1〕

鄂州小将某者，本田家子〔2〕。既仕，欲结豪族，而谋其故妻。因相与归宁〔3〕，杀之于路，弃尸江侧，并杀其同行婢。已而奔告其家，号哭云："为盗所杀。"人不之疑也。

后数年，奉使至广陵，舍于逆旅〔4〕。见一妇人卖花，酷类其所杀婢。既近，乃真是婢，见己亦再拜。因问："为人耶？鬼耶？"答云："人也。往者为贼所击，幸而不死。既苏，得贾人船，寓载东下。今在此，与娘子卖花给食而已。"复问："娘子何在？"曰："在近。""可见之乎？"曰："可。"即随之而去一小曲中〔5〕，指一贫舍曰："此是也。"婢先入，顷之，其妻乃出。相见悲涕，备述艰苦。某亦恍然，莫之测也。俄而设食具酒，复延入内室，置饮食于从者，皆醉。日暮不出，从者稍前觇之，寂若无人。因直入室中，但见白骨一具，衣服毁裂，流血满地。问其邻，云："此空宅，久无居人矣。"

【注释】

〔1〕选自徐铉《稽神录》再补。鄂州：今属湖北。

〔2〕田家子：农家子弟。

〔3〕归宁：女子回娘家看望父母。

〔4〕逆旅：客舍，旅店。

〔5〕曲（qū）：偏僻的场所。

【评析】

本篇讲鄂州小将杀妻事。作品谈的不过是因果报应，但写得一波三折，悬念丛生。故事一开始是个陈世美型的忘恩负义故事，鄂州小将是农家子弟，为了攀高枝，残忍杀死自己的妻子和婢女，而且伪装得很好。事情到此也就过去了，谁知几年之后，他竟然在扬州遇到了自己的婢女，这无疑让人觉得惊奇。女婢的一番说辞打消了疑虑。接下来，鄂州小将的妻子竟然也在人世，两人还相见了，悲欣交集，故事就这样走向了大团圆。直到结尾，情节忽然来了一个大反转，谜底揭开，读者顿时醒悟，原来这是一个局，一个亡妻和亡婢精心设计的复仇计划。

《江淮异人录》

吴　淑

吴淑(947—1002),字正仪,润州丹阳(今江苏丹阳)人。初仕南唐,后入宋,官至大理评事,参修《太平御览》《太平广记》《文苑英华》等,著有《事类赋》《说文五义》等。

《江淮异人录》,两卷,原书已佚,今存二十五篇。为清人从《永乐大典》中辑录,所写多江淮间奇人异事。

钱处士[1]

钱处士,天祐末游于江淮[2],尝止于金陵杨某家。初,吴朝以金陵为州[3],筑城,西抛江,东至朝沟。钱指城西里余荒秽之地,劝杨买之。杨从其言。及建为都邑,而杨氏所买地正在繁会之处,乃构层楼为酒肆焉。

尝宿于杨家,中夜忽起[4],谓人曰:“地下兵马喧阗,云接令公,聒我不得眠。”人皆莫之测也。明日,义祖自京口至金陵[5],时人无有预知者。

尝见一人,谓之曰:“尔天罚将及[6],可急告谢自责。”人曰:“我未省有过。”钱曰:“尔深思之。”人良久乃曰:“昨日饮食不如意,因怒其下,弃食于沟中。”钱曰:“正是此尔,可急取所弃食之。”乃取之,将以水汰去其秽。俄而雷电大震。钱曰:“急取秽食之。”如言而雷电果息。

尝有人图钱之状,钱见之曰:“吾反不若此,常对圣人也。”人不之悟。后有僧取其图置于志公塔中[7],人以为应。后烈祖复取之入宫[8],陈于内寝焉。又每为谶语,说方来事[9]。言李氏之祚曰[10]:“仿佛之间一倍杨。”初,吴氏有江东之地,凡四十六年,而李氏三十九年。或谓杨氏自称尊,至禅代二十年,故仿佛倍之耳。

【注释】

〔1〕选自吴淑《江淮异人录》卷下。

〔2〕天祐：唐哀帝年号(904—907)。

〔3〕吴朝：五代十国时期的吴国，杨行密所建，定都扬州，又称“杨吴”。

〔4〕中夜：半夜。

〔5〕义祖：吴国权臣徐温。其养子李昪建立南唐，其被尊为太祖武皇帝，后改称义祖。

〔6〕天罚：上天的惩罚。

〔7〕志公塔：为纪念高僧宝志所建，原址在今南京紫金山。

〔8〕烈祖：即吴烈祖杨渥，906—908年在位。

〔9〕方来：将来。

〔10〕祚(zuò)：帝位，这里指称帝的时长。

【评析】

本篇讲钱处士灵异事。这位钱处士是位预言家，能精准预知未来，无论是天罚的意图，还是国祚长短，都能提前预告。他还帮朋友卖土地，让其在南京发了大财。作品写了其多个灵验故事，基本上都是与人为善，帮助别人的，自己没有从中获利，更无恶行，说起来也是个正面形象，只是不知道他的这个本领是从哪学来的，也许是天生禀赋。

润州处士〔1〕

润州处士，失其姓名，高尚有道术，人皆敬信之。安仁义之叛也〔2〕，郡人惶骇，咸欲奔溃。或曰：“处士恬然居此，必无恙也。”于是人稍安堵〔3〕。

处士有所亲，挈家出郡境以避难〔4〕。有女已适人〔5〕，不克同往〔6〕，托于处士。处士许之。既而围急，处士谓女曰：“可持汝家一物来，吾令汝免难。”女乃取家中一刀以往。处士于刀边以手抑按之，复与之，曰：“汝但持此〔7〕，若端简然〔8〕，伺城中出兵，随之以出，可以无患。”如言，在万众中无有见之者。

至城外数十里村店中，见其兄亦在焉。女至兄前，兄不之见也。乃弃刀于水中，复往，兄乃见之。惊曰："安得至此？"女具以告。兄复令取刀持之，则不能蔽形矣。后城陷，处士不知所之。

【注释】

〔1〕选自吴淑《江淮异人录》卷下。

〔2〕安仁义：五代将领，精于射箭。初降杨行密，后举兵叛乱，攻常州不克，为李遇所败，退保润州。城陷被俘，被斩于广陵。

〔3〕安堵：安定，安居。

〔4〕挈（qiè）家：携带家眷。挈，带，领。

〔5〕适人：出嫁，嫁人。

〔6〕克：能够。

〔7〕但：只。

〔8〕若端简然：像手捧竹板的样子。端简，两手捧着竹板。

【评析】

本篇讲润州处士灵异事。这位润州处士与上一篇中的钱处士不一样，虽然都是高人，但本领有所不同。钱处士的强项在预言，能精确预知未来，润州处士则会道术，而且品德高尚，为人们排忧解难。作品中重点只写了一件，那就是帮亲戚家的女人逃避兵祸。这个女子本来隐形得好好的，后来遇到兄长，道术失灵，好在已到城外数十里，应该安全了。作者笔下的处士皆有奇异本领，可谓江淮异人。

建康贫者〔1〕

建康开城之东郊坛门外尝有一人，不言姓名，于此面野水构小屋而居，才可庇身。屋中唯什器一两事〔2〕，余无他物。日日入城，去乞丐，亦不历街巷市井，但入寺逍遥游观而已。人颇知之，巡使以白上〔3〕。上令寻迹其出处，而问其所欲。及问之，亦无所求。

时盛寒，官方施贫者衲衣[4]，见其剧单[5]，以一衲衣与之，辞不受。强与之，乃转以与人。益怪之，因逐之，使移所居，且观其所向。乃毁屋，移于玄武湖西南内臣张谋果园[6]。多荒秽，亦有野水。复于水际构屋居之。

时大雪数日，园人不见其出入，意其冻死。观之，见屋已坏，曰："果死矣。"遂白官司[7]。既发屋视之[8]，则方熟寝于雪中。惊起，了无寒色。乃去，不知所之。

【注释】

〔1〕选自吴淑《江淮异人录》卷下。

〔2〕什器：日用器具。

〔3〕巡使：职官名。祭祀朝会时，掌察百官，正仪法，纠违失。

〔4〕衲衣：缝补过的衣服。泛指破旧衣服。

〔5〕剧单：衣着单薄。剧，甚。

〔6〕玄武湖：在今江苏南京。内臣：指宦官，太监。

〔7〕白：报告，禀告。

〔8〕发：打开，揭露。

【评析】

本篇讲建康贫者灵异事。这位建康贫者连姓名都不知道，但他身上却有特异之处。他临水而居，与世无争，每天到寺庙游览赏玩，虽然贫苦，但日子过得开心。倒是其他人老是打扰他，打听他的来历，还把他赶来赶去的。建康贫者不需要别人的救助，自有自己生存的办法，冬天没棉衣无所谓，下大雪也毫发无伤。如此本领，不免让人感到好奇，不过《江淮异人录》中的高人大多神龙见首不见尾，也就不必深究了。

虔州少年[1]

虔州将校钟某者，泛舟之广陵。经太和戍，泊舟登岸，见一少年，貌甚端雅，亦求同载往扬州。钟许之，遂同行。因江次上岸[2]，共行市中，见屠肆有豕首，欲市之而无钱。少年曰："此亦小事。"及还船，出豕首于袖中。因曰："适以无钱而取之，今当还其值。"乃复至屠所，谓曰："吾先付尔钱，少顷还取肉。"屠得钱，乃不复取肉。

及至广陵，与钟同舍于逆旅[3]。一日，有轻侠数人[4]，行戏至店中[5]。少年指一青衣曰："此必今夕为盗耳，宜备之。"钟不甚信。中夜觉穴壁声，伺其已穿，引首过窦[6]，乃举烛急持之，果少年所指者。因谓盗曰："汝未获财，不欲杀汝。"遂听其去。

后忽谓钟曰："不可久处。"促之归去。钟如言。及至白沙[7]，而朱瑾杀昌化城中[8]，惊扰焉。

【注释】

〔1〕选自吴淑《江淮异人录》卷下。虔州：今江西赣州。

〔2〕因：沿着。

〔3〕逆旅：客舍，旅馆。

〔4〕轻侠：指轻生重义急人之难之人。

〔5〕行戏：游戏。

〔6〕窦：洞。

〔7〕白沙：在今江西南昌。

〔8〕朱瑾杀昌化城中：指朱瑾杀害昌化节度使徐知训事。朱瑾，唐末五代时期军阀，后投奔吴国杨行密；昌化，这里指昌化节度使徐知训。徐知训骄倨残暴，欲抢夺朱瑾女侍，被朱瑾杀死。

【评析】

本篇讲钟某旅途奇遇事。钟某坐船到扬州，路上有位少年求搭便船，这是再平常不过的事情。但很快钟某就发现了这位少年的不寻常之处。先是买猪头,变戏法一样将钟某想要的猪头取过来,然后再去付钱。随后,提前防范盗贼,可见其江湖经验之丰富。最后是预言,让钟某得以避险。一位少年奇侠形象跃然纸上,年纪不大,但江湖经验丰富,有大本领,人也正直,果然是江淮异人,读后令人神往。

崔公度

崔公度(？—1097),字伯易,高邮(今属江苏)人。博览群书,历任光禄丞、御史、兵部郎中、礼部郎中,知颍、润、宣、通四州。著有《曲辕集》,已佚。

金华神记〔1〕

汴人有吴生者〔2〕,世为富人,而生以娶宗室女得官于三班〔3〕。嘉祐中〔4〕,罢任高邮,乃寓其家于治所,而独与兄子赍金缯数百千〔5〕。南适钱唐〔6〕,道出晋陵〔7〕,舣舟于望亭堰下〔8〕。

是夜月明风高,生乃危坐舷上〔9〕,顿然殊不有寝意。久之,忽有绯衣被发〔10〕,持两炬自竹林间出者。后引一女子,冠玉凤冠,曳蛟绡文锦之衣〔11〕,颜色甚丽,而年十八九耳。生见而惊。俄顷至岸侧,回叱绯衣者曰:“可去矣,无久留也。”于是灭炬泣拜而去。

【注释】

〔1〕选自张邦基《墨庄漫录》卷十。

〔2〕汴:今河南开封。

〔3〕宗室:皇帝的宗族。三班:宋代官制,以供奉官、左右班殿直为三班,后亦以东西供奉、左右侍禁及承旨借职为三班。

〔4〕嘉祐:北宋仁宗年号(1056—1063)。

〔5〕赍(jī):把东西送给别人。

〔6〕钱唐:即钱塘,今浙江杭州。

〔7〕晋陵:今江苏常州。

〔8〕舣(yǐ):停船靠岸。望亭堰:在今江苏无锡东南。

〔9〕危坐:旧时以两膝着地,耸起上身为“危坐”,后泛指正身而坐。

〔10〕绯衣:红色衣服。

〔11〕蛟绡:传说鲛人所织的丝织品。这里泛指绢帛。

女子即登舟,面生坐,谓生曰:“见向来绯衣者乎?此君之夙仇也〔1〕,而索君且数十年矣,乃今方得之,第以我故得免〔2〕。不然,今夕君当死其手。”生闻益惊骇,不自安〔3〕。女子笑曰:“君怯耶?”即以金缕衣置肩上。生稍安,乃问曰:“若神欤,其鬼耶?”女子曰:“我非人,亦非鬼,盖金华神也。过去生中〔4〕,尝与君为姻好,窃知将有所不济,故相救耳。今事已,我亦当去君矣。”遂去,不复返顾。生以目送,至于竹林中,不见。

将掩门,忽睹女子坐其后。生大惊,女子笑曰:“知君怯,故相戏,安有数十年睽索〔5〕,一得邂逅而遽往者耶!”遂相与入舟中,取酒共饮。其言谐谑,悉如常人。

【注释】

〔1〕夙仇:宿仇,旧仇。

〔2〕第:但。

〔3〕不自安:内心惶恐不安。

〔4〕过去生:前生,前世。

〔5〕睽索:离散。

然生诫曰:“毋高声,恐兄子知之。”女子曰:“我言时,君可闻。他人虽厉声,亦不能闻也。”生益疑,窃自惧,曰:“此果神也,固无所惮。倘鬼,则必有所畏矣。”因出剑、镜二物示之。女子曰:“此剑、镜耳,精与鬼则畏。夫剑阳物而有威者也,鬼阴物而无形者也。以无形而遇有威,是谓销铄其妖而不能胜〔1〕,故鬼畏剑也。镜亦阳明而至明者也,精亦阴物而伪变者也。以伪而当至明，是故暴著其形而不能逃，故精畏镜也。昔《抱朴子》尝言其略[2]，而我知之且久矣，乃欲以相畏乎？”生惧，起谢曰：“诚无他意。”

至明起，谓生曰：“舟楫已有晓色，势不能久留，当与君子诀矣。君后十年游华山日，多置朱粉于路隅梧桐下扬之[3]。虽然，君今不可终此行，恐复不济也。”因索笔题诗一章曰：“罗袜香消九九秋，泪痕空对月明流。尘埃不见金华路，满目西风总是愁。”书已，辄复流涕歔欷而去。

明日思其言，遂回棹不复南去。后以其事语人，人或诘其兄子，果亦不知也。

【注释】

〔1〕销铄：熔化，消除。胜：承担，承受。

〔2〕《抱朴子》：晋葛洪著。共七十篇，《内篇》二十篇，《外篇》五十篇，其中《外篇》对社会弊病诸多抨击，总结王朝兴衰之教训，《内篇》多关于炼丹、治病之记述。

〔3〕朱粉：胭脂和铅粉。女子用的化妆品。

【评析】

本篇讲吴生遇金华神事。这位吴生说起来也是个洒脱之人，官场不如意，干脆浪迹江湖。谁知路上遇到前世情人，不仅帮自己摆脱了仇人，还陪自己饮酒。眼看就是一场艳遇，没想到吴生并不浪漫，反而对金华神抱有戒备心理，拿出宝镜、宝剑。害得金华神讲出一番道理，伤心而去，这依然没有解除其恐惧心理。从故事最后的交代看，吴生似乎成了仙。在与仙女相遇的故事中，大致有两种模式，一种是艳遇，男子成不了仙，另一种则反艳遇，男子大多能成仙。艳遇还是成仙？这似乎反映了作者的纠结心理。

《后山谈丛》

陈师道

陈师道(1053—1102),字履常,一字无己,号后山居士,彭城(今江苏徐州)人。曾任太常博士、秘书省正字。"苏门六君子"之一,江西诗派重要作家。著有《后山集》《后山诗话》等。

《后山谈丛》,六卷,二百七十一则。所记多本朝人物轶事,涉及书法、绘画、农业等多方面内容。

王 回[1]

王深父为卫真主簿[2],始至亳州[3],其守李徽之留不遣[4]。久之,求去。李问其故,曰:"回为卫真主簿,而未尝至治所与吏民相见,以谓不可,故求去耳。"李怒曰:"尔恃欧阳修而慢我!"深父曰:"回之所去,岂待欧阳公而立邪!"卒归卫真。李怒不解,深父遂免去。

【注释】

〔1〕选自陈师道《后山谈丛》卷三。

〔2〕王深父(1023—1065):即王回,字深父,颍州(今安徽阜阳)人。宋仁宗嘉祐二年(1057)进士,历任卫真主簿、忠武军节度推官、南顿县令。卫真:在今河南鹿邑。主簿:职官名。汉时设置。唐宋时为主官属下掌管文书的佐吏。

〔3〕亳(bó)州:今属安徽。

〔4〕李徽之(?—1090):濮州(今山东鄄城)人。历任兵部员外郎、淮南江浙荆湖制置发运使、亳州知府、河阳府知府等职。

【评析】

本篇讲王回耿介事。王回官任卫真主簿,上任途经亳州,结果被知府李徽之留了下来。这自然可以理解为好意,但留的时间太久就有问题了,毕竟自己是上任而不是做客,哪能不去任所和吏民相见呢?谁知李徽之一听王回要走就发火了,而且进行人身攻击,认为王回是仗欧阳修之势欺人,轻慢自己,这不仅是胡扯,而且还暴露前面的留人似乎动机不纯。王回不吃这一套,坚决走人,后来干脆不做这个主簿了。可见当时的官场还是蛮复杂的。此事在《宋史》中有记载:“尝举进士中第,为卫真簿,有所不合,称病自免。”

王安石请道〔1〕

道者吕翁如金陵,过王荆公〔2〕,而公知之,伏拜请道。翁曰:“子障重〔3〕,不可。”公又勤请,曰:“我能去障,则为子去之矣。”竟去。以语广陵王某,王曰:“先生何取焉?”曰:“吾爱其目尔。”王以语余曰:“如金陵者,翁之真身也,翁察之久矣。欲度,故自往。”余语禅者普仁〔4〕,仁曰:“障必自去,非人能去也。渠如此道而不解乎〔5〕!”

【注释】

〔1〕选自陈师道《后山谈丛》卷四。

〔2〕王荆公:即王安石,因其曾被封荆国公,故称。

〔3〕障:佛道用语,指烦恼。

〔4〕禅者:修禅的人。

〔5〕渠:方言,他。

【评析】

本篇讲王安石请道轶事。王安石是位很有争议的人物,在其生前就已如此,他的变法新政受到不少人的非议,连道者都不认同。也许是入世太深吧,吕翁认为他“障重”,无法修道。所谓的“障”,就是有太多无法忘怀的东西,无法忘怀,自然就烦恼丛生。而对于如何去“障”,每个人都有自己的看法,对一位政治家来说,“障”的有无其实是一件艰难的取舍,鱼和熊掌不可兼得,王安石也不能解决这个问题,难怪吕翁说他“障重”。

刁半夜[1]

刁学士约喜交结[2]，请谒常至夜半[3]，号“刁半夜”。杜祁公为相[4]，苏学士舜钦[5]，其婿也。岁暮，以故事奏用卖故纸钱，祠神以会，宾客皆一时知名士也。王宣徽拱辰丞御史[6]，吕申公之党也[7]，欲举其事以动丞相，曰：“可一举网而尽也。”有曰：“刁亦与召，知其谋而不以告。”诘朝[8]，送客城东。于是苏坐自盗除名，客皆逐，丞相亦去，而刁独逸。其后坐客皆至从官[9]，而刁独终于馆职[10]。

【注释】

〔1〕选自陈师道《后山谈丛》卷六。

〔2〕刁约（？—约1078）：字景纯，润州丹徒（今江苏镇江）人。天圣八年（1030）进士，历任诸王宫教授、集贤校理、提点在京刑狱、扬州知府。与范仲淹、欧阳修、司马光、苏轼等友善。

〔3〕请谒：请求，干求。

〔4〕杜祁公：即杜衍（978—1057），字世昌，山阴（今浙江绍兴）人。官至同平章事、集贤殿大学士兼枢密使，被封祁国公。

〔5〕苏舜钦（1008—1049）：字子美，盐泉（今四川绵阳）人。历任大理评事、集贤校理、监进奏院。有诗名，著有《苏学士文集》。

〔6〕王拱辰（1012—1085）：字君贶，咸平（今河南通许）人。天圣八年（1030）状元，历任御史中丞、宣徽北院使、吏部尚书等。著有《平蛮杂议》等。

〔7〕吕申公：即吕公著（1018—1089），字晦叔，寿州（今安徽凤台）人。历任天章阁待制、御史中丞、尚书右仆射兼中书侍郎、司空、同平章军国事。死后封申国公。

〔8〕诘朝：早晨，天亮。

〔9〕从官：皇帝的近臣。

〔10〕馆职：统称唐宋在昭文馆、史馆、集贤院等处任修撰、编校等工作的官职。

【评析】

本篇讲刁约交结事。用现在的话来说，刁约是个“社牛”，整天混迹在官场,没日没夜地逢迎,因此有了个“刁半夜”的绰号。因为这个缘故,苏舜钦的案子里有他并不奇怪,也正是因为这个缘故,他最终没有受到牵连。这种两边都不得罪的圆滑性格让他得以在残酷的党争中幸免,但他也因此失去升迁空间,毕竟他两边站队,谁都不将其作为核心成员。

《清尊录》

廉　布

廉布(1092—?),字宣仲,号射泽老农,楚州山阳(今江苏淮安)人。官至武学博士。

《清尊录》,一卷,原书已佚,现存十三则。所记多神怪异闻,情节新奇荒幻。

王　生[1]

崇宁中[2],有王生者,贵家之子也,随计至都下[3]。尝薄暮被酒[4],至延秋坊,过一小宅,有女子甚美,独立于门,徘徊徙倚[5],若有所待者。生方注目,忽有驺骑呵卫而至[6],下马于此宅,女子亦避去。匆匆遂行,初不暇问其何姓氏也。

抵夜归,复过其门,则寂然无人声。循墙而东数十步,有隙地丈余[7],盖其宅后也。忽自内掷一瓦出,拾视之,有字云:"夜于此相候。"生以墙上剥粉戏书瓦背云:"三更后宜出也。"复掷入焉。因稍退十余步伺之。

少顷,一男子至,周视地上无所见,微叹而去。既而三鼓[8],月高雾合,生亦倦睡欲归矣。忽墙门轧然而开[9],一女子先出,一老媪负笥从后,生遽就之,乃适所见立门首者。熟视生,愕然曰:"非也。"回顾媪,媪亦曰:"非也。"将复入,生挽而劫之,曰:"汝为女子,而夜与人期至此,我执汝诣官,丑声一出,辱汝门户。我邂逅遇汝,亦有前缘,不若从我去。"女泣而从之。

【注释】

〔1〕选自陶宗仪《说郛》卷十一。

〔2〕崇宁：北宋徽宗年号(1102—1106)。

〔3〕随计：本指应征召偕计吏同行，后指举子赴试。

〔4〕薄暮：傍晚。被酒：饮酒后带有醉意。

〔5〕徙倚：流连，徘徊。

〔6〕驺(zōu)骑：驾驭车马的骑士。呵卫：旧时官员外出在前呼喝避路的护卫。

〔7〕隙地：空地。

〔8〕三鼓：三更。

〔9〕轧然：形容物体之间磨擦发出的声音。

生携归逆旅，匿小楼中。女自言曹氏，父早死，独有己一女，母钟爱之，为择所归。女素悦姑之子某，欲嫁之，使乳媪达意于母。母意以某无官，弗从。遂私约相奔，墙下微叹而去者当是也。生既南宫不利〔1〕，迁延数月，无归意。其父使人询之，颇知有女子偕处，大怒，促生归，扃之别室。女所赍甚厚〔2〕，大半为生费，所余与媪坐食垂尽，使人访其母，则以亡女故，抑郁而死久矣。女不得已，与媪谋下汴访生所在。时生侍父官闽中〔3〕，女至广陵，资尽不能进，遂隶乐籍，易姓名为苏媛。生游四方，亦不知女安否。

数年，自浙中召赴阙〔4〕，过广陵，女以倡侍宴识生，生亦讶其似女，屡目之。酒半，女捧觞劝，不觉雨泪堕酒中。生凄然曰："汝何以至此。"女以本末告，泪随语零，生亦愧叹流涕。不终席，辞疾而起。密召女，纳为侧室。其后生子，仕至尚书郎〔5〕，历数郡。生表弟临淮李从为余言。

【注释】

〔1〕南宫：礼部别称。礼部执掌进士考试，故以南宫指进士考试。

〔2〕赍：携带。

〔3〕闽中：这里指福建一带。

〔4〕赴阙：入朝。

〔5〕尚书郎：职官名。东汉之制，取孝廉中有才能者入尚书台，在皇帝身边处理政务，初称守尚书郎中，满一年称尚书郎，三年称侍郎。魏晋以后尚书各曹有侍郎、郎中等官，综理职务，通称尚书郎。

【评析】

本篇讲王生艳遇事。起初，这并不是一个浪漫的爱情故事，王生爱上了曹氏女，但人家另有所爱，王生用不光彩的胁迫手段得到曹氏女。随后，王生被父亲拘禁，导致两人失联。曹氏女为寻找王生，花光财产，最后只能卖身为倡。这一切都是王生导致的，他无疑是应该被谴责的对象。但故事后来的发展出人意料，两人在扬州相聚，结果王生没有嫌弃曹氏女，反而将其纳为侧室，算是弥补了自己的过失，也给了曹氏女一个安排。作者很善于讲故事，将一个悲欢离合的故事写得跌宕起伏，充满悬念。

《墨庄漫录》

张邦基

张邦基，字子贤，高邮（今属江苏）人。生活在宣和至绍兴年间，官宦出身。所居曰墨庄，遂著书取名《墨庄漫录》。

《墨庄漫录》，十卷。多记杂事，兼及考证，尤留意于诗文。

关子东三梦[1]

宣和二年[2]，睦寇方腊起帮源[3]，浙西震恐，士大夫相与奔窜。关注子东在钱塘，避地携家于无锡之梁溪。明年，腊就擒，离散之家，悉还桑梓[4]。子东以贫甚，未能归，乃侨寓于毗陵郡崇安寺古柏院中[5]。

一日，忽梦临水有轩，主人延客，可年五十，仪观甚伟，玄衣而美须髯。揖坐，使两女子以铜杯酌酒，谓子东曰："自来歌曲新声，先奏天曹[6]，然后散落人间。他日东南休兵，有乐府曰《太平乐》，汝先听其声。"遂使两女子舞，主人抵掌而为之节[7]。已而恍然而觉，犹能记其五拍，子东因作诗记云："玄衣仙子从双鬟，缓节长歌一解颜。满引铜杯效鲸吸，低回红袖作弓弯。舞留月殿春风冷，乐奏钧天晓梦还[8]。行听新声太平乐，先传五拍到人间。"

【注释】

〔1〕选自张邦基《墨庄漫录》卷四。

〔2〕宣和二年：公元1120年，宣和为北宋徽宗年号（1119—1125）。

〔3〕睦：在今浙江淳安西。帮源：指帮源洞，在今浙江杭州淳安西北。

〔4〕桑梓：家乡，故乡。

〔5〕毗陵：今江苏常州及附近地区。崇安寺：无锡最古老的寺院，相传是王羲之故宅。晋哀帝兴宁二年（364）改为寺院。

〔6〕天曹：道家所称天上的官署。

〔7〕抵掌：击掌。

〔8〕钧天：古代神话传说，指天之中央。

后四年，子东始归杭州，而先庐已焚于兵火，因寄家菩提寺〔1〕。复梦前美须者腰一长笛，手披书册，举以示子东。纸白如玉，小朱栏界，间行似谱，有其声而无其词。笑谓子东曰："将有待也。往时在梁溪，曾按《太平乐》，尚能记其声否乎？"子东因为之歌。美髯者援腰间笛〔2〕，复作一弄〔3〕，亦私记其声，盖是重头小令〔4〕。已而遂觉。

其后又梦至一处，榜曰广寒宫。宫门夹两池，水莹净无波，地无纤草。仰观巍峨若洞府，然门钥不启。或有告之者，曰："但曳铃索，呼月姊，则门开矣。"子东从其言。试曳铃索，果有应者。乃引至堂宇，见二仙子，皆眉目疏秀，端庄靓丽。冠青瑶冠，衣彩霞衣，似锦非锦，似绣非绣。因问引者曰："此谓谁？"曰："月姊也。"乃引子东升堂，皆再拜。月姊因问："往时梁溪，曾令双鬟歌舞，传《太平乐》，尚能记否？又遣紫髯翁吹新声，亦能记否？"子东曰："悉记之。"因为歌之。月姊喜见颜面，复出一纸，书以示子东，曰："亦新词也。"姊歌之，其声宛转，似乐府《昆明池》。子东因欲强记之，姊有难色。顾视手中纸，化为碧字，皆灭迹矣。因揖而退。乃觉，时已夜阑矣〔5〕。独记其一句云："深诚杳隔无疑。"亦不知为何等语也。

【注释】

〔1〕菩提寺：始建于太平兴国二年（977），钱惟演舍宅为寺，地址在钱塘门外潘阆巷。

〔2〕援：执，持。

〔3〕弄：一段乐曲。

〔4〕重头小令：一个曲牌重复两首以上的小令构成一个组曲，称为重头小令。

〔5〕夜阑：夜深。

前后三梦，后多忘其声，惟紫须翁笛声尚在。乃倚其声而为之词，名曰《桂华明》，云："缥缈神清开洞府，遇广寒宫女。问我双鬟梁溪舞，还记得、当时否？　　碧玉词章教仙语，为按歌宫羽。皓月满窗人何处？声永断、瑶台路。"子东尝自为予言。

【评析】

本篇讲关子东三梦闻乐事。古代小说中写梦境的很多，但像关子东这样连着三次做梦的则不多见，神奇的是这三次梦以乐府《太平乐》贯穿，构成了一个梦系列。更神奇的是这个故事还是得自关子东本人，真真假假，营造了一种亦真亦幻的奇妙效果。故事还留下了一个悬念，这些神仙三次教关子东学习《太平乐》，但只准记其声，不允许记其词，莫非天机不可泄露？

《夷坚志》

洪　迈

洪迈(1123—1202),字景庐,号容斋,又号野处老人,饶州鄱阳(今江西鄱阳)人。绍兴十五年(1145)进士,历任翰林院学士、资政大夫、端明殿学士,封魏郡开国公,卒赠光禄大夫。著有《容斋随笔》等。

《夷坚志》,四百二十卷,原书散佚,今存二百多则。所记多神仙鬼怪、释道医卜、忠臣孝子等各色人等的奇闻怪事。

扬州茅舍女子[1]

扬州士人,失其姓名。建炎二年春[2],因天气融和,纵步出城西隅。遥望百步间有虹晕烨然[3],如赤环自地吐出。其中圆影,莹若水晶,老木槎丫[4],斜生晕里,下有茅舍机杼之音[5]。

试徐行入观,潇洒佳胜,了非尘境。有机数张,皆经以素丝[6]。白皙女子四五辈,绾乌云丫髻[7],玉肌雪质,各衣轻绡[8]。朱衣揎腕[9],交梭组织白锦[10]。转眸一顾士人,正色端容,抽筘不息[11]。逼而视之,锦纹重花交叶之内,有成字数行:第一行之首曰李易。稍空,次又一人姓名。复稍空,又一人焉,如此以十数。乃拱手问之曰:"织此何为?"一人毅然而对曰[12]:"登科记也[13],到中秋时候当知之。"余无一语。士人遍观舍中,窗壁玲珑,风露凄切。自念此身,真如腐鼠[14],而得造瑶林琼圃,瞻近群玉。既情致澹泊,不相答礼,揖而辞退。诸女皆目送之。

迨出虹晕,回头注目,荡无所睹。乃蹑故道归[15]。时过二更,郭门已闭,遂宿于旅邸。恍疑午境为梦,而历历分明可记。

是岁之春,高宗车驾南巡,驻跸扬都[16],四方贡士云集。至八月,始唱名放榜，第一人曰李易，其下甲乙之次无一差。易正扬人也。于是悟首春所届〔17〕，盖蟾宫云〔18〕。

【注释】

〔1〕选自洪迈《夷坚志》支庚卷第九。

〔2〕建炎二年：公元1128年，建炎为南宋高宗年号(1127—1130)。

〔3〕虹晕：彩虹。烨然：光彩鲜明的样子。

〔4〕槎丫：枝杈错落。

〔5〕机杼：织布机。

〔6〕经：织布时用梭穿织的竖纱，编织物的纵线，与“纬”相对。

〔7〕绾(wǎn)：把长条形的东西盘绕起来打成结。

〔8〕绡(xiāo)：生丝，生丝织物。

〔9〕揎(xuān)：捋起袖子露出胳膊。

〔10〕组织：经纬相交，织作布帛。

〔11〕筘(kòu)：织布机的一种机件，经线从筘齿间通过，它的作用是把纬线推到织口。

〔12〕毅然：果然，毫不犹豫。

〔13〕登科记：科举时代及第士人的名录。

〔14〕腐鼠：腐烂的死老鼠，比喻毫无价值的东西。

〔15〕蹑：踏，踩。

〔16〕驻跸(bì)：皇帝外出途中暂停小住。跸，泛指帝王出行的车驾。

〔17〕届：到。

〔18〕蟾宫：月宫。

【评析】

本篇讲扬州士人奇遇事。事情起初很简单，扬州士人春天踏青，看到彩虹，无意中听到茅舍有织布的声音，就信步走了进去。这一看，可是眼界大开，里面一派忙碌景象，一打听，这些女子竟然在织登科记。扬州士人有些云山雾罩的感觉，出来之后弄不清自己到底是有奇遇还是在做梦。随着放榜的进行，之前看到的登科记全都应验，这才知道自己并非在做梦，而是无意中走进了月宫，见证了榜单的生产过程。原来士子们魂牵梦绕的榜单就是这样产生的。作品的想象颇为新奇，饶有趣味。

《梁溪漫志》

费　衮

费衮，生卒年不详，字补之，无锡人。南宋绍熙间国子监免解进士。博学而能文，著有《梁溪漫志》《梁溪续志》等。

《梁溪漫志》，十卷，一百六十余篇。所记多宋代政事典章、传闻琐事。

东坡卜居阳羡[1]

建中靖国元年[2]，东坡自儋北归[3]，卜居阳羡[4]。阳羡士大夫犹畏而不敢与之游，独士人邵民瞻从学于坡。坡亦喜其人，时时相与杖策过长桥，访山水为乐。

邵为坡买一宅，为钱五百缗[5]，坡倾囊仅能偿之。卜吉入新第。既得日矣，夜与邵步月，偶至一村落，闻妇人哭声极哀，坡徙倚听之[6]，曰："异哉，何其悲也！岂有大难割之爱，触于其心欤？吾将问之。"遂与邵推扉而入，则一老妪，见坡泣自若[7]。坡问妪："何为哀伤至是？"妪曰："吾家有一居，相传百年，保守不敢动，以至于我。而吾子不肖，遂举以售诸人。吾今日迁徙来此，百年旧居，一旦诀别，宁不痛心？此吾之所以泣也。"坡亦为之怆然[8]，问其故居所在，则坡以五百缗所得者也。坡因再三慰抚，徐谓之曰："妪之旧居，乃吾所售也。不必深悲，今当以是屋还妪。"即命取屋券，对妪焚之。呼其子，命翌日迎母还旧第，竟不索其直。

坡自是遂还毗陵，不复买宅，而借顾塘桥孙氏居暂憩焉。是岁七月，坡竟殁于借居。前辈所为类如此，而世多不知，独吾州传其事云。

【注释】

〔1〕选自费衮《梁溪漫志》卷四。

〔2〕建中靖国元年：公元1101年。建中靖国为北宋徽宗年号，只使用一年。

〔3〕儋（dān）：儋州，今属海南。

〔4〕卜居：选择居住之所。阳羡：指今江苏宜兴。

〔5〕缗（mín）：旧时穿铜钱的绳子，后用为古代计量单位。

〔6〕徙倚：徘徊。

〔7〕自若：平静，安静。

〔8〕怆然：悲伤的样子。

【评析】

本篇讲苏轼卜居阳羡事。苏轼饱受磨难，久谪儋州之后终于遇赦北归，准备在阳羡终老。尽管买房花光了苏轼的积蓄，但事情办得还比较顺利，谁知道自己买的竟然是老太太的旧宅。听到老太太撕心裂肺的哭声，苏轼当即烧毁房券，将房屋归还，而且也没再要自己的房款。此后他没再买房，直到当年去世。君子不夺人之爱，苏轼明白这个道理，而且做出了表率，这就是境界，不知道当时那些不敢和他来往的文士们怎么想。

俚语盗智〔1〕

俚语谓："盗虽小人，智过君子。"此语固可鄙笑〔2〕，然盗之奸诈，实有出人意表者，可诛也。

高邮民尉九，疾足善走，日驰数百里，气势猛壮，非得树不能止。为盗，浸淫傍郡〔3〕，淮人皆苦之。其居高邮阛阓间〔4〕，日则张食肆〔5〕，夜则为盗。

一日晨起，方坐肆间，有道人来食汤饼〔6〕。食已，邀尉至闲处，呼为师父，且拜之。尉讶之曰："何为者？"道人曰："某亦有薄技，然出师下远甚。闻楚州城外有一富家，今愿偕师行，庶凭借有所获〔7〕。"尉许诺，使之先往,道人即驰去。逮夜,尉张灯闭肆,怒其仆执事不谨,殴之。仆纷拿不服[8],乃呼逻者。厢官俱系之[9],须翼日送郡[10]。尉密谓逻曰:"吾与若厚,且家于此,必不窜,若姑纵吾归,明当复至也。"逻许之。

【注释】

〔1〕选自费衮《梁溪漫志》卷十。

〔2〕鄙笑:讥笑,嘲笑。

〔3〕浸淫:逐渐。

〔4〕阛(huán)阓(huì):街市,街道。

〔5〕张:商店开业。

〔6〕汤饼:又叫面片汤,是将调好的面团托在手里撕成片下锅煮熟做成的食品。

〔7〕庶:副词,表示可能、希望。

〔8〕纷拿:混乱的样子。

〔9〕厢官:职官名。宋时将京城外分若干厢,置厢官,处理居民争斗诉讼之事。

〔10〕翼日:明日,次日。

尉得释,即逾城驰二百里至楚城外,冬冬方二鼓矣[1]。道人果先在,相见喜甚。尉自屋窗入,约道人伺于外。既入其室,视所藏金珠锦绮,烂然溢目,即以百缣掷出[2],道人分两囊负之。斯须,尉复由屋窗出。道人思天下惟尉为愈己[3],不如杀之,即拔刃断其首,随坠地,视之,则纸所为也。尉由他户复驰归高邮就逮,天方辨色。道人负重行迟,为追者所及,执送楚州狱,自列与尉同为盗状。州为檄高邮,高邮报云:"是夕,尉自与仆有讼,方系有司,无从可为盗也。"道人终始堕其计,卒自伏辜[4]。尉狡险万端,有术以自将,屡为穿窬[5],官卒不能捕。

又有士夫调官都下,所居逆旅前张茗坊,与染肆相直[6]。士无事日,凭茶几阅过者。一日,见数人往来其前数四,若睥睨染肆者[7],殊讶之。一夫忽前,耳语曰:"某辈经纪人也[8],欲得此家所暴缣帛[9],告官人勿言。”士曰：“此何预吾事，而肯饶舌耶？”其人拱谢而退。士私念：“彼所染物皆高揭于通衢之前〔10〕，白昼万目共睹，彼若有术可窃，则真黠盗也。”因谛观之〔11〕，但见其人时时经过，或左或右，渐久渐疏，薄暮则皆不见〔12〕。士笑曰：“彼妄人，果绐我〔13〕。”即入房，将索饭，则其室虚矣。

【注释】

〔1〕冬：象声词，同“咚”，敲鼓声。

〔2〕缣（jiān）：双经双纬的粗厚织物。

〔3〕愈：超过，胜过。

〔4〕伏辜：服罪。

〔5〕穿窬（yú）：穿墙打洞。窬，墙洞。

〔6〕相直：相对。

〔7〕睥睨：窥视，偷看。

〔8〕经纪人：撮合买卖从中取得佣金的人。

〔9〕暴：同“曝”，晒。缣帛：旧时一种质地细薄的丝织品。

〔10〕揭：高举。通衢（qú）：四通八达的道路。

〔11〕谛观：仔细看，审视。

〔12〕薄暮：傍晚。薄，迫近。

〔13〕绐（dài）：同“诒”，欺骗。

【评析】

本篇讲智盗作案事。作品写了两个智盗故事，正如开篇那句俚语所说的：“盗虽小人，智过君子。”说起来都是高智商犯罪。这位尉九和《水浒传》里的神行太保戴宗很像，不过人家更厉害，不用作法，是天生的“飞毛腿”。他的高智商体现在犯罪之前的准备，故意弄出大动静，制造不在犯罪现场的证据。相比之下，那位道人就显得幼稚了。偷了东西还想害人，结果害的却是自己。后面这位冒充经纪人的盗贼同样厉害，声东击西的套路玩得纯熟，那位士夫以为这些盗贼够傻，结果发现自己更傻。作者很善于营造悬念，不看到最后，都不明白故事会如何结束。忽然一个反转，给人恍然大悟的感觉。

《庚巳编》

陆　粲

陆粲(1494—1551),字子余,又字浚明,号贞山,长洲(今江苏苏州)人。嘉靖五年(1526)进士,官至工科给事中,直谏遭贬。著有《左传附注》《春秋胡氏传辨疑》等。

《庚巳编》,十卷。所记多神怪妖异之事。

空同山人〔1〕

蜀人卢川,弘治初领乡荐〔2〕,卒业太学〔3〕,质美而贫,与吾乡程贡士遵相友善〔4〕。有道士不知何许人,自云姓达,号空同山人,与川同邸,交尤稔密〔5〕。其人身颀然长形〔6〕,状秀伟,而落魄善饮,日行歌于市,暮归携钱满袖,尽以与川。川赖以给,周旋岁余。

一旦,欲辞还山,川来语程〔7〕,共治具送之〔8〕。川时患疮遍体,久不瘥〔9〕,求道士治,曰:“易耳。”出药少许,和酒与服,烧炕极热,令卧其上,重被覆之,取所佩小葫芦镇其角。川如为所压,不能兴,出汗淋漓,被尽沾湿。道士徐揭被,呼之起,则疮尽脱去,肤莹如玉矣。顾川曰:“乍别,客中真大寂寞〔10〕,且忧子贫无以赡。予有丹能点铜为白银,今相分与,他日聊试之,或能充数月费耳。”倾瓢中药一匕授川〔11〕,酒尽别去。

无何〔12〕,川值乏资,程请出其丹试之。觅铜杓重四两,炽火镕之,投丹其中,少顷五色焰起,铿然有声〔13〕,已成雪白银,而锱铢无所耗〔14〕,于是相顾惊叹。程乞其少许,至今藏之。

【注释】

〔1〕选自陆粲《庚巳编》卷一。

〔2〕弘治：明孝宗朱祐樘年号(1488—1505)。领乡荐：唐宋由州县荐举的应试进士,后指乡试中举。

〔3〕太学：旧时设在京城传授儒家经典的最高学府。

〔4〕程贡士遵：即程遵,生卒年不详,字原道,长洲(今江苏苏州)人。成化二十二年(1486)进士,历任温州同知、赵州知州。

〔5〕稔(rěn)密：熟悉,指交往密切。

〔6〕颀(qí)然：挺立修长的样子。

〔7〕语(yù)：告诉。

〔8〕治具：备办酒食。

〔9〕瘥(chài)：病愈,痊愈。

〔10〕客中：旅居外地。

〔11〕匕：旧时指勺、匙之类的取食用具。

〔12〕无何：不久,稍后。

〔13〕铿然有声：发出响亮的声音。

〔14〕锱铢：旧制锱为一两的四分之一,铢为一两的二十四分之一。比喻极其微小的数量。

【评析】

本篇讲空同山人法术事。这位号空同山人的道士法术高超,这主要体现在两件事上,一是治病,卢川那么难治的病被他药到病除,彻底根治;二是点铜为银,同样是用丹药,可以将铜变成白花花的银子。这类故事在隋唐以来的志怪小说中屡有记载,如唐人戴孚所撰志怪小说《广异记》就曾记录一位隋末道士以一粒丹化十斤赤铜,再变为优于常金的黄金,其徒用此法为太宗造金,号为“大唐金”。民间传说中也有不少“点石成金”“点铁成金”的故事,通过特殊手段获得财富,这也是人们长久以来的梦想。

说　妖[1]

吴俗所奉妖神[2]，号曰五圣，又曰五显灵公，乡村中呼为五郎神，盖深山老魅、山萧木客之类也[3]。五魅皆称侯王，其牝称夫人[4]，母称太夫人，又曰太妈。民畏之甚，家家置庙庄严，设五人冠服如王者，夫人为后妃饰。贫者绘像于板事之，曰“圣板”。祭则杂以观音、城隍、土地之神，别祭马下[5]，谓是其从官[6]。每一举则击牲设乐[7]，巫者叹歌，辞皆道神之出处，云神听之则乐，谓之“茶筵”，尤盛者曰“烧纸”。虽士大夫家皆然，小民竭产以从事，至称贷为之[8]。

【注释】

〔1〕选自陆粲《庚巳编》卷五。

〔2〕妖神：邪神，非正统的神。

〔3〕山萧：即山魈，传说中的山中怪物。木客：山中的精怪。

〔4〕牝（pìn）：雌性的鸟或兽，与“牡”相对。

〔5〕马下：旧时所说的堂下，指神的名称。

〔6〕从官：侍从的官吏。

〔7〕击牲：宰杀牲口。

〔8〕称贷：向人借钱。

一切事必祷，祷则许茶筵，以祈阴佑，偶获佑则归功于神，祸则自咎不诚，竟死不敢出一言怨讪[1]。有疾病，巫卜动指五圣见责，或戒不得服药，愚人信之，有却医待尽者[2]。又有一辈媪，能为收惊、见鬼诸法，自谓五圣阴教，其人率与魅为奸云。城西楞伽山是魅巢窟[3]，山中人言，往往见火炬出没湖中，或见五丈夫拥驺从姬妾入古坟屋下[4]，张乐设宴，就地掷倒[5]，竟夕乃散去以为常。魅多乘人衰厄时作祟，所至移床坏户，阴窃财物[6]，至能出火烧人屋。性又好淫妇女，涉邪及年当夭者多遭之，皆昏仆如醉，及醒，自言见贵人巍冠华服[7]，仪卫甚都[8]，宫室高焕如王者居[9]，妇女列坐及旁侍者百数十辈，皆盛妆美色，其间鼓吹喧阗，服用极奢侈。与交合时[10]，有物如板覆己，其冷如水。有夫者避不敢同寝，或强卧妇旁，辄为魅移置地上。其妖幻淫恶，不可胜道，记十余事于此：

【注释】

〔1〕怨讪：怨望毁谤。

〔2〕待尽：等死。王安石《与王宣徽书》："某衰疾日积，待尽丘园。"

〔3〕楞伽山：又称上方山，在苏州市西南郊。

〔4〕驺从：旧时显贵大官出门时，前导或后随的骑士。

〔5〕掷倒：旧时散乐杂技的一种，连续翻筋斗并用手走路。

〔6〕阴：背地里。

〔7〕巍冠：高冠。

〔8〕仪卫：仪仗与卫士的统称。都：盛大。

〔9〕高焕：高大光亮。

〔10〕交合：性交，交配。

秀才徐岐之父尝游庙，同行一友戏溺其小鬼[1]。徐还，魅逐到家，排击门闼[2]，粪秽狼藉，家人不知其何等怪也，呼为妖贼。尝摄去一篋钱[3]，骂之，乃自空掷下，散于庭，钱犹热。窗眼中遍置寸许纸人[4]，面目悉备，或见人手映窗，其指通红如火。闻履声，以沙布地，验其迹数十，皆长尺有咫[5]。

医士陈生，白昼见梁上露人手，滴血至地。方食时，有一人面如车轮，舒大毛手[6]，攫其物去床后食，咂咂有声[7]。

秀才沈鎏弟妇，以失意死[8]。死后见光怪[9]，自云在五圣部下，在家通昼夜聒扰[10]。一锣自行且击，累百步不坠。空中挂两绳络，绳细如人发，内贮二碗水，摇之不漏。烧屋数十余间。如此频年不宁。

【注释】

〔1〕溺：撒尿。

〔2〕排击：劈砍，打击。

〔3〕摄：拿。

〔4〕窗眼：窗户上的小洞或缝隙。

〔5〕咫：旧时长度单位。周代指八寸。

〔6〕舒：伸展，展开。

〔7〕咂咂：象声词，指嘴吮吸时发出的响声。

〔8〕失意：未能实现自己的意愿，不得志。

〔9〕光怪：神奇怪异的现象。

〔10〕聒扰：打扰，骚扰。

举人查某家，所供祠中有二树，偶伐以他用。魅怒，遂大作恶，火处处起，扑之则移去，但不焦灼。祠内土偶，悉起自行，登屋踞坐〔1〕，俨如生者，竟毁其庐乃已。

洪以严见一僧宽衣大袖，缓步屋上，践瓦拉然〔2〕，急逐之，遽灭。煮饭铛中〔3〕，尽化作泥。道士邹应璧为坛考劾〔4〕，誓不受贿谢〔5〕，魅乃舍去。

沈生妻吕氏，名家女，工容皆绝人〔6〕，年十九。忽厥死〔7〕，两日始苏，云："被五圣灵公召去待宴，出金首饰一笥〔8〕，衣十六笥示之，绚烂夺目，而形制小〔9〕。神谓曰：'能住此，此物皆汝有也。'我泣拜求归，夫人复劝解，乃放还去，云：'容汝十年。'"自是魅数来其家，呼妇为娘子。时闻异香扑鼻，有美男子盛服而来，与寝处。十年后复死，旋活，言神云："更乞与汝一年。"前后生五男，将妊，辄见男子抱一儿遗之。产时无血，但下黑汁，儿极娟好〔10〕，及周岁曰："吾今携儿去矣。"如是辄夭。最后得一女，方免身〔11〕，血逆奔上，遂死。距前复活时恰一岁矣。

【注释】

〔1〕踞坐：伸开两只脚，双膝弓起坐着，带有倨傲不恭、旁若无人之意。

〔2〕践：踩，踏。拉然：塌倒的样子。

〔3〕铛：烙饼或做菜用的平底浅锅。

〔4〕考劾：考讯劾罪。

〔5〕贿谢：赠礼酬谢。

〔6〕工容：女工和容貌。

〔7〕厥：气闭，昏倒。

〔8〕笥：盛饭或衣物的方形竹器。

〔9〕形制：形状款式。

〔10〕娟好：清秀美好。

〔11〕免身：妇人产子。

夏与妻李氏，伪吴司徒伯昇之裔也〔1〕。初嫁日，下舆，忽狂舞唱呼〔2〕，自称五圣。家人忙怕设祭，妇从房奔出，唱赞如巫然。祭案列酒杯数十，妇行践其上如飞，杯了无倾侧〔3〕，时以刀自割，不伤。此妇今犹往来予家，神已痴矣。

张氏女衣红经祠所〔4〕，遂发颠，通夕阖户歌舞。后嫁为士人朱愚妻，魅因随往。愚母本媵也〔5〕，妇见辄骂云："老婢老婢。"与人应答，尽作京师人语。

沈宁妻年三十余，微有姿。常见空中列炬数百，有人着红袍三山冠自空而下〔6〕，堂内灯烛皆灭，与交讫，饮食而去。金帛簪珥〔7〕，随心而至，夫利所获，款神以致其来〔8〕，因此致富。

陈梧有义女年十七，将嫁，为魅所凭〔9〕，曰："吾五圣中第三位，与尔女有缘，故来。"赐其名曰"五宝女"。女从此能言人祸福，有疾病、有失物者扣之〔10〕，言多奇中。陈为绘五圣像奉之堂中。久之，魅亦厌倦弃去，今犹未嫁。

【注释】

〔1〕伪吴：指五代中国中的南吴杨氏。

〔2〕唱呼：呼叫，喊叫。

〔3〕了无：一点也没有。

〔4〕衣（yì）红：穿着红衣服。

〔5〕媵：姬妾婢女。

〔6〕三山冠：一种山字形的高帽子。圆顶，帽后高出一片山墙；中凸，两边削肩，呈三山之势。唐朝隐士戴此冠表示神仙之风。

〔7〕簪珥：发簪和耳饰，旧时多为贵族妇女的首饰。

〔8〕款：款待。

〔9〕凭：依托，依靠，这里指被怪物附体。

〔10〕扣：询问。

予舍旁人安松，妹名刘福。女自言："有一人黑色，状若仆隶〔1〕，每睡时则来与通，数梦随至其家，周视堂宇，服用奢侈，大率如前所云。"一日方游于堂，忽内有贵人传呵而出〔2〕，其人似惊惧，贵人见之，呼使跪，数之曰："吾用无限财干事，汝乃窃吾名在外妄行也。"恨怒不已，其人俯首不敢对〔3〕。因送女归，后更不复来，盖又其下鬼也。

大抵妖由人兴，今流俗慕向如此〔4〕，邪妄之气相为感召，宜其久聚而不散，以猖狂横恣也。前知府事新蔡曹公尝严为禁约〔5〕，焚毁其祠像无遗。公去任，乃稍稍复作，无何一切如故矣〔6〕。后来者能举公之善政而兴起之，使妖魅消沮〔7〕，诚一快也。

【注释】

〔1〕仆隶：奴仆。

〔2〕传呵：传唤，传呼。

〔3〕俯首：低头。常用于表示恭顺、伏罪、羞怍、沉思等情状。

〔4〕流俗：流行于社会上的风俗习惯。慕向：风尚。

〔5〕新蔡：今属河南。

〔6〕无何：不久，很快。

〔7〕消沮：削减，减弱。

【评析】

本篇讲邪神作祟事。作品里的“五圣”“五显灵公”“五郎神”就是通常所说的五通神，这是旧时南方地区非常流行的民间信仰。宋人洪迈在其《夷坚丁志·江南木客》中就有记载：“大江以南地多山，而俗禨鬼，其神怪甚诡异，多依岩石树木为丛祠，村村有之。二浙、江东曰‘五通’，江西、闽中曰‘木下三郎’，又曰‘木客”，一足者曰‘独脚五通’，名虽不同，其实则一……尤喜淫，或为士大夫美男子，或随人心所喜慕而化形，或止见本形……皆趫捷劲健，冷若冰铁。阳道壮伟，妇女遭之者，率厌苦不堪，羸悴无色，精神奄然。”本文可以看作对五通神的集中控诉，作者的态度是很鲜明的，那就是“妖由人兴”，不良的社会风俗导致邪妄之气盛行，他提出用善政、严约来铲除邪神，可以称之为善政祛魅，俗话说，邪不压正，可见作者是很清醒的。

芭蕉女子〔1〕

冯汉字天章，为吴学生，居阊门石牌巷一小斋〔2〕，庭前杂植花木，潇洒可爱。夏月薄晚〔3〕，浴罢，坐斋中榻上，忽睹一女子，绿衣翠裳，映窗而立。汉叱问之，女子敛衽拜曰〔4〕：“儿焦氏也。”言毕，忽然入户，熟视之〔5〕，肌质鲜妍，举止轻逸，真绝色也。汉惊疑其非人，起挽衣将执之，女忙迫，绝衣而去〔6〕。仅执得一裙角，以置所卧席下。明视之乃蕉叶耳。

先是，汉尝读书邻僧庵中，移一本植于庭〔7〕，其叶所断裂处，取所藏者合之，不差尺寸。遂伐之，断其根有血。后问僧，云：“蕉尝为怪，惑死数僧矣。”

【注释】

〔1〕选自陆粲《庚巳编》卷五。

〔2〕阊门：在今苏州阊胥路，古城西门，明代开始逐渐形成街巷。石牌巷：在阊门外、陆公桥南，旧时吴县、长洲二县立界碑于此，故名。

〔3〕薄晚：傍晚时分。

〔4〕敛衽：旧时女子所行拜手礼。

〔5〕熟视：注目细看。

〔6〕绝：断开。

〔7〕本：草木的根。

【评析】

本篇讲书生冯汉遇怪事。冯汉夏夜乘凉，遇到一位绝色美女。如果是蒲松龄来写，应该是一篇很浪漫的爱情故事，就像《婴宁》《青凤》等小说那样。但作者没有朝爱情的方向写，而是将其写成了一个降妖除怪的故事。经过一番调查，冯汉发现那位女子是芭蕉成妖，就将其砍伐除掉，这让人感到有些遗憾。不过想想其曾“惑死数僧”，又觉得冯汉所做无可厚非。就看读者如何看待这件事了。

《泾林续记》

周玄暐

周玄暐(？—1616),字叔懋,号绒吾,又号天南逸史,明代昆山人。万历十四年(1586)进士,曾任河南清丰知县、广东电白知县,官至云南道御史。万历四十四年因《泾林续纪》谤书案死于狱中。

《泾林续记》为周玄暐续其祖父周复俊《泾林杂记》而作,二卷。所记多明代朝野轶闻。

张国维[1]

张国维,予从母舅也[2],性粗豪有侠气,重然诺[3],不畏强御[4],人咸呼为顽二。嘉靖甲寅[5],倭寇围邑,任二府环摄守[6],募人间道往请救兵[7]。时寇方炽[8],众畏莫敢出,张毅然请行,任公壮之。乃怀蜡书[9],夜缒城而下[10],昼伏宵奔,越水忍饥,艰苦万状,迄得请而反。任公由是大加爱任,使总士兵。

后任公升兵备,再来剿倭,檄置幕下为近侍[11],任公与倭战于松江万里桥,败绩,兵溃。公背疮方剧,负痛堕马,几被害。张负之而逃。走数里。回顾,则贼已尾其后矣。张窘甚,望见一小桥,急趋而过,置任于地,奋力拔桥面投诸水,倭不能逼[12],仍负任从间道投村舍。觅火种为任燎衣[13],标其冠于竿上,悬诸檐前。众望见稍稍集,得全师而归。任德之,给以冠带[14]。至隆庆五年[15],善终。

【注释】

〔1〕选自周玄暐《泾林续记》卷一。

〔2〕从母：母亲的姐妹，即姨母。

〔3〕然诺：许诺，承诺。

〔4〕强御：豪强，有权势的人。

〔5〕嘉靖甲寅：即嘉靖三十三年(1554)，嘉靖为明世宗朱厚熜年号(1522—1566)。

〔6〕任二府环：即任环(1519—1558)，字应乾，号复庵，山西长治人。嘉靖二十三年(1544)进士，官至山东右参政。著有《山海漫谈》。二府：职官名，明清两代同知的俗称，为知府副职，任环曾任苏州同知。摄守：掌管。

〔7〕间道：偏僻的或抄近的小路。

〔8〕炽：强盛，强大。

〔9〕蜡书：为防泄密而密封在蜡丸中的书信。

〔10〕缒城：从城上缘索而下。

〔11〕檄：旧时官府用以征召或声讨的文书，此处指征召。

〔12〕逼：靠近。

〔13〕燎衣：烘烤衣服。

〔14〕冠带：帽子与腰带。比喻封爵，授官。

〔15〕隆庆五年：即公元1571年，隆庆为明穆宗朱载垕年号(1567—1572)。

后于松江七坛、八坛地方附巫言曰[1]："我张某也，生尝剿倭于此。今当为尔土神，汝辈宜敬事我[2]。祀法以大盘盛酒肉，又须血脏羹[3]，如其生时所嗜。"祷者无不响应。又一日，托巫语求疗疾者，曰："吾家在昆山许墓塘，遗妇孀居，贫甚，可赠以银布，吾当为汝造福。"其人如言寻至昆，妇初不信，来者细述其故，乃受之。始知匹夫义烈，死不泯泯[4]。

【注释】

〔1〕七坛、八坛：旧时祭神的场所。

〔2〕敬事：恭敬侍候。

〔3〕血脏羹：用动物内脏做的羹。

〔4〕泯泯：消失，灭绝。

【评析】

本篇记张国维勇武事。其人其事作者用“匹夫义烈”四个字来概括,还是相当准确的。在民间传说中,土神是护佑一方平安的神仙,通常是勇武之人死后担任,张国维正是符合这种标准的人物。他原来不过是一名普通的士兵,但在危难之时挺身而出,送信搬兵,立下大功。在作战中,他忠心搭救任公,将个人生死置之度外;成仙之后,他又不忘自己孀居的妻子,后一点同样重要,写出了侠肝义胆背后的柔情。作品虽然篇幅不长,但对张国维性格的刻画非常成功,而且写出了其性格的丰富性。

徐　仁〔1〕

苏郡粮长徐仁〔2〕,解粮至京,寓户部前,主人乃番子手也〔3〕。仁偶饭后往外闲游,有银五两藏靴统中,归索之,亡矣。知为掏摸者取去〔4〕,无可奈何,愁闷独坐。适主人归,问客何事不乐,徐具言其由。主人曰:“毋忧,当为寻觅,断不失故物。”遂询其银几何,并所游之处,径诣其地,扬言曰:“午后曾有人至此,靴中置银五两,计几锭几块,裹以布包,为若辈盗去〔5〕。此人乃吾家所主者,可速还之,不然恐若辈不得安枕卧也〔6〕。”言讫,归谓徐曰:“客可再往前地一步,何如?”徐笑曰:“适往失银,今空步何为?”主人曰:“试一往,虽不得,无害也,况未必不得乎。”强之再三,纳靴而行。至向所游处,周视地上,竟无所见,怅怅而反〔7〕。及门,主人迎笑曰:“已得银否?”徐谢无有。入室坐定,又问,答之如初。主人曰:“岂有此理?”试令探靴中,则银包在焉。开视,一无所失,而其去来之迹,茫然不觉,何巧于盗若此。

【注释】

〔1〕选自周玄暐《泾林续记》卷一。

〔2〕苏郡:苏州别称。粮长:负责在各州县划分的粮区征解税粮的人员,始创于洪武四年(1371)。

〔3〕番子手：职官名，明清时捉拿盗贼的差役。

〔4〕掏摸：偷窃。

〔5〕若辈：你们。

〔6〕安枕：比喻无忧无虑。

〔7〕怅怅：失意不快貌。反：同“返”。

【评析】

本篇讲粮长徐仁失盗事。徐仁解粮到京城，出去闲逛，藏在靴筒里的五两银子丢失。在那个年代，这种案子很难侦破，徐仁只能自认倒霉。偏偏他住在番子手家，主人不服这个气，要帮他找回银子。找回的办法很简单，他到失窃银子的地方喊上几句，让徐仁到原地重走一遍，结果银子又物归原主。这确实有些神奇，神奇之一是作者所说，“何巧于盗若此”，偷走悄无声息，返还不动声色，偷盗技术可谓出神入化。神奇之二是番子手仅仅说了几句话，就让盗贼返还赃物。显然盗贼畏惧番子手，如果换成其他人，就是喊破了嗓子，他们也不会归还。显然他们尝到过番子手的厉害，不想惹大麻烦。

张　榜〔1〕

阳电参将张榜〔2〕，鄞县人〔3〕，先为狼山守备〔4〕。公署在海中，离府五十余里。张诣府，领兵饷银六千余两，皆元宝也，分置三桶中，泛海回籍。至中途适值龙腾，风雨大发，前后二舵俱平断〔5〕，中舵大如斗，非数十人不能举，亦拔起投水中，如萍梗然〔6〕。张料船必覆，索竹缆将银桶捆缚于中舱横木上，极其缠绵〔7〕。顷之舟破，从者三十余人皆坠水〔8〕，张亦附一木板，浮沉海中，昏暝不辨〔9〕，自分必葬鱼腹矣〔10〕。觉足下若有物蠢动者〔11〕，藉以不沉，洪涛喷薄，而安然无恙。

【注释】

〔1〕选自周玄暐《泾林续记》卷二。

〔2〕阳电：今广东电白东。参将：武官名。明代设立，位次于总兵、副总兵。

〔3〕鄞县：今浙江宁波鄞州区。

〔4〕狼山：在今江苏南通。守备：职官名。明代镇守边防五等将官之一，守一城一堡。

〔5〕舵：舟船控制方向的装置。

〔6〕萍梗：浮萍的梗。

〔7〕缠绵：缠得很紧，牢牢缠住。

〔8〕从者：随从人员。

〔9〕昏瞑：光线昏暗不明。

〔10〕分（fèn）：料想。

〔11〕蠢动：像虫子一样蠕动。

至辨色[1]，有巡船从上流来，张大呼求救，扶至舟中，自庆再生，访诸从者，仅存五人耳。遂令巡船探沉舟取饷金，至则舟仅露其尾，令善泅者入舱索银桶[2]，毫无有也。巡兵回报，张大惊，恐以失饷获罪，计无所出。三日后，忽有渔人来首[3]，询其故，则前有营兵落水，遇渔舟，呼曰："尔救吾命，自当厚报。"渔人援之至家，更衣设食，索其报，曰："舟中有银三桶，盍往取之[4]？"乃约众邻操艇至舟覆处，果得银而归，市牛酒痛饮[5]。将银人分五锭，营兵亦得其两，潜隐于家。邻人有争银而不得者，奔告于张。即拘营兵至官，追出前银，押至村中，沿门搜捕，悉获原物，止一锭凿碎，仅失五两耳。

张累迁征倭副总兵[6]，调阳电参将，在宦途五十余年，后禄甚丰[7]，宜不死，然船破银失而复得则尤异云。

【注释】

〔1〕辨色：天刚亮，能辨别物色的时候。

〔2〕泅：游泳。

〔3〕首：出头告发。

〔4〕盍：何不。

〔5〕市：买。

〔6〕副总兵：职官名。明朝设立，位在总兵下。出征时，总兵官总镇正兵，副总兵分领奇兵。

〔7〕后禄：日后的福禄。

【评析】

本篇讲饷银失而复得事。这类情节常见于小说作品，如前面的《徐仁》篇，即是在差役的帮助下，客人的财物无形之中失而复得。在本篇故事中，饷银的重现极具巧合性，似乎非人力所能为。一方面，张榜船破后漂浮于海中，脚下有蠢动之物将他托起，因此得以存活，而同船人却大多淹死。另一方面，失饷后，众人无可奈何之时却有渔人主动告发。最终不仅抓获盗贼，银子也几乎悉数寻回，仅仅损失五两。张榜本人此后仕途通畅，屡屡高升，可谓大难不死，必有后福。本篇中的失而复得有着命中注定的意味，过于巧合，自然就成为一件异事。

南都妓[1]

□□讳□□[2]，太仓监生[3]。嘉靖壬子至南都应试[4]，与院妓情好甚昵[5]。张约，倘得中式[6]，当为赎身。妓亦愿从良，盟誓颇坚。妓复接一徽友，豪富拟于陶朱[7]。先用重赀买得字眼[8]，悬于汗巾角上[9]。饮酒沉醉归寝，将汗巾置枕席下，天明忘取而去。妓检点床褥得之，发其封，重叠印记甚密。妓素识字，知为关节也[10]，谨藏于箧中。薄暮，徽友复来，觅汗巾不得，愿出厚赏。妓坚讳不露[11]，佯令女奴辈遍索室中，竟无形影，怊怏而回[12]。妓遣仆呼张至，举字眼授之。张如式书卷中，遂得登科。因取妓为妾。后生一子，主家政，与张谐老焉。

【注释】

〔1〕选自周玄暐《泾林续记》卷二。

〔2〕冯梦龙《情史》亦收录该文，开篇为“太仓监生张某”，文后云“事出《泾林杂记》”。张某应为张锡刚，嘉靖四十年(1561)官浙江宁波通判。

〔3〕监生：明清两代在国子监读书或取得进国子监读书资格的人。

〔4〕嘉靖壬子：即嘉靖三十一年。南都：明人称南京为南都。

〔5〕院妓：即旧院妓女。旧院：在今之南京，明朝为妓女聚集之所。昵：亲昵。

〔6〕中式：科举考试得中。

〔7〕陶朱：即陶朱公。后泛指大富者。

〔8〕字眼：诗文中精要关键的字词。这里指与科举考试相关的字词。

〔9〕汗巾：腰带。

〔10〕关节：暗中行贿勾通官吏的事。

〔11〕讳：有顾忌而不愿说。

〔12〕悒怏：忧郁不快。

【评析】

本篇讲南都妓奇遇事。这位南都妓虽然是风月场中人，但认识太仓监生张某后，两人柔情蜜意，她决意从良。这也是作品重点描写的地方。如果不是从良的意志坚定，发现徽友重金购买的字眼后，她完全可以换取一大笔钱，但她没有这样做，而是将其给了自己的情人张某。这位张某也没有辜负她，考上之后，履行诺言，与其终老，可谓皆大欢喜。这位南都妓善于把握机会，改变了自己的命运。

《九籥集》

宋懋澄

宋懋澄(1569—1620),字幼清,号雅源,松江华亭(今上海松江)人。万历十四年(1586)举人。著有《九籥集》,与赵左合著《赵宋乐府》。

《九籥集》为宋懋澄别集,其中收录多篇小说作品。

负情侬传[1]

万历间[2],浙东李生,系某藩臬子[3],入资游北雍[4],与教坊女郎杜十娘情好最殷。往来经年,李资告匮,女郎母颇以生频来为厌,然而两人交益欢。女姿态为平康绝代[5],兼以管弦歌舞,妙出一时,长安少年所藉以代花月者也[6]。母苦留连,始以言辞挑怒,李恭谨如初。已而声色竞严[7],女益不堪[8],誓以身归李生。母自揣女非己出,而故事教坊落籍[9],非数百金不可,且熟知李囊无一钱,思有以困之,令愧不辨,庶日忘日去,乃戟掌诟女曰[10]:“汝能耸郎君措三百金畀老身[11],东西南北,唯汝所之。”女即慨然曰[12]:“李郎虽落魄旅邸,办三百金不难,顾金不易聚,倘金具而母负约,奈何?”母策李郎穷途[13],侮之,指烛中花笑曰:“李郎若携金以入,婢子可随郎君而出,烛之生花,谶郎之得女也[14]。”遂相与要言而散[15]。

【注释】

〔1〕选自宋懋澄《九籥集》文集卷五。

〔2〕万历:明神宗朱翊钧年号(1573—1620)。

〔3〕藩臬:职官名。藩即布政使,明代一省最高行政长官。臬即提刑按察使,明

代为一省最高司法长官。这里泛指藩司和臬司的高官。

〔4〕北雍：北京的国子监。

〔5〕平康：唐长安丹凤街有平康坊，为妓女聚居之地，亦称平康里。后泛称妓女居所。

〔6〕长安少年：都城里豪奢轻狂的贵家子弟。花月：泛指美好的景色。

〔7〕竟严：更加严厉。

〔8〕不堪：不能忍受。

〔9〕故事：旧有的制度。落籍：旧时妓女列名乐籍，若要从良，必须获得主管官吏的允许，将乐籍中名字除去。

〔10〕戟掌：用食指、中指指指点点，形状如戟。

〔11〕畀（bì）：给予。

〔12〕慨然：爽快不吝惜的样子。

〔13〕策：计谋，主意。穷途：绝路，比喻处于极为困苦的境地。

〔14〕谶（chèn）：将要应验的预言、预兆。

〔15〕要言：誓约。

女至夜半，悲啼谓李生曰："郎君游资，固不足谋妾身，然亦有意于交亲中得缓急乎〔1〕？"李惊喜曰："唯唯〔2〕。向非无心，第未敢言耳〔3〕。"明日故为束装状〔4〕，遍辞亲知〔5〕，多方乞贷。亲知咸以生沉湎狭斜，积有日月，忽欲南辕〔6〕，半疑涉妄，且李生之父，怒生飘零，作书绝其归路，今若贷之，非惟无所征德〔7〕，且索负无从〔8〕，皆援引支吾〔9〕。

生因循经月〔10〕，空手来见。女中夜叹曰："郎君果不能办一钱耶？妾褥中有碎金百五十两，向缘线裹絮中。明日，令平头密持去〔11〕，以次付妈。外此非妾所办，奈何？"生惊喜，珍重持褥而去。因出褥中金语亲知。亲知悯杜之有心，毅然各敛金付生，仅得百两。生泣谓女："吾道穷矣，顾安所措五十金乎？"女雀跃曰〔12〕："毋忧，明旦妾从邻家姊妹中谋之。"至期，果得五十金，合金而进。

【注释】

〔1〕交亲：亲戚朋友。得缓急：救急，求助。

〔2〕唯唯：恭敬的应答声。

〔3〕第：但是。

〔4〕束装：收拾行装。

〔5〕辞：告，说。

〔6〕南辕：车辕向南，即车向南行。这里指改邪归正。

〔7〕非惟：不但。征德：得到感谢。

〔8〕索负：讨债。

〔9〕援引：找理由推辞。

〔10〕因循：迟延拖拉。

〔11〕平头：代指奴仆。

〔12〕雀跃：形容勇于任事。

妈欲负约，女悲啼向妈曰："母曩责郎君三百金[1]，金具而母食言，郎持金去，女从此死矣。"母惧人金俱亡，乃曰："如约。第自顶至踵，寸珥尺素[2]，非汝有也。"女忻然从命[3]。明日，秃髻布衣，从生出门，过院中诸姊妹作别。诸姊妹咸感激泣下[4]，曰："十娘为一时风流领袖，今从郎君蓝缕出院门[5]，岂非姊妹羞乎？"于是人各赠以所携。须臾之间，簪珥衣履[6]，焕然一新矣。诸姊妹复相谓曰："郎君与姊，千里间关[7]，而行李曾无约束，复合赠以一箱。"箱中之盈虚，生不能知，女亦若为不知也者。日暮，诸姊妹各相与挥泪而别。

女郎就生逆旅，四壁萧然[8]，生但两目瞪视几案而已。女脱左膊生绡[9]，掷朱提二十两[10]，曰："持此为舟车资。"明日，生办舆马出崇文门[11]，至潞河[12]，附奉使船[13]，抵船而金已尽。女复露右臂生绡，出三十金，曰："此可以谋食矣。"生频承不测，快幸遭逢[14]，于时自秋涉冬，嗤来鸿之寡俦[15]，诎游鱼之乏比[16]，誓白头则皎露为霜，指赤心则丹枫交炙，喜可知也。

【注释】

〔1〕责：要求。

〔2〕寸珥尺素：代指所有的首饰和衣服，素指洁白的绢。

〔3〕忻然：喜悦的样子。

〔4〕感激：感动奋发。

〔5〕蓝缕：破旧的衣服。

〔6〕弝（kōu）：环子、戒指一类的东西。

〔7〕间关：道途崎岖艰险，不易行走。

〔8〕萧然：空寂，萧条。

〔9〕生绢：未漂煮过的绢。

〔10〕朱提：旧时一种优质白银。因产于今云南昭通境内朱提山，故称。

〔11〕崇文门：在今北京东城区崇文门内大街南口处。

〔12〕潞河：海河支流之一，北起今北京通州区，于天津大红桥汇入海河。

〔13〕奉使：奉命出使。

〔14〕遭逢：遭遇，遇到。

〔15〕寡俦：缺少同伴。

〔16〕诎：屈服。比：类。

行及瓜州[1]，舍使者艅艎[2]，别赁小舟，明日欲渡。是夜，璧月盈江，练飞镜写[3]，生谓女曰："自出都门，便埋头项，今夕专舟，复何顾忌？且江南水月，何如塞北风烟，顾作此寂寂乎？"女亦以久淹形迹，悲关山之迢递[4]，感江月之交流，乃与生携手月中，趺坐船首[5]。生兴发执卮[6]，倩女清歌，少酬江月。女婉转微吟，忽焉入调[7]。乌啼猿咽，不足以喻其悲也。

有邻舟少年者，积盐维扬[8]，岁暮将归新安[9]，年仅二十左右，青楼中推为轻薄祭酒[10]。酒酣闻曲，神情欲飞，而音响已寂，遂通宵不寐。黎明，而风雪阻渡。新安人物色生舟[11]，知中有尤物，乃貂帽复绚[12]，弄形顾影，微有所窥，因扣舷而歌。生推蓬四顾，雪色森然[13]。新安人呼生绸缪[14]，即邀生上岸，至酒肆论心[15]。

【注释】

〔1〕瓜州：即瓜洲镇，在今江苏扬州邗江区。

〔2〕艅（yú）艎（huáng）：华丽的大船。

〔3〕练飞镜写：比喻月光如同白练、圆镜。写，同“泻”。

〔4〕迢递：遥远的样子。

〔5〕趺（fū）坐：两脚盘腿打坐。

〔6〕卮：旧时盛酒的器皿。

〔7〕忽焉：快速。入调：符合声腔韵调。

〔8〕积盐：囤积食盐。

〔9〕新安：在今安徽歙县一带。

〔10〕轻薄：轻佻浮薄，不正经的。祭酒：旧时宴飨时，先由尊长者酹酒祭神，称为“祭酒”。后泛称年长或位尊者。

〔11〕物色：访求，寻找。

〔12〕复绚：重新系好帽带。绚，指绳索，此处作动词。

〔13〕森然：阴冷的样子。

〔14〕绸缪：连绵不断。

〔15〕论心：倾心交谈。

酒酣，微叩公子：“昨夜清歌为谁？”生俱以实对。复问：“公子渡江，即归故乡乎？”生惨然告以难归之故：“丽人将邀我于吴越山水之间[1]。”杯酒缠绵，无端尽吐情实[2]。新安人愀然谓公子[3]：“旅靡芜而挟桃李[4]，不闻明珠委路，有力交争乎？且江南之人，最工轻薄，情之所钟，不敢爱死，即鄙心时时萌之，况丽人之才，素行不测。焉知不借君以为梯航[5]，而密践他约于前途[6]，则震泽之烟波[7]，钱塘之风浪，鱼腹鲸齿[8]，乃公子之一杯三尺也[9]。抑愚闻之，父与色孰亲，欢与害孰切，愿公子之熟思也。”生始愁眉曰：“然则奈何？”曰：“愚有至计[10]，甚便于公子，然而顾公子不能行也。”公子曰：“为计奈何？”客曰：“公子诚能割厌余之爱[11],仆虽不敏,愿上千金为公子寿,得千金则可以归报尊君[12],舍丽人则可以道路无恐,幸公子熟思之。”生既漂零有年,携形挈影,虽鸳树之诅[13],生死靡他[14];而燕幕之栖[15],进退维谷[16]。羝藩狐济[17],既猜月而疑云;燕啄龙漦[18],更悲魂而啼梦。乃低首沉思,辞以归而谋诸妇,遂与新安人携手下船,各归舟次[19]。

【注释】

〔1〕吴越:春秋吴越故地,在今江浙一带。

〔2〕无端:没来由,没道理。

〔3〕愀然:忧愁的样子。

〔4〕靡芜:即蘼芜,香草名,与“桃李”皆比喻美人。

〔5〕梯航:指有效的途径。

〔6〕践:履行。

〔7〕震泽:即今太湖。

〔8〕鱼腹鲸齿:葬身鱼腹,被鲸撕咬。

〔9〕一杯三尺:“杯”当为“抔”,指坟墓。

〔10〕至计:最好的计策、办法。

〔11〕厌余:满足之外,指玩够了。

〔12〕尊君:对别人父亲的敬称。

〔13〕鸳树之诅:相思树的盟誓。典出干宝《搜神记》。韩凭娶妻何氏,因宋康王夺妻双双殉情。宋康王不将二人合葬,使两坟相对。后来两坟各长出一棵树,根交于下、枝错于上。又有一对鸳鸯在树上栖息,交颈悲鸣。

〔14〕生死靡他:至死不变,形容忠贞不二。

〔15〕燕幕之栖:像燕子栖息在帷幕上,比喻处境危险。

〔16〕进退维谷:无论是进还是退,都是处在困境之中,形容进退两难。

〔17〕羝(dī)藩狐济:公羊触篱笆挂住角进退不得,狐狸渡河尾巴湿了不能行走。典出《易经·未济》:“濡其尾,吝。”

〔18〕燕啄龙漦(chí):比喻女色的危害。燕啄指赵飞燕杀害皇室子嗣事。典出《汉书》:“先是有童谣曰:‘燕燕,尾涎涎,张公子,时相见。木门仓琅根,燕飞来,

啄皇孙。皇孙死,燕啄矢。'" 龙漦指褒姒乱周事。典出《国语·郑语》:"夏之衰,有二神龙止于王庭。夏后卜杀之与去之与止之,莫吉。卜请其漦而藏之,吉。及周厉王之末,发而观之,漦流于庭,化为玄鼋。后宫童妾遇之而孕,生褒姒。周幽王宠褒姒,欲杀申后所生太子而立褒姒子伯服,引起申戎之乱,西周因此而亡。"

〔19〕舟次:行船途中,船上。

女挑灯俟生小饮[1],生目动齿湿,终不出辞,相与拥被而寝。至夜半,生悲啼不已,女急起坐,抱持之曰:"妾与郎君处,情境几三年,行数千里,未尝哀痛,今日渡江,正当为百年欢笑,忽作此面向人,妾所不解。抑声有离音,何也?"生言随涕兴,悲因情重,既吐颠末[2],涕泣如前。女始解抱,谓李生曰:"谁为足下画此策者?乃大英雄也。郎得千金,可觐二亲,妾得从人[3],无累行李。发乎情,止乎礼义。贤哉,其两得之矣。顾金安在?"生对以:"未审卿意云何,金尚在是人箧内。"女曰:"明早亟过诺之。然千金重事也,须金入足下箧中,妾始至是人舟内。"时夜已过半,即请起,为艳装,曰:"今日之妆,迎新送旧者也,不可不工。"计妆毕而天亦就曙矣。

新安人已刺船李生舟前[4],得女郎信,大喜,曰:"请丽卿妆台为信[5]。"女忻然谓李生:"畀之。"即索新安人聘资过船,衡之无爽[6]。于是,女郎起自舟中,据舷谓新安人曰:"顷所携妆台中有李郎路引[7],可速检还。"新安人急如命。女郎使李生抽某一箱来,皆集凤翠霓,悉投水中,约值数百金。李生与轻薄子及两船人始竞大咤。又指生抽一箱,悉翠羽明珰[8],玉箫金管也,值几千金,又投之江。复令生抽出某革囊[9],尽古玉紫金之玩,世所罕有,其价盖不赀云[10],亦投之。

【注释】

〔1〕俟:等候。

〔2〕颠末:本末,原委,指事情的前后经过。

〔3〕从人：投靠他人。

〔4〕刺船：撑船。

〔5〕妆台：女子梳发化妆所用的案台，通常备有镜子及抽屉。

〔6〕爽：差错。

〔7〕路引：旧时的通行凭证。

〔8〕明珰（dāng）：用珠玉串成的耳饰。

〔9〕革囊：皮制的袋子。

〔10〕不赀：非常贵重。

最后，惎生抽一匣出〔1〕，则夜明之珠盈把，舟中人一一大骇，喧声惊集市人。女即又欲投之江，李生不觉大悔，抱女郎恸哭止之。虽新安人亦来劝解。女郎推生于侧，而啐詈新安人曰〔2〕："汝闻歌荡情，遂代莺弄舌〔3〕，不顾神天，剪绠落瓶〔4〕，使妾将骨殷血碧〔5〕。自恨弱质，不能抽刀向伧〔6〕。乃复贪财，强来萦抱，何异狂犬，方事趋风〔7〕，更欲争骨，妾死有灵，当诉之明神，不日夺汝人面。且妾藏辰诒影〔8〕，托诸姊妹，蕴藏奇货，将资李郎归见父母也，今畜我不卒〔9〕，而故暴扬之者〔10〕，欲人知李郎眶中无瞳耳。妾为李郎涩眼几枯，翕魂屡散〔11〕，事幸粗成，不念携手，而倏溺笙簧〔12〕，畏行多露〔13〕，一朝弃捐，轻于残汁。顾乃婪此残膏〔14〕，欲收覆水〔15〕，妾更何颜而听其挽鼻〔16〕。今生已矣，东海沙明，西华黍垒〔17〕，此恨纠缠，宁有尽耶！"

于是舟中崖上，观者无不流涕，詈李生为负心人，而女郎已持明珠赴江水不起矣。当是时，目击之人，皆欲争殴新安人及李生，李生暨新安人各鼓船分道逃去〔18〕，不知所之。噫！若女郎亦何愧子政所称烈女哉〔19〕。虽深闺之秀，其贞奚以加焉。

【注释】

〔1〕惎（jì）：教，让。

〔2〕啐：唾人，表示鄙斥。詈（lì）：责骂。

〔3〕弄舌：搬弄是非。

〔4〕绠：汲水用的绳子。

〔5〕骨殷（yān）血碧：含冤而死。典出《庄子》："人主莫不欲其臣之忠，而忠未必信，故伍员流于江，苌弘死于蜀，藏其血三年而化为碧。"

〔6〕伧（cāng）：旧时讥人粗俗，鄙贱。

〔7〕趋风：闻风而来，指追随。

〔8〕藏辰诒影：藏匿形迹，不露真相。

〔9〕畜我不卒：不再喜爱我。典出《诗经·邶风》："父兮母兮，畜我不卒。"

〔10〕暴扬：表露，宣扬。

〔11〕翕：合，聚。

〔12〕倏溺笙簧：极快地沉迷于花言巧语。笙簧，典出《诗经·小雅》："巧言如簧，颜之厚矣。"

〔13〕畏行多露：害怕对己不利。典出《诗经·召南》："厌浥行露，岂不夙夜？"

〔14〕膏：肥肉，此处指杜十娘的财宝。

〔15〕覆水：已倒出的水，比喻事已成定局。典出《后汉书》："国家之事，亦何容易！覆水不可收。宜深思之。"

〔16〕挽鼻：牵着鼻子走。

〔17〕东海沙明，西华黍垒：比喻财富积累不易。东海通过沙砾汇聚而成，西岳华山靠黍粒般砂石垒起，

〔18〕鼓船：划船。

〔19〕子政：即刘向（前77—前6），字子政，沛郡丰邑（今江苏徐州）人。以门荫入仕，官至中垒校尉。著有《说苑》《列女传》等。

宋幼清曰〔1〕：余自庚子秋闻其事于友人〔2〕，岁暮多暇，援笔叙事。至"妆毕而天已就曙矣"，时夜将分〔3〕，困惫就寝，梦披发而其音妇人者谓余曰："妾自恨不识人，羞令人间知有此事。近幸冥司见怜〔4〕，令妾稍司风波，间豫人间祸福〔5〕。若郎君为妾传奇，妾将使君病作。"明日果然，几十日而间，因弃置箧中。

丁未携家南归[6]，舟中检笥稿，见此事尚存，不忍湮没，急捉笔足之，惟恐其复祟，使我更捧腹也[7]。既书之纸尾，以纪其异，复寄语女郎："传已成矣，它日过瓜州，幸勿作恶风波相虐。倘不见谅，渡江后必当复作，宁肯折笔同盲人乎？"时丁未秋七月二日，去庚子盖八年矣。舟行卫河道中[8]，拒沧州约百余里[9]，不数日而女奴露桃忽堕河死。

【注释】

〔1〕宋幼清：即宋懋澄，字幼清。

〔2〕庚子：即万历二十八年(1600)。

〔3〕夜将分：夜半。

〔4〕冥司：阴间的长官。

〔5〕间豫：偶尔参与。豫，同"与"，参与。

〔6〕丁未：即万历三十五年(1607)。

〔7〕捧腹：肚子疼，指身体出现问题。

〔8〕卫河：明称卫漕，发源于山西太行山脉，至天津入海河。

〔9〕拒：同"距"，距离。沧州：今属河北。

【评析】

本篇讲李生负杜十娘事。对这个故事，人们更熟悉的是冯梦龙据此改编的拟话本小说《杜十娘怒沉百宝箱》。俗话说痴情女子负心汉，这是民间对古代爱情题材负心故事的形象总结。作品中的两位人物都刻画得非常生动且有深度。杜十娘虽然身在娼门，但敢爱敢恨，毅然拿出平生积蓄，在众多妓家姐妹帮助下脱离妓籍。谁知刚脱苦海，又入狼窝。她无法接受对爱情的背叛，投河而死，比《霍小玉传》中的霍小玉更为刚烈。相较之下，这位李生比《霍小玉传》中的李益更为无耻，他不仅软弱，而且自私，绝情到令人发指的程度，竟然将深爱自己的杜十娘卖掉。杜十娘的痴情与李生的绝情形成鲜明对比。杜十娘遇到困难时，身边姐妹们倾囊相助，展现出人性的光辉，由此衬托出李生、新安人的低俗和无耻。杜十娘沉江了，李生和新安人只是落荒而逃而已，并没有受到应有的惩处，这正是那个时代女性的悲剧。

《情史》

冯梦龙

冯梦龙(1574—1646),字犹龙、耳犹、子犹,号龙子犹、茂苑外史等,长洲(今江苏苏州)人。崇祯三年(1630)贡生,官至福建寿宁知县。著有《喻世明言》《醒世恒言》《警世通言》《墨憨斋定本传奇》等。

《情史》,又名《情史类略》,二十四卷。依类编排,所记多爱情婚恋故事。

李妙惠〔1〕

李妙惠,扬州女,嫁与同里举人卢某为妻〔2〕。卢以下第发愤〔3〕,与其友下帷西山寺中〔4〕,禁绝人事〔5〕,久无家音。

成化二十年〔6〕,有与同名者死京城,乡人误传卢死,父母信之。居无何,岁大饥,维扬以北,家不自给。父母怜李寡贫,欲夺其志〔7〕,强之不可。临川盐商谢能博子启〔8〕,闻其美且贤也,效币请婚。李自缢者再,公姑患之。时李之父在外郡训乡学〔9〕,李母偕邻妪劝谕殷勤,防闲愈密〔10〕。李日夜哀泣,闻者为之堕泪。既知势不可解,乃勉从焉。缄书与父诀〔11〕,词甚惨。及归谢家,抗志益笃。谢之继母,亦扬州人,与李有瓜葛。李即跪请,愿延斯须之命〔12〕,终身为主母执役,因坚侍母旁不去。谢故饶婢妾,未及凌犯。居数日,李复恳请为尼,母姑唯唯。度还乡无复之耳,于时启船先发,而母及李继之。

至京口,舟泊金山寺下〔13〕,母偕上寺酬醮〔14〕。有笔墨在方丈,李取题壁间云:“一自当年拆凤凰,至今消息两茫茫。盖棺不作横金妇〔15〕,入地还从折桂郎〔16〕。彭泽晓烟归宿梦〔17〕,潇湘夜雨愁断肠〔18〕。新诗写向金山寺，高挂云帆过豫章[19]。”款其后曰：“扬州卢某妻李氏题。”卢后会试登甲榜，捷音至扬州，父母乃知子存，然无及矣。

【注释】

〔1〕选自冯梦龙《情史》卷一。

〔2〕同里：在今江苏苏州吴江区。

〔3〕下第：又称落第，科举考试不中。

〔4〕下帷：放下室内悬挂的帷幕，指闭门苦读。

〔5〕人事：世间的事情。

〔6〕成化二十年：即公元1484年，成化为明宪宗朱见深年号（1465—1487）。

〔7〕夺其志：强迫她改变本意或志向，即让她改嫁。

〔8〕临川：今江西抚州。

〔9〕乡学：乡村学塾。

〔10〕防闲：防备约束。

〔11〕缄书：书信。这里用作动作，写信。

〔12〕斯须：须臾、片刻。

〔13〕金山寺：在今江苏镇江西北金山上，始建于东晋。

〔14〕醮（jiào）：僧道设坛祭神。

〔15〕横金妇：官员的妻子。横金：宋代表示官阶的一种佩带物。

〔16〕折桂：比喻科举及第。典出《晋书》：“诜对曰：‘臣举贤良对策，为天下第一，犹桂林之一枝，昆山之片玉。’”

〔17〕彭泽：今江西九江。

〔18〕潇湘：湘江，因其水清深故名。

〔19〕豫章：今江西南昌。

弘治元年[1]，纂修宪庙实录[2]，差进士姑苏杜子开来江右采事[3]，未报，复使卢促之。过家，知妻已嫁，恐伤父母，不敢言，然亦未忍别议，遂行。道出镇江，登金山，见寺壁题，不觉气噎。问之寺僧，曰：“先有姑媳过此，留题去矣。”卢录其诗以去。至江右，密筹之徐方伯。方伯曰：

“咸艘逾千,孰从觇察[4]? 纵得之,声亦不雅。盍以计取乎。”乃选台隶最黠者一人[5],谕以其故,令熟诵前诗,驾小艇沿盐船上下歌而过之。

越三日,忽闻船中女声,启窗唤曰:“此诗从何得来?”隶前致卢命。李大惊曰:“扬州卢举人,其死已久,尔欺我也。”隶备述如所谕语。叩父母及妻名,一一不爽。李遂掩泣曰:“真我夫矣。始吾闻歌已疑之,恨未有间。今日商偶往娼院,母亦过邻舟,故得问汝。汝归可善为我辞。”因密致之约,挥手曰:“去,去。”隶归报。其夜,依期舟来,遂接李至公馆[6],夫妻欢会如初。商赀俱付母,主其出入,母转以委李。及商归,简视,历历分明,封志完固[7],叹曰:“关羽昔逃归汉,曹公时不追,而曰‘彼各为其主’[8]。此亦为其夫耳。贞妇也,可置之。”时弘治二年也。

【注释】

〔1〕弘治元年:即公元1488年。

〔2〕宪庙实录:明代官修编年体史书,记录宪宗在位期间史事,起天顺八年(1464),终成化二十三年(1487)。弘治元年(1488)闰正月,以内阁首辅刘吉为总裁纂修。

〔3〕杜子开:生卒年不详,姑苏(今江苏苏州)人。曾任福建佥事。江右:江西的别称。

〔4〕觇察:暗中观察。

〔5〕台隶:地位低下的奴仆。

〔6〕公馆:官员的住所。

〔7〕封志:封缄并加标记。

〔8〕彼各为其主:典出《三国志》:“及羽杀颜良,曹公知其必去,重加赏赐。羽尽封其所赐,拜书告辞,而奔先主于袁军。左右欲追之,曹公曰:‘彼各为其主,勿追也。’”

卢下帷发愤,不必绝家音。其父母且从容问耗[1],亦不必汲汲嫁妇[2]。天下多美妇人,商人子亦不必强纳士人之妻。全赖李氏矢心不贰[3],遂成一片佳话。

【注释】

〔1〕耗:音信。

〔2〕汲汲:形容心情急切,努力追求。

〔3〕贰:变节,背叛。

【评析】

本篇讲卢某夫妇团圆事。与其他悲欢离合的故事不同,李妙惠的不幸既非来自战乱,也非来自灾荒,而是来自她的丈夫卢某和她的家人。这位卢某科考不顺,找了个地方闭门苦读,还挺有志气,但问题正如作者所说的,好好读书不见得非要与家里中断音信。即便没有音信,她的父母可以好好打听消息,也不必急着让女儿改嫁。总之,一个误传的消息就这样给李妙惠的人生带来了巨大改变,导致了她的改嫁。好在她"矢心不贰",丈夫也没有放弃,机缘巧合,总算是破镜重圆,成就了一段佳话。

王善聪[1]

王善聪者,金陵城中女子也。年十二丧母,姊亦嫁。父某,向挟线香行贩江北诸郡[2]。因念女幼而孤,伪饰为男,挈之以行。后父死改姓,名曰张胜。遇乡人李英,因合伙,仍以贩香为业。岁余,同卧起,但云有疾,不去衫裤,溲溺必待夜[3],亦不去履袜。英初不知为女子也。

弘治癸丑春[4],与英还金陵,年已二十余矣。往候其姊[5],姊不之识。且曰:"我上无兄,下无弟,止有妹耳。我父挈往他所,买贩数年,音问不通,存亡未审。"善聪哭曰:"我即是也。父死孤贫,不能归,不得已,与乡人李英合伙营度,今始归拜姊耳。"姊曰:"男女久处,得无私乎?"乃入密室验之,果为处子,仍作女饰。

越二日,英来候,善聪匿不出,姊强之。英一见骇然,叩得其故。时英尚未娶,遂自请婚,善聪羞默遽退。英既归,念之不置[6],旋遣媒往。聪坚拒之曰:“嫌疑之际,不可不谨,今日若与配合,无私有私,数年贞节,付之逝水,不畏人嘲笑乎?”英服其有守,相慕益切。往复再四,终不听。事闻三厂[7],中官嘉其义[8],逼令成婚,且赠资焉。聪不敢违,遂为夫妇。

可惜绝好一件事,却被中官做去。

【注释】

〔1〕选自冯梦龙《情史》卷二。

〔2〕线香:用木屑加香料所制成的细长如线的香。

〔3〕溲溺:解小便。

〔4〕弘治癸丑:即弘治六年(1493)。

〔5〕候:看望,问好。

〔6〕不置:不停止。

〔7〕三厂:明朝的特务机构,指东厂、西厂、大内行厂。

〔8〕中官:宦官,太监。

【评析】

本篇讲王善聪女扮男装事。故事情节并不复杂,但既有女扮男装,又有男女婚恋,还是挺吸引人的。王善聪跟着父亲出去做生意,女扮男装。父亲去世后,仍以男儿身份与李英合伙做生意。后来回到家乡,恢复女儿身份,李英求婚。按说这是个好姻缘,结果王善聪为了自己的名节,坚决不答应,这就迂腐了。幸亏有太监强行干预,两人这才成婚。说起来挺煞风景的,王善聪以贞节的名义拒绝李英,最后还是很尴尬地和李英成亲了,如此绝好一件事,竟然让太监去做,连作者都感到惋惜。

胜 儿[1]

吴泰伯庙在苏阊门之内[2],每春秋季,市肆皆率其党合牢礼祈福于三让王[3],多图善马、彩舆[4]、子女以献之。非其月,亦无虚日[5]。乙丑春,有金银行首[6],纠合其徒,以轻绡画美人侍女[7],捧胡琴以从[8],名美人为胜儿。盖前后所绘者,无以匹也。

【注释】

〔1〕选自冯梦龙《情史》卷九。

〔2〕泰伯庙:在今苏州阊门内下塘街。

〔3〕牢礼:旧时以牛、羊、猪三牲宴饮宾客之礼。三让王:泰伯的别称。《论语》:“泰伯,其可谓至德也已矣,三以天下让,民无得而称焉。”

〔4〕彩舆:彩轿。

〔5〕虚日:空闲、间断的日子。

〔6〕行首:总管,领班。

〔7〕轻绡:一种透明而有花纹的丝织品。

〔8〕胡琴:乐器名。这里泛指拉弦类乐器。

女巫方舞,有进士刘景复送客之金陵[1],置酒于庙之东通波馆,而欠伸思寝[2],乃就榻。方寐,见紫衣冠者言曰:“让王奉曲。”刘生随而至庙,周旋揖让而坐[3]。王语刘曰:“适纳一胡,琴艺精而色丽,知吾子善歌[4],故奉邀作胡琴一章,以宠其艺[5]。”

因命酌人间酒以饮生,并献酒物。视之,乃适馆中祖筵者也[6]。生始颇不甘,既饮数杯,微醉而作歌曰:

繁弦已停杂吹歇,胜儿调弄逻迯发[7]。
四弦拢撚三四声,唤起边风驻寒月。
大声漕漕奔泥泥[8],浪蹙波翻倒溟渤[9]。
小弦切切怨飓飓[10],鬼泣神悲低窸窣。
侧腕斜挑掣流电,当秋直戛腾秋鹘[11]。
汉妃徒得端正名[12],秦女虚夸有仙骨[13]。
我闻天宝年前事[14],凉州水西作城窟。

麻衣左衽皆汉民[15],不幸胡尘暂蓬勃。
太平之末狂胡乱[16],犬豕奔腾恣唐突。
玄宗未到万里桥[17],东洛西京一时没[18]。
一朝汉民没为虏,饮恨吞声空呜咽。
时看汉月望汉天,怨气冲星成彗孛[19]。
国门之西八九镇,高城深垒闭闲卒。
河湟咫尺不能收[20],挽索推车徒矻矻[21]。
今朝闻奏《凉州曲》[22],使我心魂暗超忽。
胜儿若向边塞弹,征人血泪应阑干[23]。

歌成,刘生乘醉落笔,草札而献[24]。王寻绎数四[25],召胜儿以授之。王之侍儿有不乐者,怒色形于面。生恃酒,以金如意击胜儿,破血淋襟袖。生乃惊起。明日视绘素[26],果有损痕。歌今传吴中。

【注释】

〔1〕刘景复:唐代进士,生平不详。

〔2〕欠伸:打呵欠,伸懒腰。

〔3〕周旋:行礼时进退揖让的动作。揖让:旧时客人与主人相见时的礼节,互相作揖谦让。

〔4〕吾子:对对方的敬称,一般用于男子之间。

〔5〕宠:推崇。

〔6〕祖筵:祭奠时的酒宴。

〔7〕逻逤发:一种胡琴。逻逤,即逻些,唐时吐蕃都城,即今西藏自治区拉萨。

〔8〕泥泥:盛大。

〔9〕溟渤:溟海和渤海,泛指大海。

〔10〕飔(sī):疾风。

〔11〕鹘(gǔ):鸟名,短尾,青黑色。

〔12〕汉妃:即王昭君(约前54—前19),名嫱,字昭君,西汉时南郡秭归(今湖北兴山)人。有出塞和亲之事。

〔13〕秦女：即弄玉，又称秦娥、秦女等。秦穆公女，嫁善吹箫之萧史，后夫妻乘凤飞天仙去。典出《列仙传》："穆公有女字弄玉，好之。公遂以女妻焉，日教弄玉作凤鸣，居数年，吹似凤声，凤凰来止其屋。公为作凤台。夫妇止其上，不下数年，一旦皆偕随凤凰飞去。"

〔14〕天宝：唐玄宗李隆基年号(742—756)。

〔15〕左衽：衣服前襟向左侧开，为旧时夷狄服装的特色。这里比喻异族同化。

〔16〕狂胡乱：指安史之乱。

〔17〕万里桥：在今四川成都南。

〔18〕东洛西京：洛阳和长安。显庆二年(657)，以洛阳为东都，因称长安为西都，天宝元年(742)，定称西京。

〔19〕彗孛(bèi)：彗星和孛星，孛指代光芒四射的彗星。彗孛出现是灾祸或战争的预兆。

〔20〕河湟：黄河与湟水的并称，引申为二水之间的地区。

〔21〕矻矻(kū)：辛勤劳作的样子。

〔22〕《凉州曲》：乐府曲名。

〔23〕阑干：纵横散乱的样子。

〔24〕草札：写文章。

〔25〕寻绎：反复玩索、推究。数四：再三再四，表示多次。

〔26〕绘素：在白色底子上绘画，引申指图画。

【评析】

本篇讲泰伯庙灵异事。吴地民间流行泰伯信仰。泰伯为公亶父长子，为让位给贤明的季历，他与其弟仲雍出奔荆蛮，文身断发。其后，泰伯又在公亶父、季历死后两次拒绝王位，被后人称为"三让王"，他也为此受到世人的尊敬。吴人将泰伯奉为始祖，为其立庙，并在春秋两季定期祭祀，祭品极其丰盛，包括车马、子女等。唐人刘景复梦中得遇泰伯，饮酒做诗，得到其认可，并将侍女胜儿赏赐给刘景复。刘景复第二天酒醒后发现，胜儿竟然是画中的人物。类似的故事在古代还有不少，应该来自相关传说。

张果老[1]

张老者，扬州六合县园叟也[2]。其邻有韦恕者，梁天监中[3]，自扬州曹掾[4]，秩满而来[5]。有长女既笄[6]，召里中媒媪，令访良婿。张老闻之，喜而候媒于韦门。媪出，张老固延入[7]，且备酒食，酒阑，谓媪曰："闻韦氏女将适人，某诚衰迈，灌园之业，亦可衣食。幸为求之，事成厚谢。"媪大骂而去。他日，又邀媪。媪曰："叟何不自度[8]？岂有衣冠子女[9]，肯嫁园叟耶？"叟固曰："强为吾一言，言不从，即吾命也。"媪不得已，冒责而入，言之。韦大怒，曰："媪以我贫，轻我乃如是。"媪曰："诚非所宜言，为叟所逼，不得不达其意。"韦曰："为我报之，今日内得五百缗，则可。"媪出，以告张老。乃曰："诺[10]。"未几，车载纳于韦氏。诸韦大惊，曰："前言戏之耳。且此翁为园，何以致此？吾度其必无而言之，今不移时而钱到[11]，当如之何？"乃使人潜候其女，女亦不恨。乃曰："此固命乎。"遂许焉。

【注释】

〔1〕选自冯梦龙《情史》卷十九。

〔2〕六合县：今江苏南京六合区。

〔3〕天监：梁武帝萧衍年号（502—519）。

〔4〕曹掾：分曹治事的属吏。

〔5〕秩满：官吏任期届满。

〔6〕既笄：成年，旧时女子十五岁盘发插笄，标志着成年。

〔7〕延：引进，请。

〔8〕自度：自我揣量，忖度。

〔9〕衣冠子女：官宦之家的子女。

〔10〕诺：答应的声音，表示同意。

〔11〕移时：经过一段时间。

张老既娶韦氏，园业不废。负秽镢地[1]，鬻蔬不辍[2]。其妻供执爨濯[3]，了无怍色[4]。亲戚恶之，责恕曰："君家诚贫，奈何以女妻园叟？既弃之，何不令远去也。"他日，恕置酒，召女及张老。酒酣，微露其意。张老起曰："所以不即去者，恐有留念。今既相厌，去亦何难。某王屋山下有一小庄[5]，明旦且归耳！"天将曙，来别韦氏："他岁相思，可令大兄往天坛山南相访[6]。"遂令妻骑驴戴笠，张老策杖相随而去[7]，绝无消息。

【注释】

〔1〕负秽：背挑粪肥。镢地：挖地。

〔2〕鬻蔬：靠卖自己所种蔬菜为生。

〔3〕爨濯：做饭、洗刷，泛指做家务。

〔4〕怍色：羞惭的神色。

〔5〕王屋山：在今山西垣曲、河南济源间，属中条山分支。

〔6〕天坛山：在今河南济源城区西北，为王屋山主峰，传为轩辕帝祈天之所。

〔7〕策杖：拄着拐杖。

后数年，恕念其女，令其男义方访之。到天坛南，道遇一昆仑奴[1]，驾黄牛耕田。问曰："此有张老家庄否？"昆仑投杖拜曰："大郎子何久不来？庄去此甚近，某当前引。"遂与俱东去。初上一山，山下有水，过水连绵凡十余处，景色甚异，不与人间同。忽下一山，水北朱户甲第[2]，楼阁参差，花木繁茂，烟云鲜媚，鸾鹤孔雀，回翔其间。昆仑指曰："此张家庄也。"韦惊骇不测。俄而及门，门有紫衣吏引入厅中。铺陈之华，目所未睹。异香氤氲，遍满崖谷。

忽闻佩声渐近，二青衣出曰[3]："阿郎来。"次见十数青衣，容色绝代，相对而行，若有所引。俄见一人，戴远游冠[4]，衣朱绡[5]，曳朱履，徐出门。一青衣引韦前拜，仪状伟然。细视之，乃张老也。言曰："世人劳苦，若在火中，无斯须泰时。兄久客寄，何以自娱？贤妹略梳头，即当奉见。”因揖令坐。未几，一青衣来曰：“娘子梳毕。”遂引入，见妹于堂前。其堂沉香为梁〔6〕，玳瑁帖门〔7〕，碧玉窗，珍珠箔，阶砌皆冷滑碧色，不辨其物。其妹服饰之盛，世间未见。略叙寒暄，问尊长而已，意甚卤莽〔8〕。有顷进馔，精美芳馨，不可名状〔9〕。食讫，馆韦于内厅。

【注释】

〔1〕昆仑奴：相传旧时豪门富家的南海国人奴仆。

〔2〕朱户：指富贵人家。甲第：豪门贵族的宅第。

〔3〕青衣：婢女。

〔4〕远游冠：旧时冠名。《后汉书》：“远游冠，制如通天，有展筒横之于前，无山述，诸王所服也。”秦汉以后历代沿用，至元代始废。

〔5〕朱绡：红色的薄绢。

〔6〕沉香：植物名。树干高大，木质坚硬，有香味，可作细工用材及薰香料。

〔7〕玳瑁：动物名。背面的角质板覆瓦状排列，表面光滑，具褐色和淡黄色相间的花纹。此处指玳瑁的甲片。

〔8〕卤莽：粗率冒失，不郑重。卤，通“鲁”。

〔9〕不可名状：无法用语言来形容。

明日方曙，张老与韦生坐。忽有一青衣附耳而语，张老笑曰：“宅中有客，安得暮归？”因曰：“小弟暂欲游蓬莱山〔1〕，贤妹亦当去。然未暮即归，兄但憩此。”张老揖而入。俄而五云起于庭中，鸾凤飞翔，丝竹并作。张老及妹，各乘一凤，余从乘鹤者十数人，渐上空中，正东而去。望之已没，犹隐隐闻音乐之声。韦君在庄，小青衣供奉甚谨。

迨暮，稍闻笙簧之音，倏忽复到。及下于庭，张老与妻见韦曰：“独居大寂寞，然此地神仙之府，非俗人得游。以兄宿命，合得到此，然亦不可久居，明日当奉别耳。”及时，妹复出别兄，殷勤传语父母而已。张老曰：“人世遐远，不及作书，奉金二十镒〔2〕。”并与一故席帽〔3〕，曰：“若无钱，可于扬州北邸卖药王老家，取一千万，持此为信。”遂别。复令昆仑奴送出,却到天坛,昆仑奴拜别去。

【注释】

〔1〕蓬莱山:神山名,相传为仙人所居之处。

〔2〕镒:旧时重量单位。

〔3〕席帽:旧时帽名。以藤席为骨架,形似毡笠,四缘垂下,可蔽日遮颜。

韦自荷金而归,其家惊讶,或仙或妖,不知所谓。五六年间,金尽,欲取王老钱。复疑其妄,曰:“取尔许钱,不持一字,此帽安足信?”既而困极,其家强逼之。曰:“必不得钱,亦何伤?”

乃往扬州,入北邸。而王老者,方当肆陈药。韦前曰:“张老令取钱一千万,持此帽为信。”王曰:“钱即实有,席帽是乎?”韦曰:“叟岂不识耶?”王老未语,有小女出青布帏中曰:“张老常过,令缝帽顶。其时无皂线[1],以红线缝之。可验。”因取看,果是。遂得钱而归。乃信真神仙也。

其家又思女,复遣义方往天坛南寻之。千山万水,不复有路。时逢樵人,亦无知张老庄者。又寻王老,亦去矣。后数年,义方偶游扬州,间行北邸前。忽见张家昆仑奴,前曰:“大郎家中何如?娘子虽不得归,如日侍左右,家中事无巨细,莫不知之。”因出饼金十斤以奉,曰:“娘子令送与大郎君,阿郎与王老会饮于此酒家,大郎且坐,当入报。”义方坐酒旗下,日暮不见出,乃入观之,饮者满坐,坐上并无二老,亦无昆仑。取金视之,乃真金也。惊叹而归,又以供数年之食。后不复知张老所在。

【注释】

〔1〕皂线:黑色的线。

【评析】

本篇讲张果老仙道事。不知道这位张果老是不是八仙里的那位张果老,看到名字,很容易产生这样的联想。不管是不是,他们都是神仙之属,在人间的出现总带着戏剧效果。这位张果老化身为六合县一位看园子的老者，竟然要娶韦家刚成年的长女，不仅韦家不同意，就连媒婆都觉得不合适，无法开口。但最终还结成了姻缘，韦家同意，长女也同意，一切都是天命，旁人自然也就不好说什么，对神仙的事情，不能从凡人的角度去理解。随后发生的事情更让韦家吃惊，原来这位张果老是一位令人羡慕的神仙，韦家嫁女也得到了丰厚的回报，在破败之际得到帮助。

玉堂春〔1〕

河南王舜卿，父为显宦〔2〕，致政归。生留都下〔3〕，支领给赐，因与妓玉堂春姓苏者狎。创屋宇，置器饰，不一载，所赍罄尽〔4〕。鸨啧有繁言〔5〕。生不得已出院，流落都下，寓某庙中。

廊间有卖果者见之曰："公子乃在此耶。玉堂春为公子誓不接客，命我访公子所在。今幸无他往。"乃走报苏。苏诳其母，往庙酬愿〔6〕。见生，抱泣曰："君名家公子，一旦至此，妾罪何言。然胡不归？"生曰："路遥费多，欲归不得。"妓与之金曰："以此置衣饰，再至我家，当徐区画〔7〕。"生盛服仆从，复往。鸨大喜，相待有加。设宴，夜阑，生席卷所有而归。鸨知之，挞妓几死，因剪发跣足〔8〕，斥为庖婢。

未几，山西商闻名求见，知其事，愈贤之，以百金为赎身。逾年发长，颜色如故，携归为妾。初商妇皮氏，以夫出，邻有监生，浼妪与通〔9〕。及夫娶妓，皮妒之。夜饮，置毒酒中。妓逡巡未饮，夫代饮之，遂死。监生欲娶皮，乃唆皮告官云："妓毒杀夫。"妓曰："酒为皮置。"皮曰："夫始给为正室，不甘为次，故杀夫，冀改嫁。"监生阴为左右，妓遂成狱。

【注释】

〔1〕选自冯梦龙《情史》卷二。

〔2〕显宦：高官，显达的官吏。

〔3〕都下：京都。

〔4〕赍：携带的衣食等物。

〔5〕繁言：烦言，不满的议论。

〔6〕酬愿：还愿。

〔7〕区画：筹划、安排。

〔8〕跣（xiǎn）足：光着脚。

〔9〕浼（měi）：恳托。

生归，父怒斥之。遂矢志读书，登甲科，后擢御史〔1〕，按山西录囚〔2〕。潜访得监生邻妪事，逮以来，不伏。因潜匿一胥于庭下柜中〔3〕。监生、皮氏与妪，俱受刑于柜侧。官伪退，史胥散。妪年老，不堪受刑，私谓皮曰："尔杀人累我。我止得监生五金及两匹布，安能为若受刑？"二人恳曰："姆再忍须臾，我罪得脱，当重报。"柜中胥闻此言，即大声曰："三人已尽招矣。"官出胥为证，俱伏法。王令乡人伪为妓兄，领回籍，阴置别邸〔4〕，为侧室。

生非妓，终将落魄天涯，妓非生，终将含冤地狱。彼此相成，率为夫妇。好事者撰为《金钏记》〔5〕。生为王瑚，妓为陈林春，商为周镗，奸夫莫有良。其转折稍异。

【注释】

〔1〕御史：职官名。秦以前指史官，明清两朝指主管纠察的官吏。

〔2〕录囚：省察囚犯是否有冤情，加以记录。

〔3〕胥：代指旧时的小吏。

〔4〕别邸：官员正宅以外的住处。

〔5〕《金钏记》：作者不详，今无传本，仅存残曲。

情史氏曰〔1〕："夫人一宵之遇，亦必有缘焉凑之，况夫妇乎。嫫母可为西子〔2〕，缘在不问好丑也。瓦砾可为金玉，缘在不问良贱也。或百求而不获，或无心而自至，或久揆而复合〔3〕，或欲割而终联。缘定于天，情亦阴受其转而不知矣。吁,虽至无情,不能强缘之断,虽至多情,不能强缘之合。诚知缘不可强也。多情者,固不必取盈,而无情者,亦胡为甘自菲薄耶。"

【注释】

〔1〕情史氏:即作者冯梦龙,其评点借鉴《史记》"太史公曰"的形式。

〔2〕嫫母:传说中黄帝之妻,貌极丑。后为丑女的代称。

〔3〕揆:破灭。

【评析】

本篇讲玉堂春与王舜卿遇合事。对这个故事,人们更熟悉的是京剧《玉堂春》。作品描述了两人从相爱到分离、再到重逢的曲折过程,交织着爱情与公案,颇有戏剧性,这也是后世不断改编的重要原因。作者在文后强调"缘定于天""缘不可强",这很可能来自他个人的独特体悟。据记载,冯梦龙年轻时曾与名妓侯慧卿相恋,但因家境贫寒,无法为其赎身,侯慧卿最终像玉堂春那样嫁给了富商。有了这一层背景,他对男女情缘的喟叹带有身世之感,有着很强的抒情色彩。

红拂女〔1〕

杨素守西京日〔2〕,李靖以布衣献策〔3〕,素踞床而见〔4〕。靖长揖曰:"天下方乱,英雄竞起。公为重臣,须以收罗豪杰为心,不宜倨见宾客〔5〕。"素敛容谢之〔6〕。时妓妾罗列,内有执红拂者,有殊色,独目靖。靖既去,而执拂者临轩指吏曰:"问去者处士第几?住何处?"靖具以对。妓诵而去。

靖归逆旅,其夜五更初,忽闻扣门而声低者。靖启视,则紫衣纱帽人,杖一囊。问之,曰:"杨家红拂妓也。"延入,脱衣去帽,遽向靖拜。靖惊答之,再叩来意。曰:"妾侍杨司空久,阅天下之人多矣,无如公者。故来相就耳[7]。”靖曰：“如司空何？”曰：“彼尸居余气[8]，不足畏也。诸妓知其无成，去者甚众矣。彼亦不甚逐也，计之详矣，幸无疑焉。”问其姓，曰：“张。”问其伯仲之次，曰：“最长。”观其肌肤形状，言词气语，真天人也。靖不自意获之[9]，愈喜愈惧，万虑不安，而窥户者无停履。数日，亦闻追讨之声，意亦非峻，乃雄服乘马[10]，排闼而去[11]。

红拂一见，便识卫公[12]，又算定越公无能为[13]，然后相从，是大有斟酌人。或曰：“红拂既有殊色，必膺特眷，万一追讨甚急，将如何？”余曰：“卫公，智人也，计之熟矣。布衣长揖，责以踞见宾客，越公遂敛容谢之。越公能受言者也。设追讨相及，靖必挺身往见，不过费一席话耳。越公岂以一妇人故而灰天下豪杰之心哉？”

【注释】

〔1〕选自冯梦龙《情史》卷四。

〔2〕杨素（544—606）：字处道，华阴（今陕西潼关）人。曾任尚书令、太师、司徒。

〔3〕李靖（571—649）：字药师，三原（今属陕西）人。官至尚书右仆射，被封卫国公。著有《六军镜》《卫公兵法》等。

〔4〕踞床：坐在床上，指对客人不尊重。

〔5〕倨（jù）：傲慢。

〔6〕敛容：端正容貌，表示肃敬。

〔7〕相就：主动靠近，主动亲近。

〔8〕尸居余气：像尸体一样但还有一口气，指人将要死亡。也比喻人暮气沉沉，无所作为。

〔9〕不自意：自己没有料到。

〔10〕雄服：豪华的穿戴。

〔11〕排闼：推开门。

〔12〕卫公：指李靖，贞观十一年（637）唐太宗改李靖为卫国公，世称“李卫公”。

〔13〕越公：指杨素，开皇八年（588）隋文帝封杨素为越国公。

【评析】

本篇讲红拂女慧眼识李靖事。故事出自唐传奇《虬髯客传》,删去了虬髯客的部分,只保留红拂女与李靖的传奇爱情,突出红拂的慧眼识英雄。作品先写李靖的英雄之举,他不畏权贵,对权臣杨素的傲慢行为提出批评,这是一般人不敢做的。此举受到红拂女的注意,她毅然投奔李靖,愿意与英雄相伴,这是冒着很大风险、需要勇气的,同样是英雄之举。美人配英雄,这正符合人们的期待,不少戏曲、说唱作品据此搬演,使这个故事广泛传播。

祝英台〔1〕

梁山伯、祝英台,皆东晋人。梁家会稽〔2〕,祝家上虞〔3〕,尝同学。祝先归,梁后过上虞寻访之,始知为女。归乃告父母,欲娶之,而祝已许马氏子矣。梁怅然若有所失。后三年,梁为鄞令〔4〕,病且死,遗言葬清道山下〔5〕。又明年,祝适马氏,过其处,风涛大作,舟不能进。祝乃造梁冢,失声哀恸。忽地裂,祝投而死。马氏闻其事于朝,丞相谢安请封为义妇〔6〕。和帝时〔7〕,梁复显灵异效劳,封为义忠。有事立庙于鄞云,见《宁波志》〔8〕。

吴中有花蝴蝶,橘蠹所化〔9〕。妇孺呼黄色者为梁山伯,黑色者为祝英台。俗传祝死后,其家就梁冢焚衣,衣于火中化成二蝶。盖好事者为之也。

【注释】

〔1〕选自冯梦龙《情史》卷十。

〔2〕会稽:西晋至南朝末年,会稽郡辖今浙江绍兴、宁波一带。

〔3〕上虞:在今浙江绍兴。

〔4〕鄞:在今浙江宁波。

〔5〕清道山:在今浙江慈溪。

〔6〕谢安(320—385):字安石,阳夏(今河南太康)人。历任征西大将军司马、吏部尚书、中护军等职,后人称其为“江左风流宰相”。

〔7〕和帝：指齐和帝萧宝融，年号中兴（501—502）。

〔8〕《宁波志》：即南宋人张津所作宁波地方志《乾道四明图经》，该书为今可考梁祝故事最早出处。

〔9〕蠹（dù）：蛀蚀器物的虫子。

【评析】

本篇讲祝英台殉情事。梁山伯与祝英台的爱情故事是中国民间四大爱情故事之一，它起源于晋代，唐宋见于文字，到明清时期在民间广泛流行。《情史》的记载较为简略，但主要故事内容都已具备。冯梦龙将其归入“情灵类”，这是因为在长期流传过程中，梁祝故事加入了神异元素，从最初的“义妇冢”衍生出哭坟地裂、双双化蝶等诸多独具民间想象的情节。这并非民间故事的特例，比如“哭坟地裂”也见于《华山畿》，同样在汉魏六朝的背景下，客舍女唤开心上人的棺木，与其合葬一冢；“化蝶”则早有庄周化蝶的传说，《列异传》《搜神记》等也记载有类似故事。

张倩娘〔1〕

天授三年〔2〕，清河张镒因官家于衡州〔3〕。性简静，寡知友。无子，有女二人，其长早亡。幼女倩娘，端妍绝伦。镒外甥太原王宙，幼聪悟，美容范，镒常器重。每曰：“他时当以倩娘妻之。”后各长成，与倩娘尝思感想于梦寐，家人莫知其状。后有宾僚之选者求之，镒许焉。女闻而郁抑，宙亦深恚恨〔4〕，托以当调请赴京〔5〕。止之，不可。遂厚遣之。

宙阴恨悲恸，决别上船，日暮至山郭数里。夜方半，宙不寐。忽闻岸上有一人行，声甚速，须臾至船。问之，乃倩娘，步行跣足而至。宙惊喜发狂，执手问其从来。泣曰：“君厚意如此，寝食相感，今将夺我此志，又知君深情不易，思将杀身奉报，是以亡命来奔。”宙非意所望，欣跃特甚，遂匿倩娘于船，连夜遁去。倍道兼行〔6〕，数月至蜀。凡五年，生两子，与镒绝信。其妻常思父母，涕泣言曰：“吾曩日不能相负〔7〕，弃大义而来奔君。今向五年，恩慈间阻[8]，覆载之下[9]，胡颜独存也。”宙哀之。曰：“将归，无苦[10]。”遂俱归衡州。

既至，宙独身先至镒家，首谢其事。镒大惊曰：“倩娘疾在闺中数年，何其诡说也？”宙曰：“见在舟中。”镒大惊，遂促使人验之，果见倩娘在船中，颜色怡畅，讯使者曰：“大人安否？”家人异之，疾走报镒。室中女闻，喜而起，饰妆更衣，笑而不语，出与相迎，翕然而合为一体，其衣裳皆重。其家以事不常，秘之。唯亲戚间有潜知之者。后四十年间，夫妻皆丧。二男并孝廉擢第至丞尉[11]。唐人作《离魂记》[12]。

【注释】

〔1〕选自冯梦龙《情史》卷九。

〔2〕天授三年：即公元692年，天授为武则天年号(690—692)。

〔3〕清河：今属河北。衡州：今湖南衡阳。

〔4〕恚(huì)恨：愤恨。

〔5〕当调：听候任命。

〔6〕倍道：以加倍的速度赶行。

〔7〕曩(nǎng)日：从前。

〔8〕恩慈：指代父母。

〔9〕覆载：天地。

〔10〕无苦：不要担惊受怕，没关系。

〔11〕丞尉：职官名，县丞、县尉的合称。

〔12〕《离魂记》：唐人陈玄祐所作传奇小说，讲张倩娘与王宙故事。

【评析】

本篇讲张倩娘离魂事。这个故事来自唐传奇小说《离魂记》，人们对其有一个很精炼的概括，那就是“倩女离魂”。故事看似圆满，张倩娘既与情人厮守生子，又在父母膝前尽孝，美好的文学想象背后实则隐含着悲剧：张倩娘在现实生活中只能做出一个选择，或违背父母大胆追求自由婚姻，或放弃情爱听从父母之命，无论是哪种选择，都注定了悲剧的结局。离魂后的张倩娘显示出两面性，一面是有违伦理纲常、勇敢追爱的理想化形象，另一面是屈服于女训规约、缠绵病榻数十年的悲情化形象，而后者更可能是张倩娘的真正结局——即便魂随情人，身却不得不陷入社会礼俗的桎梏。在那个婚姻不能自主的年代里，爱情一旦发生，悲剧就无可避免。

《笠翁一家言》

李　渔

李渔(1611—1680),原名仙侣,字谪凡,号天徒,后改名渔,字笠鸿,号笠翁,别号觉世稗官、笠道人等,兰溪(今属浙江)人。明季为府学生,入清后无意仕进。著有《闲情偶寄》《笠翁十种曲》等。

《笠翁一家言》,李渔别集,五十三卷,包含诗集、词集、文集,以及《笠翁词韵》《耐歌词》及《闲情偶寄》。

秦淮健儿传〔1〕

嘉靖中,秦淮民间有一儿,貌魁梧,色黝异,生数月便不乳,与大人同饮啜。周岁怙恃交失〔2〕,鞠于外氏〔3〕。长,有膂力〔4〕,善拳击,尝以一掌毙一犬,人遂呼为“健儿”。与群儿斗,莫不辟易〔5〕。群儿结数十辈攻之,健儿纵拳四挥,或啼或号,各抱头归,诉其父兄。父兄来叱曰:“谁家豚犬〔6〕,敢与老子相触耶!”健儿曰:“焉敢相触?为长者服步武之劳则可耳〔7〕。”乃至父兄前,以两手擎父兄两胫去地二尺许〔8〕,且行且止,或昂之使高,或抑之使下,父兄恐颠仆,莫敢如何,但咭咭笑〔9〕,乡人哄焉。

【注释】

〔1〕选自李渔《笠翁一家言全集》卷二。秦淮:南京的别称。

〔2〕怙恃交失:失去父母。

〔3〕鞠:养育,抚养。外氏:外祖父母家。

〔4〕膂(lǚ)力:体力,力气。

〔5〕辟易:退避。

〔6〕豚犬:不成器的儿子。

〔7〕步武：很短的距离。旧时以六尺为步，半步为武。

〔8〕胫：小腿。

〔9〕咭（jī）咭：状声词，形容笑的声音。

健儿性善动，不喜读书。外氏命就外傅[1]。不率教[2]，师夏楚之[3]，则夺朴裂眦曰[4]：“功名应赤手致，焉用琐琐章句为[5]！”师出，即与同塾诸儿斗，诸儿无完肤。又时盗其外氏簪珥衣物，向酒家饮。醉即猖狂生事，外氏苦之，逐于外。为人牧羊，每窃羊换饮，诈言多歧亡。主人怒，复见摈[6]。

【注释】

〔1〕外傅：旧时贵族子弟到一定年龄，要外出访学，所从之师称外傅。

〔2〕率：遵循，服从。

〔3〕夏楚：旧时学校施行体罚的器具，泛指用棍棒等进行体罚。

〔4〕朴：没有细加工的木料，指戒尺。裂眦（zì）：眼睛睁大到眼眶欲裂的程度，形容情绪激愤。

〔5〕章句：泛指文章、诗词。

〔6〕摈：排除，抛弃。

时已弱冠矣[1]，闻倭入寇，乃大快曰：“是我得意时也！”即去海上从军，从小校擢功至裨将[2]。与僚友饮，酒酣斗力，毙之，罪当死，遂弃官逃之泗[3]，易姓名，隐于庖丁[4]。民家有犊，丙夜往盗之[5]。牵出，必剧呼曰：“君家牛我骑去矣！”呼竟，倒骑牛背，以斧砍牛臀，牛畏痛，迅奔若风，追之莫及。次日，亡牛者适市物色之。健儿曰：“昨过君家取牛者我也。告而后取，道也，奚其盗？”索之，则牛已脯矣[6]，无可凭。市中恶少推为盟主，昼纵六博[7]，夜游狭斜，自恃日甚。尝叹曰：“世人皆不足敌，但恨生千载后，不得与拔山举鼎之雄一较胜负耳[8]！”

【注释】

〔1〕弱冠：旧时男子二十岁行冠礼，表示已经成人，但体还未壮，故称弱冠，后泛指男子二十左右的年纪。

〔2〕小校：低级武官名，指兵士。裨将：副将。

〔3〕泗：泗水流域，在今山东中部。

〔4〕庖丁：厨师。

〔5〕丙夜：三更时分，即晚上十一时至翌日凌晨一时。

〔6〕脯：肉干。

〔7〕六博：旧时一种博戏。共有十二棋子，六白六黑，投六箸行六棋。

〔8〕拔山举鼎：形容力量超人或气势雄伟，多指项羽。

邑使者禁屠牛，健儿无所事事，取向所积牛皮及骨角，往瓜、扬间售之〔1〕，得三十金。将归，饮旅馆中，解金置案头，酒家翁见之，谓曰："前途多豪客，此物宜善藏之。"健儿掷杯砍案曰："吾纵横天下三十年，未逢敌手，有能取我腰间物者，当叩首降之。"

时有少年数人醵于左席〔2〕，闻之错愕，起问姓名、里居，健儿曰："某姓名不传，向尝竖功于边陲，今挂冠微服〔3〕，牛耳于泗上诸英雄〔4〕。"少年问能敌几何辈，健儿曰："遇万万敌，遇千千敌，计人而敌斯下矣。"诸少年益错愕。健儿饮毕，束装上马，不二三里，一骑追之，甚迅。健儿自度曰："殆所云豪客耶？"比至，则一后生，健儿遂不介意。后生问何之，健儿曰："归泗。"后生曰："予小子亦泗人，归途迷失，望长者指南之。"于是健儿前驱，马上谈笑颇相得。

【注释】

〔1〕瓜：指瓜洲。

〔2〕醵（jù）：凑钱喝酒。

〔3〕挂冠：指辞去官职。微服：旧时尊贵者变更常服出行，隐蔽身份，不受人注意。

〔4〕牛耳：做盟主。旧时诸侯会盟时，割牛耳取血盛敦中，置牛耳于盘，由主盟者执盘分尝诸侯为誓，以示信守。

健儿谓后生曰："子服弓矢，善决拾乎[1]？"后生曰："习矣，而未闲[2]。"健儿援弓试之，力尽而弓不及彀[3]，弃之曰："此物无用，佩之奚为？"后生曰："物自有用，用物者无用耳。"乃引自试。时有鹜唳空[4]，后生一发饮羽[5]，鹜坠马前。健儿异之。

后生曰："君腰短刀，必善击刺？"健儿曰："然。我所长不在彼，在此！"脱以相示，后生视而噱曰[6]："此割鸡屠狗物，将焉用之！"以两手一折，刀曲如钩，复以两手伸之，刀直如故。健儿失色，自筹腰间物非复我有矣。虽与偕行，而股栗之状[7]，渐不自持，后生转以温言慰之。

复前数里，四顾无人，后生纵声一喝，健儿坠马。后生先斩其马，曰："今日之事，有不唯吾命者，如此马！"健儿匍伏请所欲[8]。后生曰："无用物，盍解腰缠来献[9]！"健儿解囊输之[10]，顿首乞命。后生曰："吾得此一囊金，差可十日醉；子犹草莱[11]，何足诛锄？"拨马寻故道去。

健儿神气沮丧，足循循不前[12]。自思三十金非长物[13]，但半世英雄，败于乳臭儿之手，何颜复见诸弟兄？遂不归泗，向一村墅结庐，卖酒聊生。每思往事，则恧恧欲死[14]。

【注释】

〔1〕决拾：代指射箭。决，通"抉"，扳指，多以骨制，套在右手拇指上以钩弦；拾，套袖，革制，套在左臂以护臂。两者均为射箭器具。

〔2〕闲：同"娴"，熟练。

〔3〕彀（gòu）：使劲张弓。

〔4〕鹜：野鸭。

〔5〕饮羽：射箭入物体连尾羽也隐没了，形容发箭力量特别大。

〔6〕噱（jué）：大笑。

〔7〕股栗：两腿发抖。

〔8〕匍伏：跪伏，趴伏。

〔9〕腰缠：随身携带的钱财。

〔10〕输：送给。

〔11〕草莱：杂草。

〔12〕循循：徘徊不前的样子。

〔13〕长物：像样的东西。

〔14〕恧（nǜ）恧：惭愧的样子。

一日，春风淡荡，有数少年索饮。裘马甚都，似五陵公子〔1〕，而意气豪纵，又似长安游侠儿。击案狂歌，旁若无人。且曰："涤器翁似不俗，当偕之。"遂拉健儿入座。健儿视九人皆弱冠，唯一总角者〔2〕，貌白皙若处子，等闲不发一言，一言则九人倾听，坐则右之，饮则先之，健儿不解其故。而末坐一冠者，似尝谋面，睇视之〔3〕，则向斩马劫财之人也。谓健儿曰："东君〔4〕，尚识故人耶？"健儿不敢应，后生曰："畴昔途中解囊缠赠我者〔5〕，非子而谁！我侪岂攘攫者流〔6〕？特于邮旁肆中〔7〕，闻子大言恐世，故来与子雌雄，不意竟输我一筹，今来归赵璧耳〔8〕。"遂出左袖三十金置案头曰："此母也，于今一年，子当肖之。"又探右袖出三十金共予之。健儿不敢受。旁一后生拔剑努目曰〔9〕："物为人攫而不能复，还之又不敢取，安用此懦夫为！"健儿惧，急内袖中。乃治鸡黍为欢〔10〕，诸后生不肯留，归金者曰："翁亦可怜矣，峻拒之则难堪。"众乃止。时爨下薪穷，健儿欲乞诸邻。后生指屋旁枯株谓之曰："盍载斧斤〔11〕？"健儿曰："正苦无斧斤耳。"后生踌躇久之，曰："此事须让十弟，我九人无能为也。"总角者以两手抱株，左右数挠〔12〕，株已卧矣。遂拔剑砍旁柯燃之。酒至无算〔13〕，乃辞去。竟不知其何许人。

健儿自是绝不与人较力，人殴之，则袖手不报。或曰："子曩日英雄安在？"健儿则以衰朽谢之。后得以天年终，不可谓非后生力也。

【注释】

〔1〕五陵：指长陵、安陵、阳陵、茂陵、平陵五个汉代帝王的陵寝，皆位于长安，为当时豪侠巨富聚集的地方。

〔2〕总角：旧时未成年人束发为两结，形状如角。借指童年。

〔3〕睇：斜着眼看。

〔4〕东君：对主人的尊称。

〔5〕畴（chóu）昔：往日，从前。

〔6〕攘攫：掠夺。

〔7〕邮：旧时传递文书的驿站。

〔8〕归赵璧：比喻把原物完好地归还本人。典出《史记》："城入赵而璧留秦；城不入，臣请完璧归赵。"

〔9〕努：同"怒"。

〔10〕鸡黍：以鸡作菜，以黍作饭。指招待宾客的家常菜肴，用以表示招待朋友情意真率。

〔11〕斧斤：以斧子修削。

〔12〕挠：摇晃，搅动。

〔13〕无算：不成数目，表示很多。

【评析】

本篇讲秦淮健儿奇遇事。秦淮健儿从小双亲亡故，由外祖父母养大。天生神力，却缺少家教，长大之后成为一个危害乡邻的坏人。他还不如本书《周处自新》里的那位周处，人家得知自己的坏名声后，勇于改过，重新做人。这位秦淮健儿则根本不在乎，几乎无药可救。正在他无限膨胀的时候，遇到一位少年，无论是力量还是功夫，都远不是少年的对手，他不仅牛皮吹破，身上带的银子也被人家劫走。这下秦淮健儿算是老实了。后来再次遇到这位少年和他的同伴，算是彻底服气，终于成为一位自食其力、安分度日的正常人。作者很善于铺垫，前面极力写秦淮健儿的不可一世，与后来的一败涂地形成鲜明对比。作者同样善于制造悬念，那位少年是谁，他的同伴都是什么人，直到故事结尾都没有交代，给读者留下无限的想象空间。

《坚瓠集》

褚人获

褚人获(1635—1682),字稼轩,又字学稼,号石农、没世农夫等,长洲(今江苏苏州)人。终身不仕,能诗善文,著有《坚瓠集》《读史随笔》《退佳琐录》《鼎甲考》《圣贤群辅录》《续蟹谱》等。

《坚瓠集》,六十六卷,包括正、续、广、补、秘、余等各集。所记多历代轶闻琐事,辑录他书,间有己作。

奸盗以诗免[1]

弘正间[2],苏州月舟和尚犯奸[3]。长洲知县某闻其能诗,以鹤为题。月舟援笔曰[4]:“素身洁白顶圆朱,曾伴仙人入太虚。昨夜藕花池畔过,鸬鹚冤却我偷鱼[5]。”县令阅诗,释之。

又一妇以夫盗牛事犯,上县令诗云:“洗面盆为镜,梳头水当油。妾身非织女,夫岂会牵牛[6]?”县尹见诗,亦免其罪。

【注释】

〔1〕选自褚人获《坚瓠集》丙集卷二。

〔2〕弘正:弘治、正德。弘治为明孝宗朱祐樘年号(1488—1505),正德为明武宗朱厚照年号(1506—1521)。

〔3〕犯奸:通奸犯法。

〔4〕援笔:执笔,提笔。

〔5〕鸬鹚:一种大型食鱼游禽。

〔6〕妾身非织女,夫岂会牵牛:此处借牛郎织女的故事,表明自己丈夫的清白。

【评析】

本篇讲月舟和尚、疑似盗牛者之妇因诗免罪事。作品篇幅虽短,却写了两个故事,一奸一盗,奸讲的是月舟和尚牵涉到奸情案,他利用县令让其做诗的机会,为自己伸冤。盗讲的是嫌疑犯的妻子利用作诗的机会,以牛郎织女设喻,为丈夫辩白。将严肃的审案浪漫化,尽管这多是文学虚构,却也反映了中国文化的特点,那就是将日常生活艺术化。在不少小说作品中,不仅审案过程浪漫,官员所写判词也有带有文学色彩的,一般称其为“花判”。

东坡戏妹[1]

《女史》云:东坡有小妹善词赋,敏慧多辨。其额广而如凸,东坡尝戏之曰:“莲步未离香阁下[2],梅妆先露画屏前。”妹即答云:“欲扣齿牙无觅处,忽闻毛里有声传。”以东坡多须髯故也。《两山墨谈》所记相戏之语[3],又皆不同。坡戏妹曰:“脚踪未出香房内,额头先到画堂前。”以其冲额也。妹答坡云:“去年一点相思泪,今日方流到嘴边。”以坡长面戏之。又云:苏小妹能诗,代婢作愁苦诗答秦少游[4]。世传苏小妹为秦少游妻。《戒庵漫笔》云[5]:考《淮海集》《徐君主簿行状》云:“徐君女三人,尝叹曰:‘子当读书,女必嫁士人。’以文美妻余[6],如其志云。”则少游之妻乃徐氏,非苏小妹也。

【注释】

〔1〕选自褚人获《坚瓠集》丙集卷三。

〔2〕莲步:女子的脚步。

〔3〕《两山墨谈》:明陈霆撰,笔记小说集。

〔4〕秦少游:即秦观(1049—1100),字少游,一字太虚,号淮海居士,别号邗沟居士,高邮(今属江苏)人。元丰八年(1085)进士。历任太学博士、秘书省正字兼国史院编修官。后被贬杭州、处州、雷州等地。与黄庭坚、晁补之、张耒合称“苏门四学士”。有《淮海集》。

〔5〕《戒庵漫笔》：即《戒庵老人漫笔》，明李诩撰，笔记小说集。

〔6〕文美：即徐文美，秦观妻子。

【评析】

本篇讲苏轼戏妹事。苏轼有很多民间故事，关于其妹妹苏小妹也有不少传说，比如“三难新郎”等。本篇主要讲苏轼与妹妹利用各自生理特点用诗词开玩笑，可见兄妹情深。据相关记载，苏小妹确有其人，但早夭，因而“苏轼戏妹”“苏小妹三难秦观”等均为民间传说。作者据《淮海集》与《戒庵漫笔》指出，“少游之妻乃徐氏，非苏小妹也”，这是实情。对一般读者来说，这有些煞风景，大家更喜欢那个风趣、机智的苏小妹。至于真假，并不重要。

采桑娘〔1〕

《墨客挥犀》载孔子去卫适陈一事〔2〕。子贡、子路从，道逢采桑娘〔3〕。夫子曰：“南枝窈窕北枝长。”妇曰：“夫子行陈必绝粮。”夫子不答而徐行。妇复曰：“九曲明珠穿不过，回来问我采桑娘。”及至陈，果绝粮。陈侯以九曲明珠俾孔子穿之不得〔4〕，谓妇有先见，使子贡反而询之。

至采桑所，妇无觅矣，但见桑间聚泥一，逾尺许，又聚泥三。子贡曰：“桑者木也，泥者土也，其杜姓耶？旁复有三，其三娘耶？”适樵者过，子贡问曰：“前村可有杜三娘乎？”樵者曰：“芦塘荻渚绕华屋〔5〕，瑶草疏花傍粉墙。行过小桥流水北，其间便是杜家庄。”子贡如其言，获见三娘，具述前事。妇莞尔而笑曰：“此无难。涂丝以脂〔6〕，系蚁以要，使徐徐而度，如不肯过，薰之以烟。”

子贡得其术，以告夫子。夫子如其言得穿九曲之珠。此虽齐东之语〔7〕，然亦人所未闻。而妇与樵皆作韵语〔8〕，七言诗何必始自柏梁也〔9〕。

【注释】

〔1〕选自褚人获《坚瓠集》戊集卷四。

〔2〕《墨客挥犀》：彭乘撰。十卷，成书于宋徽宗年间，所记多官场见闻、文坛轶事、社会趣闻及文评诗话等。

〔3〕采桑娘：采桑养蚕的农家女子。

〔4〕俾：使。

〔5〕荻渚：长满苇荻的水中小洲。

〔6〕脂：油。

〔7〕齐东之语：或作“齐东野语”，典出《孟子·万章上》：“此非君子之言，齐东野人之语也。”后用来比喻道听途说、不足为凭的话。

〔8〕韵语：字句押韵的话语。

〔9〕柏梁：最初指柏梁台，也借指宫廷。相传汉武帝在柏梁台与群臣共赋七言诗，故七言古诗每句押韵者也称“柏梁体”。赵翼《陔馀丛考·柏梁体》：“汉武宴柏梁台赋诗，人各一句，句皆用韵，后人遂以每句用韵者为柏梁体。然《柏梁》以前如汉高《大风歌》、荆卿《易水歌》……可见此体已久有之，不自《柏梁》始也。但联句之每句用韵者，乃为柏梁体耳。”

【评析】

本篇记杜三娘聪慧事。明人杨慎在其《升庵诗话》中有类似记载：“小说云：孔子得九曲珠，欲穿不得。遇二女，教以涂脂于线，使蚁通焉。此与《列子》‘两儿辩日’事相似，言圣人亦有所不知也。”这位采桑的杜三娘不仅聪明机智，而且料事如神，孔子一筹莫展的事情被她轻松化解，可谓“高手在民间”。褚人获由此悟到“七言诗何必始自柏梁也”，他看到了民间文学对中国文学的重要影响。

张百杯〔1〕

建安张端公伯玉字公达〔2〕，范文正公客也〔3〕，时号张百杯，又曰张百篇，言一饮酒百杯，一扫诗百篇，名重当世。有士人强记〔4〕，自负饮酒鲜双〔5〕，求朝士书牍为先容〔6〕，持谒公达〔7〕。公达启缄喜曰〔8〕：“君果多闻，又能敌吾饮。吾老久无对，不意君肯辱命也。”共酌三十余，士人雄辩风生。又酌少许，辞以醉。公达笑曰："量止此乎？老夫当为君满引矣[9]。"遂自数十举，以手指四柜书曰："吾衰病不如昔，所能记忆者独此，君试探一卷，吾为子诵之。"士人即柜中偶探得《仪礼》[10]，公达语士人试举首语，士人如其言，公达琅然背诵[11]，不遗一字。士人骇服[12]，再拜称谢。

【注释】

〔1〕选自褚人获《坚瓠集》庚集卷一。

〔2〕张端公：即张伯玉（1003—1070），字公达，建安（今福建建瓯）人。天圣二年（1024）进士，官至检校司封郎中。著有《蓬莱集》二卷，已佚。

〔3〕范文正公：即范仲淹。

〔4〕强记：记忆力强。

〔5〕鲜双：少有能与自己匹敌的。

〔6〕书牍：书信。先容：本谓先加修饰，后引申为事先为人介绍、推荐或关说。

〔7〕谒：拜见地位或辈分高的人。

〔8〕启缄：打开书信。

〔9〕满引：斟满饮尽。

〔10〕《仪礼》：书名。儒家十三经之一，春秋战国时代的礼制汇编，共17篇。记载周代冠、婚、丧、祭、乡、射、朝、聘等各种礼仪，以记载士大夫的礼仪为主。另有古文仪礼56篇，现已遗失。

〔11〕琅然：声音清朗的样子。

〔12〕骇服：敬佩诚服。

【评析】

本篇记张公达海饮强记事。人家喝酒误事，或发酒疯，或乱性，总之脑子都会出问题，但这位张公达则不然，不仅酒量惊人，而且喝酒之后记忆力超强，可谓双料天才。有位士人不服气，过来挑战，结果没几下就喝醉了，连第一关都没过。人家张公达继续畅饮，喝到高兴处，还表演随机背诵。面对这位大神一般的高人，那位士人彻底服气了。这样的奇才，世间少有。

李太守烛奸[1]

松江太守李某性廉明[2]，发奸如神。有妇人讦其夫通海作乱[3]，李问妇与夫为结发否[4]。妇言："夫虽结发，然谋反事大，恐害及妻孥[5]，故来出首。"李曰："当即拘究。"妇出。李乃判状封付吏曰："状虽准。且莫行牌[6]，三日内有人来探问此事，即拘来见我。"至三日，果有人来问前日妇人首夫事，状已面准，何不行拘。吏给之曰："牌已送签，少待即当领出。"其人果留。吏入白守。守命拿其人，令吏持所封状来，使之自开。状中判曰："妇告夫，世所无。来问者，是奸夫。"其人见之失色。守严讯之，果与妇奸而诬陷其夫者。遂并妇正法[7]。

【注释】

〔1〕选自褚人获《坚瓠续集》卷二。

〔2〕松江：辖境相当于今上海吴淞江以南地区。

〔3〕讦：揭发。通海作乱：这里所讲的案件即通海案，发生于清顺治十八年(1661)，与江南奏销案、哭庙案合称"江南三大案"，株连甚广。

〔4〕结发：此处代指夫妻。

〔5〕妻孥(nú)：也作"妻帑"，指妻子与儿女。

〔6〕行牌：下发令牌或公文。

〔7〕正法：依法制裁。

【评析】

本篇讲松江太守李某断案事。妻子告夫造反，这可是大罪，虽然理由说得很堂皇，但毕竟是结发夫妇，主动揭发是一件很艰难的选择。这里面显然有问题，李某的高明之处在其对罪犯心理的精准把握。他发现了案件的蹊跷之处，但不动声色，采取以静制动的办法，等待罪犯上钩。果然，奸夫把持不住，主动过来探问消息，案件由此得以审结。提前将判词写好，具有很强的戏剧性效果，看来这位太守还挺会表演。

麻　姑[1]

《一统志》[2]：麻姑，麻秋之女也[3]。秋为人猛悍，筑城严酷，督责工人昼夜不止，惟鸡鸣乃息。姑有息民之心[4]，假作鸡鸣，群鸡相效而啼，众工役得以少息[5]。父知欲挞之[6]，麻姑逃入山中，竟得仙而去[7]。今望仙桥，其迹也。

【注释】

〔1〕选自褚人获《坚瓠秘集》卷三。

〔2〕《一统志》：旧时官方的地理总志，如《大元一统志》《大明一统志》《大清一统志》等。

〔3〕麻秋：山西太原人，羯族。十六国时期后赵名将。

〔4〕息民：使人民得到休养生息。

〔5〕少息：稍事休息。

〔6〕挞：用鞭子、棍子等打人。

〔7〕得仙：成仙。

【评析】

本篇记麻姑息民成仙事。这应该是一个民间传说故事。麻秋非常彪悍，对待百姓也非常严苛，但他的女儿麻姑却非常善良，就采取学鸡叫的方式让劳作的工人得到休息。麻秋不能容忍女儿的善举，想惩罚她，结果她逃到山中成了仙。民间传说往往附会某个地方或景观，这位麻姑的故事就附会在望仙桥上，使这处景观增加了文化内涵。

异侠借银[1]

徽有布商[2]，密以千金分贮布捆中载归，路遇一人求附舟。其人状貌雄伟，既登舟，与语甚款洽[3]。越二宿，将别去，岸上有担囊者招呼之，云其友也。其人邀商与友共饮村店中，饮毕，其友担囊先行，其人引商至野外，密语云：“吾有急需，君布捆中物暂借一用，某月某日当造宅奉还[4]，必不相负。幸勿声扬[5]，否将不利于君。”言讫，长揖而去[6]，其行如飞，顷刻不见。商大骇，急还舟，布皆捆束如故，初无移动，心甚疑之，途次不便启视[7]。及抵家视之，空空如矣，乃大叹异。

至某日，门庭寂然，意其所约乃诳语耳[8]。三日后，其人与友担囊而至，曰：“偿债者来矣。”出囊中金，除前数外，按月加息五分。又另出银一封云：“因吾友迟来，爽约三日，更当加一月之利。”商逡巡问曰：“君固侠士，前日有何急用而假吾金？”其人曰：“吾有至亲犯事在官，急欲行贿买命，而仓卒无办，故暂假于君耳。”商问：“布捆不动，银何从取去？”其人笑云：“吾自有取法，何必见问。”乃索酒共饮，且云：“吾辈何处不可取物，但恐贻累于人[9]，故不为也。”

饮至暮夜，友云：“可去矣。”二人步出中庭，一跃登屋，屋瓦无声，人已不知去向。

【注释】

〔1〕选自褚人获《坚瓠余集》卷一。

〔2〕徽：即徽州，包括歙、休宁、婺源、祁门、黟、绩溪六县，旧时也称新安郡。

〔3〕款洽：亲切融洽。

〔4〕造：到，去。

〔5〕声扬：声张宣扬，泄露机密。

〔6〕长揖：拱手高举，自上而下的相见礼。

〔7〕途次：旅途，半路上。

〔8〕诳语：骗人的话。

〔9〕贻累：连累。

【评析】

本篇讲异侠借银事。这位异侠神龙见首不见尾，刚出场时，不动声色。很快便显露特异之处，说是借钱，不由不借，对那位布商来说，没有选择，随即这位异侠“长揖而去,其行如飞,顷刻不见”。读到此处,以为是一件江湖劫案。没想到,人家还真来还钱,本金之外还加上利息和滞纳金。面对布商的疑惑,异侠只解答了一部分,随后“步出中庭,一跃登屋,屋瓦无声,人已不知去向”。作者很善于讲故事,写得引人入胜,并留下巨大的想象空间。

《觚剩》

钮 琇

钮琇（1644—1704），字玉樵，吴江（今江苏苏州）人。康熙十一年（1672）拔贡生，历任河南项城、陕西白水、广东高明等地县令。工诗文。著有《临野堂集》等。

《觚剩》，十二卷，分正、续二编，其中正编八卷，续编四卷。所记多个人见闻，涉及明末清初社会生活及民俗等。清廷曾以“文多违悖”为由将此书查禁。

云 娘〔1〕

密云汪参将〔2〕，广陵人也。有仆王忠，常往来酒肆李家，久之相善，李以女云娘归焉，年十八矣。汪解任，将还维扬，呼忠谋备舆具，并所以载云者。云曰：“主之行李甚壮，取道河北，征途不靖。请效军人装，执弓矢以戒不虞，可乎？”汪闻而异之，召云娘至，授五石弓〔3〕，折之如断梗〔4〕。凡易数弓，悉不称意。顾谓忠曰：“须取我家弓来。”遂腰箙插矢〔5〕，乘骏马以从。

时岁在己卯，群盗塞路。行至一荒原，云纵马而前，遥见十余骑，拥尘突至，飞矢拂云袖。云挥袖，矢落。又一矢到，云随以手承之，即彀而发〔6〕，骑骇反奔，中项仆地。又于箙中出矢，毙一骑，余皆散遁。由是参将抵家，无寸箸之失〔7〕。

【注释】

〔1〕选自钮琇《觚剩》卷三。

〔2〕密云：在今北京密云区。

〔3〕五石弓：一种极强劲的弓。旧时以三十斤为钧，四钧为石。五石弓即需六百斤拉力才能拉开的弓。

〔4〕梗：植物的枝或茎。

〔5〕箙（fú）：竹、木或兽皮所制盛箭的器具。

〔6〕彀：弓箭射程所及的范围。

〔7〕箸：筷子。

云貌殊艳，参将子一见心动，欲狎之。云曰："妾下走陋质[1]，不意为公子怜。然有忠在，何忍及此。无若遣忠而纳以礼，我乃从。"公子喜过望，遂厚给忠，云指示令去。公子治吉席[2]，将为小星催妆[3]，云忽易戎服，掣所佩刀，出立堂上，责公子曰："尔家忝建高牙[4]，不能出奇报国。偶遇萑苻[5]，薾焉胆栗[6]。妾以一妇人，奋卫长途，迄于安吉，所以报公子者至矣。乃恣行不义，玷我贞素耶[7]。"遽以刀拟公子[8]，且前且却，曰："有追我者，我即断其头，如河北盗矣。"公子惊悚丧魄。云娘行及门，门外已有碧衫奴控马以待，遂驰去，永不复返。

【注释】

〔1〕下走：走卒，奴仆。

〔2〕治吉席：置办婚礼。

〔3〕小星：指小妾。典出《诗·召南·小星序》："小星，惠及下也。夫人无妒忌之行，惠及贱妾。"催妆：旧时婚姻礼俗。女子出嫁须男方多次催促，才梳妆启行。

〔4〕高牙：大而高扬的牙旗，这里指高官的官衔。

〔5〕萑（huán）苻（fú）：指盗贼、草寇。典出《左传·昭公二十年》："郑国多盗，取人于萑苻之泽。"杜预注："萑苻，泽名。于泽中劫人。"后用以称盗贼出没之处，也指称盗贼、草寇。

〔6〕薾（ěr）：疲困的样子。

〔7〕贞素：清白的节操。

〔8〕拟：比划，作砍的样子。

【评析】

本篇讲云娘侠义事。这位云娘可谓奇人,其奇有二:第一奇是其本领。看似十八岁的弱女子,但本领高强,力气极大,能拉硬功,汪参将靠她才得以平安返乡。第二奇是其人格。她虽然出身酒肆,是仆人王忠的妻子,但有着独立的人格。她保护过汪参将,但并不愚忠,面对参将儿子的调戏,她毫不客气地回击,而且是有智慧的回击,先让丈夫离开,痛斥参将之子后扬长而去。古代小说中的女侠形象有不少,但有如此特点、性格如此鲜明者则不多。

睐 娘〔1〕

睐娘者,姓易氏,居松陵之舜水镇〔2〕。祖某以阀阅世宦〔3〕,累赀亿万。其父某尽散其赀,畜古名画。环室为香木城,城有十架,架藏百卷为率〔4〕,各以镂金牌记之,其锦韬玉轴者为最品〔5〕。

睐方四五岁,性聪良,善记诵。父尝戏举古人姓名,叩以所作某画〔6〕,睐即指第几卷中,靡不悉符。父以是爱之,令其掌镂金牌而司画城,呼曰"画奴"。长及齿龀〔7〕,作花鸟小图,工刀札〔8〕,善吟咏。姿体绝丽,未尝假粉脂,而浮香发艳,盈盈欲仙。星眸流离,远黛明媚,复嫣然善睐〔9〕,故其母氏更"画奴"名为"睐娘"。

【注释】

〔1〕选自钮琇《觚剩》卷三。

〔2〕松陵:今苏州吴江区。

〔3〕阀阅世宦:世代为官的大家。阀阅,世家门前旌表功绩的柱子。

〔4〕率:模范,标准。

〔5〕韬:剑套。这里指装画的袋子。

〔6〕叩:询问。

〔7〕龀(chèn):小孩换牙,乳齿脱落长出恒齿。

〔8〕刀札:指书法。

〔9〕嫣然：美好的样子。善睐：形容美目顾盼。

明甲申岁[1]，海内鼎沸，兵燹所被[2]，诸郡县皆陆沉[3]。秋八月，睐与父母夜饭罢，画楹间列绣灯，围以紫丝步帐，月光掩映帘幕，睐方研墨濡颖[4]，手摹吴道子画观音像，将赛于邻侧醉香庵[5]，施其庵之女冠[6]。

未举笔，忽闻号呶成雷[7]，燎火四张[8]，外宅大呼曰："兵至矣，兵至矣。"睐仓卒入内阁，取画城之锦韬玉轴者，持以出，从父母走僻巷中，潜达金牛村。居金牛村三载，卖珠以缀衣[9]，佣绣以佐馔[10]，备旅食之困。时舜水庐室悉为灰烬，乱稍定，睐父将理故业，而无资可缮。睐泫然曰[11]："吾家世业隆大，不幸蹈于离乱[12]。茕茕飘寄[13]，非长策也。闻女之姑在午溪东新巷，姑以艾孀守贞[14]，女可就访合居，共为晨昏。女装中有古画十余卷，售之当得千金。父以其值稍葺故庐而新之，女时可从父母从容完聚耳。"父然之，为买小舫，从一女奴曰问香，赋诗泪别。诗曰："漂泊何由返故园，桃花春雨照离魂。凭将别后双红袖，记取东风旧泪痕。"遂至东新巷，次于姑家。

【注释】

〔1〕甲申：崇祯十七年(1644)。

〔2〕兵燹(xiǎn)：兵火，因战乱所带来的毁坏。

〔3〕陆沉：陆地陷没，比喻国土沦丧。

〔4〕濡颖：沾湿毛笔的笔端。濡，沾湿；颖，本指东西末端的尖锐部分，这里指毛笔的笔端、笔尖。

〔5〕赛：旧时祭祀酬报神恩的活动。

〔6〕施：给予。女冠：女道士。

〔7〕号呶(náo)：喧嚣叫嚷。典出《诗·小雅·宾之初筵》："宾既醉止，载号载呶。"

〔8〕燎火：火炬、火把。

〔9〕缀衣：这里指添置衣服。缀，缝，补。

〔10〕佣绣以佐馔：靠给人做针线活儿来糊口。

〔11〕泫（xuàn）然：流泪的样子。

〔12〕蹈：踩、踏。这里有经历之意。

〔13〕茕（qióng）茕：形容孤独无依靠。

〔14〕艾孀（shuāng）：这里指年轻美貌的寡妇。艾，美好。

姑字倩娘，夫家姓言氏，于新巷亦豪族。倩夫以痫痳之病〔1〕，走死乱军〔2〕，无子。倩故甚爱睐娘，视睐娘若子也。倩有表之自出潘生，绪其亲，与倩乃异姓之叔嫂。生故世胄〔3〕，其父母以行秽见黜于族〔4〕，僦倩之侧舍以居〔5〕。

生能诗文，然无士君子行，窥倩寡处阒寂〔6〕，日以事请见。眯目哆口〔7〕，攲肩摄足〔8〕，以意挑倩娘。倩娘意惑焉〔9〕，久而相悦。睐之卧室，去倩之卧室可百武〔10〕，在东厢小红楼，锁帘闭帏，旦晚不下楼级。倩之事，问香稍知之，以告睐，睐嘿不应〔11〕。

【注释】

〔1〕痫（xián）痳（shù）：一种精神疾病，癫狂乱走。

〔2〕走死：本指逃亡他乡而死。这里指在逃亡中被乱军杀死。

〔3〕世胄：世家的后代。

〔4〕行秽：行为丑恶。见：表示被动。黜：放逐。

〔5〕僦（jiù）：租赁。

〔6〕阒（qù）寂：寂静，冷清。

〔7〕哆口：张口。

〔8〕攲（qī）：斜靠着。摄：执，持。

〔9〕惑：迷乱。

〔10〕去：距离。

〔11〕嘿：同“默”，沉默。

倩之家有一园，名隔梦，景颇幽胜。时暮春初旬，倩娘辟诸女从[1]，邀睐娘往游，睐辞以午绣方倦，倩频促之，乃启隔梦门，转曲池上小山左侧，憩半峰亭。绿柳数树，红栏三折，茶以竹垆[2]，棋以石磴[3]。复转而左，隔太湖石累丈，海棠盛开，烂如绣屏。缘海棠行数十武[4]，一径皆樱桃花，一径皆蔷薇花。倩曰："樱桃未子而花容少媚，不若蔷薇红香足爱也。"挈睐左腕[5]，低扇微笑，乃至蔷薇架下。

瞥然一声[6]，片花乱舞，落红满鬟鬓间，垂垂拂衫袖。有细彩流苏贯相思子[7]，缀以同心凤凰结，杂花而坠，中睐之右肩。睐惊愕，隔花望见一生，乌巾倩容，凝睇于睐[8]。问香遽呼之曰："潘秀才从谁来耶？"倩娘曰："潘郎从樱桃径来耶？郎素不识睐娘，何敢唐突西子？"生视而笑，倩亦视生而笑。遂散去。睐知倩之卖己也，赪颜不怿者累日[9]。盖倩娘素悦于生，耻睐之独为君子也，故潜生于园以俟睐之至，将市秽于睐[10]。倩知事不可谐[11]，于是始不慊于睐[12]，而为生计益深。

【注释】

〔1〕辟：同"避"，避开。

〔2〕竹垆（lú）：亦作"竹炉"。一种外壳为竹编、内安小钵、用以盛炭火取暖的用具。

〔3〕磴（dèng）：石头台阶。

〔4〕缘：沿着，顺着。

〔5〕挈：用手提着。

〔6〕瞥然：忽然，迅速地。

〔7〕流苏：一种下垂的用五彩羽毛或丝线等制成的穗子。相思子：即红豆。

〔8〕凝睇（dì）：凝视；注视。

〔9〕赪（chēng）颜：因羞愧或酒醉而脸红。不怿（yì）：不悦。

〔10〕市：卖，转嫁。

〔11〕谐：好，妥善。

〔12〕慊（qiè）：满意。

一日睐娘晓妆方竟，绮窗无事，偶叠红笺作细字[1]，集唐句成一绝云："蚤是伤春梦雨天，莺啼燕语报新年。东风不道珠帘隔，引出幽香落外边。"盖隐刺倩事也。书毕，以玉篆狮镇纸。忽闻楼级有点屐声，乃倩娘至。睐拾袿连屟趋迎倩[2]，红笺诗犹在镇狮下。睐急取置镜台锁槅内[3]，而尾纸半露。倩出读之，纳于杏衫左袖，遽下楼级。睐止之不能，惋悒而已[4]。倩出中堂，适遇生于梧桐轩下。倩出笺于袖，望生而投曰："樱桃径上，有援琴之挑[5]；梧桐轩中，乃无掷车之果耶[6]？"生舒笺展视，乃绝句云云，后有"画奴戏草"四楷书。倩曰："画奴，是睐娘小字。红笺，是潘郎良媒也。"生携笺而去。

【注释】

〔1〕细字：小字。

〔2〕拾袿（guī）：收拾整理衣服。袿，旧时妇女所穿华丽服装，也可指衣袖或衣后襟。屟（xiè）：旧时鞋的木底，也泛指鞋子。

〔3〕槅（gé）：房屋或器物的隔断板。

〔4〕惋悒（yì）：怅恨不安。悒，忧愁，不安。

〔5〕援琴之挑：表示男女相思爱恋。典出《史记·司马相如列传》："酒酣，临邛令前奏琴曰：'窃闻长卿好之，愿以自娱。'相如辞谢，为鼓一再行。是时卓王孙有女文君新寡，好音，故相如缪与令相重，而以琴心挑之。"

〔6〕掷车之果：比喻女子对美男子的爱慕。典出《世说新语·容止》："潘岳妙有姿容，好神情。少时挟弹出洛阳道，妇人遇者，莫不连手共萦之。"

后累日新霁始凉[1]，金风初扇，沼荷零香，庭草凄绿，睐孤坐凝眸，惘惘有思归之意。见问香携斑竹锁丝篮，篮置画金小方奁，进曰："倩娘以为娘午茶，少润诗脾[2]。"开奁视之，乃石榴子二盒，金柑四蒂。果尽覆奁，奁衣下文锦尺幅，绣带双结，密缄重重[3]。发缄而观，则薄赫蹄也[4]，得五十六字云："珠楼十二夜初长，秋恨应知怯晚妆。巫水有云通楚佩〔5〕，贾墙无梦问韩香〔6〕。锦弦旧瑟调鹦鸡，兰酒新垆忆鹔鹴〔7〕。落月斜廊无限意，可能流影到西厢。”篇末著云：“米在田而可实，水非米而何炊？”眎以指画者久之，作“潘”字状，懘焉起立〔8〕，碎纸而掷于地。堕鬟拂衣，遂往见倩。

【注释】

〔1〕新霁（jì）：雨后初晴。

〔2〕少：稍微。

〔3〕密缄：密封。

〔4〕赫蹄：一种西汉中期后流行的薄纸，后借指纸。

〔5〕巫水有云：指楚襄王梦中与神女幽会的故事。典出宋玉《高唐赋》：“昔者先王尝游高唐，怠而昼寝，梦见一妇人曰：‘妾，巫山之女也。’”楚佩：指郑交甫在长江和汉水之滨遇二神女，二神女解佩玉相赠的故事。典出刘向《列仙传》：“江妃二女者，不知何所人也。出游于江汉之湄，逢郑交甫。见而悦之，不知其神人也……遂手解佩与交甫。”

〔6〕贾墙无梦问韩香：典出《世说新语》，载晋韩寿与贾充的女儿相爱，晚间逾墙而入，贾女赠送家中奇香，贾充因此发觉，被迫允许二人成婚。此句意思是，无法像韩寿那样逾墙得香获得好姻缘。

〔7〕兰酒新垆忆鹔鹴：指司马相如和卓文君同归成都后，卖掉鹔鹴裘沽酒。典出《西京杂记》。鹔鹴：动物名。鸟纲雁形目。长颈，绿色，形似雁，皮可为裘。

〔8〕懘焉：生气的样子，愤怒的样子。

时倩方坐绣茵〔1〕，裁风花细袜。忽见眎，以眎至，意必有合，移席骈坐，为眎整髻上坠钗。眎晕脸潮红，严容噎气〔2〕。良久乃言曰：“侄以稚年，背慈就外，孤迹单心，托命于姑。以姑之惠，被以绮绣，饵以珍错，良厚矣。乃不训之以德，而假道于不令之生〔3〕，传以亵词。姑纵不爱侄，独不自爱乎？曩者以楮墨闲情，染成小句，姑掠而取之，致以秽意见诱。修筠有节〔4〕，高柏有心，岂相浼也〔5〕？陌上之金，尚不能乱桑中之妇〔6〕，而谓红闺流叶[7]，乃自媒于东墙宋玉哉[8]？侄非敢断绝雅恩，然久安于此，实败令名，请从此辞。”

欷歔再拜而起。倩以好言固留，不许。时舜水已成小筑，睐之父母将欲迎睐，睐适归，惊喜道故，睐所不悦于倩娘者，匿不以告也。

【注释】

〔1〕茵：夹衣，内衣。

〔2〕噎气：因生气而呼吸不畅。

〔3〕不令：不善，不肖。

〔4〕修筠（yún）：修竹，长竹。筠，竹子的青皮，借指竹子。

〔5〕浼：污染，玷污。

〔6〕桑中之妇：指采桑女罗敷拒绝达官贵人的金钱引诱。典出汉乐府《陌上桑》。

〔7〕红闺流叶：指唐时宫女韩氏在红叶上写诗，流出宫外为于祐所得，二人终成夫妇的故事。典出《青琐高议》。

〔8〕东墙宋玉：指东邻美女常登墙向宋玉示爱之事。典出宋玉《登徒子好色赋》。

先是生之父母为生婚于王氏。自溺志于倩[1]，遂背婚于王。王亦以生狂荡无检，字女他姓[2]。至是，生欲因倩娘求合于睐[3]，而不惬其愿[4]，故扬红笺之诗以诬睐，使闻于睐之父母，因而求娶。阅岁余[5]，倩以他事至睐父母家，起居外[6]，并为睐议姻。口筹心语，未白其人，而数目睐父。睐父无忤色，因极口潘生之才[7]，而讳其贫。又附睐母耳密语。睐父母嘿然，相顾微叹，遂首肯之。

倩归，即为生致六礼[8]。睐父母择吉，将赘生于家，而绝不以闻于睐。至宴尔之夕[9]，银缸斜照[10]，黼帐高张[11]。夜阑撤妆流盼，见此良人，则即隔梦园樱桃花下生也。睐大号，恸绝而后苏。问香驰走，惊呼睐父母至。睐悲极不能言，良久唯曰：“倩娘误我。”父母再四救解[12]。

然伉俪之际，非其本情，虽勉为笑语，而眉妩间锁愁驻恨，如不胜致。

【注释】

〔1〕溺志：沉迷，沉湎。

〔2〕字女他姓：把女儿许配其他人家。字，旧时称女子出嫁。

〔3〕因：依靠，凭借。

〔4〕惬：满足，畅快。

〔5〕阅：经过，经历。

〔6〕起居：向尊长问候、请安。

〔7〕极口：在言谈中极力称道、赞扬或抨击、抗辩，竭尽口舌。

〔8〕六礼：旧时确立婚姻的六种礼仪，即纳采、问名、纳吉、纳征、请期、亲迎。

〔9〕宴尔：亦作“燕尔”。原为安乐之意，后用为新婚的代称。典出《诗·邶风·谷风》：“宴尔新昏，如兄如弟。”

〔10〕银缸：银白色的灯盏，借指银灯。

〔11〕黼（fǔ）帐：加刺绣的帐子。黼，本义是旧时礼服上绣的半黑半白的花纹。这里指帷帐上的花纹。

〔12〕再四救解：多次劝解。再四，多次；救解，本义是伸出援手，帮助别人脱离困难。这里是劝解的意思。

居又二年，生亦构数椽别墅〔1〕，挈睐以归。生之父母穷悍极虐，素知睐之不礼生也，为盛怒以待睐。睐拜告方毕，含啼入室，意不聊生。岁辛丑，生以不给家食，为砚耕之谋〔2〕，复隙窥馆之邻女，见黜其主。睐愈不礼生。生大愠睐，叱詈之声，达于庭户。睐支颐语生曰〔3〕：“薄命之薄，衔冤可知。狂童之狂，负心若此。何须何眉，无耻无礼。我死为鬼，尔生尚能为人乎？”语未竟，鞭楚乱下，散发蒙面，流血被肩。

维时明月入户〔4〕，青灯荧荧。睐蒙目呜咽而叹曰：“命尽此矣。”令问香于故箧中取《愁盐》一卷，诗词若干首，及绿窗小写百叶，皆幼时所画花鸟粉本，悉焚之火。乃裂帛盈尺，和泪为书，授之问香，曰：“迟明〔5〕，汝为吾送易氏爹娘。”

【注释】

〔1〕椽(chuán):旧时房屋间数代称。

〔2〕砚耕之谋:依靠笔墨谋生。

〔3〕支颐:以手托腮。

〔4〕维时:当时,其时。

〔5〕迟明:天快亮的时候。

书略云:“女不幸少逢离乱,骨肉飘依,两地异处。况复长年羸病,自知弱蕙易殇〔1〕,薄云难寿〔2〕。然从垂髫以来〔3〕,溺情芸艺〔4〕,散志签图〔5〕,将谓结缡名族〔6〕,执爨良家,俾慈帏二人〔7〕,得慰心于白发,窃所愿也。不意媒妁之欺〔8〕,近在至戚。涅我素名〔9〕,织彼萋计〔10〕。致匹合于琐类,终身之仰,失在一朝。怨魄不舒,愁魂欲断,岂知有生之乐哉!女自春首分袂而后〔11〕,郁为沉疾〔12〕,尝累日一粥,而见粒则呕,薄饮不及蠡勺〔13〕,悲苦之状,不可殚陈〔14〕。当夫兰门暮掩,薄寒中人,檐雨淅沥,灯花频落,砧声远飘,谯鼓断续〔15〕。女于斯时,凄其泪零,倚枕竟夕,不知忧之何从也。及夫画窗晓开,丽花笑暖,慧鸟争啼,凭栏数回,因思稚年西园随伴,踏青始归,泛锦瑟于芳楼,驰红衫于细马,匏丝稠杂〔16〕,谐笑为欢。方之今时,遂若隔世。同是一身,而苦乐顿异,命之不犹,夫复何言!今秋负心人以窥逾失意,迁怒于女,笞楚千态〔17〕,垂垂待毙,无复生理。爰令丫鬟问香告情父母〔18〕,即夜是命尽之次。父母一来垂视,永以遐隔〔19〕。绿香帐里,岂有冷翠零膏;红叶窗前,莫问韶颜稚齿。将见柳眼露凝,埋春化泪,莲心风折,劈恨成丝。明月三更,天涯草碧,还家之期,当在晓风新梦间耳。父母春秋已高,强饭自爱〔20〕,无以女为念。幸收女余骨,覆以坏土〔21〕,得以脱迹人间,销形天上,粱黄槐绿,烟冷云荒,遂毕此生矣。孟光同隐〔22〕,未得是人;弄玉俱仙〔23〕,徒为虚语。独念父母畜我不卒，绕膝之欢，邈矣难再[24]。梅花犹在额乎[25]？莲花犹在足乎[26]？镜台旧影，翠帷余香，姗姗其来迟者，知是亭亭倩女魂也。”

【注释】

〔1〕弱蕙易殇：体弱的女子容易早死。蕙：香草，喻指女子。殇：夭折。

〔2〕薄云难寿：淡薄的云彩不能久驻，比喻寿短。

〔3〕垂髫：儿童，童年。旧时儿童不束发，头发下垂，因以垂髫指儿童。

〔4〕芸艺：读书。

〔5〕签图：泛指读书绘画。签，书册的标签，泛指书籍；图，指绘画。

〔6〕结缡（lí）：旧时嫁女仪式，女子临嫁，母亲为其系上佩巾。典出《诗·豳风·东山》："亲结其缡。"后以"结缡"指结婚。

〔7〕慈帏：亦作"慈闱"，旧时对母亲的代称，这里指父母。

〔8〕媒妁（shuò）：泛指媒人。媒，指男方的媒人；妁，指女方的媒人。

〔9〕涅我素名：玷污我的清白名声。涅，染黑。

〔10〕织彼萋（qī）计：编造那些复杂的诡计。萋，形容花纹错杂的样子，这里用来比喻谗言。

〔11〕分袂（mèi）：分别。袂，衣袖。

〔12〕沉疾：重病。

〔13〕蠡（lí）勺：一瓢勺。蠡，瓠瓢，用葫芦做的瓢。

〔14〕殚（dān）：竭尽，穷尽。

〔15〕谯（qiáo）鼓：谯楼更鼓。谯楼，城门上的瞭望楼。

〔16〕匏丝：指管乐器和弦乐器，泛指各种音乐。匏，指管乐器；丝，指弦乐器。

〔17〕笞（chī）楚：用木杖、竹板等抽打。笞，用鞭杖或竹板打；楚，旧时刑杖，或学校扑责学生的小杖。

〔18〕爰（yuán）：于是。

〔19〕遐隔：指遥远的道路，阻隔的山川。遐，远。

〔20〕强饭：努力加餐，强制自己多进食。

〔21〕坏土：一抔（póu）土，指坟墓。坏，同"抔"。

〔22〕孟光同隐：想和孟光一样与丈夫隐居。典出《后汉书·梁鸿传》："居有顷，妻曰：'常闻夫子欲隐居避患，今何为默默？无乃欲低头就之乎？'鸿曰：'诺。'

乃共入霸陵山中，以耕织为业，咏《诗》《书》，弹琴以自娱。”

〔23〕弄玉俱仙：想像弄玉一样与丈夫飞仙离去。

〔24〕邈（miǎo）：遥远。

〔25〕梅花犹在额乎：额头上的梅花妆还在吗？梅花，这里指梅花妆，指女子在额上贴一梅花形的花钿作为装饰，又称“落梅妆”。

〔26〕莲花犹在足乎：脚下的莲花还在吗？莲花在足：原是佛教典故，释迦牟尼出生后向四面八方各走七步，每走一步都有莲花从脚下升起，故称“步步生莲”。后来指南齐废帝东昏侯萧宝卷与其爱妃潘玉奴的故事。典出《南史·齐本纪下·废帝东昏侯》：“（东昏侯）又凿金为莲华以帖地，令潘妃行其上，曰：‘此步步生莲华也。’”

及晨，睐父母得书，愤骇长恸而至，则睐已缢于前轩左楣间矣〔1〕。生与父母俱逃，莫晓所在。睐父母及易氏诸戚，乃棺睐于两楹〔2〕，而以问香归。

盖睐之为人，风神散朗，亦珊珊流雅〔3〕，而幽情如缄，慧心长结，艺能穷巧，而貌若不知。咳唾生珠玉，而寡于辩给〔4〕，援管成牍，而挥染必本于性，故写愉则墨以欢露，道哀则字与泪并。盖孝穆所谓妙解文章者也〔5〕。惜紫纨无托〔6〕，红颜非耦〔7〕，才丰命啬，生短恨长。悲哉！睐生才二十四岁。

殓后数日，忽有豪士，戟髯拳发，红巾绿缦〔8〕，跨剑跃马而驰，后从碧眼奴背负血囊，至睐之门，排门直入〔9〕。豪立马柩前，掀髯大呼曰：“负心人已杀之矣。”从者下囊前倾，血糊模一髑髅着地疾走〔10〕，乃生之首也。其明年，午溪盗乱，倩娘虏去，不知所终。人咸以为睐冤之所雪云〔11〕。

【注释】

〔1〕楣（lì）：房梁。

〔2〕楹：堂屋前部的柱子。

〔3〕珊珊：形容高雅飘逸的样子。

〔4〕辩给(jǐ)：能言善辩。

〔5〕孝穆：指南朝文学家徐陵。徐陵，字孝穆。

〔6〕紫纨：紫色薄绢，旧时女子喜欢用它做衣服。这里代指女子。

〔7〕耦(ǒu)：同“偶”，配偶。这里指良配。

〔8〕缦(màn)：没有彩色花纹的丝织品。

〔9〕排门：推门。

〔10〕髑(dú)髅(lóu)：死人头骨。

〔11〕咸：全，都。

【评析】

本篇讲昧娘婚姻悲剧事。昧娘美丽聪慧，深受父母疼爱，本该有着幸福美满的婚姻，结果被骗婚，最后酿成悲剧，作品详细描写了这一过程，看后让人唏嘘。昧娘的悲剧到底是如何造成的？起初她对潘生的抗拒是很坚决的，但最终还是成为其猎物，这固然是潘生的狡猾奸诈所致，姑姑倩娘也有不可推卸的责任，但不能不说，昧娘自身也有责任，她过于软弱，没有勇气向父母说出实情。昧娘的父母做事草草，考虑不周，也是有责任的。所有这些，酿成了不可挽回的悲剧。作品最后，豪士杀死潘生，午溪盗掳走倩娘，看似为昧娘报仇雪恨，实则于事无补，一个鲜活生命的消失是什么都无法补偿的。

粟　儿〔1〕

磬玉之山有丽人焉〔2〕，姓宋，小字粟儿。生而清眸纤指，竟体柔艳〔3〕。同闾绝爱怜之〔4〕，皆曰：“宋家粟，其宋家玉乎！”陇西刺史典其州〔5〕，心闲政裕，工于子墨〔6〕。州之乡老以粟名上刺史，署为侍砚青衣〔7〕。刺史雅善鼓琴，退食之暇〔8〕，每于月亭松阁，兴至挥弦。粟辄携小狻猊以从〔9〕，拂石儿，爇名香，终奏氤氲，肃立无倦容。以是辟扉而入，放衙而归，粟唇恒沾墨沈〔10〕，麝兰余芬，拂拂出袿袖间。见者无不叹刺史风流，亦羡侍者之若仙矣。

岁在甲戌，粟年二八而羸〔11〕，奉刺史教令日久，词解弥隽，从刺史至长安，馆于萧寺[12]。适有清河公子，号天下才，亦客秦，与刺史之居相望。刺史熟公子名，肩舆往谒[13]。公子丰躯岳峙，雄辨泉流，豪迈英悍之色惊照四座。粟立刺史后，数目公子，公子亦窃见粟，忽若神移者。刺史微觇之，归问粟曰："汝有所眷于公子乎？公子年少而才，负天下重望。汝能从之游，则栖托之佳，无逾于此。"粟再拜，嘿无一言。

【注释】

〔1〕选自钮琇《觚剩》卷六。

〔2〕磬玉之山：即磬玉山，又名药王山，在今陕西铜川耀州区东。

〔3〕竟体：整个身体，全身。竟，整，从头到尾。

〔4〕同闾（lǘ）：同乡，住在附近的人。闾：旧时二十五家为一闾。

〔5〕典：主持，主管。

〔6〕子墨：扬雄《长杨赋》中虚构的人名。后借指文章、文辞。

〔7〕署：暂代。

〔8〕退食：指工作之余。

〔9〕狻（suān）猊（ní）：神话传说中的神兽，传说为"龙生九子"中的第五子，形似狮子，常被用来装饰香炉脚部。这里当指脚部用狻猊造型装饰的香炉。

〔10〕沈：汁。

〔11〕赢：有余。

〔12〕萧寺：指佛寺。典出唐李肇《唐国史补》："梁武帝造寺，令萧子云飞白大书'萧'字，至今一'萧'字存焉。"

〔13〕肩舆：轿子，这里用作动词。

乃遣粟至公子所。时维夏五之杪[1]，雨霁凉生，新月半窗，清簟如水[2]。公子孤坐引酌，惘焉有思。粟适至，遽起欢迎，辍所饮酒饮之而曰[3]："仙乎，仙乎。其羽衣之坠空霄乎？其莲花之涌净土乎？今夕何夕，我无以喻我怀也。"粟性不胜勺[4]，捧卮徐进[5]，三釂以后[6]，双靥潮红，前启公子曰："儿家刺史，贤声溢于关中，貂毂珠履[7]，日集其门。

以儿视之，率麟楦耳[8]。绣虎英雄[9]，今乃得公。辞彼严霜，就尔薰风，儿不自知，魄化心融。”言未已，悄乎变容，泪绳绳下[10]，哽咽不能成音。公子亟以文带承其媚睫，浴以沈水，衵以轻绡[11]，吹芳语绸，拥之忘曙。

居久之，渐及昵狎，因戏谓粟曰：“严霜之云，汝固畏刺史者耶？”曰：“刺史有父母之尊，云何不畏？”公子曰：“我异日建绥入境[12]，面城南临，俨然刺史也，能勿畏耶？”粟笑攘皓腕[13]，微拂公子颐曰：“寻春较晚，惆怅芳时，怨且不免，遑言畏乎[14]？”公子感其意，随命丹青善手，为图小像，以志弗谖[15]，粟曰：“儿对镜自看，差亦无恨[16]。唯写眉时，小损其黛，则芙蓉远山[17]，千秋于马卿之侧[18]，窃所愿耳。”公子长揖向粟曰：“某所不如教而抱影南归[19]，珍为夜光，以终此生者，有如日！”

【注释】

〔1〕夏五：三伏天。杪(miǎo)：指年月或四季的末尾。

〔2〕清簟(diàn)：竹编凉席。簟，竹席。

〔3〕饮(yìn)之：让粟儿喝。

〔4〕性不胜勺：生性不善饮酒。

〔5〕卮(zhī)：旧时盛酒的器皿。

〔6〕釂(jiào)：饮酒干杯。

〔7〕貂毂珠履：指显贵之人。毂(gǔ)，车轮中心，有洞可以插轴的部分，借指车轮或车。

〔8〕率(shuài)：全，都。麟楦(xuàn)：即麒麟楦。唐代称演戏时装假麒麟的驴子为麒麟楦，比喻虚有其表没有真才的人。典出冯贽《云仙杂记·卷九·麒麟楦》。

〔9〕绣虎：比喻擅长诗文的人。绣，词华隽美；虎，才气雄杰。

〔10〕绳绳：众多的样子，绵绵不绝的样子。

〔11〕衵(yì)：贴身的内衣，这里作动词，贴身穿上。

〔12〕建绥：竖立旌旗，指受命做官。

〔13〕攘(rǎng)：捋起。

〔14〕遑言：不必说，谈不上。

〔15〕谖（xuān）：忘记。

〔16〕差：大致还可以。恨：遗憾。

〔17〕远山：指女子秀丽的眉毛。

〔18〕马卿：司马相如字长卿，后人遂称之为"马卿"。这里指清河公子。

〔19〕抱影：守着影子。形容孤独。

当刺史过公子时，公子方袒跣洒翰〔1〕，烟云历落，顷刻尽数纸，付乞书者去。然后掔裤踞榻〔2〕，拱客就坐，相对啜茗，剧谈上下今古〔3〕，衮衮不少休〔4〕，意气闲放，旁若无人。而一遇婉娈〔5〕，其倾倒缱绻如此〔6〕。

然刺史益心重公子，曰："此情贤也，我当终成之。"既而曰："嗟乎，物莫不各有遇也！龙潜于狱，掘之则云雷之气升〔7〕；鹊蕴于石，剖之则忠孝之章出〔8〕。非皆清河已事哉！穷巷幽姿，奚独不然？世有诎于知〔9〕，屯于合〔10〕，思友白鸟而客青蝇者〔11〕，观于粟可以慰矣。"刺史嗣奉府符〔12〕，仓卒治装还州〔13〕，濒行回顾粟曰："善事公子。"太息登舆而去。

【注释】

〔1〕洒翰：挥笔书写。

〔2〕掔（qiān）：同"牵"，拉。踞：蹲，坐。

〔3〕剧谈：畅谈。

〔4〕衮（gǔn）衮：连续不断。

〔5〕婉娈（luán）：年轻貌美。这里指年轻貌美者，即粟儿。

〔6〕缱（qiǎn）绻（quǎn）：缠绵。形容感情深厚。

〔7〕龙潜于狱，掘之则云雷之气升：这句和下一句的"鹊蕴于石"都是指有才能的人一旦被发现，则必定脱颖而出。典出《易经》："龙潜于渊。"

〔8〕鹊蕴于石，剖之则忠孝之章出：典出干宝《搜神记》卷九："常山张颢，为梁州牧。天新雨后，有鸟如山鹊，飞翔入市，忽然坠地，人争取之，化为圆石。颢椎破之，得一金印，文曰'忠孝侯印'。颢以上闻，藏之秘府。后议郎汝南樊衡夷上言：

‘尧舜时旧有此官，今天降印，宜可复置。’颢后官至太尉。”后以“鹊石”为官员应天命升迁的典故。

〔9〕诎（qū）：言语迟钝。

〔10〕屯（zhūn）：困难。

〔11〕白鸟：比喻贪官，赃吏。青蝇：比喻谗佞之人。

〔12〕嗣：接续。府符：指命令。

〔13〕治装：整理行装。

【评析】

本篇讲陇西刺史成人之美事。这篇作品可以与上一篇《睐娘》对读，两者风格截然不同。睐娘遇人不淑，不管是姑姑倩娘还是潘生，都非善良之辈，最终酿成悲剧。栗儿则不然，她遇到了一位成人之美的陇西刺史。尽管栗儿在自己身边服侍多年，陇西刺史发现她与清河公子眉目传情，不但不生气，反而毫不犹豫地成全了两人。两人也如陇西刺史所愿，相亲相爱，成为幸福的一对。痴情男女常有，但陇西刺史不常有，因而才更让人钦佩。

雪　遘〔1〕

浙江海宁县查孝廉〔2〕，字伊璜，才华丰艳，而风情潇洒。常谓满眼悠悠，不堪酬对，海内奇杰，非从尘埃中物色，未可得也。

家居岁暮，命酒独酌，顷之愁云四合，雪大如掌，因缓步至门，冀有乘兴佳客，相与赏玩。见一丐者避雪庑下，强直而立〔3〕。孝廉熟视良久，心窃异之，因呼之入坐，而问曰：“我闻街市间，有手不曳杖，口若衔枚，敝衣枵腹〔4〕，而无饿寒之色，人皆称为‘铁丐’者，是汝耶？”曰：“是也。”问：“能饮乎？”曰：“能。”因令侍童以壶中余酒倾瓯与饮〔5〕，丐者举瓯立尽。孝廉大喜，复炽炭发醅〔6〕，与之约曰：“汝以瓯饮，我以卮酬，竭此醅乃止。”丐尽三十余瓯无醉容，而孝廉颓卧胡床矣〔7〕，侍童扶掖入内。丐逡巡出〔8〕，仍宿庑下。

达旦雪霁,孝廉酒醒,谓其家人曰:“我昨与铁丐对饮甚欢,观其衣极蓝缕[9],何以御此严寒?亟以我絮袍与之。”丐披袍而去,亦不求见致谢。

【注释】

〔1〕选自钮琇《觚剩》卷七。遘(gòu):相遇。

〔2〕孝廉:明清时期对举人的雅称。查孝廉:即查继佐(1601—1676),字伊璜,号舆斋,海宁人。崇祯六年(1633)举人。工书善画。著有《罪惟录》等。

〔3〕强直:僵硬不能随意转动屈伸。强,同“僵”。

〔4〕枵(xiāo)腹:空腹。

〔5〕瓯(ōu):杯子。

〔6〕醅(pēi):没滤过的酒,泛指酒。

〔7〕胡床:一种可以折叠的轻便绳椅。椅脚交叉即能折叠,背后设有靠背。

〔8〕逡巡:从容,不慌忙。

〔9〕蓝缕:同“褴褛”,衣服破烂的样子。

明年,孝廉寄寓杭之长明寺。暮春之初,偕侣携觞,薄游湖上[1],忽遇前丐于放鹤亭侧,露肘跣足,昂首独行。复挈之归寺,询以旧袍何在,曰:“时当春杪,安用此为?已质钱付酒家矣。”孝廉奇其言,因问曾读书识字否,丐曰:“不读书识字不至为丐也。”孝廉悚然心动,薰沐而衣履之,徐谂其姓氏里居[2]。丐曰:“仆系出延陵[3],心仪曲逆[4],家居粤海[5],名曰六奇。只以早失父兄,性好博进[6],遂致落拓江湖[7],流转至此。因念叩门乞食,昔贤不免,仆何人斯,敢以为污。不谓获遘明公,赏于风尘之外,加以推解之恩。仆虽非淮阴少年,然一饭之惠,其敢忘乎!”孝廉亟起而捉其臂曰:“吴生固海内奇杰也,我以酒友目吴生[8],失吴生矣。”仍命寺僧沽梨花春一石[9],相与日夕痛饮,盘桓累月,赠以屝屦之资[10],遣归粤东。

【注释】

〔1〕薄游：漫游，随意游览。

〔2〕谂（shěn）：同“审”，询问。

〔3〕延陵：今江苏常州。

〔4〕曲逆：在今河北顺平东南，因曲逆水（今曲逆河）得名。

〔5〕粤海：中国南部广东一带的海域，又作广东或广州的代称。

〔6〕博进：赌博。

〔7〕落拓：贫困失意。

〔8〕目：看待。

〔9〕梨花春：旧时酒名。陈继儒《酒颠补》：“杭州俗，酿酒趁梨花时熟，名‘梨花春’。白乐天《杭州春望》诗‘青旗沽酒趁梨花’是也。”

〔10〕扉（fèi）屦（jù）：草鞋。这里泛指行旅用品

六奇世居潮州，为吴观察道夫之后〔1〕，略涉诗书，耽游卢雉〔2〕，失业荡产，寄身邮卒。故于关河孔道，险阻形胜，无不谙熟。维时天下初定，王师由浙入广，舳舻相衔〔3〕，旌旗钲鼓〔4〕，喧耀数百里不绝，凡所过都邑，人民避匿村谷间，路无行者，六奇独贸贸然来。

逻兵执送麾下，因请见主帅，备陈粤中形势，传檄可定：“奇有义结兄弟三十人，素号雄武，只以四海无主，拥众据土，弄兵潢池〔5〕。方今九五当阳，天旅南下，正蒸庶徯苏之会〔6〕，豪杰效用之秋，苟假奇以游札三十道〔7〕，先往驰谕，散给群豪，近者迎降，远者响应，不逾月而破竹之形成矣。”

如其言行之，粤地悉平。由是六奇运筹之谋〔8〕，所投必合。扛鼎之勇，无坚不破，征闽讨蜀，屡立奇功，数年之间，位至通省水陆提督。

【注释】

〔1〕吴观察道夫：即吴渊（1190—1257），字道夫，号退庵，德清（今属浙江）人。南宋嘉定七年（1214）进士，官至兵部尚书，封金陵公。著有《退庵文集》《易解》等。

〔2〕卢雉(zhì):旧时樗(chū)蒲戏中两种贵采之名。这里泛指掷骰赌博。

〔3〕舳(zhú)舻(lú):船头和船尾的并称。泛指首尾相接的船只。

〔4〕钲(zhēng):旧时一种乐器,在行军时敲打。

〔5〕弄兵潢(huáng)池:旧时对起义的蔑称,也指发动兵变。弄兵,玩弄兵器。潢池:积水塘

〔6〕蒸庶:民众,百姓。徯(xī)苏:期待苏息。指百姓从困苦中获得解脱。

〔7〕游札(zhá):这里指赐官的文书。游:求仕,做官。

〔8〕运箸(zhù):运筹计谋。

当六奇流落不偶时[1],自分以污贱终。一遇查孝廉解袍衡门[2],赠金萧寺,且有海内奇杰之誉,遂心喜自负,获以奋迹行伍,进秩元戎[3]。尝言:"天下有一人知己,无若查孝廉者。"

康熙初,开府循州,即遣牙将持三千金存其家,另奉书币邀致孝廉来粤,供帐舟舆,俱极腆备[4]。将度梅岭,吴公子已迎候道左,执礼甚恭。楼船箫鼓,由胥江顺流而南。凡辖下文武僚属,无不愿见查先生,争先馈贻,筐绮囊珠,不可胜纪。去州城二十里,吴躬自出迎,八驺前驰[5],千兵后拥,导从仪卫,上拟侯王。既迎孝廉至府,则蒲伏泥首[6],自称:"昔年贱丐,非遇先生,何有今日。幸先生辱临,糜丐之身,未足酬德[7]。"

居一载,军事旁午[8],凡得查先生一言,无不立应。义取之赀,几至钜万。其归也,复以三千金赠行,曰:"非敢云报,聊以志淮阴少年之感耳[9]。"

【注释】

〔1〕不偶:不遇,不合,引申为命运不好。偶:偶数,旧时认为代表好运。

〔2〕衡门:指简陋的屋舍。典出《诗经·陈风》:"衡门之下,可以栖迟。"

〔3〕元戎:主将,元帅。

〔4〕腆:丰厚,美好。

〔5〕八驺:旧时官员出行有驺卒前导,辟除行人。官高多至八人,故称"八驺"。

驺：旧时贵族的骑马侍从。

〔6〕泥首：以泥涂首，表示自辱服罪，后指顿首至地。

〔7〕糜丐之身，未足酬德：意思是粉身碎骨也不足以报答恩德。糜（mí）：碎，烂。

〔8〕旁午：比喻事物繁杂。

〔9〕淮阴少年：指韩信。吴六奇此处所言“淮阴少年之感”指韩信少年时未被认可，一次饥饿时，河边一位洗衣服的妇人把自己的饭给韩信吃。韩信表示将来一定会重谢。后来韩信富贵以后，果然以千金重谢这位妇人。吴六奇借此既感慨自己当年像韩信一样的潦倒和怀才不遇，又对查孝廉表示感激。

先是，苕中有富人庄廷钺者〔1〕，购得朱相国《史概》〔2〕，博求三吴名士，增益修饰，刊行于世，前列参阅姓氏十余人，以孝廉夙负重名，亦偕列焉。未几，私史祸发，凡有事于是书者，论置极典〔3〕，吴力为孝廉奏辩，得免。孝廉嗣后益放情诗酒，尽出其橐中装，买美鬟十二，教之歌舞，每于良宵开宴，垂帘张灯，珠声花貌，艳彻帘外，观者醉心。孝廉夫人亦妙解音律，亲为家伎拍板，正其曲误，以此查氏女乐遂为浙中名部。

昔孝廉之在幕府也〔4〕，园林极胜，中有英石峰一座，高可二丈许，嵌空玲珑，若出鬼制，孝廉极所心赏，题曰“绉云〔5〕”。阅旬往视，忽失此石，则已命载巨舰送至孝廉家矣。涉江逾岭，费亦千缗。今孝廉既没，青蛾老去，林荒池涸，而英石峰岿然尚存。

【注释】

〔1〕苕中：即苕溪，在浙江湖州。这里代指湖州。庄廷钺：庄廷鑨的弟弟。顺治间兄弟俩招聘名士修撰《明史》，触犯清廷，庄廷钺被杀，庄廷鑨已死，被开棺焚尸，牵连而死者七十余人。

〔2〕朱相国：即朱国桢（1558—1632），字文宁，乌程（今浙江湖州）南浔人。万历十七年（1589）进士。官至户部尚书，武英殿大学士。著有《明史概》等。

〔3〕极典：死刑。

〔4〕幕府：将帅在外的营帐，亦即将帅的府署。

〔5〕绉(zhòu):一种皱纹的丝织品。

【评析】

本篇讲查继佐与吴六奇恩报事。两人都是真实的历史人物,作品所记之事也基本有据。查继佐可谓慧眼识英雄,在吴六奇落难时给予救助,可谓雪中送炭,且对其非常赏识,这给了吴六奇很大的信心。后来吴六奇能发迹,与查继佐的帮助是分不开的,他也明白这一点,诚心报答查继佐。两人的事迹都有一些传奇色彩,因而在民间流传甚广。至于查继佐身陷文字狱后吴六奇营救事,其真假学界还有不同的看法。不管如何,查继佐、吴六奇都非寻常之辈,他们的行为值得学习借鉴。

于家琵琶〔1〕

蒲州于孝廉有爱姬曰红桃〔2〕,美容止〔3〕,善谈谑,尤擅名琵琶〔4〕。北地闺闱,多娴此技。而红桃纤指娇喉,拢弦叶曲〔5〕,其调与众绝异。故才一发声,闻者即知为于家琵琶也。

崇祯末,闯寇所至蹂躏〔6〕,河汾间罹祸尤酷〔7〕。孝廉被执,闯帅将杀之。牛金星见其年韶质秀〔8〕,且已登科,丐为子师而免〔9〕。红桃亦于此散失,不知所往。孝廉从金星于军,数月后,馆之晋王府中,晋府初经兵燹,虽重楼叠阁,而栋折垣颓〔10〕,金粉凋落,沼荒林败,竹柏倾欹。孝廉于最后之宫,置一榻焉,妖狐昼啸于庭,奇鬼宵窥于牖〔11〕,诡形怪响,百态千声。孝廉斯时,虽偷息人间,实同冥域。而心念红桃,如醉如痴,一切可憎可怖之境,翻置度外矣〔12〕。

又逾一载,闯兵进逼京师,列营保定城北。序届残冬,云同霰集。孝廉与牛子共一行帐。薄暮,雪下愈密。二鼓初报,孝廉启帐小遗,四望皎然,隐隐闻琵琶声,触其夙好,遂跣足踏雪,潜行求之。越数十行帐,独一帐有灯,声从帐出,俯而谛听,是耳所素熟者,大恸一声,身仆深雪不能起。帐中人疑其奸细,捆缚入帐,识为金星西席〔13〕,乃释而询其故。孝廉曰:“家有小姬,素善琵琶。兵间散去,已逾二载。愿见之私,虽寐不忘。今宵万籁俱寂,清调远闻,恍出吾姬之手,不胜悲痛。干触麾下,疏狂之咎,尚期宥之。”帐中人亦豪者,慨焉出姬相见,果红桃也。乃复行酒列炙,俾孝廉与姬欢饮达旦。明日言于金星,以红桃归孝廉,仍遣二骑送回蒲州。

孝廉入本朝,以扬州通判终。

【注释】

〔1〕选自钮琇《觚剩》续编卷三。

〔2〕蒲州:治所在今山西永济。

〔3〕容止:仪容举止。

〔4〕擅名:享有名声。

〔5〕叶(xié):和洽。

〔6〕闯寇:对李自成义军的蔑称。因李自成号“闯王”而得名。

〔7〕河汾:黄河与汾水的并称。亦指山西省西南部地区。罹(lí)祸:遭受灾祸。

〔8〕年韶质秀:年轻且品质优秀。

〔9〕丐:求,请求。

〔10〕栋:屋的正梁。垣(yuán):墙,矮墙。

〔11〕牖:窗户。

〔12〕翻:同“反”,反而。

〔13〕西席:旧时对家塾教师或幕友的代称。主位在东,宾位在西,故有此称。

【评析】

本篇讲于孝廉与爱妾红桃离合事。在古代小说中,这类破镜重圆式的故事比较常见,本篇的亮点在琵琶。北方闺阁中多善琵琶者,红桃技压群芳,脱颖而出,人称“于家琵琶”。随后到来的战乱改变了他们的命运,两人从此失散。于孝廉再次听到琵琶声,已是在军营中。也正是靠着琵琶声,于孝廉与红桃终于重逢,因而得以团圆。两人的悲欢离合用琵琶来贯穿,这种结构形式新颖且轻巧,戏曲作品中多采用这种艺术手法。

《谐铎》

沈起凤

沈起凤(1741—1802),字桐威,号蕢渔,又号红心词客,苏州人。乾隆三十三年(1768)举人,后会试屡不第,放情词曲自娱。著有《报恩缘》《才人福》《文星榜》《伏虎韬》《谐铎》等。

《谐铎》正集十二卷一百二十二篇,续集一卷,残存不满十篇。所记多鬼神精怪之事,揭露世态炎凉,寓庄于谐。

侠妓教忠〔1〕

方芷,秦淮女校书〔2〕。有慧眼,能识英雄,名出顿文、沙嫩上〔3〕,与李贞丽女阿香最洽〔4〕。阿香却田仰聘〔5〕,屈意侯公子〔6〕。一日,方芷过其室,曰:"妹侍侯郎,得所托矣!但名士止倾倒一时。妾欲得一忠义士,与共千秋〔7〕。"阿香哂之。

【注释】

〔1〕选自沈起凤《谐铎》卷四。

〔2〕女校书:唐名妓薛涛有文才,时人呼为女校书。后世因以称妓女而能文者。

〔3〕顿文、沙嫩:均为秦淮歌妓,生卒年不详。余怀《板桥杂记》:"顿文,字少文,琵琶顿老女孙也。性聪慧,略识字义,唐诗皆能上口。授以琵琶,布指《濩索》,然意弗屑,不肯竟学。学鼓琴,雅歌《三叠》,清泠泠然,神与之浃,故又字曰'琴心'云。"沙嫩,名宛在,以字行,自称桃叶女郎。善诗,有《蝶香集》。

〔4〕阿香:即李香(1624—1654),又名李香君,苏州人。"秦淮八艳"之一。

〔5〕田仰(1590—1647):字百源,思南府(今贵州思南)人。万历四十二年(1614)进士,官至兵部尚书。降清被杀。余怀《板桥杂记》:"朝宗去后,有故开府田仰以重金邀致香。香辞曰:'妾不敢负侯公子也。'卒不往。"

〔6〕侯公子：即侯方域（1618—1654），字朝宗，号雪苑，河南商丘人。复社重要成员，入清后应河南乡试，为副贡生。著有《壮悔堂文集》《四忆堂诗集》等。

〔7〕共千秋：一同名垂青史。千秋，犹千载，谓年代久远。

贵筑杨文骢耳其名[1]，命驾过访。方芷浼其画梅。杨纵笔扫圈，顷刻盈幅。方芷大喜，竟与订终身约。时文骢党马、阮[2]，为戟门狎客[3]，士林所不齿[4]，闻方芷许事之，大惋惜，即阿香亦窃笑。定情之夕，方芷正色而前曰[5]："君知妾委身之意乎？"杨曰："不知。"方芷曰："妾前见君画梅，花瓣尽作妩媚态，而老干横枝，时露劲骨。知君脂韦随俗[6]，而骨气尚存。妾欲佐君大节，以全末路，故奁具中带异宝而来[7]，他日好相赠也。"杨漫应之。

【注释】

〔1〕贵筑：今贵州贵阳。杨文骢（1596—1646）：字龙友，贵阳人。万历四十七年（1619）举人，曾任华亭县教谕，青田、江宁、永嘉等知县。博学好古，善画山水，有《洵美堂集》。

〔2〕马、阮：指马士英、阮大铖。马士英（1591—1646）：字瑶草，贵阳人。万历四十七年进士，历官南京户部主事、右佥都御史。明亡后拥立福王朱由崧建立南明王朝，任东阁大学士，结党营私，后为清兵俘杀。阮大铖（1587—1646）：字集之，号圆海、石巢、百子山樵，安徽怀宁人。明万历四十四年进士，依附魏忠贤，打击东林党、复社。南明时官至兵部尚书。南京陷，南逃死于仙霞岭。著有《春灯谜》《燕子笺》《双金榜》《牟尼合》等。

〔3〕戟门：即"棨门"。旧时宫门立戟，唐制三品以上官员亦得于私门立戟，故称贵显之家为戟门。狎客：亲昵接近、常共宴饮冶游的人。此处指杨文骢依附马士英、阮大铖。

〔4〕士林：文人、士大夫。

〔5〕正色：神情严肃庄重。

〔6〕脂韦：圆滑阿谀。脂，油脂；韦，软皮。典出《楚辞·卜居》："将突梯滑稽，如脂如韦，以洁楹乎？"

〔7〕奁具：盛放梳妆用品的器具，也指一种可以开合的镜匣。

无何，国难作[1]，马、阮尽骈首[2]，侯生携李香远窜去。戎马荆棘，万家震恐[3]。方芷出一镂金箱，从容而进曰："妾曩日许君异宝，今可及时而试矣！"杨发之，中贮草绳数围，约二丈许，旁有物莹莹然[4]，则半尺长小匕首也。杨愕然，迟回意未决。方芷厉声曰："男儿留芳贻臭，所争止此一刻，奈何草间偷活[5]，遗儿女子笑哉！"

杨亦慷慨而起，引绳欲自缢。方芷曰："止！止！罪臣何得有冠带？"急去之。杨乃幅巾素服[6]，自系于窗棂间[7]。方芷视其气绝，鼓掌而笑曰："平生志愿，今果酬矣！"引匕首刺喉而死。后李香闻其事，叹曰："方姊，儿女而英雄者也[8]。作事不可测，乃如是耶！"乞侯生为作传，未果。而稗官野乘[9]，亦无有纪其事者。

铎曰：儿女一言，英雄千古。谁谓青楼中无定识哉[10]？咏残棋一着之诗，吾为柳蘼芜惜矣[11]！

【注释】

〔1〕国难：指崇祯十七年（1644）甲申之变，李自成率军攻入北京，崇祯皇帝自缢身亡。

〔2〕骈首：即骈首就戮，意思是一并被杀。

〔3〕万家：指百姓

〔4〕莹莹然：明亮光洁的样子。

〔5〕草间偷活：指不殉国难，苟且偷生。

〔6〕幅巾：用绢束住头发，一种儒雅的装束。

〔7〕窗棂：窗户上雕有花纹的格子。

〔8〕儿女：指女子。

〔9〕稗官野乘：笔记野史。稗官，小说家，这里指小说；野乘，野史。

〔10〕定识：定见，主见。

〔11〕柳蘼芜：即柳如是（1618—1664），又称河东君、蘼芜君，浙江嘉兴人。"秦

淮八艳”之一。为钱谦益侧室,明亡时曾劝说钱谦益一同投水殉国。著有《湖上草》《戊寅草》等。

【评析】

本篇讲方芷与杨文骢为国殉难事。作者给方芷的定位是侠妓,她虽然出身青楼,但有着不俗的侠气,这主要体现在两个方面:一是见识,二是气节,非寻常女子可比。与其形成鲜明对照的是杨文骢,他虽是士人君子,先是与奸佞为伍,后在国难之际犹豫不决,需要一位青楼女子来教其忠义之道,正如陈退庵在《秦淮杂咏》中所写的:“劝郎殉国全忠义,更有当年方芷生。”更不堪的是钱谦益,当柳如是要和他一起殉难时,他退缩了,成为不折不扣的贰臣。关键时刻,人的品格就显露出来了。

獭　祭〔1〕

大江之滨〔2〕,有灵物焉〔3〕,其名曰獭〔4〕。

一日,游于北岸,遇林中之鹯集于磐石〔5〕,相聚而语。鹯曰:“君善捕鱼,我善捕雀,而雀之见我者,往往哓音骇翼〔6〕,电流星散〔7〕,以至十不获一。不知君观鱼濠上〔8〕,能聚族而歼否?”獭曰:“鱼之畏我,犹雀之畏君耳,岂尽恶生乐死,而愿入枯鱼之肆者〔9〕?”鹯曰:“吾闻君驱之使去,复招之使来,操何神术而能若此?”獭曰:“世传我别有一手,如道家役鬼之法者〔10〕,妄也。虎有钩爪,犀有骇角〔11〕,狐有媚珠〔12〕,猱有脆骨〔13〕,皆志怪者所附会〔14〕。造物仁慈,方使予角者去其齿,予翼者两其足〔15〕;肯令我辈添牙益爪,穷两间之物类乎哉?”

【注释】

〔1〕选自沈起凤《谐铎》卷一。

〔2〕大江:这里指长江。

〔3〕灵物:珍奇神异之物。

〔4〕獭：水獭，一种哺乳动物。

〔5〕鹯（zhān）：一种鹞类猛禽。磐石：坚硬的石头。

〔6〕哓（xiāo）音：因为害怕而乱嚷乱叫。

〔7〕电流星散：迅速消散逃离。

〔8〕观鱼濠上：典出《庄子·秋水》："庄子与惠子游于濠梁之上，庄子曰：'倏鱼出游从容，是鱼之乐也。'惠子曰：'子非鱼，安知鱼之乐？'庄子曰：'子非我，安知我不知鱼之乐？'"后以观鱼濠上为逍遥游乐或纵情物外、别有会心的典故。

〔9〕枯鱼之肆：原意指卖干鱼的市场，这里指无法挽回的绝境。典出《庄子·外物》："吾得斗升之水然活耳，君乃言此，曾不如早索我于枯鱼之肆矣。"

〔10〕道家役鬼之法：民间相传道家可以通过符篆遣神役鬼。

〔11〕骇角：凸起的角。

〔12〕狐有媚珠：据凭虚子《狐媚丛谈》记载："旧说狐有媚珠，又曰狐礼北斗而灵善变化。"

〔13〕脆骨：柔软的骨头。

〔14〕志怪者：记载怪异事情的书。

〔15〕两其足：使它们只有两只脚。

鹯曰："然则奈何？"獭曰："我所以驱之复来者，因取之时，未尝过戕其类〔1〕，坐而逸获，若出于不觉也者；彼以为无患而过我〔2〕，于是取之不尽，用之不竭。此欲擒故纵，欲贪故廉之说也〔3〕。"鹯曰："君言是矣，但鸟之狡，有甚于鱼者。鱼性最驯，不过随波逐流而已，鸟之中，如鸠以妇守〔4〕，雁以奴巡〔5〕，杜鹃以倒挂而善防〔6〕，鹦鹉以能言而巧避，他如雀常入幕，燕必处堂，鸽依佛塔之铃〔7〕，乌傍贾船之楫〔8〕，种种机心〔9〕，弋人何篡〔10〕？一时决起于前，不于此时尽掩其群〔11〕，而纵之远逝，不亦悔之晚乎？"獭曰："君之志则大矣！然何如留无尽之藏〔12〕，为他日属餍地乎〔13〕？"

【注释】

〔1〕戕：杀害。

〔2〕无患：没有危险。

〔3〕欲擒故纵，欲贪故廉：为了捉拿，故意先放开；想要贪取，故意先自廉。比喻为了更好地达成目的，需要后退一步。

〔4〕鸠以妇守：雌鸠常守卫巢穴，故称“鸠以妇守”。鸠，鸟名。

〔5〕雁以奴巡：雁群夜宿沙渚时，雁奴在周围专司警戒，遇敌即鸣。

〔6〕杜鹃以倒挂而善防：杜鹃因倒挂善于防备。

〔7〕佛塔：又名浮屠。佛教徒用砖石木料搭建的多层建筑，用来供奉舍利、经卷或法物。

〔8〕乌：乌鸦。

〔9〕机心：巧诈诡变的心，此处指鸟儿自保的技法。

〔10〕弋人何篡：射手面对高飞的鸟儿束手无策。典出扬雄《法言·问明》：“鸿飞冥冥，弋人何篡焉？”

〔11〕尽掩其群：将群族赶尽杀绝。掩，尽。

〔12〕无尽之藏：指事物之取用无穷。

〔13〕属餍：亦作“属厌”，饱足。

言未已，百鸟横空而来。鹯攫得四五头，余皆窜入林中。鹯意不能舍，奋翼逐之。适射生儿潜伺于侧〔1〕，伏机一发〔2〕，鹯先贯项而死〔3〕。

獭哀其愚，设祭于江之北岸，招魂而告之曰：“鸢飞戾天，鱼跃于渊〔4〕。惟我与尔，以杀为田〔5〕。廉则寡取，贪则同捐。何子不惜，赍恨重泉〔6〕。吾今辍业，濯手江边〔7〕。宁枵其腹〔8〕，勿丧其元。贪人败类，自古皆然。凡百君子，请视此鹯。”

铎曰：聚族而歼，鹯则毒矣。而欲贪故廉，獭之阴谋更毒也。乃天独报于鹯，而不报于獭。岂咒鱼入钵，佛门所不禁耶，亦江头忏悔之功也？

【注释】

〔1〕射生儿：猎手。

〔2〕伏机：隐藏起来的弓弩。

〔3〕贯项：穿透脖颈。

〔4〕鸢飞戾天，鱼跃于渊：典出《诗经·大雅·旱麓》。老鹰展翅飞上天，鱼儿跳跃在深渊。形容万物各得其所。

〔5〕以杀为田：杀戮众多。典出李白《战城南》："匈奴以杀戮为耕作，古来唯见白骨黄沙田。"

〔6〕赍恨：抱憾，抱恨。重泉：即九泉。

〔7〕濯手江边：指放弃以前从事的行业或某件事。

〔8〕枵：腹空，饥饿。

【评析】

本篇讲獭祭鹳之事。獭祭鱼是一个流传很广的典故，作者别出心裁，写出了新意，将祭鱼改为祭鹳，作品具有寓言色彩，其中的寓意对现代人仍有启发。到底是要"尽掩其群"还是"欲擒故纵"，獭与鹳各执一词，实践证明獭是正确的。这个道理放在现在，就很容易理解，獭明白可持续发展这个道理。将资源全部耗尽，即便没有猎手的伏击，鹳也会饿死。

嘲吴蒙〔1〕

万人隽，吴之木渎人〔2〕。好购书，不律隃麋〔3〕，日不暇给，手钞卷帙，几于汗牛充栋〔4〕。闻泰山多秦碑汉碣〔5〕，橐笔往游〔6〕。山村歧道，无可问涂〔7〕。忽见竹篱旁茅屋数楹，女子撷花篱下，后随一瞽目妪〔8〕。万趋问之，妪不答。女笑曰："个儿郎煞是腐气〔9〕，何乃问道于盲？"折花推扉而进。

亡何，一叟出曰："何处嘉客，迷道于此？如不遐弃，敝庐尚可容膝〔10〕。"万喜，随之偕入。叟叩所自来。万曰："仆吴中名士，好读天下异书。今欲探奇石洞，以资博考[11]，不意歧路至此！”叟曰：“荒村蓬壁，幸驻名流。自愧乡愚，未堪接教[12]。膝下痴女粗记典、坟[13]，令彼一聆高论，以扩见闻。幸勿见哂。”遂命瞽目妪引女子出，坐叟肩下。

【注释】

〔1〕选自沈起凤《谐铎》卷九。

〔2〕木渎：在今江苏苏州吴中区木渎镇。

〔3〕不律隃（yú）麋（mí）：指用笔墨抄写。不律，《尔雅·释器》：“不律谓之笔。”隃麋，古县名，以产墨著称，后世以“隃麋”借指墨或墨迹。

〔4〕汗牛充栋：书籍存放堆至屋顶，运输时使牛马累得出汗。形容著作或藏书极多。

〔5〕秦碑汉碣：指秦汉时期的碑刻。

〔6〕橐（tuó）笔：旧时书史小吏手持囊橐，簪笔于头，侍立帝王大臣左右，以备随时记事，称作持橐簪笔，简称“橐笔”。后亦以指文士笔墨耕耘。

〔7〕涂：同“途”，道路。

〔8〕瞽目：眼盲。

〔9〕腐气：迂腐古板之气。

〔10〕容膝：本意为地方仅容两膝，形容居室狭小。此处为自谦语。

〔11〕博考：广泛考察。

〔12〕接教：接受教诲，自谦词。

〔13〕典、坟：三坟五典的省称。指各种古代文籍。

万见几上胆瓶中插虞美人一枝[1]，娟丽可爱，笑曰：“此楚霸王帐下香魂也[2]。”女曰：“霸王宜称西楚，不宜但称楚字。先生史学乃如是乎？”万意沮。叟曰：“俗口相沿，何足为怪？”继出《放鹤图》请题。万自矜才博，振笔直书曰：“修尾全窥黑。”女急止之曰：“先生又误矣！鹤尾无黑色，所谓黑者，乃两翼收敛处耳。先生但见立鹤，未见飞鹤耶？”万益惭。叟曰：“小女儿殊不省事。《鹤鸣》首章注义如此[3]，岂得为先生咎[4]？”万乃笑曰：“我辈读书，依注讲释，何能涉猎虫鱼，反蹈荒经之弊。仆所以负博雅名者，以胸中实有此万卷书也！”

【注释】

〔1〕胆瓶：一种颈长腹大形如悬胆的花瓶。虞美人：一种一年生的罂粟科植物。

〔2〕楚霸王帐下香魂：此处以虞美人花喻西楚霸王项羽爱姬虞姬。

〔3〕《鹤鸣》：《诗经·小雅》篇名。

〔4〕咎：过失，错误。

谈论间，一总角儿携书包入[1]。叟曰：“此予少子，甫四龄矣。稍识《大学》句读[2]，乞先生教之。”万为讲《大学》首节，甫诵一过，瞽目妪拍手大笑。叟叱之曰：“老婢发狂矣！拍掌噪呼，是何景象？”妪曰：“我盲于视，而不盲于听。今闻开头一行，别字已五六矣[3]。不知胸中万卷书，别字有几千百万许！”叟曰：“何谓别字？”妪曰：“论中州音韵[4]，《大学》‘大’字读如岱，‘道’字上音，三在字皆作上，善字亦非去声[5]。今大字不知作何音，四上声皆作去读，岂非可笑？”叟曰：“先生吴人，未免土音是操[6]。不然，世有博学名儒，《大学》第一行，连读尔许别字者哉[7]？”

【注释】

〔1〕总角儿：小孩，幼童。旧时儿童束发为两结，向上分开，形状如角，故称。

〔2〕《大学》：《礼记》篇名。至宋时与《中庸》《论语》《孟子》合称为“四书”。句读：文章休止停顿处。

〔3〕别字：误读、误写的字。

〔4〕中州音韵：泛指中原地区汉字发音的声、韵、调。

〔5〕去声：古汉语字调有平声、上声、去声、入声四声。

〔6〕土音：地方口音，方言。

〔7〕尔许：如许，如此。

万汗颜无地[1]，急起告别。叟曰："若辈狂言，都非定论，仆有刍荛[2]，尚祈鉴纳。"万拱立请教。叟曰："爱博者多疏，嗜奇者无益。自今以后，但取五经、《论》、《孟》[3]，归读十年，不必跋涉长途，求秦碑汉碣也。"万唯唯而退[4]。自此潜心实学，不复作钞书胥矣[5]。

铎曰：赵韩王治天下，只消半部《论语》[6]。则邺侯架上，牙签万轴[7]，尽可作废纸矣。然传癖、书痴[8]，率以多藏夸富，特恐陆厨、许笥[9]，都被识别字秀才败坏耳！

【注释】

〔1〕汗颜无地：因羞愧而汗发于颜面，无地自容。

〔2〕刍（chú）荛（ráo）：浅陋的见解。自谦词。

〔3〕五经：指《诗》《书》《易》《礼》《春秋》五部儒家经典。《论》：即《论语》。《孟》：即《孟子》。

〔4〕唯唯而退：恭敬地应答着退下。

〔5〕钞书胥：指抄袭陈言，不能自出新意之人。

〔6〕赵韩王治天下，只消半部《论语》：典出罗大经《鹤林玉露》。宋初宰相赵普，人言所读仅只《论语》而已。太宗赵匡义因此问他。他说："臣平生所知，诚不出此，昔以其半辅太祖定天下，今欲以其半辅陛下致太平。"赵韩王即赵普（921—991）。

〔7〕邺侯架上，牙签万轴：据《邺侯家传》记载，李泌父子藏书二万余卷，但披览者寥寥。韩愈在《送诸葛觉往随州读书》中写道："邺侯家多书，插架三万轴。一一悬牙签，新若手未触。"邺侯：即李泌（722—789），因功封为邺侯。牙签：旧时人系于书函上作为标志，以便翻检的牙制签牌。

〔8〕传癖、书痴：此处泛指天下嗜书如狂但不求甚解的读书人。传癖：典出《世说新语》注引《裴子语林》："武帝问杜预曰：'卿有何癖？'对曰：'臣有《左传》癖。'"书痴：典出《新唐书·窦威传》："家世贵，子弟皆喜武力，独威尚文，诸兄诋为书痴。"

〔9〕陆厨、许笥：泛指读书多但不能应用之人。陆厨，典出《南齐书·陆澄传》："当世称为硕学，读《易》三年，不解文义，欲撰《宋书》竟不成。王俭戏之曰：'陆

公，书厨也。'" 许笥，汉代人许伯，因其广集诗书，故有 "五经笥" 之称。

【评析】

本篇讲万人隽被嘲讽事。作品题目《嘲吴蒙》，所谓吴蒙，即吴下阿蒙，典出《三国志·吴书·吕蒙传》裴松之注引《江表传》："吾谓大弟但有武略耳，至于今者，学识英博，非复吴下阿蒙。" 后用以讥讽缺少学识、文才者。这位万人隽读了几本书就膨胀了，大言不惭地自称 "吴中名士"，结果被农家老小狠狠嘲弄了一番。他的问题不仅在膨胀，而且还没有见识，只是掉书袋而已。好在他知错就改，潜心实学，不再当抄书匠。读书的目的是什么，该如何读书，古人在思考这个问题，现代人同样应该思考。

狐　媚〔1〕

平阳范氏废园〔2〕，故多狐。有宁生者，性狷介〔3〕，日淫于书〔4〕。因暑月懊闷〔5〕，假园亭以憩，友劝阻之。宁笑曰："是何伤？狐所挟以媚人者二：贪淫者，媚以色；贪财者，媚以金。我两无所好，惟好架上书。媚术虽工，遇我亦不售矣〔6〕。" 友漫应而去。

【注释】

〔1〕选自沈起凤《谐铎》卷一。

〔2〕平阳：在今山西临汾。

〔3〕狷介：正直孤傲。

〔4〕日淫于书：日日沉浸在书海中。

〔5〕懊闷：懊恼烦闷。

〔6〕不售：失败。

饭后，卧北窗下，见女子从屏后出。宁心知其狐，假寐以伺〔1〕。女指架上书，龈然曰〔2〕："名教中自有乐地〔3〕。是儿独学寡闻，将为勤学死。"

宁起叱曰："骚野狐！曳尾遁耳，敢妄言！"女亦叱曰："田舍奴[4]！我岂妄哉？汝果读书明理，当知我家祖德宗功，何敢妄为讥议？"宁曰："凭城作祟[5]，假虎树威，汝辈长技耳。祖德宗功安在哉？"女曰："汝日读书，而不知大禹娶涂山之事乎[6]？绥绥庞庞，昌都成室[7]，是祖德也。有商之季，移家西海。适文王遭羑里之囚[8]，散宜生访先人于敝庐[9]，脱青翰以解之。赫赫宗功，垂诸史册，子何未之深考？"宁曰："是诚有之。但汝辈篝灯弄谲，卧榻宣淫，终非善类。"女曰："死则正邱[10]，大圣犹羡其仁；穴则知雨，汉儒尚钦其智。况有形九尾，德至乃来[11]，《山海》名经，言之凿凿。汝诚读书而未得其解耳！"

宁凝想久之，肃然致敬曰："始吾以汝等为不足齿之伧[12]，今闻高论，愿为书友。"女笑诺之。晨涂暝写，日共校仇[13]。

【注释】

〔1〕假寐：装睡。

〔2〕冁（chǎn）然：开怀而笑。

〔3〕名教中自有乐地：典出《世说新语》："王平子、胡毋彦国诸人，皆以任放为达，或有裸体者。乐广笑曰：'名教中自有乐地，何为乃尔也！'"名教：指以定名分为中心的儒家传统礼教。乐地：快乐境地。

〔4〕田舍奴：犹言乡巴佬。含有鄙其无知之意。

〔5〕作祟：鬼怪妖物为祸害人

〔6〕大禹娶涂山之事：典出《尚书·皋陶谟》记："（禹）娶于涂山。辛壬癸甲。启呱呱而泣。予弗子。惟荒度土功。"

〔7〕绥绥庞庞，昌都成室：绥绥庞庞，形容大禹与涂山在一起的样子。绥绥，相随的样子。庞庞，强壮、结实的样子。昌，兴盛、繁荣。成，建立、建成。典出东汉赵晔《吴越春秋·越王无馀外传》："禹三十未娶，行到涂山，恐时之暮，失其度制，乃辞云：'吾娶也，必有应矣。'乃有白狐九尾造于禹。禹曰：'白者，吾之服也。其九尾者，王之证也。涂山之歌曰："绥绥白狐，九尾痝痝。我家嘉夷，来宾为王。成家成室，我造彼昌。天人之际，于兹则行。"明矣哉！'禹因娶涂山，谓之女娇。取辛壬癸

甲，禹行。十月，女娇生子启。启生不见父，昼夕呱呱啼泣。”

〔8〕羑里之囚：传说中周文王被殷纣王囚于羑里。

〔9〕散宜生：西周开国功臣，文王四友之一，与姜尚、太颠等同救西伯姬昌。

〔10〕死则正邱：典出屈原《九章·涉江》：“鸟飞反故乡兮，狐死必首丘。”邱，同“丘”，高大的坟墓。

〔11〕有形九尾，德至乃来：典出《山海经》：“有青丘之国，有狐，九尾，德至乃来。”

〔12〕不足齿之伧：典出《晋书·王羲之传》。伧，粗野，鄙陋。

〔13〕校仇：亦作“校雠”。一人独校为校，二人对校为雠。意思是考订书籍，纠正讹误。

偶坐荷亭点《周易》，女忽问曰：“有天地一章作何解？”宁曰：“上言‘离’者，‘丽’也，丽则男女交感，宜受之以‘咸’。而‘咸’不可言受，故复从天地说到夫妇之道，而受之以‘恒’。”女笑曰：“然则男女交感，圣人所讳言乎？”宁曰：“然！”女曰：“男女构精，万物化生，又何说也？”

言毕，星眸斜睇[1]，杏靥微红[2]。宁魂摇志夺，应声而答曰：“卿有意乎？请卜诸《易》。”女随手占得“未济”。宁曰：“‘未济’征凶，事不谐矣。”女曰：“小狐濡尾[3]，虽不当位，刚柔应也，何害？”宁惑之，自此遂同寝处。

【注释】

〔1〕斜睇：斜着眼看。

〔2〕杏靥：形容美丽的容貌。

〔3〕小狐濡尾：语出《易·未济》：“小狐汔济，濡其尾，无攸利。”孔颖达疏：“小才不能济难事，同小狐虽难渡水而无余力，必须水汔方可涉川；未及登岸而濡其尾，济不免濡，岂有所利？”

不半月，神疲气殆，渐不可支。友过而诘之，宁百方自讳[1]。入夜女来,宁以病告。女曰:“君著书辛苦,故日就羸瘠[2]。文园善病[3],安知不因《封禅》一书?不然,茂陵姬且未聘,何由得消渴疾哉?”宁深以为然。遂摈弃丹铅[4],日与女团坐一室。

又匝月,病体益深,沉绵床褥。友复过之,宁渐吐其实。友叹曰:“君中媚人之上策矣!以色媚人者,色衰则爱弛;以金媚人者,金尽则交绝。惟阳窃君子之行,阴播小人之谲,择所好而投之。媚之术愈变,而媚之毒愈长矣!”宁瞿然悔悟[5]。友急唤舆人,星夜舁归于家[6],女亦遂绝。越半载,宁病瘵死[7]。遗书散佚,后不可考。

铎曰:此朱门上客一面照心镜也。打破天下人多少衣钵,亦是我辈大罪过处。

【注释】

〔1〕自讳:隐讳不说,掩饰事实。

〔2〕羸(léi)瘠(jí):瘦弱。

〔3〕文园:汉文帝的墓所。这里指汉朝司马相如。司马相如曾任文园令,后来常用文园指称司马相如。司马相如患消渴病,故云“文园善病”。

〔4〕丹铅:指校勘书籍用的朱砂和铅粉。这里指校订之事。

〔5〕瞿然:惊惶的样子。

〔6〕舁(yú)归于家:用轿子抬回家。

〔7〕瘵(zhài):疾病。

【评析】

本篇讲宁生因狐媚而亡事。宁生仗着自己不贪财、不好色,以为能抗拒狐媚,但最终还是逃不过,并因此亡命。显然,他把事情想简单了,要知道在财色之外,人还可以受到其他诱惑,正如作品中所说的“择其所好而投之”,那位狐精正是利用了这一点。宁生读书多,喜欢掉书袋,她就引经据典,果然博得宁生的欢心,宁生不知不觉就上了当。作者对人性的体察很深刻,读者可以从中得到启发。

苏　三[1]

刘生名伟，字琬如，己酉应试白门[2]，寓丁家水阁。先是，晋陵某公子[3]，费千金定花案[4]。曲中诸妓[5]，有文状元、文探花之名。文探花者，随母姓苏氏，字绣英，以其行三，群呼为小三云。慕刘生名，乞同邑查君为介[6]，愿邀一顾。刘笑曰："琴心粉葬[7]，葛嫩香埋[8]，一片秦淮，久已鞠为茂草[9]，安有板桥旧艳，能歌《白练裙》者[10]？"查怂恿再三，要遮而去[11]。

【注释】

〔1〕选自沈起凤《谐铎》卷六。

〔2〕应试：应考，此处指参加科举考试。白门：六朝皆都建康，其正南门为宣阳门，俗称白门，后作为南京的别称。

〔3〕晋陵：今江苏常州。

〔4〕定花案：评定妓女优劣的名次。

〔5〕曲中：妓坊的通称。余怀《板桥杂记·雅游》："旧院人称曲中。前门对武定桥，后门在钞库街，妓家鳞次，比屋而居。"

〔6〕同邑：同乡，同县。

〔7〕琴心：即顿文，字琴心，为明末清初金陵名妓。

〔8〕葛嫩：字蕊芳，为明末清初金陵名妓，死于明清之际的战乱。

〔9〕鞠为茂草：杂草塞道。形容衰败荒芜的景象。鞠，同"鞫"。

〔10〕《白练裙》：戏曲名。明郑之文为马湘兰作。钱谦益《长干行寄南城郑应尼》诗："游人尚酹湘兰墓，子弟争翻《白练歌》。"自注："应尼少游长干，为名妓马湘兰作《白练裙》杂剧，至今流传曲中。"

〔11〕要遮：邀请。

行未数武[1]，值旧识黄生强邀过寓。甫登堂，见一姬，两鬟堆茉莉如雪，着蝉翼衫[2]，左右袒露，红墙一抹；下曳冰绡裤[3]，白足拖八寸计蝴蝶履。见客来,不甚酬接,摩两臂金条脱铮然作响[4]。刘厌薄之。黄曰:“君勿白眼觑,此秦淮文状元某姬也。”刘笑曰:“状元声价,果是不凡。然君司空见惯,仆不能向石榴裙底攀高谒贵[5]。”

匆匆告别,急欲回寓。查曰:“未到桃源,何言返棹[6]?”刘愤然曰:“状元若此,探花可知。吾宁识英雄于孙山之外[7],不敢向及第花下抡才矣[8]!”拂袖竟归。

查述诸小三,俯首不语。既而叹曰:“前明复社诸君中周延儒榜进士[9],比诸佛头着粪[10]。儿不幸与若辈联名,宜为英流唾弃也!”抚床一恸,潸潸泪下[11]。查劝慰,乃止。

【注释】

〔1〕行未数武:没走多远。

〔2〕蝉翼衫:薄如蝉翼的轻衫。

〔3〕冰绡:薄而洁白的丝绸。

〔4〕金条脱:一种金做的臂饰。呈螺旋形,上下两头左右可活动,以便紧松。

〔5〕石榴裙:朱红色的裙子。亦泛指女性的裙子。

〔6〕桃源:即桃花源。返棹:掉头返回。

〔7〕孙山:考末名的代称。典出范公偁《过庭录》:“吴人孙山,滑稽才子也。赴举他郡,乡人托以子偕往。乡人子失意,山缀榜末。先归,乡人问其子得失。山曰:‘解名尽处是孙山,贤郎更在孙山外。’”

〔8〕抡才:亦作“抡材”。选拔人才。

〔9〕周延儒(1593—1643):字玉绳,号挹斋,宜兴人。万历四十一年(1613)状元,官至内阁首辅。著有《周挹斋稿》《片野堂诗》等。

〔10〕佛头着粪:本意为佛像上着了鸟雀粪便。比喻好东西上添上不好的东西,把好东西糟蹋了。

〔11〕潸潸:泪流不止的样子。

后生试毕,偕查旋里[1],买棹武定桥东[2]。见一姬病容愁态,临流倚槛，而衫痕黛影，湖水皆香。刘数目之，顾查笑曰：“何处惊鸿[3]，翩来洛浦[4]？”查曰：“是即予所荐之文探花也。”刘大悔曰：“因艾弃兰[5]，恶鸦黜凤，吾知罪矣！”急维舟过访，并谢前愆[6]。小三曰：“君子观人，必因其类；通人持论，不徇于名。但得终邀青眼[7]，亦何恨相见之晚耶？”

刘大喜。小三张筵款之。酒三行，刘避席而起曰：“仆固钟于情者，但狭邪之游[8]，生平未习，今日欢筵，已同祖帐[9]。请留数语，以当雪泥鸿爪[10]。”小三覆素巾案上。刘援笔题《水调歌头》一阕，曰：

【注释】

〔1〕旋里：返回故里。

〔2〕买棹：即雇船。武定桥：在今江苏南京秦淮区长乐路中段，地处夫子庙秦淮风光带。始建于南宋淳熙年间。

〔3〕惊鸿：体态轻盈的女子。

〔4〕洛浦：洛水之滨。典出张衡《思玄赋》：“载太华之玉女兮，召洛浦之宓妃。”

〔5〕因艾弃兰：比喻因不喜欢坏的甚至放弃了好的。下一句的“恶鸦黜凤”也是这个意思。艾即艾草、杂草，兰即兰草、芳草。

〔6〕前愆：之前的过失。

〔7〕青眼：指喜爱、器重。

〔8〕狭邪之游：指流连妓院，沉湎声色。

〔9〕祖帐：道旁设帐饯行。这里指送行的酒筵。

〔10〕雪泥鸿爪：本意为飞鸿在雪地上偶然留下的爪印，后指往事遗留的痕迹。典出苏轼《和子由渑池怀旧》：“人生到处知何似？应似飞鸿踏雪泥。泥上偶然留指爪，鸿飞那复计东西？”

敲断燕钗股，锦瑟不须弹[1]。喁喁儿女恩怨[2]，说向镜中鸾。侬是修文种子，卿是修眉仙史，同押紫宸班[3]。小谪三千岁，来往只人间。　兰槛外，苔砌畔，露华寒。女郎花放，一树莫近玉阑干。

昨日青州买醉，今日青楼买笑，明日买青山。偕隐共卿赋，双凤月中还。

题毕，榜人竟催解缆[4]，与查登舟而去。白下诸名士传为美谈[5]，至有作长歌以纪者。自此探花之名大著，而所谓文状元者，门前冷落车马稀矣[6]。

铎曰：才出墨池，便登雪岭，世途月旦[7]，都自善和坊里学来[8]。固知名下观人，必合九州铁铸成错字。若刘生者，可谓能得士矣！

【注释】

〔1〕锦瑟：装饰华美的瑟。

〔2〕喁（yú）喁：低语声。

〔3〕紫宸：指宫殿。

〔4〕解缆：解去系船的缆绳，即开船。

〔5〕白下：今江苏南京。

〔6〕门前冷落车马稀：典出白居易《琵琶行》“门前冷落鞍马稀”。

〔7〕月旦：即月旦评，品评人物。

〔8〕善和坊：妓院名。后泛指士人冶游赋诗之地。

【评析】

本篇讲刘生邂逅苏三事。作品中所说的“定花案”是明清时期盛行于士大夫间的一种品妓游戏。他们模仿科举取士制度，将妓女排列名次，分出高下。一旦中榜，身价倍增。刘生见到了其中的“文状元”，感觉俗不可耐，因而不愿再见被评为“文探花”的苏三，险些错过一段美好的邂逅。“君子观人，必因其类；通人持论，不苟于名。”作者由品妓推及识人，意在借此提醒读者，要摒弃以偏概全的名下观人之行。

青衣捕盗[1]

粤东某公[2]，为河南臬宪[3]。有聂姓者，以人命诬服，公昭雪之[4]，献女书儿为婢。公鉴其诚,纳之。公夫人御下严[5],箕帚而外,课以针指[6]。书儿不能学,日加鞭挞,俯首顺受而已。

后公以罣误[7],解组归[8]。时枣树林有盗,首曰赛张青刘标,善用流星弹,一发五丸,无不奇中;次曰铁拐子朱健,善用一铁拐,曾击真武殿前石鼓,碎若粉。横行绿林[9],捕盗者不敢正眼觑[10]。公稔之[11],戒备而行。

【注释】

〔1〕选自沈起凤《谐铎》卷十一。

〔2〕粤东:广东。

〔3〕臬(niè)宪:按察使的敬称。

〔4〕昭雪:洗雪冤屈,恢复名誉。

〔5〕御下:指对待婢妾。

〔6〕针指:缝纫、刺绣等针线活。

〔7〕罣(guà)误:因过失或受牵连而被处分。

〔8〕解组:解下官印,辞官卸任。组,旧时官印上系结的丝绳。

〔9〕绿林:原为山名,在湖北当阳东北。西汉末年,王匡、王凤等在此起义。后泛指结伙聚集山林之间反抗政府或抢劫财物的有组织集团。

〔10〕觑:窥看。

〔11〕稔:熟悉,知晓。

时已薄暮[1],闻林中鸣镝声[2],公股栗,夫人色如土,侍从仆御无不色变。书儿从容进曰:“幺么鼠辈[3],何敢犯大人驾!如渠不欲生[4],婢子手戮之可也。”乞公前骑,徒手而去,叱盗曰:“贼狗奴!识得河南聂书儿否?”盗笑曰:“我辈但要得钱儿钞儿,书儿何所用哉?”书儿怒曰:“若辈死期至矣,敢戏言!”盗亦怒,骤发一弹,书儿右手启两指接之。又一弹,接以左手。第三弹至,以口笑逆之,噙以齿。盗惊,又发一弹,书儿仰卧马背,以双莲瓣戏夹其丸[5]。第五弹至,书儿即发脚下丸抵之，铿然有声，去三十步远，腾身而起，吐口中丸大笑曰："贼奴技止此耶？"

一盗舞铁拐而前，书儿手夺之，曲作三四，盘揉若软绵，掷诸地，笑曰："而娘灶下棒，亦持来恐吓人，大可笑也！"两盗失色。书儿即出其手中丸左右弹，两盗尽毙，群盗罗拜马前乞命〔6〕。书儿曰："汝等何足污我手？"喝令去。

【注释】

〔1〕薄暮：傍晚。

〔2〕鸣镝：即响箭，多用于发号施令。

〔3〕幺（yāo）么（mǒ）：微不足道的。

〔4〕渠：他们。

〔5〕莲瓣：缠得很小的脚。此处泛指脚。

〔6〕罗拜：围绕着下拜。

从容回骑，禀白于公曰："托大人福庇，幸不辱命。"公及夫人皆异之，继而问曰："汝具此妙技，何不能拈一针？"书儿曰："长枪大剑，婢子年十一二时，搏弄惯矣！一针入手，不知作何物，是以不能学耳。"又问："鞭挞时，何便俯首受？"曰："老父命婢子来报公大德，小有迕犯〔1〕，是报怨也，婢子何敢。"于是夫人亦喜。归家后，劝公纳为侧室。生子某，后为滇南县令，往往躬率吏役〔2〕，入山捕盗，大有母风焉。

铎曰：吾向读《冯煖传》〔3〕，而叹当日无薛债之役〔4〕，"客无能"一语，至今几成铁案。英雄寄人篱下，毕生无可插脚，恐为厮养辈下眼觑耳！书儿遇盗，其厚幸乎，有疑口逆齿噙之说，为过神其技者，然不闻《列子》之言乎？飞卫学射于甘蝇〔5〕，诸法并善，惟啮法不教。卫密持矢以射蝇，蝇啮得镞矢还射〔6〕，卫绕树而走。则书儿此技，夫有所受之也。牛羊之眼〔7〕，相儿女子犹失之，况相天下士哉？

【注释】

〔1〕迕犯：冒犯。

〔2〕躬率：亲自率领。

〔3〕冯煖：一作冯谖。战国时齐国人，孟尝君食客。曾因食无鱼、出无车、无以为家三次倚柱弹剑而歌，孟尝君皆允其所求。

〔4〕薛债：冯煖曾为孟尝君收债于薛（今山东滕州东南），“窃矫君命，以责赐诸民，因烧其券，民称万岁”，成功为孟尝君招揽民心。

〔5〕飞卫、甘蝇：传说中旧时善射者。

〔6〕镞矢：锋利的小箭。

〔7〕牛羊之眼：佛教词语，比喻见识低劣。

【评析】

本篇讲聂书儿侠义事。作者很善于讲故事，先抑后扬。书儿起初给人的印象是有些笨拙，身为婢女却不善女红，为此经常受到惩戒。出人意料的是，在危难之时她竟然身怀绝技，很轻松地解决了盗贼问题。武功高强但应付不了女红，有侠义之风却甘受主母的惩罚，这就是书儿的特别之处。作者在篇末感叹，遇盗对书儿来说是一件幸事，否则一身武艺无从发挥，一生屈为粗使婢女，历史上因“牛羊之眼”而“寄人篱下，毕生无可插脚”的悲剧英雄还少吗？

贫儿学谄〔1〕

嘉靖间〔2〕，冢宰严公〔3〕，擅作威福〔4〕。夜坐内厅〔5〕，假儿义子，纷来投谒〔6〕。公命之入，俱膝行而进〔7〕。进则崩角在地〔8〕，甘言谀词〔9〕，争妍献媚。公意自得，曰：“某侍郎缺〔10〕，某补之；某给谏缺〔11〕，某补之。”众又叩首谢。起则左趋右承〔12〕，千态并作。

【注释】

〔1〕选自沈起凤《谐铎》卷十二。

〔2〕嘉靖：明世宗朱厚熜年号（1522—1566）。

〔3〕冢宰：职官名。指吏部尚书。严公：此处当指严嵩（1480—1567），字惟中，号介溪。弘治十八年（1505）进士，官至内阁首辅。当政期间谄媚君主，结党营私，排除异己。

〔4〕擅作威福：原指统治者的赏罚之权，后多指当权者妄自尊大，恃势弄权。

〔5〕内厅：会客、宴饮的厅堂。

〔6〕投谒：投递名帖求见、拜访。

〔7〕膝行：跪地用膝盖前行，恭敬的样子。

〔8〕崩角在地：在地上叩首。典出《孟子·尽心下》："王曰：'无畏，宁尔也，非敌百姓也。'若崩厥角稽首。"

〔9〕甘言：甜美悦耳的话。谀词：讨好谄媚的言辞。

〔10〕侍郎：职官名。与尚书同为各部堂官。

〔11〕给谏：职官名，即给事中。

〔12〕左趋右承：趋附适逢，左右迎合。

少间，檐瓦窣窣有声[1]。群喧逐之，一人失足堕地。烛之[2]，鹑衣百结[3]，痴立无语[4]。公疑是贼，命执付有司[5]。其人跪而前曰："小人非贼，乃丐耳！"公曰："汝既为丐，何得来此？"丐曰："小人有隐衷[6]，倘蒙见宥[7]，愿禀白一言而死[8]。"

公许自陈。曰："小人张禄，郑州人，同为丐者，名钱秃子。春间商贾云集，钱秃所到，人辄恤以钱米。小人虽有所得，终不及钱，问其故，钱曰：'我辈为丐，有媚骨[9]，有佞舌[10]。汝不中窾要[11]，所得能望我耶？'求指授，钱坚不许。因思相公门下，乞怜昏夜者，其媚骨佞舌，当什倍于钱[12]。是以涉远而来，伏而听，隙而窥者，已三月矣！今揣摩粗就[13]，不幸踪迹败露。愿假鸿恩，及于宽典。"

公愕然，继而顾众笑曰："丐亦有道。汝等之媚骨佞舌，真若辈之师也！"众唯唯。因宥其罪，命众引丐去，朝夕轮授。不逾年，学成而归。由是张禄之丐，高出钱秃子上云。

铎曰：张禄师严冢宰门下，若严宰门下又何师？曰：“师严宰。”前明一部百官公卿表，即乞儿渊源录也。异哉张禄，乃又衍一支〔14〕。

【注释】

〔1〕窣窣有声：形容有细小的声音动静。

〔2〕烛：照亮。

〔3〕鹑衣百结：衣衫破旧，补缀了多次。

〔4〕痴立：呆呆地站着。

〔5〕有司：官吏。

〔6〕隐衷：不愿告人的苦衷。

〔7〕见宥：原谅。

〔8〕禀白：禀报，告知。

〔9〕媚骨：阿谀奉承的品格。

〔10〕佞舌：谄媚而善于言辞的口才。

〔11〕窾（kuǎn）要：要害，问题的关键。

〔12〕什倍：即十倍。

〔13〕揣摩：探索，研究。

〔14〕衍：散衍，发展。

【评析】

本篇讲贫儿学谄媚事。这是一篇讽刺小说，层层递进，写得摇曳多姿。严公门人争相谄媚，甘言谀词滔滔不绝，令人叹为观止，这是第一层；故事发生突转，乞丐张禄从屋檐坠落，表明目的是为了偷听谄媚绝技，乞讨到更多钱财，因为“相公门下，乞怜昏夜者，其媚骨佞舌，当什倍于钱”，这是第二层；更神奇的是，严公听闻乞丐所言，不以为耻，反而夸赞其门人“汝等之媚骨佞舌，真若辈之师也”，让大家教贫儿学习谄媚，这是第三层。作者最后点破“前明一部百官公卿表，即乞儿渊源录也”，寓庄于谐，令人忍俊不禁之余，也领会到很多东西。

《六合内外琐言》

屠　绅

屠绅(1744—1801),字贤书,一字笏岩,号磊砢山人、黍馀裔孙、竹勿山石道人,江阴人。乾隆二十八年(1763)进士,历任云南师宗县令、甸州知州、广州通判。著有《六合内外琐言》《蟫史》《笏岩诗钞》《鹗亭诗话》等。

《六合内外琐言》,原名《琐蛣杂记》,二十卷,一百六十五篇。所记多神怪之事,讽喻时事,时见愤世之情。

猱　飞[1]

武大智,曹国人[2]。幼憨跳好弄[3],能以指弹物。取泥丸如豆,弹扉间兽环[4],十步外可命中。痴蝇集于墙者[5],久亦能击之。乃习投石之技,曰:"事不师承,意匠独造[6]。山骨固非利镞[7],人来袭者,举手亦可以遑。何必伏弩而射,始为武备哉。"

乃积石小于拳者,四面悬鹄[8],投之皆穿。或讥其嬉戏[9],大智云:"吾所为学也,公等幸而仕进,两手如死匏[10],草泽一佣[11],引麻线缚君耳。吾精于此技,他日为儒吏增色也[12]。"

【注释】

〔1〕选自屠绅《六合内外琐言》卷十六。

〔2〕曹国:周代诸侯国,疆域在今山东西南部。

〔3〕憨跳:顽皮。好弄:爱好游戏。

〔4〕扉间兽环:门上的兽形环扣。兽环,一种兽头形衔着的门环,多用铜制。

〔5〕痴蝇:秋蝇。

〔6〕意匠独造：构思、布局有自己独到的思考与风格。

〔7〕山骨：山中的石头。

〔8〕鹄：此处指靶子。

〔9〕嬉戏：嬉闹玩耍

〔10〕死匏（páo）：死葫芦，形容僵硬呆滞。匏，葫芦。

〔11〕草泽：低洼积水野草丛生之处。亦指荒郊。

〔12〕懦吏：胆小软弱的官吏。

既壮，成进士，筮仕秦中令〔1〕。地多回人为劫，虎姓兄弟三害，流毒邑中〔2〕，莫之能弋〔3〕。武君募两健儿自随，登妓楼。遇虎大，裹石碎其鼻，束之归。又侦营卒舍，见虎氏昆季与数人博〔4〕，排闼乘之〔5〕，石击虎二脑，仆地死。虎三跃起，踝中石，亦被获。归而置狱，虎兄弟皆以淫杀伏辜〔6〕。

又讯一偷儿，短小能炼骨〔7〕，杖一百，而神气洒如〔8〕。武君奇之，释其囚，充捕贼使。其人善腾掷〔9〕，持短棒，倚城下，超上敌楼〔10〕，寻还故处〔11〕，人棒闲暇，名之曰“猱飞”〔12〕。武君教之手技，亦善学，特非其长。

【注释】

〔1〕筮仕：刚做官。旧时将做官时先占卜问吉凶，后称刚做官为“筮仕”。

〔2〕流毒：毒害流传。

〔3〕莫之能弋：没人能抓住他们。

〔4〕昆季：兄弟。长为昆，幼为季。

〔5〕排闼：推开门。

〔6〕淫杀：滥杀无辜。

〔7〕炼骨：修炼肌骨，身形轻盈。

〔8〕洒如：潇洒飘逸的样子。

〔9〕腾掷：向上飞起，跳动。

〔10〕超：跳跃，跳上。敌楼：城墙上御敌的城楼。也叫谯楼。

〔11〕寻：顷刻，不久。

〔12〕猱：古书中记载的一种猴，身体便捷，善攀援。

时有丐僧[1]，集徒于古刹，网罗村姬，闻者发竖[2]。猱飞进谋曰："髡贼恶盈其贯[3]，愿率诸部讨之。闻多从少林寺来者[4]，若斗力，恐难骤胜。请令诸捕，鼓噪攻其后[5]，而使君当其前，彼必谓鸣琴者易与也[6]，而马上手弹之，伏起擒数人，则余党溃矣。"武君用其计。

及期，悬革囊贮石[7]，乘马临刹前。僧徒果突而出，武君策马为逸状[8]。一僧曳马尾，径捽马上人[9]。武君探一石，裂其眦，颠于地[10]。两僧左右翼进，武君盘马忽回，探两石，一着耳，一折胁，皆倒。僧徒蜂至，而猱飞率两健儿出丛薄间[11]，共缚三僧，以当凶锋。诸捕从后出者，遂合围焉。僧徒大惊，泥首乞命[12]。爰尽俘以归，置之法。由是秦中剧盗为之语曰："冰逢火炭，人逢武君石弹。"

【注释】

〔1〕丐僧：以乞讨为生的僧人。

〔2〕发竖：头发直竖，形容愤怒到了极点。

〔3〕髡(kūn)贼：对和尚的詈语。

〔4〕少林寺：在今河南郑州登封嵩山五乳峰下。始建于北魏太和十九年(495)。

〔5〕鼓噪：鸣鼓喧哗，热闹的样子。

〔6〕鸣琴者：指不尚刑罚、无为而治的地方官。后用"鸣琴而治"称颂地方官政简刑轻的政绩。这里指武大智。

〔7〕革囊：皮革做的袋子。

〔8〕逸状：逃跑的样子。

〔9〕捽(zuó)：揪，抓。

〔10〕颠：跌落。

〔11〕丛薄：草木丛生之处。

〔12〕泥首：叩首至地而泥污额头。引申为服罪。

后武君以事至邻县,中夜有贼越狱走。其令求援,武君携猱飞,疾行荒谷中,落日无烟火,闻老妪呼鸡声,四顾皆丛棘也。猱飞曰:“山居而径过深者,非高人,即匪徒耳。请察之。”缘树行,见一家村[1],楼窗不启,还告武君。君喜曰:“囚在楼内。”急捕而得。盖囚方掩窗而剪其蓬发[2],诚如武君之见。

【注释】

〔1〕家村:农家。

〔2〕蓬发:蓬松、散乱的头发。

【评析】

本篇讲武大智与猱飞擒盗事。作品先从武大智写起,写其少年时好玩,练成弹石绝技。虽然不被周围的人看好,但他与前面作品中危害乡邻的周处、秦淮健儿不同,长大后成为维护治安的官员。其后得到猱飞的协助,利用其身手敏捷的优势,如虎添翼,两人的组合,有勇有谋,堪称绝配,遇到盗匪,无往不利。作品写得简洁明快,叙事生动,可读性很强。

长须君长[1]

甓社湖中[2],旱岁无食。渔者沈翁,有子阿宝,年十二矣。翁与其妻谋,标阿宝于市而鬻之。有滕县奸屠二人[3],将市为息[4],议直半万钱。沈翁喜,谓可支两月食,泣谓阿宝云:“汝得饱,吾与汝母又得活,盍往乎?”阿宝私告翁曰:“彼面脂而目赤,深毛压颈,如牢豕然[5],殆将醢我矣[6]。翁速归,儿自为计。”屠者携阿宝去,当渡河,阿宝倏然起,跃黄流中。屠仓皇四顾,悔不得肉而已。

阿宝之逝也,瞑目待尽[7],若有人持其手者,命之登岸,顿见风日清丽,衣湿乍轻。视其人,发鬅鬙[8],须过腰下,俯身一跃,殆十丈而遥。偕之入城,崇墉非砖石筑[9],编半竹如篱落焉。游于王宫,千门万户,皆鹿眼墙也[10]。

【注释】

〔1〕选自屠绅《六合内外琐言》卷一。

〔2〕甓(pì)社湖：湖名。在江苏高邮西北。

〔3〕滕县：今山东滕州。

〔4〕市：买。息：儿子。

〔5〕牢豕：圈中的猪。牢，养牲畜的圈。

〔6〕醢(hǎi)：剁成肉酱。

〔7〕瞑目：闭眼。

〔8〕鬅(péng)鬙(sēng)：头发散乱的样子。

〔9〕崇墉：城墙。

〔10〕鹿眼墙：即鹿眼篱，一种竹篱。

顷之，王召阿宝入，拜于墀，阿宝陈舍身状。王恻然曰："伍相之忠[1]，曹娥之孝[2]，中国诚多异人。儿踏波如席，遂能使几上之肉放于江湖，捐躯可谓烈矣。老夫长须君长也。昔驸马都尉[3]，稽首龙廷[4]，延国祚于一线[5]。先君遗命：中国人有浮沉至兹者，必举手援之。况儿之天性过人哉[6]！"阿宝泣而谢曰："父母嗷嗷[7]，儿归亦不能点金聚米也。请就死，勿戚戚耳[8]。"

王哀之，与大臣计。一臣建言曰："国中无粒食，阿宝且何能持粮归？今国中犯法当死者百，其身徒葬鱼腹矣。若遣阿宝衣卫士服，日驱其囚于甓社湖，以馔父母[9]，百日后麦有秋[10]，勿饥死也。"王掀髯曰[11]："快哉！此足以报孝子矣。"

【注释】

〔1〕伍相：即伍子胥(前559—前484)，名员，字子胥，楚国人。因父兄被楚平王杀害，逃至吴国，任大夫。

〔2〕曹娥：东汉时会稽郡上虞(今绍兴)人。其事迹《后汉书·列女传》有载："孝女曹娥者，会稽上虞人也。父盱，能弦歌，为巫祝。汉安二年五月五日，于县江溯涛婆娑迎神，溺死，不得尸骸。娥年十四，乃沿江号哭，昼夜不绝声，旬有七日，遂投江而死。至元嘉元年，县长度尚改葬娥于江南道傍，为立碑焉。"

〔3〕驸马都尉：职官名。西汉武帝始置，皇帝出行时掌副车。

〔4〕龙廷：即朝廷。

〔5〕国祚：国家的福运。

〔6〕天性：天资，禀赋。

〔7〕嗷嗷：即"嗷嗷待哺"，饥饿的意思。

〔8〕戚戚：忧伤的样子。

〔9〕馔：喂养，供养。

〔10〕有秋：即丰收。

〔11〕掀髯：笑时启口张须貌。

是岁，沈翁夫妇，正绝食将死，闻舟后跳鱼声，视之则一虾须罥船尾[1]，网取之。虾大刚烹尽一釜，夫妇饱终日。及明早起，见虾自远湖至，傍舟侧，仍网如初。一小虾逐其后，网勿能得也。默记神佑勿泄，拜而餍之。三月余，日复如是。麦荐新[2]，虾不见矣。夫妇因忆阿宝不置[3]。翁尝赴滕访之，则屠者已疫死，邻家初不知市阿宝事。

越三载，沈翁舣舟河口[4]。一死尸从中流出，衣萦于柁，急曳之入船。夫妇大骇号恸，似阿宝初溺死者，呻吟渐苏，哭曰："儿生也耶？儿死也耶？"父母俱惘惘[5]。阿宝述其跃河不死，居长须国中三年始末。父母曰："王既生汝矣，何为复死？"阿宝曰："居国中三年者，为虾也。王令我死，则复为人耳。"阿宝既长，遂为巨商[6]。

今湖中渔人见长须而小者，名之为孝子虾，戒勿杀。

【注释】

〔1〕罥(juàn)：挂住，缠住。

〔2〕麦荐新：麦子新成熟。

〔3〕不置：不止，不舍。

〔4〕舣舟：划船靠岸。

〔5〕惘惘：惊惧不安，无所适从。

〔6〕巨商：即大商人。

【评析】

本篇讲阿宝尽孝事。这篇作品很可能是根据民间传说创作的，讲了一个有些悲情的故事。灾荒之年，一家人无法活命，只得把阿宝卖掉，更为不幸的是，阿宝被卖给了奸诈的屠夫，他们想杀害阿宝。阿宝走投无路，跳水而逃。幸运的是他到了长须国，在那里受到优待，并帮父母渡过了难关。作品的结尾让人感到欣慰，阿宝长大后成为巨商。整篇作品带有童话色彩，以温情打动读者，在残酷的现实中给人以信心和力量。

还　臂〔1〕

鲁卞夫，字小刖，长洲之剞劂人也〔2〕。善刻画牛毛细字，尝自序其能云："楷家之蝇头〔3〕，不敌锓氏之蚊睫〔4〕。才以纤著奇，匠于难藏巧也。"偶于肆中见砚如龟者〔5〕，其匣就其形为之，方圆得二尺许。爰择窟室，漏日光一线，以两显微鉴〔6〕，刻《道德经》五千言〔7〕，运斤如使槊〔8〕，五日而刻成。夜半，老子来觌〔9〕，谓卞夫云："子之技进矣，吾之道传矣。"卞夫醒，益尽其术。觅枣木方四寸，刻《心经》一部毕，仿佛见如来面出于卷中。自是用志凝神，日夕无间〔10〕。

【注释】

〔1〕选自屠绅《六合内外琐言》卷四。

〔2〕长洲：即今江苏苏州。剞（jī）劂（jué）：刻印的刀具，这里指雕版、刻印。

〔3〕楷家之蝇头：即"蝇头小楷"，极小极细的楷书。

〔4〕锓（qǐn）氏之蚊睫：极小极细的刻字。锓，雕刻；蚊睫，即蚊虫的眼睫毛，比

喻极其细小的东西。

〔5〕肆：手工作坊。

〔6〕显微鉴：即显微镜，有放大作用。

〔7〕《道德经》：即《老子》。

〔8〕斤：小斧，此处指刻刀。槊：长矛。

〔9〕觌：看。

〔10〕日夕无间：白天黑夜都不间断。

秋初，风雨幽晦[1]，窗外作呦呦声。视其人长甫三寸[2]，探细手于棂[3]，若将攫物者。卞夫出刀如缕[4]，斫之[5]，落其一臂。其人细语类蚊蚋云："吾手虽纤，引翼甚大[6]。君戕害焉[7]，亦无所利。"卞夫叩云："汝何为而至是？"其人云："职天曹小尹[8]，爱君刀笔，将窃之。今失一手矣，不能归其部。但得曲宥[9]，必以一阶相报[10]。"卞夫云："天曹应有篆文书之秩[11]，能以授吾，还汝臂也。"其人曰："诺。"卞夫掷其手窗外，其人愧谢去。

越三日，卞夫方刻，有大鹄蹲庭中[12]，遂跨之上青冥[13]，备员剞劂也[14]。

【注释】

〔1〕幽晦：昏暗。

〔2〕甫：刚刚，才。

〔3〕棂（líng）：窗格。

〔4〕如缕：此处指刀细长。

〔5〕斫（zhuó）：砍。

〔6〕引翼：意思是引导扶持。典出《诗·大雅·行苇》："黄耇台背，以引以翼。"郑玄笺："以礼引之，以礼翼之；在前曰引，在旁曰翼。"

〔7〕戕害：伤害，残害。

〔8〕职天曹小尹：担任天界官署中的小官。曹，官署、部门；小尹，小官吏。

〔9〕曲宥：曲意宽容。

〔10〕阶：官阶，官方的头衔。

〔11〕篆文书之秩：篆刻写作文书的官职。篆，指用篆体字书写，这里指书写、铭刻；秩，官吏的职务。

〔12〕鹄：鸟名。通常指鸿鹄。

〔13〕青冥：悠远的天空。

〔14〕备员：任职。

【评析】

本篇讲鲁卞夫刻工精巧事。这位工艺美术大师鲁卞夫如果活在当下，以其精巧的微雕手艺，肯定能成为非遗传承人。作品用了近一半的篇幅极力写其手艺之精湛，故事的重点在后半段，鲁卞夫的手艺惊动了天上的小尹，他竟然想到下界偷其刀笔，结果被砍掉一只手臂。经过一番交谈，最后的结局皆大欢喜，鲁卞夫归还了那位小吏的手臂，自己也在天庭得到了应有的职位。作者叙述这个超现实故事的目的在突出鲁卞夫高超的技艺。

《续客窗闲话》

吴炽昌

吴炽昌(1780—?),字芗厈,盐官(今浙江海宁)人。少习儒业,屡试不第,以游幕为业。

《客窗闲话》分正、续二集,各八卷。所记多奇人异事,狐鬼神仙,时有愤世之语。

金山寺医僧〔1〕

浙右某孝廉约伴入都会试〔2〕,舟至姑苏,孝廉病矣。同伴唤舆送至名医叶天士家诊治〔3〕。叶诊之良久,曰:"君疾系感冒风寒,一药即愈。第将何往〔4〕?"孝廉以赴礼闱对〔5〕。叶曰:"先生休矣。此去舍舟登陆,必患消渴症〔6〕,无药可救,寿不过一月耳,脉象已现。速归,后事尚及料理也。"遂开方与之,谕门徒登诸医案。

孝廉回舟,惶然泣下〔7〕,辞伴欲归。同伴曰:"此医家吓人生财之道也。况叶不过时医,决非神仙,何必介意?"次日孝廉服药,果愈,同伴益怂恿之,遂北上,然心甚戚戚〔8〕。

【注释】

〔1〕选自吴炽昌《续客窗闲话》卷四。金山寺:寺庙名,在今江苏镇江西北金山上。

〔2〕浙右:即浙江西部。

〔3〕叶天士(1666—1745):名桂,字天士,吴县(今江苏苏州)人。精通医术,著有《温热论》《临证指南医案》等。

〔4〕第:但。

〔5〕礼闱：旧时科举考试的会试为礼部主办，故有此称。

〔6〕消渴症：传统中医病名，症状为多饮、多尿、多食及消瘦、疲乏、尿甜。

〔7〕惶然：惶恐不安的样子。

〔8〕戚戚：忧虑、忧伤的样子。

舟抵江口，风逆，不得渡。同人约游金山寺[1]，山门前有医僧牌。孝廉访禅室，僧为诊视，曰："居士将何之[2]？"以应试对。僧蹙额曰："恐来不及矣。此去登陆，消渴即发，寿不过月，奈何远行耶？"孝廉泣下曰："诚如叶天士言矣。"僧曰："天士云何？"孝廉曰："无药可救。"僧曰："谬哉。药如不能救病，圣贤何必留此一道？"孝廉觉其语有因，跽而请救[3]。僧援之[4]，曰："君登陆时，王家营所有者[5]，秋梨也，以后车满载。渴即以梨代茶，饥则蒸梨作膳。约至都，食过百斤，即无恙。焉得云无药可救，误人性命耶？"孝廉再拜而退。

行抵清河[6]，舍舟登车，果渴病大作矣。如僧言，饮食必以梨。至都，平服如故[7]。入闱不售[8]。感僧活命恩，回至金山，以二十金及都中方物为谢[9]。僧收物而却其金，曰："居士过苏城时，再见叶君，令其诊视，如云无疾，即以前言质之。彼如问治疗之人，即以老僧告之，胜于厚惠也。"

【注释】

〔1〕同人：同伴，同行的人。

〔2〕居士：旧时出家人对在家信佛者的泛称。

〔3〕跽(jì)：长跪，挺直上身两膝着地。

〔4〕援：拉，牵引。此处指将人扶起来。

〔5〕王家营：在今江苏淮安淮阴区王营镇。

〔6〕清河：在今江苏淮安清江浦区。

〔7〕平服：平定顺服，指疾病痊愈。

〔8〕不售：没有卖出去，指考试不中。

〔9〕方物：土特产。

孝廉如言往见天士，复使诊视。曰："君无疾，何治？"孝廉以前言质之。天士命徒查案，相符，曰："异哉。君其遇仙乎？"孝廉曰："是佛，非仙。"以老僧言告之。天士曰："我知之矣。先生请行，我将停业以请益。"

随摘牌散徒，更姓名，衣佣保服[1]，轻舟往投老僧，求役门墙[2]，以习医术。僧许之。日侍左右，见其治过百余人，道亦不相上下。告僧曰："余亦有所悟矣。请代为立方[3]，可乎？"僧曰："可。"天士作方呈览。僧曰："汝学已与姑苏叶天士相类，何不各树一帜而依老僧乎？"天士曰："弟子恐如叶之误人性命，必须精益求精，万无一失，方可救人耳。"僧曰："善哉，此言胜于叶君矣。"

【注释】

〔1〕佣保：雇工。

〔2〕门墙：老师之门。

〔3〕立方：开药方。

一日有舁一垂毙之人至[1]，其腹如孕。来人曰："是人腹痛数年，而今更甚。"僧诊讫，命天士复诊开方。首用白信三分[2]。僧笑曰："妙哉。汝所以不及我者，谨慎太过。此方须用砒霜一钱，起死回生，永除疾根矣。"天士骇然，曰："此人患虫蛊[3]，以信三分死其虫，足矣，多则人何能堪？"僧曰："汝既知虫，不知虫之大小乎？此虫已长二十寸余矣。试以三分，不过暂困，后必复作。再投以信，避而不受，则无药可救矣。用一钱，俾虫毙，随矢出[4]，永绝后患，不更妙耶？"天士惑甚。

僧立命侍者出白丸，纳病人口中，以汤下之。谓来人曰："速舁回寓。晚必遗矢出虫，俾吾徒观之。"来人唯唯，舁病人去。至夜，果如所言，挑一赤虫来，长二尺余。病人已苏，饥而索食，僧命以参苓作糜进之[5]。旬日痊可〔6〕。天士心悦诚服，告以真姓名而求益。僧念其虚心向往，与一册而遗之。自是，天士学益进，无棘手之疾矣。

芗厈曰〔7〕：医道至叶天士，已成名手，犹耻不及人而精益求精。彼后生小子不过读得《脉诀》《本草》〔8〕，居然吾道在是〔9〕，大胆行医，人命其何堪哉？

【注释】

〔1〕舁：抬，载。

〔2〕白信：中药名，又名砒石、砒霜。

〔3〕蛊：人腹中的寄生虫。

〔4〕矢：同“屎”，粪便。

〔5〕参苓：人参和茯苓，有滋补健身之用。糜（mí）：烂，碎。这句话的意思是将人参、茯苓煮烂让病人吃下去。

〔6〕痊可：疾病痊愈。

〔7〕芗（xiāng）厈（hàn）：作者吴炽昌的字。

〔8〕《脉诀》：又名《崔氏脉诀》《崔真人脉诀》《紫虚脉诀》。崔嘉彦撰。作者鉴于脉理难明，以四言歌诀的形式阐述脉学义理，便于习诵。《本草》：即《本草纲目》，李时珍编，对本草学进行了全面的整理总结。两书是中医的入门之作。

〔9〕吾道在是：吾道在此，讽刺刚入门便大言不惭“吾道在此”、草率行医的医生。

【评析】

本篇讲金山寺医僧医术高明事。叶天士虽然是名医，但医术远不如金山寺医僧，那位孝廉对此最有体会，叶天士诊断正确但不能医治，金山寺医僧仅仅用普通的秋梨就让孝廉起死回生。叶天士得知情况后，并无嫉妒之心，反而放下名医的架子，到医僧处虚心求教，这是其难能可贵之处。金山寺医僧其实早就知道叶天士的身份，他不动声色地教其医术，成就了一代名医，这更为可贵。两人成就了一段杏林佳话。作品以两起疑难病症串起全文，娓娓道来，让人读后颇受启发。

《淞隐漫录》

王　韬

王韬(1828—1897),字仲衡,别字仲弢,号兰卿,晚号弢园居士,长洲(今苏州)人。道光二十六年(1846)秀才。曾游历英、法、俄、日等国,担任香港《循环日报》主笔,宣传变法。著有《弢园文录》《弢园集外诗存》《弢园未刻诗稿》等。

《淞隐漫录》,十二卷,一百二十一篇。多记烟花粉黛之事与狐鬼仙家之闻。

小云轶事〔1〕

小云沈姓,居扬州之虹桥横街〔2〕。虽出自小家女子,而容比月妍,肌逾雪洁。年仅十二三龄,而一时罕与之俦。乃教以歌曲,性绝警慧,一二度即已抑扬入拍〔3〕,声尤宛转动人,曲师自叹弗如也。父母皆爱若掌珠,将鬻为巨家妾媵〔4〕,以奇货居之〔5〕。

一日,有游方僧过其门,见女诧曰:"此祸水也。倘肯削发皈依净土,则可证无上乘〔6〕,入离垢天〔7〕。"女父母以其言不伦,叱之去。左邻有禅月寺,相传为齐梁时所建,挂塔者皆女尼〔8〕。内有妙香者,年最少,而持戒律独严。数往来女家,与女尤善。偶于闲中授女经典,女时有参悟,尼辄合掌赞叹。

【注释】

〔1〕选自王韬《淞隐漫录》卷一。

〔2〕横街:从主干道分岔出的街道。

〔3〕一二度:一两遍。度,遍,次。抑扬入拍:高低合拍。抑扬,音调有节奏地

或高或低；入拍，合乎乐曲节奏。

〔4〕巨家：有钱有势的大家族。

〔5〕奇货：珍贵的货物，收集起来等有高价钱时卖出去。

〔6〕证：佛教用语，参悟、修行得道。无上乘：佛教用语，至极之佛法，大乘之别名。

〔7〕离垢天：佛教用语，远离尘世烦恼的地方。

〔8〕挂塔者：这里指游方僧人。

无何，女父母遇疫亡，女孤孑无所依。有陈媪者，为女中表戚，素作蜂媒蝶使〔1〕，往来于秦楼楚馆间〔2〕，招女往居，盖蓄意弗良，将以钱树子视女也〔3〕。因赁精舍三椽于曲巷中〔4〕，令女居之，香炉、茗碗、棐几〔5〕、湘帘〔6〕，备极闲雅。隐招富家子至，装女出见，或啜一茗，或度一曲，见者惊为神仙中人，多掷缠头〔7〕，无有吝色。

逾岁，女年益长，娉婷玉立，艳冶无匹，枇杷巷里〔8〕，宾从如云。有贵介公子某甲，愿出千金为之梳拢〔9〕，以商于媪。媪已可而女弗许，泫然谓媪曰〔10〕：“曩以孤贫，故尔相依。堕落风尘，窃非所愿。惟是接席征歌〔11〕，侑觞侍饮〔12〕，尚可曲从。若荐枕抱衾，此何等事，可相迫哉！”媪曰：“虽然，亦当择人而事，汝岂遂以丫角老耶〔13〕？”女曰：“无已，俟余意所属，乃可。彼纨绔子，自踵至顶，无一雅骨，奴岂能屈意事之哉！”

【注释】

〔1〕蜂媒蝶使：花间飞舞的蜂蝶。比喻为男女双方之间撮合或传递书信的人。

〔2〕秦楼楚馆：妓院。

〔3〕钱树子：指妓女。旧时鸨母把妓女当摇钱树，故称。

〔4〕椽：旧时房屋间数的代称。曲巷：偏僻的小巷。

〔5〕棐（fěi）几：用棐木做的条几、条案，这里泛指几桌。

〔6〕湘帘：用湘妃竹做的帘子。

〔7〕缠头：旧时客人送给艺人的礼物。

〔8〕枇杷巷：即枇杷门巷，指妓女居所。典出唐王建《寄蜀中薛涛校书》："万里桥边女校书，枇杷花里闭门居。"

〔9〕梳拢：指妓女第一次接客。妓院中处女只梳辫，接客后梳髻，故称"梳拢"。

〔10〕泫然：伤心落泪的样子。

〔11〕征歌：征招歌伎。

〔12〕侑(yòu)觞(shāng)：劝酒，佐助饮兴。

〔13〕丫角：梳在头顶两边像犄角的短发辫，这里指未出嫁的姑娘。

女于弦管之外兼娴绘事[1]，耽嗜名人书画，弗惜重价购置，遇富贵人，貌为缱绻，必破其悭囊而后已[2]，箱箧中金玉锦绣，物玩珍奇，不可胜数。颇爱才，见寒士，延接殷勤，久而弗懈。以急难告，倾囊济之。或应试乏费，则倒橐畀之，率以为常。人因呼为"女侠客"，名噪一时。

吴让之以书法擅长，自诩为扬州独步[3]。与女结翰墨因缘，女亦以心交许之。曾集成语书楹帖以赠女云："小于幺凤轻于燕，云想衣裳花想容。"咸谓此联女当之无愧色。

【注释】

〔1〕娴：熟练，熟悉。

〔2〕悭(qiān)囊：聚钱器，即扑满、存钱罐。

〔3〕独步：独自行走，这里指超群出众，独一无二。

赭寇陷城[1]，女先期徙去，人因服女之先见。沈旭庭与女为文字交[2]，花晨月夕，时与流连。沈气宇轩爽，为女所心慕。扬州既复，沈往访之，则女犹未归，吴之赠联，尚悬斋壁。越旬，女忽乘鱼轩抵沈寓[3]，谓沈曰："知君枉过敝舍，殊感盛情。此地不可久留，行将逝矣。"沈固诘其由，微笑不答。自此遂与沈别。

先是，女出城居附郭村落中，虽幸远贼锋，然噩警讹传，一日三至。

女于日暮无聊,偶尔徙倚柴扉,忽一肩舆[4],匆匆至前,兵卒百余,前后拥护。及门舆停,一妇搴帘而出,靓妆炫服,盛鬋丰容[5],见女裣衽曰[6]:“别来无恙耶?”女殊不相识,瑟缩无以应。妇曰:“相隔未久,岂并音声而忘之耶?我即禅月寺尼妙香也。别后陷身贼中,以尼故,幸不受污,但令蓄发改妆,幽闭一室中。贼败为官军所得,郭参戎逼令荐寝[7]。余厉声曰:‘身虽陷贼,犹处子也。余以万死一生,保全贞璞,今幸得睹天日,岂汝辈官军,乃不如贼耶。必欲见凌,愿以颈血溅于将军之前!’参戎为之肃然改容,徐曰:‘汝已有夫,当送汝归;苟未适人,则余亦未娶,愿以伉俪请。’余曰:‘奴固无归,诚如将军言,亦所愿也。特恐甘言以诳我耳。不然,表表如将军,岂有年已及壮,而中馈犹虚者[8]?况夫妇敌体[9],讵可咄嗟从事[10]?遣媒妁陈礼币,择日亲迎,乃可惟命。’参戎一一如礼,相从已两载有余。昨闻扬城已陷,特念吾子,故来相援耳。”

女闻,含涕相谢。妙香曰:“此间亦不可居。能从我行乎?当自有汝安身立命处。参戎固家江北,购有田园,可以自给。”女遂徙居郭舍。

【注释】

〔1〕猪寇:对太平天国义军的蔑称。

〔2〕沈旭庭:即沈吾(1823—1887),字旭庭,号古华山农,又号九龙山樵,无锡人。工诗词,善书画,著有《蓉湖渔笛词》《石鼓文定本》等。

〔3〕鱼轩:旧时贵族女性乘车,以鱼皮为饰。

〔4〕肩舆:一种代步工具,由人抬着走。

〔5〕盛鬋(jiǎn):女子华美的鬓发。

〔6〕裣(liǎn)衽:拉起衣服下摆的角,旧时女子行礼。

〔7〕参戎:明清时期武官参将的俗称。荐寝:荐枕。

〔8〕中馈:妻室。

〔9〕敌体:彼此地位相等,无上下尊卑之分。

〔10〕讵(jù):岂,难道。咄(duō)嗟(jiē):霎时,立刻。

参戎有弟，年仅弱冠，颇工帖括[1]，已入邑庠[2]，固翩翩顾影少年也。妙香因劝令纳女。商之参戎，亦以为可，女遂归于郭弟。

时贼颇披猖[3]，参戎转战于江皖之间，骤与贼遇，贼骑绕之三匝，昼夜相持，弗得突围而出，势濒危矣，已矢一死[4]。妙香在家，忽谓女曰："余将他适，十日乃归。余所奉大士前[5]，汝朝夕必炷香，勿忘。佛前琉璃灯，夜必注油，勿令灭。若少疏虞，将不能与汝相见。"逾十日，妙香忽偕参戎归，夜半排闼直入，两人皆浴血满身，襟袖间悉弹丸焦灼痕。喘息既定，乃为缅述颠末。

【注释】

〔1〕帖（tiě）括：科举应试文章。

〔2〕邑庠：县学。

〔3〕披猖：亦作"披昌"。指猖獗、猖狂。

〔4〕矢：发誓。

〔5〕大士：观世音菩萨。

盖参戎之被围也，度不能出，将自刎。忽空中一巨鸟翩然飞下，羽衣既脱，则妙香也。参戎惊问何能来。妙香曰："自将军行，余日夜祷于佛前。昨梦大士告余曰：'将军危在旦夕，汝不可不往。'余泣而白佛：'一弱女子身，间关跋涉千万军中[1]，何由得达？'大士掷袱囊于地，曰：'聊以授汝。'解视之，羽衣两袭也。及醒，衣宛在床头，服之身即轻举，两腋习习风生，顷刻已至。"因袖中出衣一袭，曰："将军何不服之脱重围而往乐土也？"参戎曰："余虽一身幸免，其如众军何？且当轴知之[2]，余必获戾[3]。"乃属众军而告之曰："今实逼处此，进退皆死。与其束手坐毙，曷若擐甲执兵[4]，以决一战？"

是夜月黑风狂，命各营枪炮皆满贮药弹，环击迭放，甲马而驰。贼于睡梦中惊醒，疑为援军骤至，群向西北御之。参戎乃率众军由间道逸去，得脱于险。既抵大营，统帅奖其能，许为录功保奏。参戎因请假归省。谓妙香曰："此衣于是可一试矣。"夫妇着之，御风而行，片刻抵家。因感大士灵验，有出世想，长斋诵经，梵呗声竟日不辍[5]。女亦效之。郭弟固淡于荣利，弗事进取，乃于舍旁建家庵，持戒清修，有若苦行头陀，邻里咸笑其愚。

【注释】

〔1〕间关：形容旅途的艰辛、崎岖、辗转。

〔2〕当轴：要员，权要。

〔3〕戾：罪过，罪罚。

〔4〕擐（huàn）：穿，披。

〔5〕梵（fàn）呗（bài）：念诵佛教经文的声音。

一日早起，各入中堂，捻珠宣佛号。女忽谓郭弟曰："余昨梦大士相招，命司贝叶经藏[1]，殆将离此软红尘界矣。"郭弟曰："汝先，我请继之。"女竟跏趺气绝[2]，须臾，鼻中玉柱双垂[3]。妙香合掌称善。视郭弟，亦已化去。乃置之龛，葬于室中。扬州人但知为名妓小云是女郭解一流，而不知有此一段公案也。即有访小云踪迹者，但传其乱后他适，不知所终，而不知其修慧业、成正觉也。赞小云者，但言其齐贫富，一贵贱，不以势利动心，作佛法平等观，而不知其能觉一切有情禅，诞登彼岸也[4]。

闻有鹿门朱秀才者，绮年玉貌，最与小云昵。晓镜画眉，寒衾拥背，或擘笺联句[5]，或刻烛题诗，花间月下，形影弗离，如是同卧起者十有八月，而实一无所染，此真所谓情芽也，非佛地位人，曷克臻此？呜呼！如小云者，安得不以一瓣心香奉之哉！

【注释】

〔1〕贝叶经藏：佛经。旧时印度人写经于树叶上，故称。

〔2〕跏（jiā）趺（fū）：佛教中修禅者的坐法，即两足交叉置于左右股上。

〔3〕玉柱：修道者死后鼻腔分泌物，为成道的征象。

〔4〕诞登：登上。诞，语助词。

〔5〕擘笺：指裁纸。

【评析】

本篇讲沈小云际遇事。沈小云本是良家女子，因父母早亡而沦落风尘，加之遭遇战乱，身世颇为悲苦。但她并未因此而堕落，坚守节操和尊严，最终还是找到了理想的伴侣。作品的后半部主要讲妙香的传奇故事，她是沈小云的好友，为人处世也和沈小云一样，威武不能屈，赢得了别人的尊重。她冒险去救丈夫的经历虽然带有奇幻色彩，仍写得惊心动魄。经过一番磨难之后，他们都选择了隐居修行，最后得成正果。与其说沈小云有佛缘，不如说她历经沧桑之后，找到了安身立命的生活方式。

贞烈女子〔1〕

王秀文，一字绣雯，金陵人，住钞库街〔2〕。父于县署中为书吏〔3〕，家颇小康。女幼工刺绣，兼通书史。同里有项生者，系出世家，父邑中名下士，收藏书画骨董甚夥〔4〕，与女父素相识。女父仰其声望，时与往来。或持玩好器物，就相质证，周鼎商彝，入手立辨，作赝者几不能售其欺。

一日，项父过女家，女适在庭前凭栏观芍药，见其美丽幽静，异之。问其年，则只十有一龄。适女父自内出，因曰："此即君家女公子否？何修而得此？"女父笑曰："此我家女相如也。"乃呼之立座侧，举止娴雅，殊不类寻常女子，兼以眸凝秋水，颊晕朝霞，端穆中自饶妩媚态〔5〕。试以唐诗，诵白香山《长恨歌》，琅琅上口。

须臾，女入，因问曾受聘未。女父答以择快婿难，故尚有所待。翌日，女父得一玉珪，弗辨何代物，持以示项父。爰呼生出见。年虽不逮舞象[6]，而揖让周旋，颇中礼节；握管能作四体书[7]，又能识汉魏晋唐碑文。项父指子曰："以此作君家坦腹[8]，何如？"女父曰："特虑君戏言耳。得婿如此，亦复何求！"两家遂以一言为成约，项父即授金环于女作纳聘礼。

【注释】

〔1〕选自王韬《淞隐漫录》卷一。

〔2〕钞库街：在今江苏南京夫子庙秦淮河南岸，东北起文德桥，西南至武定桥。

〔3〕书吏：承办文书的吏员。

〔4〕骨董：即"古董"。夥（huǒ）：多。

〔5〕端穆：端庄和美。

〔6〕舞象：成童，一般指十五岁至二十岁之间的男子。

〔7〕四体：指书法四体，分别为真、草、隶、篆。

〔8〕坦腹：典出《世说新语·雅量》："郗太傅在京口，遣门生与王丞相书，求女婿。丞相语郗信：'君往东厢，任意选之。'门生归，白郗曰：'王家诸郎，亦皆可嘉，闻来觅婿，咸自矜持。惟有一郎，在东床上坦腹卧，如不闻。'郗公云：'正此好！'访之，乃是逸少，因嫁女与焉。"后坦腹代称女婿。

越一年，项父患病死，殡殓丧葬，一切皆女父为之摒挡[1]，其费不赀[2]，服未阕，生母又卒。连遭大故，家遂中落，然图书物玩，犹未至斥卖也[3]。无何，有盗夜入其室，汹汹索物，无所得，盗魁忽见诸碑版古铜器[4]，大喜曰："此比阿堵物更胜十倍！"尽括室中所有，捆载以去。

生由是不名一钱，几至穷困无以自存。女父阴有悔婚意，母以商之女，女不可，或借事讽之，持之益坚。女父母知其志不可夺，约以后勿以直告女。生屡至门，皆拒弗纳，反使冰上人谓之曰[5]："汝年长矣，盍自振作？王家女岂将以丫角老耶？"且请婚期，促之再三。生无以应，但以家贫不能备六礼辞。生友范笏堂，豪侠士也。闻其言，愤然曰："此岂求婚帖哉？直来索离书耳。大丈夫何患无妻，岂能受市侩龌龊气！渠若再来，当饱以老拳。”

【注释】

〔1〕摒挡：收拾，料理。

〔2〕不赀：不可计算，花费多的意思。赀，计量，计算。

〔3〕斥卖：出卖，出售。

〔4〕盗魁：盗贼首领。

〔5〕冰上人：即“冰人”，指媒人。

未越月，冰人果至，言嗫嚅若不能出口〔1〕，先探袖出巨金置几上，指谓生曰：“能从吾言，当以此奉君寿。”生请其说。冰人曰：“王家女儿娇惰素惯，父若母视同掌上珍，安能偕君咬菜根、啖糠核哉？倘嫁子，不过数月新妇，当见翁姑于黄泉矣。君如肯给以离书，俾终老于家，亦无量功德事。此金所以报也。”

生听未毕，拍案作色而起，曰：“汝视我岂鬻妻者哉！乃以利饵我〔2〕！直告汝，彼女即欲从我，亦不能认此负心人作岳丈！离书即刻畀汝！”濡墨挥毫，顷刻立就，即以纸裹几上金，掷诸门外，挥其人出，遽阖扉焉。

顷之，范至。生愤诉颠末。范曰：“如何？我岂妄哉？果不出我所料。然此地子不可居矣，当出外建非常事业，以一洗此耻。”生曰：“阮囊中不名一钱〔3〕，其何以供旅资？”范曰：“资斧我可任之〔4〕，惟功名之途，子宜自择。若欲掇巍科〔5〕，冠多士，宜至帝都攻帖括。若欲立功徼外〔6〕，马上得官，则莫如投笔从戎，驰驱疆场，赞襄幕府〔7〕，立致显爵，亦复何难。”生曰：“有表戚在滇南军营〔8〕，当往依之，冀得尺寸功。”范曰：“善。”乞贷亲友，得百金，以赆生行〔9〕。

【注释】

〔1〕嗫嚅：说话吞吞吐吐，欲言又止。

〔2〕餂（tiǎn）：诱取。

〔3〕阮囊：典出元阴幼遇《韵府群玉·七阳》："阮孚持一皂囊，游会稽，客问：'囊中何物？'阮曰：'但有一钱看囊，空恐羞涩。'"后以"阮囊"形容手头拮据、身无钱财。

〔4〕资斧：旅费、盘缠。

〔5〕巍科：高第，指科举考试名列前茅。

〔6〕徼外：塞外，边外。

〔7〕赞襄：协助，辅助。

〔8〕滇南：今云南。

〔9〕赆（jìn）：临别时赠送的路费。

女父自得生离书，日夕托媒妁择佳耦[1]，诡言有第二女，年甫及笄，能书画，娴吟咏，以西国映像法绘图，遍乞名流题咏，实以炫其女容貌之丽，则富室豪门求之者必众也。果有潘氏子者，军门之介弟也[2]。时新丧偶，拟续鸾胶[3]，于某太史处见女小影，倚栏小立，微笑拈花，妍姿艳态，举世无双，叹曰："得妇如此，亦足矣！"询为书吏女，颇以门户为嫌，拚纳重贿[4]，觅为小星，告之媒氏。媒氏利其成，姑婉其词以耸女父听。女父惑之，竟许焉。问名纳采，礼币既盛，舆从亦多，焜耀于里闾间[5]。女父恐女有所闻，预遣女往戚串家，故女不及知也。

待届亲迎日，以鱼轩逆女归。时香灯彩仗，烂其盈门，笙管既奏，乃始告女，谓女曰："汝自此可受荣华、享富贵矣。否则一世作贫家妇，岂尚有生人乐趣哉？"女闻，如丧魂魄，涕泣不可仰。催妆乐阕，内外皆促女登舆，而女已取昔日所聘金环吞之至腹，奄然待毙[6]，气息仅属，多方营救，竟不可治。宾客睹此情形，徬徨散去，多嘉女志之烈，或有唾骂女父母为非人者。潘氏子闻之，兴索意沮。

【注释】

〔1〕佳耦：即“佳偶”。

〔2〕军门：清时对提督的尊称。介弟：对他人弟弟的爱称。

〔3〕鸾胶：相传用凤凰嘴和麒麟角煎成的胶可以粘合弓弩拉断的弦。俗称丧妻男子再婚。

〔4〕拚（pàn）：舍弃，不顾惜。

〔5〕焜耀：照耀，辉煌。

〔6〕奄然：气息微弱的样子。

女死三日犹未殓，颜色如生，尸发，异香闻于衢路。方举槥进门〔1〕，一道士忽随之俱入，羽衣星冠，状貌清奇，髯长过腹。见女父，曰：“若以女公子畀我，我能活之。”女父叱之，谓道士必妖人也，将以此艳尸行采炼术。道士笑曰：“余此来为汝补过。汝女非项生妻哉？项生今贵矣，不日归来，将与汝索妇，汝其何以应之？汝之所为，人头而畜鸣者耳，本不应有此贞烈女子日后奉养汝，特余知之，义不容不救。”

因取水一瓯，倾葫芦中药少许，灌入女口。俄闻女喉间作轣辘声〔2〕，砉然大吐〔3〕，金环随出，启眸微视，曰：“此岂尚是人间耶？顷有星官送我来，谓余与项郎终成夫妇，可少待之，佳音当不远也。”女既苏，众方环视，女悲喜交集。忽失道士所在。众谓此必神人也，额手交庆，焚香顶礼。越日，项生果归，戎服鲜衣，驺骑烜赫〔4〕，盖已保升至监司大员矣〔5〕。

先是，生仗剑以出也，匹马达滇南，直诣戚营。其戚以副将衔统偏师，多黔蜀勇士，屡立战功，自成一队。见生至，甚喜，曰：“军中正少司笔札者，汝来甚佳。”于是文檄往来，咸出其手，弓衣句满，盾鼻墨浓〔6〕，上游群知其才，一月三迁，不数年竟擢是职。

【注释】

〔1〕槥（huì）：小棺材。

〔2〕軇辘：象声词，形容车轮或辘轳的转动声。

〔3〕砉（huā）然：象声词，常形容破裂声、折断声、开启声、高呼声等。

〔4〕烜赫：显赫，昭著。

〔5〕监司：负有监察之责的官吏。大员：职位高的官员。

〔6〕盾鼻：盾牌的把手。

一日，方在营草露布〔1〕，忽有道士来谒，曰："君有世缘未了，当急请假归，或可及也。"生正欲研问，则上司给假文书已至。道士命选仆役，具行李，并马出营。道士以袂障日影，曰："暂假汝缩地法，今夕可至廿四桥边〔2〕，观二分明月也。"把袂一挥，红日西匿，但见林木庐舍历历，俱从眼底瞥过。约三四时，曰："至矣。"则已在扬州城外。回顾，道士已杳，因诧为遇仙。乃觅旅舍暂憩。

天明，买棹渡江，抵金陵，日犹未晡也。道路间藉藉谈女吞环更生事〔3〕，异之，恍然悟曰："仙之命我归也，其以是哉？我曷可负我贤妻？"急诣邑令，白其故。令促召女父至，命即日设青庐〔4〕，成吉礼，一切鼓乐供帐，皆县为之备，咄嗟立办。并馈扁额，旌女之门，表之曰"贞烈女子"。一时发之咏歌，表扬其事者，长篇短简，美不胜收。有《金环曲》最佳，并录于后云：

王家有女字秀文，少小绰约兰蕙芬。
项郎名族学诗礼，金环为聘结婚姻。
十余年来人事变，富儿那必归贫贱？
一朝别字豪贵家，三日悲啼泪如霰。
手摘金环自吞食，将死未死救不得。
柔肠九曲断还续，卧地只存微气息。
讵料神人赐灵药，吐出金环定魂魄。
至性由来动彼苍，一夜银河驾乌鹊。

嗟哉此女贞且贤，项郎对之悲复怜。
朝来笑倚镜台立，代系金环云鬓边。

【注释】

〔1〕露布：通告，布告。

〔2〕廿四桥：即二十四桥，在今江苏扬州。

〔3〕藉藉：杂乱众多的样子。

〔4〕青庐：青布搭成的帐篷，举行婚礼的地方。

【评析】

本篇讲王秀文贞烈事。王秀文的父亲和项生的父亲是好朋友，往来甚密，他们的孩子品貌相当，于是顺理成章地定了亲。这本是一对好姻缘，但故事在项生父亲去世，家道中落之后发生突转。王秀文的父母嫌贫爱富，开始悔亲。项生一怒之下写了离书。王父为女儿另找富贵人家，但这些都是瞒着女儿进行的。等到人家上门迎亲，王秀文激愤之下吞金自尽。情节至此到了高潮。关键时刻，有高人即道士出面，救活王秀文，唤回项生，两人得以团圆。故事前半段是写实的，后半段则近乎童话。现实是残酷的，童话是虚幻的，读完这个故事，并不会感到欣慰，因为大家都知道，在现实生活中，这位道士是永远不会出现的，故事的结局注定是悲剧。

朱　仙〔1〕

朱书，字赤文，一字丹伯，吴郡人〔2〕，素居金阊城外〔3〕。家固素封〔4〕，有园亭池馆之胜。朱好神仙吐纳之术，尝欲屏绝人事〔5〕，专炼内丹。其母孕朱时，梦吞丹篆〔6〕。及产，有一鹤翩跹直下庭际，霄汉隐隐闻鼓乐声，久之始寂，人皆谓此子必非凡品。及长，阅庄、列诸子书，有如夙所诵习；兼涉岐黄家言〔7〕，治人疾病，无不应手奏效，从未受人一钱，非素好不能轻易屈致〔8〕。尝慨然有登罗浮〔9〕、觅蓬壶之志〔10〕。

【注释】

〔1〕选自王韬《淞隐漫录》卷一。

〔2〕吴郡：今江苏苏州。

〔3〕金阊：苏州有金门、阊门两城门，故以“金阊”代指苏州。

〔4〕素封：无官爵封邑而富比封君的人。

〔5〕屏绝：断绝，拒绝。

〔6〕丹箓：本义指用朱砂写的篆文，后引申为仙道之书或符箓。

〔7〕岐黄：岐伯和黄帝。相传为医家之祖。

〔8〕屈致：委屈招致。

〔9〕罗浮：即罗浮山，在广东东江北岸。晋葛洪曾在此山修道，道教称为“第七洞天”。

〔10〕蓬壶：即蓬莱。旧时传说中的海中仙山。

值赭寇乱，江浙鼎沸，苏城危在旦夕。朱谓人曰：“苍生大劫将临，非人力所能挽回，盍速避？”乃以巨舟载其眷属至苏乡，戚串往从之者如市，舳舻数里，首尾衔接。始拟以水国为长城。时北有巢湖船〔1〕，南有枪船〔2〕，皆恃其徒党，凭借波涛，出没芦苇中，鸣镝探丸，白昼行劫。

朱视其泊舟处，曰：“此非计也。若出阿奴火攻〔3〕，则吾辈无噍类矣〔4〕！”尽驶其船至周庄镇〔5〕，停泊白荡。舟固巨舶，舵工舟师，素习航海术，以御海盗，备有枪炮，命中及远，颇有所长。朱以兵法约束之，谓：“如有匪至，即行轰击。”盖所以自卫也。发逆既踞苏城，旁掠乡村，所至俱遭蹂躏，独于周庄一镇，不敢骤犯。巢湖船匪首往投发逆〔6〕，时思攻劫周庄，以图逞志，然卒不敢至，盖皆惮朱之威。不知者以为有费玉成在〔7〕，恃为护符，其实朱隐为之支持也。

【注释】

〔1〕巢湖船：又名焦湖船。一种客货兼运的木帆船。巢湖是粮棉产区和铁、矾、石灰石产区，船从这里运货物至各地，故称。这里代指船匪。

〔2〕枪船：江苏南部河湖地区的武装船队，经常骚扰乡里。

〔3〕阿奴火攻：典出《世说新语·雅量》："周仲智饮酒醉，瞋目还面谓伯仁曰：'君才不如弟，而横得重名！'须臾，举蜡烛火掷伯仁，伯仁笑曰：'阿奴火攻，固出下策耳！'"这里指没有办法，只有此下策。

〔4〕噍（jiào）类：本义是指能够吃东西的动物，后特指活人。

〔5〕周庄镇：在今江苏苏州昆山。

〔6〕发逆：对太平军的蔑称。

〔7〕费玉成（1799—1862）：又名费秀元，小名阿正，吴江县莘塔人，后迁居周庄镇。广收门徒，开设赌场，私设枪船。他将枪船武装改编成团练，打入太平军内部，暗中将消息传递给清军，在清廷与太平天国间左右逢源，周庄因此免遭兵燹。

朱有异术，能作三里雾，俾敌人对面不得见。方初出贼窟时，仅附一小艇，贼追之急，同行有两官舰，辎重颇盛，贼之所注意者，固在此也。众皆惶迫[1]，妇女几欲投水，以求免辱者。朱曰："无妨。"从容解辫发，张口嘘气，以白羽扇挥之，贼舟忽不见，众赖以免。于是始惊朱为神。

贼以安抚愚乡民，镇董亦为其所惑[2]，因之民贼错处。朱曰："是不可居矣。"遂率其船十余艘，群趋上海。未去之先，贼与巢湖船谋欲并力一心，围而悉歼之。朱亦拟乘机以坑贼众，夤夜卜以金钱[3]，其繇词曰[4]："黔驴无技，楚猴得冠[5]。炽于金，汩于水。雉啼风，奋其距，豕涉波，没其蹢[6]。时乎祸方临，灾未灭。违之者殃，远之者祥。"朱知事不可为，命俱向空发炮，重雾溟蒙中，贼尽遁去，乃吹角张帆而行。是役也，虽未杀一贼，而贼为之夺气[7]。

【注释】

〔1〕惶迫：惶恐着急。

〔2〕镇董：镇上办理事务的干事。

〔3〕夤（yín）夜：深夜。

〔4〕繇词：卦兆的占词。

〔5〕楚猴得冠：典出《史记·项羽本纪》："项王见秦宫室皆以烧残破，又心怀思欲东归，曰：'富贵不归故乡，如衣绣夜行，谁知之者。'说者曰：'人言楚人沐猴而冠耳，果然。'项王闻之，烹说者。"本义指猕猴戴帽子，比喻虽然外表装扮得很像样，但却掩盖不了本质，常用以讽刺依附权势、窃据名位者。

〔6〕蹢（dí）：蹄子。

〔7〕夺气：挫伤锐气，丧失勇气。

朱之至上海也，中途泊舟泖湖〔1〕。入夕，忽梦陟一小山，山半有屋翼然，朱甍碧瓦，状似王者居。门外壮士百人，悉戎装盛服，执戟悬刀。内有一人，导朱入门，阶下皆峨冠博带者流，列侍左右，仪度肃穆，见朱绝不交一言。阶凡九级，朱拾级竟登。既升庭，环视殿上，绝无一人。殿之中，隔以珠帘。导者谓朱曰："君请少待，山主晚妆竟〔2〕，即出矣。"

须臾，闻环佩声自远而近，香气馥郁，非麝非兰，芬芳彻帘外。俄闻帘中侍者传语曰："朱君远来不易。尚记三百年前在华鬘天上偶戏许飞琼〔3〕，遂至下谪人间世乎？今已六转轮回矣。赖君夙根尚厚，或当不昧本来。"朱踧踖不知所对〔4〕。帘中又言曰："今夕召君，非以他故，玉宫司书紫绡仙史与君有宿缘〔5〕，数当于今夕了之。尚记瑶池桃熟，西王母以十颗赐君，君与紫绡有把臂欢〔6〕，以此爱心，当为伉俪。"遂呼紫绡至，令会于偏殿。

【注释】

〔1〕泖（mǎo）湖：在今上海西，由上泖、中泖、下泖汇集而成。

〔2〕山主：指此山主人。

〔3〕华鬘天：即持华鬘天，佛教须弥山四天界之一。这里泛指天庭。许飞琼：民间神话传说中的仙女，为西王母之侍女。

〔4〕踧踖：恭敬却不自然的样子，形容坐立难安。

〔5〕玉宫：指月宫。

〔6〕把臂：握持手臂，表示动作亲密。

导者偕朱下阶，东行，绕回廊入曲室，榜曰“红蘅碧杜之馆”。馆中陈设雅丽，牙签玉轴，插架几满，湘帘棐几，古鼎香炉，皆非下方所有。朱至此，俗虑为之顿消。即有二雏鬟持镫扶一丽人至[1]。朱睨之，国色天香，仪态万方。导者乃揖朱告退。丽人竟前向朱敛衽作礼。朱至此殊不自解，因亦揖丽人，并坐。丽人忽笑曰：“别后阅两度沧桑矣，不意君狡狯技俩，尚如前日。”探怀中出一桃核，曰：“此即君向时所弃者也，盍携归人间，磨屑服之，可悟昔日事。”解朱佩囊，代纳于中。

顷之，雏鬟进酒馔，三杯后，遽撤去。丽人携朱手入内房，帷帐衾褥，无不悉备。雏鬟阖扉自去。宵漏将歇[2]，晨钟忽动。丽人促朱起，曰：“此间不可久留。君苟得归仙班，未必无再见之期。君其勉之。”因脱腕上金条脱二畀朱[3]，曰：“此金产自须弥[4]，濯于昆明，欧冶炼之[5]，工倕制之[6]，阅三千年而形质乃成，佩之可以延年益寿，御祸免灾。君其宝之，他日当有用处，上之足以保国家，下之足以卫闾里。记取白鹤降庭，即是重晤之期。人间天上，能勿依依？”朱辞出户，足绊于阈而颠[7]，蘧然惊觉，乃知是梦，顾二金钏仍笼于臂上。朱秘不告人。

【注释】

〔1〕镫(dēng)：灯。

〔2〕宵漏：指代夜间。漏，古计时器。

〔3〕条脱：一种臂饰，呈螺旋形，上下两头左右可活动，以便紧松。一副两个。

〔4〕须弥：即须弥山，原为古印度神话中的山名，后为佛教所采用，指一个小世界的中心。

〔5〕欧冶：即欧冶子，莫邪之父，春秋战国时有名的铸剑师。

〔6〕工倕(chuí)：巧匠名，相传尧时被召，主理百工，故称工倕。

〔7〕阈：门槛。

既抵沪，习贸迁术十余年[1]，橐中金尽归乌有，僦居僻巷，老屋三椽，聊蔽风雨。每至无聊时，辄摩挲金钏，扣之作歌曰：

天何苍苍兮水何茫茫？人生其间兮日为谁忙？世何多奸慝兮少贞良？令我徒慨慕乎黄唐[2]。吾生也何从来，死也何所归？美人一别消息杳，重相见兮知何时？聊作歌兮寄我之哀思！

歌声激越，如出金石，闻者多笑之，朱不以为意也。

朱嗜酒，量颇豪，可连举数十巨觥不醉。一夕醉卧，有偷儿入其室，遍觅室中，无所得，但敝衣数袭，破书几束而已。瞥见朱臂上金条脱熠然作光，殊耀人目，径前欲撄之[3]。不意甫近床前，钏光即飞绕其身，有如桎梏，偃卧地上。翌晨朱醒，叱之始起。询其故，始知为窃物而来者，驱之使去，匍匐而行，自此竟作废人。

【注释】

〔1〕贸迁：贩运买卖。

〔2〕黄唐：黄帝和唐尧的并称。

〔3〕撄（yīng）：本义指扰乱、干扰。这里指拿走，取走。

朱邻右有失火者，焰殊烈骤，烛霄汉，旁观者以为必及朱居，群来助其迁徙。忽朱臂上砉然作声，金钏飞悬空际，其大数亩，竟如环虹，火已旋灭，钏亦自归。众始知此为希世之宝，争问其所从来。朱为之略述颠末。有自命为鉴古者，曰："此辟火金也。"朱窃笑之。

惟朱徜徉海上，迄无所遇。其子已补博士弟子员[1]，有声庠序间[2]，数孙年亦舞勺[3]。玉树成行，彬彬诗礼。朱亦从不言归。有与之交三十年者，见其容转少于往时，人多以此异之。适海疆有兵事起，当轴者多以议款之说进[4]，朱独愤然曰："此可以术遣之也。"人问以何术，笑弗答。适有艨艟南驶[5]，搁于礁石，洞成一穴。人举以告朱。朱掀髯作得意语曰："海若效灵[6]，丰隆顺命[7]，即此知我国家如天之福，方兴未艾也，自此烽燧无惊,风涛克靖,垂数十年。"

【注释】

〔1〕博士弟子员:秀才。

〔2〕庠序:泛指学校。

〔3〕舞勺:典出《礼记·内则》:"十有三年,学乐,诵诗,舞勺。成童,舞象,学射御。"后指幼年。

〔4〕当轴者:要员,官居要职的人。

〔5〕艨(méng)艟(chōng):外体用牛皮保护的战船。

〔6〕海若:传说中的海神。

〔7〕丰隆:传说中的雷神。

朱之钏迄未一用。一日,朱大会戚友于洞庭东山,即在莫厘峰顶张锦幔数百丈〔1〕,异馔佳肴,水陆毕备,相识趋赴者,自远咸至。朱先期征召画舫,招集歌姝,吴门曲院中人为之一空,每一客选一妓为待,并歌以侑觞,劝饮循环,周而复始。

酒酣,朱离座而起,执铁如意作《胡旋舞》,扣铜槃歌前歌。忽有一白鹤自空际下,羽衣绛帻,神态不凡,朱竟乘之上升,拱手与众别。俄顷,已冉冉入云汉。众咸仰观,倏忽不见,人以朱为得道成仙,白日冲举云〔2〕。

或以告天南遁叟曰〔3〕:"《淞隐漫录》中有朱君乎?其事不可不志。"遁叟笑曰:"余与朱君为莫逆交,见其躯干丰伟,载以肥水牛,且虑弗胜,况能跨鹤飞升哉?世人所传,吾弗信也。"

【注释】

〔1〕莫厘峰:洞庭东山的主峰。

〔2〕冲举:飞升成仙。

〔3〕天南遁叟:作者别号。遁叟,隐居的老翁。

【评析】

本篇讲朱书成仙事。这位朱书生而灵异，长大后精通法术，靠此绝技带领亲友躲过战乱。何以朱书有如此高超的异术？通过一场梦境，作品为读者揭晓了他的身世之谜，其前世为天庭神使，因调戏仙子被贬下凡，需经人间轮回才可重返天庭。作品后半部重点展示朱书所佩金条脱的灵异和奇妙，直至朱书升仙成道。特别有意思的是作品的结尾，天南遁叟一番吐槽，对朱书进行解构，让读者对故事的真实性产生怀疑，朱书到底是一位得道仙子还是一位凡夫俗子？作者故布疑阵，没有给出答案，给读者留下了无限的想象空间。

郑芷仙[1]

孙荪，字伯兰，吴兴人[2]，自号苕溪醉墨生。自幼从其父游宦四方，寓居中州最久[3]。后生父以卓异调皖省，升任安庆太守。时当残破之后，廛市荒凉[4]，衙署颓坏。生以触目生悲，弗欲居署内。署旁有民屋三椽，乱后新葺，颇精洁，泉石清幽，花木萧瑟，别开静境[5]。主人故官中州，与生父为同寮，时已挈眷往任所，室固久虚，遂赁于生。生携琴书，入而居之，意颇适也。

一夕，有晋昌观察设宴招饮[6]，射覆猜枚，循环酬酢，廋词隐语[7]，各极其工。客有谈狐鬼事者，粉饰多端，妙绪泉涌。生时已薄醉，掉首弗信[8]，自谓生平从未见鬼，至狐能幻作人形，理之所必无也。

【注释】

〔1〕选自王韬《淞隐漫录》卷二。

〔2〕吴兴：在今浙江湖州吴兴区，位于苕溪下游，毗邻太湖。

〔3〕中州：指河南一带。

〔4〕廛市：集市，商肆。

〔5〕静境：静谧的环境，意境。

〔6〕晋昌：在今山西定襄西北。

〔7〕廋词：谜语。

〔8〕掉首：转过头，不理睬。

时正中秋，皓魄当空[1]，分外皎洁。酒阑人散，生乘兴踏月而归，莲漏已三下矣[2]。甫欲就枕，忽闻窗外有弹指声，心窃疑之。披衣起，从窗隙中窥之，见倩影亭亭，背立檐下。乃启门而出，果见一女郎，紫衣翠裙，丰神绰约。询其年，正碧玉破瓜时候也[3]。月下视之，姿态若仙，其一种风流韵致，出水芙蕖，不足比其艳；临风芍药，不足喻其娇。

生喜极欲狂，长揖谓女曰："适从何来，乃至此间？岂姮娥思偶，偷降红尘耶？"女笑曰："妾东邻阮氏女郎也，与君斋只隔一垣，因夜夜闻君读书声，知君为风雅士。今宵月色大佳，君何独处，得无患岑寂耶[4]？"生曰："玉趾辱临[5]，深慰客思。何不入斋小憩，作永夕清谈[6]？"于是携手入室，挑灯絮语。女微作倦态，支颐欲睡[7]。生遂拥之入衾，代解结束，相得甚欢，备极缱绻。

【注释】

〔1〕皓魄：明月。

〔2〕莲漏：即"莲花漏"，一种旧时的计时器。

〔3〕碧玉破瓜："瓜"字拆开为两个"八"字，即二八之年，指女子十六岁。

〔4〕岑寂：清冷。

〔5〕玉趾：白嫩如玉的脚。这里指对人脚步的敬称。

〔6〕永夕：指通宵。

〔7〕支颐：以手托下巴。

夜半，女起索茗，就生案头翻阅书史，见生诗稿，曼声吟哦[1]，若甚欣赏，因索生诗。生却之，不可。随取架上浣花笺赋一绝云[2]：

隔墙花影小徘徊，忽见凌波月下来。
并坐山窗无个事，喜红一点晕香腮。

女得诗，嫣然一笑，急纳于怀，曰："个书生喜嘲弄人[3]，当小报之。"遂殷勤作别，并言："花影横窗，漏已将尽，郎君宜寝，妾亦归矣。女红之暇，容再过访。幸勿为外人道也。"飘然竟去。生送至庭阶，为小石碍足，蘧然惊醒。时已邻鸡乱唱，灯火荧然，而一缕余香，犹在室中。明晨，于枕畔得玉钗一股，雕琢精细，钗背有字数行，细视，乃诗一绝，云：

花影当窗月在帘，晚妆懒与斗眉纤。
三更梦醒无人在，自起挑灯写玉签。

款题"玉雯女史清玩"，意即女郎名字也。生玩视良久，宝藏箧笥，什袭珍秘，弗轻示人。晚冀女郎复来，瀹茗于瓯[4]、焚香于鼎以俟之，十余夕竟不至，几疑为妖梦不复践矣。

【注释】

〔1〕曼声：舒缓而长的声音。

〔2〕浣花笺：旧时笺纸名。传说唐薛涛家在成都浣花溪旁，以溪水造十色纸，名"薛涛笺"，又名"浣花笺"。

〔3〕个：这，那。

〔4〕瀹（yuè）：煮。

一日，又从他处赴宴归，见窗中已有灯光，稍近，闻吟诗声，娇婉若女子。心喜玉雯再至，排闼急入，则一女子方伏案握管，若有所思，瞥睹生前，惊骇欲遁。生揽其袪曰[1]："半月不见，令人想杀。今夕何夕，乃得重逢。"女却立含笑[2]，曰："素未谋面，何出此言？"生谛视之，秀靥长眉，雪肤花貌，与前女堪称双璧。生乃释之，揖而言曰："虽不相识，亦请暂留。且既降敝庐，何不少坐？"女乃斜坐窗畔，若甚羞怯者。

【注释】

〔1〕祛：衣袖，袖口。

〔2〕却立：后退站立。

生见几上鸾笺一纸[1]，写已盈幅，珍珠密字，格胜簪花[2]。因谓女曰："此殆卿作耶？吾谓必系女相如，今固不谬。"女曰："匆促涂鸦，何足挂齿。郎君过奖，益汗颜耳。"生喜其吐属雅隽，亟请姓氏。女曰："妾姓郑，名芷仙，固槜李人而寄居于此者[3]。妾舅居君西舍，相距仅一牛鸣地[4]。今晨来省舅氏，遂得遇君。亦前缘也。若妾家，在独秀山麓[5]，离此约六十里许。倘蒙不弃，暇乞枉过。"言竟即欲辞去。

生揽之入怀，戏坐诸膝，曰："卿前缘尚未了，何遽言归耶？"女因问生娶未。生答以"待觅玉人，尚虚鸳牒[6]，惜不得如卿者订偕老耳。"又问生："可有外遇否？"生嗫嚅良久，不能答。女下立，拂衣欲行。生曰："梦中爱宠，何足为凭？"遂为女缅述前梦。女曰："此非梦也。东邻阮家玉姑，为妾姊妹行，惧君卤莽，故托之趾离以作合[7]，渠钗尚在君处[8]，其善藏之。不然梦寐无形，遗物何来哉？"生曰："然则卿与彼既为闺中密友，何不代我招致之，俾得同归一人，勿作尹邢而效英皇[9]，何如？"女为首肯，曰："自此始知君非怜新弃旧者矣。渠今夕往戚串家张筵赏月，作长夜饮，恐无暇赴桑中约也[10]。明夕当偕之来。"

生促女眠，再三始应。晚妆既卸，一笑入帏。生拥抱之，丰若有余，柔若无骨，叹曰："此真汉武温柔乡也。"既接，女娇啼宛转，若不胜情。生亦不敢尽其欢。睡未须臾，天已大明。女急起曰："贪眠忘晓，将为舅氏所知矣。"著衣下床，以素帕掷生怀，曰："弱质葳蕤[11]，为君丧守，今而后幸勿负余。"启关自行。生方冀夕间两美双双而至，不意久之杳然。

【注释】

〔1〕鸾笺：旧时纸名。指彩笺。

〔2〕簪花：字体的一种，为西晋卫夫人所创。

〔3〕槜(zuì)李：今浙江嘉兴。

〔4〕一牛鸣地：同“一牛吼地”，即牛鸣声可及之地，比喻距离较近。

〔5〕独秀山：在今安徽怀宁中部。

〔6〕鸳牒：《鸳鸯牒》，旧时传说中夙缘冥数注定作夫妻的册籍。

〔7〕趾离：梦神。

〔8〕渠：她。

〔9〕尹邢：汉武帝宠妃尹夫人与邢夫人的并称。因同时被宠幸，汉武帝有诏二人不得相见。后以尹、邢之事作彼此不相谋面的典故。英皇：帝舜二妃女英与娥皇的并称。帝舜继帝尧位，娥皇、女英为其妃。

〔10〕桑中约：指男女幽会的密约。典出《诗·鄘风·桑中》：“期我乎桑中，要我乎上宫，送我乎淇之上矣。”

〔11〕葳(wēi)蕤(ruí)：柔弱的样子。

适生以事西出郭门〔1〕，枉道经独秀山下，意将一访女居，顾忘询其居址门径，无从问讯，惟逢村舍庄居信步徐行，冀有所遇。偶至西偏山麓，一涧潆洄，跨以略彴〔2〕，人家三五，零星杂居于此，茅屋竹篱，颇饶幽致。涧尽处，丹枫翠柏，景物益奇。

一家临流结庐，似系新葺，最为高敞。生踞石少憩，忽闻双扉呀然开，一雏鬟携桶出汲，频睨生，若讶其装束之异者。生遂遥问此间有郑姓否，答曰：“我主人即郑翁也。”生即问以可与郑芷仙相识否，鬟作疑骇色曰：“此即我家三姑子也，为主人掌上珍。汝为远方客，何由知深闺姓字？请速去，误惹飞灾〔3〕，恐主人闻之，疑汝为狂且〔4〕，尔时鸡肋当饱老拳矣〔5〕。”

【注释】

〔1〕郭门：外城的门。

〔2〕略彴（zhuó）：小木桥。

〔3〕飞灾：意外的灾祸，横祸。

〔4〕狂且：行动轻狂的人。

〔5〕鸡肋：鸡的肋骨。比喻瘦弱的身体。

生不应，径行过桥，叩门求见主人，顷之，一苍头出[1]，询生何事。生曰："我亦浙人，与汝主人同乡。偶经此间，求一见以尽桑梓情，非有他意也。"苍头辞以主人适登南峰道院，与餐霞炼师讲求丹诀，非半月不下山也。生因诡云："居府署西者非汝主人内戚乎？昨渠眷属托以一物畀女公子。"乃出怀中素帕，加以纸裹，索笔书"芷仙三姑玉启"。

苍头入，未久即出，肃生入内[2]。凡历门闼数重，抵西楼下，茜窗半启，绣幕低垂。女曲肱侧坐，见生至，即起敛衽作礼。生视女玉脸不舒，翠眉欲蹙，一似重有忧者。生谓女曰："远来相访，幸得重逢。宜喜而悲，何也？"女曰："非君所知。自此一见，情长缘短，会少离多，是以悲耳。"即命婢媪设席桂轩，曰："轩中木樨盛放，香彻远近，当与君花下一饮为别。"席间劝饮殷勤，尽无算爵[3]。

【注释】

〔1〕苍头：指奴仆。

〔2〕肃：躬身作揖，迎揖引进。

〔3〕无算爵：指不限定饮酒爵数的饮酒礼，至醉而止。

酒酣，女扣铜槃作歌曰：

伊予自幼，生长红闺。但知欢合，焉识悲离？一自识君堕情劫，从兹一别人天隔。欲见君兮不可得，噫嘻乎！儿女情痴结成石。石可泐情不可灭[1]，与天地兮无终极！

歌罢，欷歔悲叹，涕不能仰，生亦哀从中来，强慰藉之。

耀灵西匿[2]，银蟾挂树[3]，生意欲留宿。女似不可而情不能舍，因命设衾枕于西厢，遂寻旧好。既而女谓生曰："妾与君缘尽于此矣！前一度为伉俪之始，今一度为夫妇之终，数由前定。愿君毋以妾为念。"即于胸前解玉佩一枚，系于生襟，曰："此妾婴年所弄[4]，见之如见妾也。"

【注释】

〔1〕泐（lè）：指石头沿着自身纹理裂开。

〔2〕耀灵：太阳。

〔3〕银蟾：月亮。

〔4〕婴年：少时，儿时。

正喁喁未已，忽闻人声喧沸，自远而近，继以枪炮迭发，摧山震岳。雏鬟仓皇掩入，曰："祸事至矣，何不速行，乃尚贪欢乐耶！"生急偕女出视，则汹汹数十辈[1]，已毁门而入。生疑为盗，执挺而前，欲与格斗。众瞥睹生，诧曰："君人耶？魅耶？抑山魈木客之流耶[2]？"生回顾，女已不见，屋宇全无，乃身在深林丛筱间[3]，骇甚，答曰："我为安庆太守子，迷途宿此。君辈何来？"众曰："吾侪猎户也。适逐群狐至此。君见之否？此间兽嗥鸟窜，凛乎不可少留[4]。君贵人，何为在此？"遂护之偕归。

【注释】

〔1〕汹汹：凶猛的样子。

〔2〕山魈（xiāo）木客：传说中山里的怪物，深山精怪。

〔3〕筱（xiǎo）：细竹。

〔4〕凛乎：让人害怕的样子。

【评析】

本篇讲孙荪遇狐事。孙荪平生不信狐仙鬼怪之谈，却偏偏接连遇到两位，先是遇见阮玉雯，随后遇到郑芷仙，他都没有觉得有什么异常，直到去独秀山下寻访，终于得知真相。作者很善于留白，在结尾处留下很多悬念：在猎人的追捕之下，郑芷仙的命运如何？原先的那位阮玉雯情况如何？孙荪得知自己所遇两位女子皆为妖狐，会如何面对？这些都是读者想知道的。将这篇作品与唐传奇《任氏传》及蒲松龄《聊斋志异》相关作品对读，可以看出其特色所在。

周贞女[1]

周媪，维扬人，居昆市街，素业官媒者也[2]。夫早没，赖此以糊口。生一女，小名喜子。自幼爱若掌珍，肌肤手足，无不保护臻至。常以香屑糁于饼饵中食之，积久，遍体皆香，盛夏汗出，衣尤芬馥，人因呼之为香女。稍长，姿态娟逸，丰韵娉婷，尤秀外而慧中。偶从人问字，即不忘，渐通书史。于女红更精绝。于是丽质艳名，交称一时。

女幼已许字于北乡某氏子，农家者流，蠢陋不知书。戚串家闻之[3]，皆有彩凤随鸦之叹[4]。女知之，自若也[5]。喜读《西青散记》[6]，每以绡山女子双卿自居[7]。在家不轻见人。手植海棠一枝于庭畔，曰："此古所称薄命花也。明秋若发，则薄命人终不至于沦落耳。"

【注释】

〔1〕选自王韬《淞隐漫录》卷二。

〔2〕官媒：官府批准以做媒为业的妇女，有的也从事贩卖妇女等活动。

〔3〕戚串：亲戚。

〔4〕彩凤随鸦：比喻淑女嫁鄙男。典出宋代祝穆《事文类聚》："杜大中起行伍，妾能词，有'彩凤随鸦'之句，杜怒曰：'鸦且打凤。'"

〔5〕自若：一如既往，神态自若。

〔6〕《西青散记》：史震林撰，记述女词人贺双卿生平及创作事。

〔7〕绡山女子：即贺双卿。

女年及笄，光彩艳发，见者惊以为天仙。一日，偕二女伴往游城西别墅，偶经一庙，香火颇盛，士女络绎。女亦入而观焉。神像为美少年，袍笏焕丽。二女皆仰瞩良久，俯而再拜，女但肃立于旁而已。二女既归，皆见神降其家，云将召之充妾媵，便发寒热，未几并殒。里人信神之灵异[1]，为塑二女像于侧。逾月，庙祝忽梦神语之云，“周家喜子，我素所倾慕。前来庙中，幸得一见。然桃李其容，冰雪其操，毫不可以非义干也。我欲纳为正室，汝其与里人商之。”

翌晨，庙祝告其梦于里中人，众咸称异，或有谋为神践约者，有识理者曰：“幽明路殊，人神道异。昔河伯娶妇[2]，乃巫觋惑众之所为也。神而属意周家女，神可自娶之。我辈人耳，不能代其纳采问名也[3]。”其议遂寝。

【注释】

〔1〕里人：同里的人，同乡。

〔2〕河伯娶妇：典出《史记·滑稽列传》。战国魏文侯时，邺地三老、廷掾，与巫祝勾结，假托河伯娶妇榨取钱财。每岁强选少女，投入河中。后西门豹为邺令，在河伯娶妇时，托言所选女子不美，要大巫、三老去与河伯商量，另行选送，把他们先后投入河中。

〔3〕纳采问名：旧时议婚仪式。

女一夕针黹之暇，倦甚假寐，恍惚间见有以鱼轩来迓者[1]，促女登舆。女问往何处，召者何人。舁者曰[2]：“去自知之。”逶迤数里许，见一大院落，入焉。凡历门闼数重，似进内室，闻有婢媪笑语声，乃停舆启帘，请女出见，则二女已候于舆左右。携手升堂，堂上巨烛如椽[3]，光明若昼。二女妆饰炫丽，珠翠环绕，非如向时。女知二女已死，亦不惧。问讯既毕，即曰："二姊至此间亦乐乎？"二女曰："思念父母，常怀耿耿。重泉相隔[4]，永无会期，惟有见之于梦寐中耳。"言罢，呜悒不胜[5]。

忽闻帘外履声橐橐[6]，二女起立曰："府君至矣。"侍婢掀帘，一伟丈夫闯然至前，貂冠狐裘，作本朝装束。女惊，欲避匿。二女曰："无妨。府君召阿姊来，本有事相求耳。"女知是前日之神，肃然改容。神向女长揖曰："幸降敝庐，得亲芳范，三生缘福，感切铭肌。"女双颊为酡[7]，羞赧不知所对[8]。神又曰："余虽旁有姬媵，奉侍巾栉，然中馈乏人，正位尚虚。卿德容俱备，柔淑堪嘉。倘肯下降，当以礼聘。"女怫然答曰[9]："村野陋姿，尘凡秽质，何堪上匹神明。况罗敷已自有夫[10]，使君曷能相逼？妾闻聪明正直之谓神；好色溺情，干名渎分[11]，人且弗为，而况神乎！"拂衣欲行。二女殷勤劝留，女执不可。

甫出门，黄沙茫茫，莫辨南朔。方惶迫间，忽见火炬蜿蜒若龙，呵殿声自远而至，驺从百余人，前后拥卫，舆中端坐一老者，古貌疏髯，相极慈善。瞥见女立道旁，问何以夤夜在此。女答以由神署出，距此约数十武而遥，并诉颠末。老者颔首微笑曰："此贞女，可敬也。"即命随身一仆，张灯送之归。女于道中私问仆曰："斯何神也？"仆曰："乃前任江苏巡抚丁公，赴玉阙征召，以有事，道经此间耳。"及巷口，女识己舍，甫欲叩扉，仆自后推之，蘧然而觉，乃知是梦。

【注释】

〔1〕迓（yà）：迎接。

〔2〕舁者：抬轿子的人。

〔3〕椽（chuán）：放在房梁上架着屋顶的木材。

〔4〕重泉：指九泉。

〔5〕呜悒（yì）：形容声音低沉凄切。

〔6〕橐（tuó）橐：形容硬物连续碰击的声音。

〔7〕酡（tuó）：脸色变红。这里指害羞。

〔8〕羞赧（nǎn）：羞愧得脸红。这里指非常害羞。

〔9〕怫然：愤怒的样子。

〔10〕罗敷：旧时美女名。

〔11〕干名渎分：意同“干名犯分”，指做出不好行为影响名誉和地位。

未及匝月[1]，神庙毁于火。女同巷有徽商程姓者，拥厚资，习贸迁术。夙闻女美，继知其已字人，亦姑置之。

一日，经女门外，女适自戚串家归，觌面相逢[2]，视之独审，一种妩媚之态，秀娴之致，几令人魂销志丧。商归，为之颠倒竟日，顾计无所出。程固孤身作客，邻有李妪者，亦惯作冰上人，固与周媪同业相善，而时向程有所借贷，前曾托以觅小星，妪锐身自任。适吴门褚家有姊妹花将择人而事，容色花妍，肌理玉润，推为此中翘楚。妪以为必惬程意，招程往观。程见之，殊不许可。妪曰：“此种人物，可冠群芳，岂能于寻常小家女子求之哉？若欲胜此，殊非天上神仙耳。”程屡作掉首状，曰：“汝言过当。世间女子之美，孰有如周家喜子者？汝苟能为撮合山[3]，当以三百金酬汝，俾汝下半世吃着不尽也。”妪曰：“喜子已有婿家，一时岂能进言？君必欲得之，当以计取，但愿出聘金若干？若能动媪意，拼此一副老面皮，与汝一行。”程曰：“三千金如何？”妪曰：“此数亦不为少，但观汝福命何如耳。”

【注释】

〔1〕匝月：满月，此处指一个月的意思。

〔2〕觌面：当面，面对面。

〔3〕撮合山：媒人。

翌日，李往媪家闲谈，言次，夸述程商之富，谓：“程商去岁屯谷，人皆笑其愚，今春采买者接踵至，价日昂，获利倍蓰[1]，前后计得数万金。闻将以三千金觅丽姝为篴室[2]，特浼老身为媒[3]。顾选择殊苛，迄无当意。褚家姊妹名著金闾，在裙钗队中可屈一指，渠意犹以为未足，反谓必如君家喜子，乃可谐鸾凤侣也。乞儿思啖鹅炙[4]，真妄想哉！"

媪闻言，意似歆动。妪曰："程商性情和易，汝亦识之。有急求贷，从不却人。其家又不在此，虽曰篴室，无异嫡妻。不知何家女郎有福，独能消受耳。"媪曰："我家喜子从不出外，不知程商于何处见之，竟至喋喋誉于人前？"妪曰："程商思慕喜姑，却出自一片真诚。彼愿以三千金作聘礼，亦惟若喜姑之美，方肯耳。非老身敢多言，喜姑若从程商，戴金珠，曳罗绮，厌珍错[5]，饱膏粱，强如嫁牧牛儿，仆仆于风日霜雪中哉！"

媪沉吟不语[6]。妪又曰："贫家耕作汉有一辈子不得百金者，今一旦骤获三千金，则高墉厦屋，良田沃产，何所不有？我嫂此时鲜衣美食，享奉丰余，老身若来，徒仰臧获辈鼻息矣[7]。"媪曰："喜子已字乡人，汝所知也。今若适程商，当以何计？"妪曰："牧牛儿安知许事？愓之以势[8]，诱之以利，无不从者。一纸离婚书，保在老身双手取来，嫂可安然作富翁岳母也。"

【注释】

〔1〕蓰（xǐ）：五倍。

〔2〕篴（zào）室：妾。

〔3〕浼（měi）：恳托。

〔4〕鹅炙：典出《南史·庾悦传》《晋书·刘毅传》。晋刘毅家在京口，初酷贫，尝与朋友向江州刺史庾悦借东堂共射，悦不许。众皆避去，唯毅留射如故。时庾悦食鹅，毅曰："身今年未得子鹅，岂能以残炙见惠。"悦又不答，毅常衔之。毅显贵后，对悦报复，悦忿惧而死。后以"鹅炙"指英雄或贵人尚未发迹。这里有"癞蛤蟆想吃天鹅肉"之意。

〔5〕珍错：即山珍海错，指水陆出产的珍美菜肴。泛指丰盛美味的食物。

〔6〕沉吟：深思、犹豫。

〔7〕仰鼻息：依靠别人而生存，只能看人家的脸色行事。臧获：对奴婢的贱称。

〔8〕愓：恐吓。

妪固素识北乡里正[1]，啖以重利[2]，招乡人子来，始恫以危词[3]，继慰以甘言，乡人子惧，愿作离书，不敢与贵官争。里正畀以二百金，欣然出望外。于是遂纳程聘。

行聘之日，礼币华美，舆从烜赫[4]，同巷中人，群相艳羡。媪以旧居湫隘[5]，别赁新屋。喜子微有所闻，而未悉其详，乘间问母。媪知女志，辄枝梧其说[6]。既而亲迎有日矣，向时女伴，咸向媪作贺，群曰："喜姑真有福哉，今作富家姨矣！"媪又尽出衣饰陈诸庭，益啧啧叹美[7]。众意喜子必欢乐逾平时，而观其容色惨沮，一似重有忧者。

将嫁先一夕，闭门早卧。明日，花影已过三竿，而双扉尚未启。媪呼之，弗应。惧有变，破扉竟入，则女僵卧于床，气绝体冰，早已花蔫玉碎矣。搜之枕畔，角盒犹存，盖一盏阿芙蓉膏[8]，正其毕命汤也。

【注释】

〔1〕里正：里长。

〔2〕啖（dàn）：用利益引诱人。

〔3〕恫（dòng）：恐吓，吓唬。危词：骇人的话。

〔4〕烜（xuǎn）赫：形容声势盛大。

〔5〕湫（jiǎo）隘（ài）：低洼狭小。

〔6〕枝梧：支吾。

〔7〕啧啧：咂嘴声，表示赞叹。

〔8〕阿芙蓉膏：熬制成黑色胶状的鸦片。

呜呼！心如皦日[1]，悲同穴于何年[2]？莲出污泥，实所生之不偶[3]。其人其事，足以风矣[4]。媪以既丧明珠，草草殡殓。一时亦无文人学士表彰其事者。

喜子以一小家女子，而深知从一之义，誓殉所天，不以贫富易心，一丝既定，万死不更。“芝草无根，醴泉无源”[5]，洵然哉[6]！乃世徒讲求门第，请旌乞奖半在阀阅[7]，而茅檐蔀屋则罕闻焉[8]。古今来毅魄贞魂，有不同声一哭哉！

【注释】

〔1〕皦日：明亮的太阳，多用于誓词。

〔2〕同穴：典出《诗·王风·大车》：“谷则异室，死则同穴。谓予不信，有如皦日！”后以“同穴”指夫妻合葬。

〔3〕不偶：命运不好。

〔4〕风（fěng）：同“讽”，吟咏。

〔5〕芝草无根，醴泉无源：典出虞翻《与弟书》：“扬雄之才，非出孔氏之门，芝草无根，醴泉无源。”比喻一个人优异的德才出自于自身的磨炼，并不一定要有什么渊源。

〔6〕洵（xún）然：确实如此。

〔7〕阀阅：有功勋的世家。

〔8〕蔀（bù）屋：用草席盖顶的屋子，代指贫寒人家。

【评析】

本篇讲周喜子贞烈事。周喜子与一般小说中所写的痴情女不同，她并没有遇到自己的如意郎君，而是从小许配给一位农家郎，这位农家郎粗鄙没文化，可以想象这样的人生并不令人期待。这样的人值得周喜子为之守贞吗？也许很多人认为不值得。有这种想法很正常，但不能忽略了一个问题，那就是个人的意愿，不管是神仙逼婚还是母亲的悔亲，都没有考虑周喜子本人的感受，他们没有让她本人做出选择，全是用外力强迫她接受。忽视个人的意愿就是对人的不尊重，周喜子未必喜欢与她定亲的那个男人，但她不喜欢受人摆布，她捍卫的是个人的尊严。她的贞烈从这个角度来看，也许更有意义。

杨素雯[1]

陆生仲敏，吴人，世居常熟虞山下[2]。家有小园，依山叠石，因涧凿池，林木蓊郁，花竹清绮。生幼失怙恃[3]，寡婶抚之成立。娶于世族，未一年，遽赋悼亡。生亦不甚措意。生平淡于荣利，不求仕进。早岁入邑庠，即弃帖括。性好读书，奇编秘帙，不惮以重价购置，所藏数万卷，俱雠校精审可传[4]，一时藏书之名，与昭文张金吾埒[5]。

闻杭郡某宦家有异书，其子孙式微，将贬价斥售，并慕西湖山水名胜，欣然买棹往，寓于孤山寺旁古馆中，左即张氏梅花屿，右即水仙祠也。四周缭以短垣，藤蔓纠结。墙外古树参差，蔚然深秀。生所居纸窗竹榻，雅洁异常，意愿颇惬，拟久住为消夏计。每于诵读之暇，或骑驴，或泛舟，随兴所至，游览于六桥三竺间[6]。

【注释】

〔1〕选自王韬《淞隐漫录》卷二。

〔2〕虞山：旧时称乌目山，在今江苏苏州常熟境内。

〔3〕怙(hù)恃(shì)：父母。

〔4〕雠：校对。

〔5〕昭文：旧县名。清雍正二年(1724)分常熟县(今属江苏)置，与常熟同城而治，辖城东偏。张金吾(1787—1829)：字慎旃，别字月霄，常熟人。科考不顺，专心藏书。埒(liè)：相等，相当。

〔6〕六桥：一说西湖外湖苏堤上之六桥，名为映波、锁澜、望山、压堤、东浦、跨虹，宋朝时苏轼所建；一说西湖里湖之六桥，名为环璧、流金、卧龙、隐秀、景行、浚源，明朝时杨孟瑛所建。三竺：指灵隐山飞来峰东南的天竺山，有上天竺、中天竺、下天竺三座寺院，合称"三天竺"，简称"三竺"。

一日饭后，就近散步，见一女郎踯躅树下，欲行又却，旋复拂石藉帕而坐[1]，手抚其足，一若楚痛不能步履者。生行近视之，则容光靡艳，丰韵娟秀，非寻常闺阁姝也。生从未见此丽质，不觉魂销心醉。便欲与语，惟恐唐突，因呼童取竹椅至，长揖谓之曰："石凉且湿，盍就此少憩？"女强起，裣衽答礼，颊晕红潮，赧然不能启口〔2〕，久之，但嗫嚅道一"谢"字而已。

顾日影衔山，月痕映树，犹不言去。生乃询女家何处。女曰："家在涌金门内〔3〕。顷与东邻数姊妹结伴同来，荡桨前湖，至此系缆偕登。途中见一白兔突起草间，逐之数匝，遂与女伴相失。渠等想已解维去矣〔4〕。余足纤弱不能行，奈何？"生曰："敝寓距此咫尺，若不嫌亵，暂宿一宵，何如？"女曰："寓中尚有何人？"生曰："惟一仆僮供驱使，此外无人。"女曰："遇等水萍，嫌同瓜李，孤男寡女，便尔栖宿，何以归告父母？"生曰："托言在戚串家，何害？"女意似可，谓生曰："且就尔居，再定行止。然须仗君力扶。"生乃携女手而行，柔荑滑腻〔5〕，十指如削葱。生淫情荡漾，几不自持。

【注释】

〔1〕藉（jiè）：衬垫，把东西垫在下面。

〔2〕赧然：难为情的样子，羞愧的样子。

〔3〕涌金门：旧时杭州西城门之一。五代天福元年（936），吴越王钱元瓘引西湖水入城，在此开凿涌金池，筑此门，门濒湖，东侧有水门。传说是西湖中金牛涌现之地，故此得名。

〔4〕解维：解缆，即解下系船的绳索，开船。

〔5〕柔荑（tí）：植物初生叶芽，多用来比喻女子柔嫩洁白的手，借指女子的手。

既抵生斋，女即斜卧于床，曰："今日惫甚矣，乞赐琼浆，以慰渴吻〔1〕。"生命瀹普洱茶以进。女饮而甘之，曰："此味绝胜龙井，胸鬲为之一快。"须臾，月上窗棂，花影零乱，煮酒既温，举杯相属，生曰："有仓猝客，无咄嗟筵，山肴野蔌，不足供下箸，若之何？"女笑曰："君虽客气，亦未免太俗矣。此正儒素家风味也[2]。”见案头有玉溪生诗，评泊殆遍[3]，因问生曰：“此君手笔耶？”生曰：“然。”女曰：“然则我两人固有同嗜也。请即以诗中语为射覆[4]。”生曰：“诺。”女机警敏捷，生往往为所窘，饮无算爵。女量甚豪，辄代生罚。

酒罢宵阑，女谓生曰：“君可襆被宿斋外[5]，让女元龙高卧何如[6]？”生曰：“自然开并蒂花，结连理枝，同衾合枕，为一对野鸳鸯也。”女曰：“可疏《药转》一诗[7]，然后许汝。”生援笔索纸，顷刻立就。女览之，笑曰：“此非急就章，直宿构耳[8]。”生不俟女命，解衣登榻，女宛转随人，欢爱臻至。

天明，女即欲别去。生询其居止姓氏，不答，但曰：“勿泄于人，自可常至。”生请订期。曰：“乘间即来。设或乖约[9]，君望徒劳，侬心更戚。”执手婉恋，泪眦荧然[10]。女令生送至湖边，适垂杨下维一舴艋[11]，与女相识。女呼之来前，竟登焉，载女至烟波深处，倏尔不见。生四顾踟蹰，怅然若有所失。自此枕簟间恒有异香，经月不散。

【注释】

〔1〕渴吻：指唇干思饮。

〔2〕儒素：读书人家。

〔3〕评泊：评论。

〔4〕射覆：旧时一种猜谜游戏，将东西覆于器物下，让旁人猜。后来也用于称行酒令时用字句暗指事物，让人猜测。

〔5〕襆被：用袱子包扎衣被，准备行装。

〔6〕元龙高卧：典出《三国志·魏志·陈登传》，许汜与刘备论陈元龙，汜曰：“昔遭乱过下邳，见元龙。元龙无客主之意，久不相与语，自上大床卧，使客卧下床。”陈登：字元龙。后人用“元龙高卧”作为怠慢客人的典故。

〔7〕疏：对古书的注解和对注解的注释，这里指为《药转》一诗做注释。药转：李商隐《药转》：“郁金堂北画楼东，换骨神方上药通。露气暗连青桂苑，风声偏猎紫兰丛。长筹未必输孙皓，香枣何劳问石崇。忆事怀人兼得句，翠衾归卧绣帘中。”

〔8〕构：搭建。此处指构思。

〔9〕乖约：违约。

〔10〕眦：眼角，眼眶。

〔11〕维：系。舴艋：小船。

生冀女重至，久之杳如。常乘一舸，溯洄涌金门左右[1]，庶几一遇。时正七夕，双星渡河。薄暮瞥见一舟，容与中流，女在其上，翁媪端坐于中，旁侍雏鬟三四人。生见女欲呼，女急挥扇遥止之。生会其意。行稍近，但以眉目流盼送情而已。生令舟人尾之而行。既至涌金城外，女全家舍舟登岸，生亦从之。入城，生亦入。转瞬抵一甲第，翁媪偕众女子鱼贯并进，双扉遽阖。生徘徊门外，蹀躞往来[2]。欲询之左右邻人，苦无相识，无从问讯。正踌躇间，忽一垂髫婢自侧门出，向生曰："子非陆郎乎？我家姑子唤汝入，但勿多言，主人若知，败矣。"引生从曲巷中行，须臾至一园，楼台幽敞，花木萧疏，径甚曲折。回廊既尽，乃渡小桥，河中多植白菡萏[3]，开尚未谢，清香袭人。婢导生登八角亭，则女与向之三鬟皆在焉。几上陈设瓜果，烛影摇红，香痕篆碧，翦纸所制各物，雕镂精细，巧夺天工。

【注释】

〔1〕溯洄：逆流而上。这里指流连，徘徊。

〔2〕蹀（dié）躞（xiè）：小步走路的样子，也可指徘徊的样子。

〔3〕菡萏：荷花。

女见生至，执手欣慰，使与诸女郎相见。著紫罗衫，曳碧縠裙[1]，颀身玉立，姿致娉婷者，为纤纤；服红绡半臂，两颊泛潮霞，双眸凝秋水者，为娟娟；发犹覆额，窄袖散袴[2]，翘绣屧如结锥[3]，肤白于雪，眼明于波者，为翠翠。生一一与之问答。三女容色娇妙，词语清隽，皆非尘世中人。生如入群仙队里，心旌摇摇，不能自主。女曰："今夕之会，殆是天缘，各作一词以写景物。"生曰："善。"于是各给纸笔，拈韵牌，拣词调，各自构思。

女词先成。生视之，云：

卷帘一笑，侍儿传说秋期到。瓣香尊酒安排早，碧落银潢[4]，今夜新凉悄。　何须乞尽人间巧，何须乞福萦尘抱，何须更乞才华好，只乞有情眷属都偕老。

生读甫竟，啧啧赞曰[5]："女学士毕竟射雕手[6]。末句即为我两人佳谶矣。"纤纤词亦就，女为代吟，云：

乍警秋心，未谙离绪，针楼倦绣招邻女。巧蛛藏盒暗沉吟，乞他结就同心缕。　耿耿星河，泠泠风露，香团百和金炉炷。深情脉脉祝天孙，怕教同伴闻私语。

【注释】

〔1〕縠（hú）：有皱纹的纱。

〔2〕裈：有裆的裤子。

〔3〕屧：木鞋。结椎：旧时有解结椎，是解结的一种工具，状如羊角。此处形容鞋子精致，脚型小巧。

〔4〕银潢：天河，银河。

〔5〕啧啧：说话很快的样子。

〔6〕射雕手：射雕能手，借指才技出众的人，此处指诗词写作水平高。

女曰："纤姊吐属毕竟不凡，深心人别有怀抱也。"生回视二女，或凭阑低讽，或望月曼吟，搜索殊苦。因谓女曰："佳景当前，正宜情话，乃必强人以难事，卿亦恶作剧哉。请除此令。"女曰："小妮子犹可恕，岂汝秀才家亦曳白哉[1]？"生曰："余腹稿已成，写出就女学士评骘何如[2]？"生词云：

纤云如织，明河如滴。怅佳期误却前期，算来今夕何夕。这谁家院落，无端又，璧盒银盘竞陈设。私忱暗祝，花下久立。绡衣薄，露华湿。休羡双星，天生就，聪明福慧，纷纷向伊乞。　旧聘钱，负了终须直；旧情人，见耶终须别。待经年，一度相逢，满腔离绪恁说。晓乌啼急。况侬是，梦也全无泪空拭。便再到那画楼畔，觅芗泽[3]，事已非，时已易。剩金针彩线团作茧，总比不得心头结。

【注释】

〔1〕曳白：卷纸空白，只字未写。这里指考试交白卷。

〔2〕评骘（zhì）：评定。

〔3〕芗泽：香泽，香气。芗，同“香”。

女拍生肩曰：“妙得双关，道得出个中心事。”于是绮筵已设[1]，遂各入座。诸女郎酒量俱豪，无不满浮大白。女曰：“若此可称颠饮[2]，易入醉乡。不如击鼓催花。”咸曰：“妙。”既毕，继以拇战[3]，钏动觞飞，酒至立尽。嗣又射覆藏弡[4]，备极其乐。生醉甚，伏几而寐。诸女郎亦玉山颓倒。纤纤藉地趺坐，枕生股沉沉睡去。

天明，生觉凉露侵衣，细荆刺鼻，开眸微视，则第宅全无，亭台尽失，乃偃卧于荒冢上。大惊起立，则正中一巨圹，余四五小冢，其一石碑犹存，剔苔细认，为“杨素雯女史墓”。生知为遇鬼，踉跄而归。

【注释】

〔1〕绮筵：华美丰盛的宴席。

〔2〕颠饮：放浪形骸地狂饮。

〔3〕拇战：亦称“划拳”，酒令的一种。

〔4〕弡（kōu）：指环之类的物件，如扳指。

越二十余年，家日落，藏书大半散佚，馆于槜李吴氏。复值七夕，忽梦前女子至曰："君忆素雯乎？地下亦殊乐，何必久恋人间也？"生方欲有言，闻邻犬吠声，遂寤。因填《鹊桥仙》词一阕以寄意云：

予怀渺渺，予情惘惘，秋到兰闺寂寂。伤心潘鬓已萧萧[1]，最怕是年年此夕。　寻盟何处，招魂何地，瓜果芳筵空设。人间天上两茫茫，正凄绝生离死别。

后旬日，无疾而逝。

【注释】

〔1〕潘鬓：中年即鬓发斑白的代称。典出潘岳《秋兴赋并序》："晋十有四年，余春秋三十有二，始见二毛。"中年便有白发，是未老先衰的标志，这里有感叹时间飞逝、年华逝去之意。

【评析】

本篇讲陆仲敏与女鬼杨素雯相恋事。从作品前半段来看，不过是一般志怪小说中常见的人鬼相恋故事。陆生在西湖遇到一位脚部受伤的美貌女子，将其带回家中，两人结下一段浪漫情缘。其后，女子杳无音信，陆生经过一番寻找，终于到了女子家中，欢宴之后，才发现女子原来是女鬼。与其他作品不同的是故事的结尾，陆生后来家道中落，不复当日的潇洒和从容。这时女子出现，约定两人到地下重续姻缘。看似团圆，但又与通常所见的那种洞房花烛的团圆不同，带有一种悲情色彩。宋元话本小说《碾玉观音》也有类似的结尾，可以参看。

冯香妍[1]

香妍冯姓，吴门人[2]。本住金阊以避乱，徙居陆墓有年矣[3]。父亦黉序中人[4]，中年习贸迁术，丧其资，仍在家设帐授徒焉。母氏早丧，家中惟一老媪主持中馈事[5]。香妍貌美质慧，父早晚授之读，书史经目一过，即能背诵，胜于塾中儿十倍。以是奇爱之，掌上明珠不啻也[6]。前行贾汉皋时[7]，曾买一婢，曰漱华，至是年已十四，性颇灵警，使为闺中作伴，以解寂寞。

同塾有杨氏儿者，亦世家子，年与女相若，美秀而文，正堪称一对璧人[8]。女或采花庭前，与生值，两相注视，甚为爱悦，虽不通一语，然两心印许，已达微波。

翌日，女摘秋海棠一枝，使婢持赠生，谓："可供于胆瓶，为案头清玩。"并以纸裹一掷生书案。生启视之，乃两绝句，云：

新月生凉夜气清，罗衣不耐坐深更。
一钩未有团栾意[9]，照著侬来分外明。

孤影疏灯怕上楼，泪珠常向枕函流。
秋来心事谁能晓，诉与天孙不解愁。

簪花字格，秀媚异常，生自叹弗及。纸尾并不署名，生知为女作，什袭珍藏，思和韵作答，以未谐竟病中止。

【注释】

〔1〕选自王韬《淞隐漫录》卷二。

〔2〕吴门：今江苏苏州。为春秋吴国故地，故称。

〔3〕陆墓：在今江苏苏州相城区。

〔4〕黉(hóng)序：旧时学校，这里指冯父曾以教书为生。

〔5〕中馈：家中饮食等事务。

〔6〕不啻(chì)：不止，不亚于。

〔7〕行(xíng)贾(gǔ)：指到外省或外市经商。汉皋：汉口的别称。

〔8〕璧人：玉人，这里指一对十分般配的男女。

〔9〕团栾：指圆月。

嗣后屡欲觌面申情[1]，以有人在侧，未能通意，俯首叩膺[2]，形于咏叹。适有戚串为生议姻事，生微闻之，意颇不欲，而赧于启齿。继闻已有成议，计无所出，凌晨独至塾中，见女正在木樨树下，折得一枝，低徊玩视。瞥睹生，讶其来何太早，以手招生。生趋前，女举手中花畀之，曰："此为兄异日蟾宫折桂兆。"生曰："兄意不在桂花，所冀者，欲与嫦娥偕老耳。安得乞药于西王母，同奔月窟哉？"女颊微红，方欲有言，生遽语女曰："前惠两诗，已悉妹意，深篆兄心[3]。兄日夕所盼者，正在团栾两字耳。奈缘几乖离，事多错迕[4]，父母已为兄议婚他族，兄虽不愿，而弗能以此心白诸堂上，无已，只有出外避之而已。兄心中惟妹一人，'在天愿作比翼鸟，在地愿为连理枝'，生生世世，弗敢离也！"言讫，即解玉佩一枚为赠，并为女系之胸前襟上。忽听亭前有嗽声，女急逸去。生亦自归。

薄暮，生父母遣人至塾觅生，谓"不归已竟日矣"。女父谓："今日从未来塾中。"于是阖家疑讶，侦骑四出，踪迹杳然。女知生之行也为己，往往暗中饮泣，达旦不寐，自誓于所绣大士前，愿与生今世为夫妇，矢死靡他，晨夕焚香顶礼。婢殊黠慧，微窥其意，知必因生。托词询女，女以直告，并曲意结纳[5]。

【注释】

〔1〕觌面：见面，当面。

〔2〕叩膺：拍打胸部。

〔3〕篆：铭刻、铭记。

〔4〕迕（wǔ）：违背。

〔5〕结纳：结交。

婢女有表兄潘元伟，美丰仪，是年以第一人入泮[1]，以至京江[2]，顺道来谒。女父留之信宿。窥女艳绝人寰，心大动，归告父母，特遣媒妁，宛转致词。女父以门户适相当，并仰其富，遂许之，纳币诹吉[3]，亲迎有日矣。女知之大惊，商之婢，无万全策，计不如远飏。卜于大士前，吉。乃窃父衣冠，易男子装，与婢偕遁。行抵浒关[4]，徬徨无所适，主婢踯躅河旁。适长年待雇者，以数日不发，急于延揽，问女："往金陵乎？愿贬价。"女漫应之。箱箧被褥，先已购诸市肆，命取行李，登舟即行。既至，宿逆旅中。每遇风日晴美，辄往游寺观，遇佛即祷。

【注释】

〔1〕入泮：旧时学宫前有泮水，故称学校为泮宫。学童入学为生员称"入泮"。

〔2〕京江：今江苏镇江。

〔3〕诹(zōu)吉：商订吉日。

〔4〕浒关：即浒墅关，在今江苏苏州虎丘区。

先是，生之出也，依依无所之[1]，闻维扬风月甲大江南北，名园广囿[2]，花木繁绮，买棹径往，僦旧家别墅，以憩行装。或告以园久荒芜，恐有妖魅。生不之信。一夜，篝灯方读，忽闻门外有弓鞋细碎声，行渐近，门呀然自开，一女子娉婷至前，容貌绝世，光艳罕俦[3]。生悸甚，疑为鬼，急呼侍童，则已入睡乡。生战栗之色可掬。女嫣然一笑，摇手止之，谓生曰："郎尚忆意中人乎？"生问为谁女。曰："香妍冯氏女，非郎所属意者乎？郎如欲见，可随我往。"即携生手出门，踏月行落叶中，簌簌作响。

须臾，抵一园，垂柳覆石，疏花罥篱，画阑屈曲，径颇幽邃。女曰："此即妙相庵也。兵燹之后，此独完好，聊以点缀名区。"生随女绕廊而行，继而峰回路转，乃得一亭。亭畔一美少年据石磴斜坐[4]，旁立一幼僮，作指画状。女谓生曰："此即意中人，牢记勿忘。他日郎见奴时，幸为留意，毋抛却撮合山也。"生正注眸审视，忽一斑斓猛虎从亭后出，直扑生。生惧，大呼，蘧然而觉，则正隐几假寐也，一灯荧然，万籁俱寂。回觅前女，形影俱杳。生连呼咄咄怪事。

【注释】

〔1〕伥伥：无所适从的样子。

〔2〕囿（yòu）：聚集。

〔3〕俦（chóu）：相比。

〔4〕石磴：石阶。

明日，偶与居停主人谈狐鬼〔1〕，因问此间有妙相庵否。主人曰："距此不过一江隔。"为话金陵多名胜地，六朝金粉，自古艳称。生跃然兴发，即欲往游，怂恿主人偕行。束装就道，流连匝月，迄无所遇。生每日必游妙相庵，与庵中主持者渐相稔，爰乞赁一椽，为诵读下帷所〔2〕。由是明月清风，昼夜领略，时时物色梦中所见。

一日，方趋亭角观斗鸡，则一美少年已先在，谛视若旧相识，恍惚复入梦境。少年亦目注生不转瞬。方欲诘问，一童匆匆入亭，向生曰："何处不觅杨相公，乃在此耶？"生询姓名。童曰："此间非谈衷曲处。杨相公寓居何地？"生曰："离亭数百武，即吾斋室。"童曰："有同寓人否？"生曰："素性耐岑寂〔3〕，不能与俗客处也。"因转揖少年曰："此即贵纪纲否〔4〕？颇甚伶俐。仆如此，主可知矣。"少年觍覥不遽答，随生下亭，曲折循径行，径尽抵一轩，轩外马缨花怒放，红紫绚烂，临窗芭蕉数本，额曰"绿阴人静"。就一轩区为内外两室，内则生卧房，外则为宾客憩息所。坐既定，生谓少年曰："似曾相识，但无从忆起。"少年泫然曰："冯家香妍，君忘却耶？兹不过易钗而弁耳〔5〕。"生蹶然起曰〔6〕："我固谓是阿妹！特已改妆，未敢唐突。此僮非即漱华耶？尚仿佛可认也。"于是女为缅述颠末。生因欷歔不已。女曰："妹之出也，冒君姓，前于逆旅中得遇冯侍郎公子，以文字相契，劝妹应秋试，特为纳粟入监〔7〕。妹思为期已近，倘得侥幸获隽〔8〕，偕君北上，然后改妆未晚也。"

【注释】

〔1〕居停主人：房东，房主。

〔2〕下帷：放下室内悬挂的帷幕，指闭门苦读。

〔3〕岑寂：冷清。

〔4〕纪纲：这里指仆人。

〔5〕易钗而弁（biàn）：这里指女扮男装。

〔6〕蹶然：急忙起身。

〔7〕纳粟：明清两代捐纳财货进国子监为监生，可直接参加省城、京都的考试，这种途径被称为纳粟。入监：进国子监读书为入监。

〔8〕获隽：会试得中。泛指科举考试得中。

自此女迁于生所，昼则课文，夜则谈诗。既而三场文字颇得意，榜发，高列前茅。女托病不见客，一切酬应，皆以生代。北至京师亦然。会试入彀[1]，名次稍后。殿试则居然生出，应命矣。及授榜下知县，奉旨归娶，女乃改妆偕返。时潘氏子已娶他姓女，不复究前事。亲迎日，香舆彩仗，仪从烜赫，极一时之盛。从婢漱华，后亦备小星之列。

生之遇女也，先之以梦，顾追忆梦中人容华，恒往来于心，不能去怀。逮部选河南固始县，领凭赴任，摘伏锄奸，折狱听讼，殊有明决。才三年，任将满，有控谋杀亲夫案者，犯妇上堂，亲加研鞫[2]，视之，即梦中人也。询其何故杀夫，则泪堕如绠縻[3]，冤楚万状。验夫尸，则枯瘠如人腊，绝无服毒痕。其姑年止四十许，妖冶动人。访之舆论，秽声藉藉。生知事必有因，再三缉问，底里尽露。

【注释】

〔1〕入彀：这里指参加会试考试。

〔2〕研鞫（jū）：审讯。

〔3〕绠（gěng）縻（mí）：雨水泻注的样子。这里形容泪水多。

盖氏夫患痨瘵病[1]，将死，信俗冲喜之说，迎女成婚。氏夫越宿即殒，女犹处子也。姑之所欢见女美[2]，强欲犯之，女不可。百端诱惑，终不从。所欢憾甚，与姑谋，诬以杀夫，始不过思恐吓之，冀遂其欲。女兄弟闻之，怒甚，登门诟骂。姑羞恼交并[3]，至控于官。衙中胥役，行贿几遍。微生发其覆[4]，则女殆矣。冤既白，女感生德，竟随生归江南，居妾媵焉。

【注释】

〔1〕痨(láo)瘵(zhài)：肺结核病。

〔2〕姑之所欢：这里指婆婆的相好。

〔3〕交并：交织在一起。

〔4〕微：无，非。

【评析】

本篇讲冯香妍与杨生离合事。这篇作品颇有戏剧性，且结构精巧，故事中套故事。大的故事是冯香妍与杨生的爱情故事。两人情投意合，私定终身。无奈双方父母各为定亲，两人只好外出逃婚。杨生做梦是故事的重要转折，梦中有位女子带他看到了冯香妍，杨生根据梦中的线索，找到了她。经过一番努力，终得金榜题名，洞房花烛。由此引起一个小的故事，原来杨生梦中的那位女子遇到冤案，杨生为之昭雪。之后，女子也嫁给杨生为妾，两个故事至此合流。不过作品留下了一个疑问：那个女子如何有超能力进入杨生的梦，为其引路？既然有超能力，何以无法解决自己的难题？

白素秋[1]

田碧秋，名佩荪，扬州人，而迁于吴。父芷生，固江都名孝廉。家故素封[2]，而工心计，饶蓄积，以是有“田万户”之称。顾年逾大衍[3]，仅生一女，尚虚嗣续。爱女若掌珍，一切悉随其意。女喜读书，特为构楼五楹，以藏经籍，奇编异帙，搜罗殆遍。女年及笄，姿容婉丽，举止令娴。欲早择婿，而甚难其选。

吴门有任秀才瑞图者，以学问文章冠群彦，一邑中推为巨擘。家贫，犹未有室。生貌固翩翩娟秀。一日，女方与邻妇小立门前，生适趋而过。妇指谓女曰："此秀才中之翘楚也。闻其文才必作状元郎，不知谁家多福女娃，得以消受耳。"女注目视之，意似许可。既夕归房，辗转不能成寐。微闻窗外有弹指声，询为伊谁。曰："我即日间所见之任生也。感卿顾盼有情，是以犯瓜李之嫌〔4〕，冒昧来此。檐际风露甚冷，请即启门。"女却立踌躇，不敢遽答。

【注释】

〔1〕选自王韬《淞隐漫录》卷五。

〔2〕素封：无官爵封邑而财资丰厚。

〔3〕顾：但是。大衍：五十岁称为"大衍"。

〔4〕瓜李之嫌：在瓜田弯腰、在李树下抬手皆被疑为偷盗瓜果。比喻置身于犯嫌疑的环境之中。

顷之，门尚未启，而生已入内，向女长揖。女亦裣衽还礼，谓生曰："堂上耳目甚近，请即退。果蒙垂爱，请遣媒妁来，当无不谐。苟以非礼相干，为桑间濮上之行〔1〕，妾弗能从也。"生曰："此来只谈风月，敢涉邪念哉？"

因与女东西对坐，娓娓谈诗，自汉魏六朝以至唐宋元明，靡弗讨原溯流，穷其旨趣。女亟赞其妙。久之，渐入游语，近于亵狎，女微笑不言。生移座以就之，戏揽女袂曰："罗袖薄如此，何以耐宵寒耶？"女仍低首拈带不语。生笑指之曰："自恨鲰生福薄〔2〕，不及此鸳鸯绣带，得以常近纤腰一搦。"继而抱置榻上，女亦不拒，因此遂成割臂之盟〔3〕。

女谓生曰："此身已属君矣，以后将何以置妾？"生曰："在天愿作比翼鸟，在地愿为连理枝。生生世世，永弗相离。"自此恒与女往来，几无间夕。女视生体态笑言,日稍变异,久之,竟与初见时迥别。生问女曰:“我今孰若曩美?”女曰:“曩时信美矣,似于端庄中杂流利,今则风流蕴藉,几令人想张绪当年[4]。”生向女再拜曰:“卿真我之知己也!奈夙缘将尽,不得久留何?”女请其说。则曰:“至时将自知。”

【注释】

〔1〕桑间濮上:桑间在濮水之上,是旧时卫国所在。古指淫风,后指男女私下幽会。

〔2〕鲰生:自己的谦辞,小生。

〔3〕割臂之盟:典出《左传·庄公三十二年》:“初,公筑台,临党氏,见孟任,从之。閟。而以夫人言,许之,割臂盟公。生子般焉。”后泛指割破手臂立誓,这里指男女秘订婚约。

〔4〕张绪当年:典出《南史·张绪传》:“绪吐纳风流,听者皆忘饥疲,见者肃然如在宗庙。虽终日与居,莫能测焉。刘悛之为益州,献蜀柳数株,枝条甚长,状若丝缕。时旧宫芳林苑始成,武帝以植于太昌灵和殿前,常赏玩咨嗟,曰:‘此杨柳风流可爱,似张绪当年时。’”后多以“张绪风流”为咏柳典故,形容垂柳轻盈多姿,婀娜可爱。这里指书生英俊潇洒。

任生是日偶经女门外,骤睹女容,殊惊其艳,谛视徘徊,然后疾趋而过。既回斋舍,挑灯夜读,转忆容华,颇涉遐想。少倦,隐几假寐,梦中忽觉有推之醒者,且笑之曰:“攻书客何竟作瞌睡汉哉?”耳畔莺声呖呖,口脂之馥,直透鼻观。启眸四顾,则一绝妙十六七岁许女郎立于身旁,细加端详,即日间所见丽人也。因曰:“卿非田家碧秋耶?何能至此?顷睹芳容,不禁心醉。今乃不召自来,得亲香泽,真是几生修到。”遽拥之入帏,代解结束,雪肌乍露,玉体横陈,此乐奚啻天上[1],不在人间。女竟夕无一言,天明,悄然自去。

【注释】

〔1〕奚啻：岂止。

生自与女相遇，枕衾衣服，芬芳袭人。女亦每夜必至，举杯对月，剪烛翻书，风雨之夕，辄拨琵琶歌长短调，借以消遣。女饮量甚豪，罄百觥亦不醉[1]，生弗逮也。女偶问生能诗否，生曰："夙心所好，岂有不能，特愧未工耳。"

越夕，女出诗一卷授生，题其签曰《忏红吟》。生略一翻撷，大抵皆闺阁遣愁之作。七绝四首云：

凄然拥髻静焚香，偎著薰笼漏正长。
狼藉绒针抛满榻，夜深绣得两鸳鸯。

鹦鹉帘前屡唤寒，罗衫清泪几曾干？
落红满地无人扫，只恐多情不忍看。

珠栊不卷雨如丝[2]，眉讳新愁只镜知。
深院一灯红似豆，兜衾最是未眠时[3]。

绣幕深沈思悄然，寒灯挑烬不成眠。
弯环低尽湘帘月，只有钟声到枕边。

生为朗吟数过，亟赞之曰："此女学士可与温李两家分道扬镳矣！"

【注释】

〔1〕罄：尽。

〔2〕珠栊：珠饰的窗棂。

〔3〕兜衾：裹紧被子。

一夕，生以赴友人宴，晚归，则室中红烛高烧，案上杯盘尚未收拾，烛之床头，所藏宿酝已空。闻帐内有鼻息声，启衾视之，女睡正浓，双颊微酡，仿佛晓霞将散，又如海棠香梦正足。惟再三审视，其容初不类碧秋。生讶甚，殊不解其何以来此。因眠于侧，欲观其变。

久之，女始转辗有声。生乃揽之于怀，曰："美哉睡乎？"女曰："君何时来此？"生曰："卿果何人，请直告我。"女嫣然不语〔1〕，即起揽镜自照，笑曰："今日庐山真面目为君识破矣。妾乃白氏素秋也。前生与碧秋为姊妹行，每以貌不逮碧秋为愧。今生自谓过之，君观妾与碧秋孰美？"生曰："此时碧秋不在侧，卿自堪独秀一时。尹邢嫱旦〔2〕，可称双美。"女以纤手弹生颊曰："比君模棱语耳。后来当有定评。特妾踪迹已露，势不能久留。且行露宵征〔3〕，亦非计也。秋试在迩，君何不往？"生以行资未措为辞。女曰："妾有私蓄七十金，可以助君，旅囊有余，则以购异书可也。乡闱已捷，然后遣冰人往说，当无不谐。事成，幸勿忘我。"

生喜感交并，留与共宿，极尽缱绻。早起，女已不见，自此绝迹弗至。

【注释】

〔1〕嫣然：娇媚的笑态。

〔2〕尹邢：汉武帝宠妃尹夫人与邢夫人的并称。因同时被宠幸，汉武帝有诏二人不得相见。嫱旦：旧时两位美女。嫱指毛嫱，旦指郑旦。

〔3〕行露宵征：昼伏夜出。行露，道上的露水；宵征，夜间行路。

生入闱，文字颇得意，敏捷如有神助。榜发，褎然高列〔1〕。求姻女家，允焉。生方虑阿堵物不能猝办，谋贷诸戚串。一日晨起，有叩门求见者，则一美少年也，手持五百金并尺一书曰："此素秋所以赠君者。"生方拟询女居处，而少年已长揖出门去。生于是择吉行礼。

至时贺客盈门，彩舆登堂，笙箫并作，嫁娘既扶新人出舆，则舆中更有一人相携齐出，并皆红巾幂首〔2〕，盈盈偕立。宾从尽惊。内有识者，请并去巾以观孰为田氏女，则真赝自别，邪正可分。既却扇，两女皆艳绝如神仙中人。嫁娘白客：“此田氏女碧秋也。特不知上立者为谁家姝。”生固识女，向客缅述前事，且言：“两次赠金于我，故恩至而情深者。”客曰：“然则不如另设青庐[3]，并纳之，效英、皇之故事，亦何不可。”生从之，蹀躞于两者之间，伉俪固相得，而两女亦相爱悦，并无猜嫌。

【注释】

〔1〕褎（yòu）然：形容人杰出的样子。

〔2〕幂：覆盖。

〔3〕青庐：青布搭成的帐篷，是举行婚礼的地方。

三日庙见[1]，诸女伴咸置酒属贺，评田女曰“秾艳”，评白女曰“纤丽”，燕瘦环肥，并皆佳妙，而白女秋波明媚，尤觉秀绝人寰。两女甲乙遂定。田女弥月归宁。白女亦欲返其家，生戏谓之曰：“卿家果在何处？此一月中，卿母未尝遣一价之使相临，何必遽欲往还？”女曰：“我家在金阊门外邓尉山中，一棹烟波，朝往夕返。君何不偕行，一识岳家？”生从之。既抵其舍，则肃客出迓门外者[2]，即前日赠金之美少年也。询知为白女之兄。其室闬闳高峻[3]，栋宇毗连，宛然世族。继而设宴相款，水陆毕陈，异馔佳肴，不可名状。仆从犒赏丰盈，靡不欢悦。始有疑白女为非人者，至是群喙尽息。

【注释】

〔1〕庙见：新妇首次拜谒祖庙。

〔2〕肃客：迎接客人。

〔3〕闬（hàn）闳（hóng）：住宅的大门。

一日，生偶经田女室外，闻房中有笑语声。从窗隙窥之，见一少年偕女对坐,状颇媟亵[1],审视之,即白兄也。生愤甚,排闼直入。女颇惶愧。少年殊坦然,并不趋避,谓生曰:“君来亦甚佳。本欲一为剖白,我亦从此逝矣。我于碧秋女史三生石上旧有姻缘,渠于门前见君尘心一动,故特假君形以为作合,转令素秋女弟完璧以贻君,复使宛转赠金,谐君姻事,其报君也,可谓至矣。且碧秋慕才爱德,但知有君而不知有弟,于从一之义,亦无愧焉。”

生诧以为妖,回顾床头悬有宝剑,遽拔以逐之。少年大笑而起。诸臧获闻之,毕集室中,群呼助生,操戈纵击。转瞬间,少年容貌衣服,与任生无异,一时室中有两任生,众莫之辨,喧噪弥甚。

俄见一任生趋出门外,招白女与别曰:“我将应虬髯公招[2],游于十洲三岛间矣[3]。五百年后,重复相见。”又谓田女曰:“善事任生,勿以我为念。”言讫,耸身入云际,冉冉而灭。

【注释】

〔1〕媟(xiè)亵(xiè):轻薄。

〔2〕虬髯公:唐传奇小说中的人物,事迹详见杜光庭《虬髯客传》。

〔3〕十洲三岛:传说中神仙居住的地方。

【评析】

本篇讲任生与白素秋婚恋事。这篇作品与一般人与异类的爱情小说迥然不同,不仅内容复杂,且结构还相当复杂。这种复杂表现在,故事开端写的本来是田碧秋与任生之间的爱情,随后的发展与读者通常的阅读期待不同,双方各自与一位冒名对方的人在恋爱,也都觉得对方异常。直到任生发现异常,故事才朝着读者期待的方向进展,任生金榜题名,同时娶田碧秋、白素秋为妻。出人意料的是,娶亲之后,田碧秋竟然与原来冒名任生的白兄保持暧昧关系,尽管这是前世情缘,但还是无法为任生接受,相信一般读者也很难接受。今世婚姻与前世姻缘交织在一起,五百年后,当四人见面时,他们应该接续哪一世的姻缘呢?真是斩不断,理还乱。

《淞滨琐话》

《淞滨琐话》，十二卷。《淞滨琐话》系《淞隐漫录》续集，所记多烟花粉黛之事，对前代小说多有模仿。

严寿珠〔1〕

栾大檀园，金陵人。以刻书世其家。家中多藏宋刻书，世少传本。珍护之，不啻拱璧。虽密亲至友，不肯借观也。

生诵读之所，曰恒斋。盖生父固名孝廉，素设绛帐，讲授生徒。四方之负笈从游者，不以远近而毕集，以是及门颇盛。然必其人恒产而兼有恒心者〔2〕，方始隶于门弟子籍。爰以“恒”名其斋。生父没已三十年，而门生故旧，犹称颂其德弗衰。江督以诸缙绅请〔3〕，特奏于朝，从祀乡贤。

生博学多才，家声克继。平日于书无所不窥，而尤喜庄、列诸子，多有论说。虽犹沿道学之遗风，而倜傥风流，性情豪侠。四方知名士，皆乐就之。

金陵有名妓严寿珠，始居钓鱼巷〔4〕，小筑三椽，颇极幽雅。窗明几净，鼎暖炉香，时于此间得少佳趣。门前车马如云，日常络绎，客得其一顾盼为荣。尤讲烹饪之法，凡得饫严家厨食品者〔5〕，口香三日。生友之作狭邪游者，多绳其美于生前〔6〕。生掉首弗信。

【注释】

〔1〕选自王韬《淞滨琐话》卷三。

〔2〕恒产而兼有恒心：语出《孟子·梁惠王上》：“无恒产而有恒心者，惟士为能；若民，则无恒产，因无恒心。”指士人虽处穷困之处境，依然不改其道。这里在“恒心”基础上加上“恒产”，筛选条件更为严苛。

〔3〕江督：指两江总督。

〔4〕钓鱼巷：在今南京秦淮区建康路东段南侧，东起秦淮河，西至西钓鱼巷。

〔5〕饫（yù）：饱食。

〔6〕绳：赞誉。

一日，偕友拏舟过利涉桥〔1〕，容与中流〔2〕，徬徨四顾，意甚得也。忽见一舟掠波而过，中坐一人，高髻淡妆，神情秀逸，正如飞燕依人，惊鸿顾影，临流照映，湖水皆香。生不觉赞叹曰："此真可谓洛浦仙姝、湘江神女矣！定非人间所有也。"友曰："是郎君素所鄙薄之阿珠也。"生曰："其果然乎？我从未见勾栏中有此人物。"友曰："如不信，当与君偕往访之。"

既至，则见湘帘棐几〔3〕，位置既宜；临窗案上，堆积古帖数十本。偶翻阅之，并世间所罕见。笔床砚匣，洁无纤尘。诸帖中有恽南田先生真迹〔4〕，秀媚拔俗。正当把玩间，寿珠已出。寒暄数语后，寿珠笑曰："观君耽耽于案上书史〔5〕，必是风雅士。近日书家，多尚六朝体。魏晋之间，变隶未久，流风余韵，犹近于古。苟非树骨于隶篆，即欲貌为六朝，岂第婢学夫人而已哉？"生曰："然则卿亦能书者耶？"寿珠曰："聊作临池游戏，春蚓秋蛇〔6〕，殊不足观。"生曰："卿可谓得雅人深致矣，宜其领袖章台也〔7〕。"寿珠继复以学诗之法问生。为之备述其源，并及流弊，上下二千载，不紊毫发。

寿珠服其辩，遂留生宴。所陈肴核，半不能名，而殊觉适口。酒尤芬芳郁烈，不啻公瑾醇醪〔8〕，诚酒国中上品也。生几为之玉山倾倒〔9〕。

【注释】

〔1〕拏（nú）舟：撑船，这里指乘船。利涉桥：在今南京秦淮区文正桥西侧约三十米处，已不存。

〔2〕容与：悠然自得的样子。

〔3〕湘帘棐几：湘妃竹做的帘子，棐木做的几案。

〔4〕恽南田：即清画家恽寿平（1633—1690），别号南田。

〔5〕眈眈：贪婪地注视。

〔6〕春蚓秋蛇：比喻书法拙劣，婉曲无状。这里是自谦语。

〔7〕章台：旧时诗词常用章台代指柳。这里指青楼。

〔8〕公瑾醇醪：典出《三国志》裴松之注引《江表传》："与周公瑾交，若饮醇醪，不觉自醉。"

〔9〕玉山倾倒：比喻喝醉后摇摇欲坠的样子。典出《世说新语·容止》："嵇叔夜之为人也，岩岩若孤松之独立；其醉也，傀俄若玉山之将崩。"

自此，生于无聊时，辄一访寿珠。寿珠待之，亦异于侪众[1]，语亦从不及私。所谓缠头之费[2]，匝月以来并不及之[3]，绝不为丁娘之十索也[4]。生因许寿珠为妓之侠者。

生友黎剑俦，善吹笛。寿珠亦工昆曲，每唱必令剑俦按谱度之。寿珠善为抑扬抗坠之音[5]，有时响可遏云，声如裂帛。生每聆一阕，击节称善。生藏有曲谱，乃内廷供奉秘本。以与坊间俗本相较，音节殊乖，生皆为之一一校正，举畀寿珠。锦绨玉函，特甚珍异。寿珠见之，询生曰："此亦君家藏书之一种否？"生曰："然。"寿珠曰："我虽不能读书，亦爱书史如性命。君家既富于收藏，何不择世间难得之本，令抄胥者另缮副册，仿天禄琳琅之遗制[6]，寄储外府。妾箧中积蓄金钱，将及一万，愿倾筐倒箧以交君。君其代妾好为之。"生曰："佳哉！卿不但侠，且又雅矣。"

【注释】

〔1〕侪众：众人，一般人。

〔2〕缠头：演出结束客人赠艺人的锦帛，后作为送给艺人礼物的通称。

〔3〕匝月：满一月。

〔4〕丁娘之十索：原指隋代乐妓丁六娘所作乐府诗，后用以指妓女的需索。

〔5〕抗坠：音调的高低清浊。

〔6〕天禄琳琅：清乾隆间内府藏书室名，所藏善本极多。

半载之间，或购或写，邺架所储几及万卷[1]。所召抄胥者，日凡二三百人，一城几为之空。于是寿珠好事风雅之名大噪。文人学士至金陵者，必迂道造访。载酒停车，入即开宴，辄以多金馈寿珠，曰：“聊助卿买书需。”寿珠亦不复辞，前后所获无算。

是年正值秋试[2]，大江南北，名流咸集。来访者几于户限为穿[3]。寿珠厌其嚣，徙居莫愁湖畔，固北里之新巢，亦西湖之别业也。屋后营有诒经楼[4]，共五楹，东西皆有复室，泉石清幽，卉木绮丽，入之者疑非尘境。非素心人不易至，生独拥而有之。朝夕观异书，对名花，此乐虽南面王不易也，亦不复作应试想矣。诸友皆羡其有艳福。寿珠独勉其勤习帖括，为抡元夺魁计[5]。生笑曰：“卿雅人亦达人，何忽作禄蠹想耶？功名之得失迟早，固有命在。况余非功名中人，岂能强致哉！不过逐队随行，吃三场冷饭耳。”

是秋榜出，生竟不售。然三场文字，意甚得也。诸同人咸以金科玉律推之。出以示先达名宿，皆许其必列前茅。至是秋风铩羽，咸所不解。寿珠深为惋惜弗置，生夷然不以介意也[6]。

【注释】

〔1〕邺架：邺侯李泌的书架，这里指藏书处。

〔2〕秋试：指乡试。

〔3〕户限为穿：形容进出的人很多。户限：门槛。

〔4〕诒（yí）：传给。

〔5〕抡元夺魁：在科举考试中夺取第一名。

〔6〕夷然：平静镇定的样子。

生之至戚宦于浙，驰书招之，劝作西泠之游[1]。生拟即日束装就道，告之寿珠。寿珠曰：“闻西湖山水甲天下，六桥三竺间颇多名迹[2]。妾生长秦淮，恒居水阁，所见者弱柳夭桃，所历者绿波红槛，殊闷人意。妾欲一观天下之大，知世界之外别有乾坤，岂不快哉？”因请与生偕行，生许之。

爰雇巨舶，赁轮船曳之行。双轮激水，其去如飞。寿珠顾而乐之，诘生曰：“此船之制，为西洋所特创，惟原其本，果何自昉欤[3]？”生曰：“闻昔时有以铁鑊煮水者，水沸热气上腾，将盖掀去。其人因悟热水之气，其力甚猛。倘以铁管传递，纳入器中，闭不使出，则其力必能使轮自转。试之果验，轮舰火车，由是兴焉。有此能化远而为近，其利不綦溥哉[4]！”寿珠曰：“既有轮船，则帆舶可尽废，妾意中国何不自行制造，乃犹必假手于人哉？”生笑颔之曰：“卿可谓当今之女诸葛，谈言微中，识见不凡矣！”

篷窗无事[5]，拈弄笔砚，借以记程途，志风景。每至一处，必有一诗，女唱而生和焉。

【注释】

〔1〕西泠：在今浙江杭州西湖。这里代指杭州。

〔2〕六桥：杭州西湖苏堤上六座桥，即映波桥、锁澜桥、望山桥、压堤桥、东浦桥、跨虹桥。三竺：杭州灵隐山上三座寺庙，即上天竺寺、中天竺寺和下天竺寺。

〔3〕昉（fǎng）：起始，发源。

〔4〕綦（qí）：极。溥：广大。

〔5〕篷窗：即船窗。

既抵杭垣，泊舟城外松木场[1]。舟楫云屯，帆樯林立。前时湖堧所有园圃[2]，悉已焚毁，成瓦砾场。惟诸祠宇，焕然一新，画栋雕梁，竟侈华美。游人咸啧啧称赞。寿珠意独不然，曰：“此原所以点缀湖山，惜雅俗不相称耳。”及游灵隐飞来峰、冷泉亭，恍然若有所悟，谓生曰：“前游数处，都若曾经游历。于此尤加稔习[3]，吾前身殆此寺头陀也。”因指何处为钟楼，何处为香积厨[4]，不烦引导，历历不爽。其或有不符者，则以曾经兵燹故也。

最后至一小亭，亭为八角式。虽半荒圮，石栏犹在。亭中一碑独峙，碑前有一石塔，为智远禅师埋骨处。碑字虽漫漶，尚约略可读。寿珠阅之，泪为涔涔堕[5]，曰："吾今而后，乃知生所自来，死所自去。一别尘世，已三百余年矣。智禅师即我之前身也。"生初犹弗信，及视碑上月日，果在明万历年间。因叹曰："卿夙根尚在，慧性未泯。今日虽堕风尘，仅玷幻身，未损原质。及早修持，回头是岸。须知菩萨法力无边，能觉一切众生；俾大千世界，有情归于无情，而后得成正果。卿欲随余至西泠，正由我佛默相感召，一片因缘，无端触悟。欲证今生果，须参前世因。碑中言智禅师一生淡漠，偶见宦家命妇华妆诣佛前膜拜，微动一念，立时圆寂，玉箸双垂[6]，宝色上腾[7]，珠光四照。卿于此，当无系恋心，当无艳羡心。一尘不染，万事皆空，不见不闻，随生随灭，人于世上当作如是观。"

生言甫毕，寿珠已立化于石塔之旁[8]。生甚异之。因即盛之以龛，乞片土于寺僧葬焉。延高僧礼忏四十九日，然后返棹。

【注释】

〔1〕松木场：又名棕毛场，在杭州西湖北山。

〔2〕堧（ruán）：城郭旁、宫庙外及水边等处的空地或田地。

〔3〕稔习：熟悉。

〔4〕香积厨：寺庙中厨房的别称。

〔5〕涔涔：泪流不止。

〔6〕玉箸：眼泪。

〔7〕宝色：瑰丽珍奇的颜色。

〔8〕立化：站着圆寂。

生本超然有出世想，至是益坚。自失寿珠，嗒然若丧[1]，亦不愿归家，径诣相国寺求披剃[2]。方丈清恒和尚，本素相识。见生情状若狂，哑然笑曰："子有室有家，有妻有子，积金满籝[3]，藏书盈架，正值中年，未消壮志,何所见而欲觅此冷淡生活哉?粥鱼茶版,岂君富贵场中所能消受?”留之方丈十日,力劝之归。

生既出寺,茫茫然若无所适。道经利涉桥边,倚栏凭眺,独立踌躇,忽见水中有一垂髫女子,招之以手,背后一人,容华惨淡。谛视之,寿珠也。生曰:“卿果不死,尚在人间耶?我何惮相从哉!”踊身一跃,竟赴清流。岸上人见而援之,则已不及。

【注释】

〔1〕嗒(tà)然:忘怀的样子。

〔2〕披剃(tì):披僧衣与剃发,指出家。

〔3〕籯(yíng):竹笼。

【评析】

本篇讲书生栾大檀园与名妓严寿珠悟道事。栾生出身刻书世家,喜爱藏书,又结识了同样喜爱读书的严寿珠,两人藏书抄书,诗酒风流,过着令人羡慕的风雅生活。但作者并不准备写成爱情小说,以两人游历杭州为开端,故事发生突转。严寿珠在游览过程中悟到前身,其前世是三百年前的智远禅师,并就此圆寂。栾生也因此有出世之想,出家不成,最后身赴清流,了却尘缘。准确地说,这是一个由烟粉红尘为发端的悟道故事,反映了作者对人生的感悟。在现实生活中也有这样的例子,比如李叔同的出家。对此,不能简单地用消极或悲剧来概括,应该尊重他们的选择。

孙伯篪〔1〕

孙伯篪,字韵生,京江人〔2〕。世代书香弗替,独韵生弃而习贾。工心计,善居积。以是拥资巨万,胜于曩时,咸谓孙氏有子矣。

孙有舅在金陵,固富室也。居近莫愁湖畔,有亭台池沼之胜。入其中,廊舍曲折,花木清幽。其读书之所曰“檐香精舍”,栏槛玲珑,缔构尤巧。孙税驾前往[3]，相见欢然。舅固无子，仅有一女，年及笄，识字知书，秉性聪慧。以中表戚无所避嫌，屡出相见。时以奇字询，或有疑义，生亦悉心与之解析。女时作诗词，或有一二字未妥者，生辄为更易。以是益相亲昵。

值舅以索债往山左[4]，属生经理家事，时得出入内阃[5]。绿天深处，女之别室也，幽雅异常；帷幕尊彝，淡然入古。生偶入坐，女以赴妗氏召[6]，入闺久不出。生见四围插架，锦帙牙签，琳琅满目。见案旁有《芙蓉城纪事》一册，甫欲翻阅，而女已至。女猝从生手夺去，曰："是不可令人见也。"生必欲一观。女曰："此余自纪梦中所见，不知将来或有应验否。其中姓氏，妹多不相识，不知世间果有此人乎？兄若能告我，当以相质。"

【注释】

〔1〕选自王韬《淞滨琐话》卷六。

〔2〕京江：今江苏镇江。

〔3〕税驾：原指停车，休息。这里则是驾车的意思。

〔4〕山左：指山东。

〔5〕内阃（kǔn）：妇女居住的内室。

〔6〕妗（jìn）氏：舅母。

生请言梦征。女曰："余一日自荷池荡桨回，倦甚，伏几假寐，忽有垂髫婢持刺相邀[1]。视其刺，曰'司花仙子唐萼红'。讶其初未识面，何得见招，方踌躇间，即见邻女小娟入曰：'云軿已驾矣[2]。'遂与同出，乘车偕行。电迅飙驰，顷刻已至。甲第巍然，有如王者居。上悬巨榜曰'万花谷'。下车入内，径颇纡远。最后一轩，乃是仙子燕息所。见一丽人端坐绣床，似曾相识，皓齿明眸，天然妩媚。即起逊坐，叙宾主礼。自言：'曾堕尘劫，误入青楼，后以骂贼捐躯，死于白刃。上帝以余忍心受难，节烈可嘉,封为司花仙女,掌天下烟花图籍。卿与余前在龙华会上[3],具有因缘。虽相隔五百年,想犹未昧。昨日天符忽下,见卿姓名亦在籍中,不禁骇异。特召卿来商榷,思为一斡旋之。' 妹闻此言,不觉心胆俱碎,向之敛衽再拜曰:'若得设法除名,此恩当铭肺腑。心香一瓣,敬祝毕生。'

【注释】

〔1〕刺:名帖。

〔2〕云軿:神仙所乘之车。以云为之,故名。

〔3〕龙华会:即佛诞日农历四月初八。

仙子因指座旁,书卷高几等身,曰:'卿自取览,可知究竟。' 妹观其题签曰'海内群芳谱'。仙子独抽一册令视,其署名曰《海陬嘉话·戊寅夏季花榜》[1]。第一人曰文波楼主姚容初,评云:'入座留香,当筵顾影;艳如桃李,烂比云霞。以色胜。' 第二人曰忏素庵主张素云,评云:'艳态迷离,神光离合;丰肌雪腻,媚眼星攒。以态胜。' 第三人曰小广寒宫仙子陆月舫,评云:'体比梅肥,气同兰馥;端庄流丽,幽逸风流。以静胜。' 第四人曰媚春楼主朱素兰,评云:'半面兜情,双眉起秀;明眸送媚,憨态消狂。以态胜。' 第五人曰兰茗馆主吕翠兰,评云:'粉面呈妍,清眄流盼[2];珠光四映,玉色遥参。以色胜。' 第六人曰语红楼主王月红,评云:'丽如月朗,妍比花鲜;貌似珠圆,肌同玉润。以色胜。' 第七人曰韵珠楼主张善贞,评云:'逸响凌云,妍姿瘦月;歌筵荡气,梦枕销魂。以度胜。' 下独有细字一行云:'善和宫里千条柳,贞美楼中半段枪。' 盖廋语也[3]。第八人曰绛跗仙馆林黛玉[4],评云:'蓄意缠绵,含情绵邈;嫣然一笑,神在个中。以韵胜。' 第九人曰湘春馆主胡月娥,评云:'粉装玉琢,雪媚花妍;鼻准堆琼,眉峰横翠。以色胜。' 第十人曰兰语楼主李秀贞,评云:'以贞存心,其秀在骨;态浓意远,语媚音娇。以情胜。' 第十一人曰琼蕤阁主张月娥，评云：‘薄赧含娇，蓄情寄笑；桃花酿色，兰蕊流芬。以情胜。’第十二人曰绮霞阁主唐红玉，评云：‘容比月圆，视同烟媚；唐环汉合[5]，大玉明珠。以丰胜。’第十三人曰环碧楼主杨翠芬，评云：‘秀外慧中，丰硕秀整；号肉屏风，称大体双。以艳胜。’第十四人曰涵碧楼主林湘君，评云：‘腰细杨柳，脸媚芙蓉；秋水凝愁，远山蹙黛。以态胜。’第十五人曰飞云阁主姚雪鸿，评云：‘宜笑宜颦，若近若远；意藏于静，神注于娇。以媚胜。’第十六人曰凝秋榭主朱素芳，评云：‘素面呈娇，纤躯逞媚；婀娜流利，竟体芳兰。以娟胜[6]。’其后尚有数人，妹不及观。

【注释】

〔1〕海陬：海隅，海角。

〔2〕胪：瞳仁。

〔3〕廋（sōu）语：谜语。

〔4〕绛跗（fū）：指红色花萼。

〔5〕唐环：指唐玄宗宠妃杨玉环。汉合：指汉成帝宠妃赵合德。

〔6〕娟：秀丽，秀美。

至《庚寅春季花榜》，则妹名在焉。称以‘名标国艳，品冠群芳’。妹披阅至此，不禁手战心裂，泪为之涔涔下。即起，跪于司花仙子前，曰：‘愿除素册之名，而削丹书之籍[1]。’仙子亲扶掖余，强余并立，而谓余曰：‘此虽前生注定事，非人力所能挽回；然人定者胜天。卿命中本无夫婿，月老未牵红线，余请以金钱十万贿之。若得于今岁缔姻名族，早日结缡[2]，则可无事矣。’

忽见一美女骑凤自天而下。仙子指谓余曰：‘此吴彩鸾也[3]，来重写人间图籍耳。’因以一卷授予曰：‘暂别四十年，重见于芙蓉城里。’手拍余肩，遽然而觉，乃一梦也。然所赠卷尚在手中，爰别录于素书。录毕，卷忽失去。

兄曾至春申浦上〔4〕，当寻芳曲苑，访艳章台，可见勾栏中有此十六人否？”

【注释】

〔1〕丹书：这里泛指仙书。

〔2〕结缡（lí）：成婚。

〔3〕吴彩鸾：传说中的仙女。与书生文箫相恋，归钟陵为夫妇。

〔4〕春申浦：今黄浦江。

生曰：“其中亦有相识者。但细观评语，未免誉之过当。岂天上亦喜作谀词耶？从此叹下界品评，殊不足信，益可知已。”女曰：“然则兄所目见，当以何人为群芳之冠？”生曰：“就中自推蓉初。然蓉初不笑，则略嫌其冷峭；笑则微损其媚态。观其晓妆初罢，芳泽遥闻，容光四映。自是涂饰之士〔1〕，尚惜肤理稍逊。犹未能玉色光寒，似居次乘耳〔2〕。况花曾结子，蚌已含胎〔3〕，苛于遴才者，恐在摈弃之列耳。”女曰：“余梦尚不敢告父，以兄猝尔相逼，用敢倾吐。幸勿泄言！”生唯唯。

翌日而噩耗至，则生妻以骤病亡。仓卒束归装，不及与女别，摒挡丧事既毕〔4〕，忽思女言，即遣媒妁往求，示以重续鸾胶意〔5〕。时女父早已自山左回，意似甚愿，而微以中表为嫌。媒妁为之敷陈往义，再三说辞，遂允。既娶，伉俪和谐。

【注释】

〔1〕涂饰：涂抹，打扮。

〔2〕次乘：从车。这里是次一等的意思。

〔3〕花曾结子，蚌已含胎：指已生育。

〔4〕摒挡：收拾，料理。

〔5〕鸾胶：相传以凤凰嘴和麒麟角煎的胶可粘合弓弩拉断的弦，俗称丧妻男子再婚。

稍闲，偕生作沪上之游。每至午后，轻车怒马，电驶飙飞，以驰骋于环马场边。或访徐园[1]，或临张墅，申园西园，靡日不至。凡沪上北里名花，皆为其所寓目。妍媸美恶，悉有皮里春秋焉[2]。生赁西人屋，极宽敞轩爽。交游颇广，旧雨新知，相识遂多。排日开筵，辄以红笺召妓侑觞，至者必入与女相见。女从容酬应，多所赠贻；所尤赏识者，必馈以珍异。平康中人，传为嘉话，无不称女之贤。历三阅月，乃返棹。

顾未及二年，瑶台遽圮，玉碎香消，珠沉镜破[3]。生悼亡再赋，哀痛自不必言。

【注释】

〔1〕徐园：又称双清别墅，由徐鸿逵光绪九年(1883)建于闸北唐家弄。

〔2〕皮里春秋：指藏在心里不说出来的评论。

〔3〕瑶台遽圮，玉碎香消，珠沉镜破：这里指孙伯篪妻子去世。

家本有别墅在城北，梅花数百株，花时不减香雪海[1]，女生时极所爱羡，谓魂魄常依其左右，死必瘞骨于此。至此，生从其志。顾葬时举其榇[2]，轻如无物，生甚怪之。以后每值良辰佳日，月夕花晨，生必往酹酒其墓上。且呼而告之曰："卿具此玉色瑶情，自必天仙化人，特来游戏人间耳。我当弃家云游，觅卿于蓬山阆苑间耳。如逢明月三五之夜，必独宿斋中，以遣愁绪。"

一夕，忽闻隔墙有笑语声。怪谓墙外并无人家院落，何得有此？因起而窥之。则见三女郎围坐一处，谈话方浓。一女郎曰："阿倩与孙郎交昵情深，一旦潜逃，抑何太忍！"一女郎曰："子不知此中三昧[3]，交昵者反疏，情深者转浅。始近而终远之，暂亲而久弃之。此人之常情也。"中坐一女曰："余岂甘作薄情人哉！亦欲求长生久视之术，俾将来得长相聚首耳。此之谓欲合先离，欲聚先散，真昵于情而深于情者也。"

【注释】

〔1〕香雪海：在今江苏苏州光福镇。以盛产梅花闻名。

〔2〕槥(huì)：小棺材。

〔3〕三昧：佛教用语，意为止息杂念，使心神平静。借指事物的要领、真谛。

听其声绝类女音，容亦仿佛相似，特在月下视之未审耳。因蓦至其前觇之，果女也。生遽执其手，泣曰："何处不求卿，乃在此处相逢。其在梦寐中乎？"二女见生至，俱惊而逸去。女亦向生呜咽而言曰："余非忍负君而远别也。因思学道求仙，不得不离此尘世。近已学得炼形养气之法，再阅数年，可由地仙而至散仙〔1〕。道术有成，当来度君，入终南山偕隐。若此时随君再到人间，则前功尽堕矣。"生曰："余不愿求仙，而愿得卿也。卿所往处，余亦愿往，虽水复山重而弗惮也。"女方虑不得脱身，忽见一斑烂猛虎自山石后出，向生扑来。生释手踣地〔2〕，自分葬虎腹矣。须臾恍若梦醒，起视一无所见。惟月挂林梢，风吹苹末而已〔3〕。

后生竟不复娶。尝读《参同契》《悟真篇》〔4〕，以冀有得。阅十年，晨起，忽有一白鹤自天而下，口衔丹书，上只八字，曰："望君即来，同游蓬岛。"遽入室沐浴，易衣冠而逝。

【注释】

〔1〕地仙：住在人间的仙人。散仙：未授仙职的仙人。

〔2〕踣(bó)：跌倒。

〔3〕苹末：风起则苹叶动，用为微风的代称。

〔4〕《参同契》：即《周易参同契》，东汉魏伯阳撰，以爻象论炼丹法。《悟真篇》：宋张伯端撰，论金丹之法。

【评析】

本篇讲孙伯篪与表妹修道事。作者以修仙飞升写烟花粉黛，别有一种情致，与同类作品不同。作品前半部分，表面上写孙伯篪与表妹的恋情，重点则在通过梦境写花榜,花榜所列多为沪上名妓,同时点明表妹前世为吴彩鸾。后半部分写夫妻游历海上,完成夙愿,修道成仙。问题在于,修道成仙真是凡人的最高境界吗?在古代小说中,有不少“只羡鸳鸯不羡仙”的作品,但也有不少成仙的前提是斩断情丝,放弃恩爱。在成仙与恩爱之间,到底该如何选择,作者虽然倾向于前者,但也写到了主人公的纠结与痛苦,隐隐有一种悲情在。

魏月波〔1〕

魏月波,字蕖仙,檇李人。其母妊时,梦一道妆女子,手携花篮,中盛菡萏两枝,红白各一。母询其名,曰:“我灵菡仙子也,住西方水云乡。知姆多情〔2〕,宜生尤物〔3〕,故以此赠。”母拈红花而笑曰:“颜色颇娇,请以贻我。”仙子许之,嘱曰:“此花娟洁,出污泥而不染。幸勿失其清修,致堕黑劫〔4〕。”言讫,稽首辞去〔5〕。

自此母梦,辄见一花供于瓶中,日渐长大。心甚异之,不敢言于人。一夕,拥衾危坐,腹觉微痛。忽见瓶花大放,其长若人,自几跃地,彳亍效人行〔6〕,竟出房栊〔7〕。大骇急起,遥尾之,直入后园荷池中。月光皎洁,朗同白昼。池中荷花千百朵,烂熳如锦。花至池边,不入水而登陆。旁有一株,绿叶黄花,亭亭若巨盖,宛转庇覆之。花亦如相昵就焉。顷之,仍入群花中。波光月影,互相吞吐。猝来一异兽,巨喙大耳,闯入池中,将群花蹂躏几尽。因大叹息,遽然而觉〔8〕,乃一梦也。一灯荧然,视几上花固无恙。夜半遂产女,珍爱不啻拱璧〔9〕。及长,丰姿娟丽,有如初日芙蓉。远近咸啧啧艳其美,争求婚焉。

【注释】

〔1〕选自王韬《淞滨琐话》卷二。

〔2〕姆:受雇为人照管儿童或料理家务的妇女。这里泛指女性。

〔3〕尤物：特别漂亮的女人。

〔4〕黑劫：劫难。

〔5〕稽首：出家人所行常礼，一般在见面时用。

〔6〕彳(chì)亍(chù)：慢步行走，徘徊

〔7〕栊：窗棂木，窗子。

〔8〕遽然：急速的样子。

〔9〕拱璧：大璧。泛指珍贵的物品。

邻氏子戚光瑛者，字夔石。虽不读书，颇长贸易，善居积。性佻达[1]，喜狭邪游。一日偶见女于曲巷，若丧魂魄，曰："作官当作执金吾[2]，娶妻当娶阴丽华[3]。若不得魏氏女为妻，则今生不复娶矣。"浼媒往求，女母婉言谢之。继而冰人再三请，辞之益力。戚忿然曰："彼以奇货自居，殆将作章台中钱树子耶？我必以计取之！"

女家虽非素封，而饮食颇可自给。女素娴针黹[4]，刺绣纹售之于市，恒得善价。时为顾绣业者[5]，有少年曰吴桐仙，美丰姿，倜傥善谐谑。常出入女家，艳女之容，女亦爱其美。彼此目挑眉语，心许已久，苦不得间。

【注释】

〔1〕佻达：轻薄放荡。

〔2〕执金吾：汉代保卫京城的官员。

〔3〕阴丽华：东汉光武帝刘秀之皇后。典出《后汉书·皇后纪》："仕宦当作执金吾，娶妻当得阴丽华。"

〔4〕针黹(zhǐ)：指缝纫、刺绣等针线工作。

〔5〕顾：同"雇"，雇佣。

偶游绮园，某宦之别业也，有楼台亭榭之胜。时虽入春，游人未盛。园中有洒兰精舍者[1]，为最佳处，外客率不得入。女曾偕某女宦同来此，识其门径，遂导女伴往游。坐甫定，女伴忽患疾欲归。女送至湖石处，

适与桐仙觌面相逢。女遂止步不前。谓女伴曰:“姊可速返。妹欲于园中觅得蝴蝶花,携归作样也。”俟女伴行远,径携桐仙手,趋入精舍而阖其扉,曰:“此间无俗客至,尽可消遣。”精舍后有一楼,仿顾横波眉楼而作[2],曲折通幽,重房邃室,雾阁云窗,入者迷不得出。女导桐仙行,恍若熟游地。有一室,设有床榻枕衾,遂谐缱绻焉。由此蹈隙相会,率以为常。

【注释】

〔1〕精舍:僧道居住或说法布道的处所。

〔2〕顾横波:原名顾媚,金陵名妓,为秦淮八艳之一。

一日,值戚亦在。见女与桐仙举止,曰:“是可疑也。”窃随其后。路转峰回,别有一园,双扉键焉[1]。旁有小门,女手拨之,呀然而开,与桐仙俱进,而门遽合。戚欲入不得,侧耳细听,声息俱杳。细视旁门关键处,有小窦,仅容一指,戏拨之,而门自辟。喜甚,侧身竟入。园中风景清幽,别无一人,林红池碧,鸟静鱼恬。循山石荦确而行[2],得一洞。戚意必在洞中行苟合,轻步屏息,委蛇而前。洞尽,拾石级而上,得一楼。由楼转而东,曲廊深处,皆密室也。抵其处,似闻人语。穴窗窥之,幽香一缕,透出窗外,竟不辨声在何室。足力微倦,踞坐石磴,小憩片时许。

女偕桐仙掀帘而出,见戚,骇甚,红晕于颊。戚亦起而去。园丁时方灌花,见之诧曰:“此处岂汝等游玩地耶?可速出。”戚曰:“汝不见一男一女,幽期密约,借汝地为欢会。是之不察,乃反呵斥我耶!”言甫竟而女至,园丁睨之而笑。正欲诘问,桐仙袖出一纸裹贻之,遂不语。女出,园丁加管钥焉。自此遂不得进。而女之丑声藉藉矣,远近问名者渐稀[3]。

【注释】

〔1〕键:插在门上关锁门户的金属棍,此处用作动词。

〔2〕荦确:怪石嶙峋的样子。

〔3〕问名：旧时婚姻礼仪，这里指求亲。

时戚已有妻，诡言未娶。遣月老往说，谓愿以重金为聘。而扬言于外："如不许，则将隐事榜诸通衢[1]，观谁肯戴绿头巾者。"女母不得已，诺焉。临婚，礼仪简陋，所许彩币无一践者。女母甚悔之，然无及也。

女颇饶蓄积，服饰甚华。嫁戚后生一女，曰琼华。伉俪间甚相得，盖戚固工内媚术也。未几，女之银钱，渐以供博进[2]，不敷挥霍，则饰服亦质长生库中[3]。女亦安之，但自怨命薄而已。

【注释】

〔1〕通衢：大街。

〔2〕博进：赌资。

〔3〕长生库：寺院开设的当铺。

岂知孽缘未满，妒劫又来。戚妻妒而悍，素有"胭脂虎"名。闻戚娶女，郁怒填胸，立刻拏舟至城，将与女拼命。幸女闻信，先期逸去。戚妻至，将房栊中物顷刻毁尽，命舁箱箧至中庭[1]，付之一炬。逮戚得警报，急趋女所，则烈焰塞空，焦燎之气，不可向迩[2]。见妻犹坐中庭，颐指气使，余怒未平，婢媪环侍其侧。戚彷徨四顾，独不见女。方意绝代花枝，不胜摧折矣。适乳媪抱其女自后门来，戚急挥手令去。为妻所瞥睹[3]，往前批其颊[4]，爪痕狼藉，尽成血点，正如初放桃花。转问乳媪："抱中为谁有？"曰："此新姨所生女公子也。"戚妻叱人呼之来，曰："当掷地成肉饼，方出心头恶气。"戚瑟缩无人状[5]，绝不敢一言。既暮，令扫除灰烬，据其室而宿焉；提耳归房，仍谐欢好。

【注释】

〔1〕舁：抬。

〔2〕向迩：靠近，接近。

〔3〕瞥睹：瞥见，看见。

〔4〕批：用手掌打。

〔5〕瑟缩：吓得缩成一团。

后戚访知女在南城赁屋独居，瞯隙往慰藉[1]，数词犹未毕，而舆人入曰："妻已飞軿来矣！"戚遽夺门去，女亦避之他所。后戚妻卒令戚畀以离书，遣之别嫁。

南城有姜媪者，甚奇女容，曰："此秋水芙蓉，岂风尘中所有哉！"劝女娴歌曲，习管弦，盍为衣食计？女曰："此非余之所乐也。"媪曰："子年甫及笄[2]，遇人不淑，后顾正长，何以自活？即欲嫁人，未易言也。以子艳冶之质，窈窕之姿，苟肯出而应客，何虑不压倒勾栏中人物哉[3]。余有妹在平湖花艇[4]，盍往一观？苟惬子意，何不可为？"女始诺。

【注释】

〔1〕瞯(jiàn)：窥探。

〔2〕及笄(jī)：旧时女子满十五岁成年，结发，以笄贯之。

〔3〕勾栏：原指宋元时期曲艺、杂剧等的演出场所，后泛指娱乐场所。

〔4〕平湖：在今浙江嘉兴。花艇：载有妓乐的船。

时当湖风月[1]，冠于浙中。吴新卿，尤其翘然特出者[2]。女往，名与之埒[3]。惟新卿善唱新词艳曲，无一不工；琵琶一拨，能令听者魂销。女则惟知陪坐侑觞而已，以是"哑观音"之名大噪。

有袁太守光伯者，素有豪名，见女特加赏识，遂令开宴传花击鼓，坐月飞觞，备极其乐。既夕留宿，缠绵臻至。袁新丧偶，其友玉无玷劝其纳之后房，作小星之替月。袁密谓之曰："彼姝者子，绮年二九，正属妙龄。……窃谓此非汉武温柔乡也，但可作一度之春风，何必结同心之仙缕哉？"其议遂罢。

【注释】

〔1〕当湖：平湖的别称。

〔2〕翘然：特别突出的样子。

〔3〕埒：等同。

女既为曲里之尤，一时之评论群芳者，特以之魁花榜。由是寻花问柳者，争欲一识蕖仙以为荣。有张瑞仙者，贵公子也，新自南昌来，眼界特高，妙选众姝，少所许可。见女，艳之。问其名，笑曰："两美合，二仙并，好事可成矣。"遂设席于红芙芳榭。肴核既成〔1〕，丝竹竞奏，猜枚行令〔2〕，兴会颇剧〔3〕。女坐于旁，相依肘下，有如飞鸟之依人。张拇战辄负〔4〕，时令女代酒。女本不善酒，为之强尽数觥。两颊微红，浑如海棠春睡初足，益增其媚。张拥之置膝，曰："此我家丽华也。有如此好姿首，恐北里风月〔5〕，南部烟花〔6〕，当推独步矣。"竟出三千金为之脱籍，迎归家中，擅专房宠。连产三女，皆不育。张曰："此真瓦窑也〔7〕！"由此渐失欢于大妇，张亦待之日薄，无复前时之眷恋矣。女亦自悔，叹曰："昔也惜不及春风两嫁杏，今徒摇落于秋江，其命也夫，夫复何言。"女自是有矢志参禅之想。

【注释】

〔1〕肴核：肉类和果类食品。

〔2〕猜枚：一种游戏，多用为酒令。

〔3〕兴会：兴致。

〔4〕姆战：也叫"划拳""豁拳"，酒令的一种，因划拳时常用拇指，故称。

〔5〕北里：唐代长安平康里位于城北，亦称北里，为妓院所在地，后泛称娼妓聚居之地。

〔6〕南部烟花：泛指南方名妓。

〔7〕瓦窑：旧时对多生女不生男的妇女的讥称。因称生女为弄瓦，故云。

白云庵尼净因，女母之旧识也。女母死后，曾延彼为作佛事。一夕偶至女家，稽首问讯。谛视女，惊曰："玉容抑何消瘦至是也？"女缕诉苦况，并示欲祝发空门[1]，皈依佛座，修三生之慧业[2]，证前世之夙因，永结净缘，诞登道岸。净因曰："汝年未逾二十，何遂便作此想？一入此中，身难自主。长宵寒柝，半夜孤灯，枕冷衾单，如何可耐？"女曰："儿计已决，请勿复言。我母生我时，梦为一朵红菡萏，植于池中，为异兽所食，花片片堕水上。赋命之薄，定于生初。儿莲性已胎，荷丝易杀[3]，师何不收入禅门，修成菩提正果，使灵山会上度一苦命人也？"遂除手中金钏畀之，曰："聊以供养十方[4]。儿来时自有奁中资，足赡一生，但费香积厨中一杯清水耳。"立将青丝剪下，扑镜于地。尼逡巡自去。翌日，女辞大妇，竟至庵中，张亦不能止之也。

始桐仙闻其从戚，心憾焉，每造蜚语以污蔑之。后闻其堕平康，拟托故往当湖访之；店主人约束严，跬步不能远出。未几，又属于张。张，巨族也，知已绝望。今悉其入庵，饰貌修容而往，指名求见。女不出，以玉玦一枚贻之；内有字数行，云："妾已成清净身。菩提树老，明镜台高，不能使东风再为动摇。君其休矣，勿生妄念！"桐仙丧气而返。

玉无玷闻之，合掌赞叹曰："此女菩萨能结如是果，善哉善哉！"

【注释】

〔1〕祝发：削发出家。

〔2〕慧业：佛教语。指智慧的业缘。

〔3〕荷丝：藕丝。

〔4〕十方：佛教用语，原指十大方向，即上天、下地、东、西、南、北、生门、死位、过去、未来。

【评析】

本篇讲魏月波一生苦难事。作品详细描述了魏月波从一位良家女子到沦落风尘,再到弃世出家的全过程。是谁造成了她的悲剧?她一生遇到的四个男人其实都是罪魁祸首。吴桐仙虽然是她的初恋,但没有承担任何责任,甚至在魏月波嫁人后还恶语相加,令人不齿。戚光瑛是罪恶最大的凶手,他败坏了魏月波的声誉,用不光彩手段强娶魏月波,并逼得她走投无路,堕入青楼。袁光伯只是贪恋她的肉体,从内心里鄙视她。最后这位张瑞仙虽然娶魏月波为小妾,但同样未善待她。在经历多次打击之后,魏月波在绝望中出家,没有丝毫的犹豫。作品展示了粉黛烟花背后极为残酷的一面,与同类小说相比,它虽然写到佛道,但并没有用因果报应结束故事。故事的结尾,一个被伤害的女性绝望出家,那些伤害她的男人们并没有受到应有的惩罚,他们仍在尘世中继续祸害着其他女人……

金玉蟾〔1〕

名妓金玉蟾者,吴门人,珠江翘楚也。年甫破瓜〔2〕,善画能吟,知音识曲。以故艳声藉藉,噪遍章台;花国群芳,无有出其右者。然所交多名公达卿,寻常俗子未能一望颜色。

邹生萼楼,固金阊世家子,工诗文,娴绘事。以索逋至粤中〔3〕,盘桓匝岁〔4〕。久耳姬名,偕友往访枇杷花下。一笑相逢,倾谈之际,姬极服生才。彼此依依,竟如旧相识。于是兜情溜媚〔5〕,送客留髡〔6〕,枕席绸缪,各吐衷曲,始悉姬即吴人辛某之女。辛某飘泊穗垣〔7〕,岁杪积逋不能偿〔8〕,拟鬻其女。生怜之,倾囊畀焉。旋夫妇相继病逝,女无以自全,为恶叔所卖,乃堕平康。貌既冠时,才亦出众,猎艳者不啻蝇之逐臭,七十鸟遂恃为钱树子〔9〕。姬怀贞抱璞,虽座客常满,只许神交,不以身合。虽极知己者,不过竟夕谈心,未敢相亵。故在温柔乡中,犹然处子也。当日感情报德,分外相亲,啮臂盟心,矢以嫁娶。

【注释】

〔1〕选自王韬《淞滨琐话》卷二。

〔2〕破瓜：指女子十六岁。

〔3〕索逋：催讨欠债。

〔4〕匝岁：满一年。

〔5〕兜情：以情相挑相诱。兜，招揽，勾搭。溜媚：眉目传情，眉来眼去。

〔6〕留髡：青楼留客。

〔7〕穗垣：广州的别称。

〔8〕岁杪：年底。

〔9〕七十鸟：指鸨母。

自此无日不往。两月余，阮囊羞涩〔1〕，垂橐兴嗟〔2〕。顾鸨愿所望甚奢，始犹售画挥金，继因欲壑难填，乃日从事于长生库中，以偿夜合资。姬知之，潜谓生曰："君以寻常狭邪视儿则已，如不鄙风尘，欲置之于伉俪之列，则宜早为之计。勾栏轻薄，乐事难长，好姻缘不可恃也。"生戚然曰："仆初日逢卿，本思偕老。然以长卿家徒四壁〔3〕，子敬座剩一毡〔4〕，而遽欲鸿案相庄〔5〕，鸩媒是遣〔6〕，谁其信之哉？今者旅况艰难，羁愁潦倒，竟半筹之莫展，觉来日之大难。"因口吟二绝云：

漫嗤孺子竟长贫，到手黄金尽散人。
难把惜花心事了，名花无计脱风尘。

一心何敢负卿卿？直把相思了此生。
填海补天还易事，只愁铸铁错难成。

【注释】

〔1〕阮囊羞涩：手头拮据，身无钱财。典出元阴时夫《韵府群玉·阳韵·一钱囊》："阮孚持一皂囊，游会稽。客问：'囊中何物？'阮曰：'但有一钱看囊，空恐羞涩。'"

〔2〕垂橐：垂着空袋子。意思是空无所有。

〔3〕长卿：司马相如，字长卿。家徒四壁：形容家中十分贫穷，一无所有。典出

《史记·司马相如列传》:“文君夜亡奔相如,相如乃与驰归成都。家居徒四壁立。”

〔4〕子敬座剩一毡:典出《晋书》,王献之晚上睡在房中,小偷将他家东西都偷光了,王献之从容地叫小偷将一块坐的青毡留下,小偷惊散。子敬:王献之,字子敬。

〔5〕鸿案相庄:典出《后汉书·逸民列传·梁鸿》:“每归,妻为具食,不敢于鸿前仰视,举案齐眉。”指夫妻互敬互爱,这里指结为夫妻。

〔6〕鸩媒:善于言辞的媒人。

姬闻之,泣数行下。既而曰:“吾辈平康生活,大抵贵富贱贫。虽家有铜山,亦不能满无底之壑。日来知君典鬻旅物,以供花前买笑,特恐难为持久计何。”生欷歔曰:“儿女情长,英雄气短,倘过此以往,好事多磨,拼一死以殉知己。”姬即掩生口曰:“谁令君出此言,不怕旁人愧死耶。君如爱妾,彼此不妨熟图。媪所欲者,阿堵物耳。君为妾虽耗费无多,然以寒士视之,不啻腰缠十万。况当鸨母向君喋喋时,极意逢迎,亦许以量十斛之明珠[1],下一台之玉镜[2]。聘棠嫁杏[3],曾有成言。君试申前说,或不至苛求重价,竟食前言也。”生难之。姬曰:“君得无虑妙手空空乎?且试探之,果能允诺,再作商量。君费不足,儿薄有所蓄,可为同心助一臂。惟允许时,必以言诱之,使不能悔。”

【注释】

〔1〕量十斛之明珠:指重金买妓。相传石崇用十斛明珠购得侍婢绿珠。

〔2〕下一台之玉镜:典出《世说新语》,温峤欲续弦,以北征刘聪玉镜台一枚为聘礼。指重金为婚聘。

〔3〕聘棠嫁杏:指女子出嫁。聘棠:典出冯贽《云仙散录》引《金城记》:“黎举常云:‘欲令梅聘海棠,枨子臣樱桃及以芥嫁笋,但恨时不同耳。’”

生如姬言,乘间问媪,且谓:嫁娶之盟,姆所亲许,天日临其上,鬼神鉴其旁,口血未干,想或不负。今小生将作归计,拟践前约。聘资如干[1],望为明告,自当设计图之。

鸨已悉生窘状，忽闻此言，笑为梦呓。睨而哂曰："官人欲娶吾女耶？前说诚有之。然妮子入门，老身抚养不易，今欲脱籍，他人必得万金。念官人贫，且读书人，愿减其七，如得三千金，即唯命是听。倘不足此数，无咎老身不情也。"鸨盖念三百金尚非穷措大所易办[2]，况十倍此数，更何从措置哉。

生唯唯，退以告姬。姬问生能筹几何。曰："质鬻兼营，只可得三百金。如媪所言，今世难期好合矣。"言已，泪涔涔下。姬亦哽咽不已，但促生姑为谋之。生悉索所有，得二百金。其余皆姬任之，急付生携以送鸨。鸨大惊错愕，顾语已出口，势不能悔。无已，纳金署券，命尽褫姬之衣服裙钗，仅留衷衵[3]，逐令速去。姬于箧底出旧衣一袭，泣告曰："此破絮袄可相赠否？借御儿寒，感情岂浅哉？"鸨初不之理，继见其觳觫状[4]，始曰："汝自著去，勿惺惺作假态也！"

【注释】

〔1〕如干：若干。

〔2〕穷措大：指贫穷的读书人。

〔3〕衷衵（yì）：指贴身内衣。

〔4〕觳（hú）觫（sù）：这里指冻得发抖。

生携姬至寓所，旅况艰辛，相对涕泣。途长资短，莫适所从。寓主人怜其孤寒，赠以白金四笏[1]，然后成行。时春早天寒，风凄雨苦。一肩行李，生自负荷。姬韬容披发，徒步相从。日行十余里，不及投宿，辄寄人篱下，或宿古刹，如街子之双栖。风露星霜，迍邅备历[2]。

夏首春余，始至闽省，资用乏绝。会久雨，黄梅蒸润，泥淖难行。姬踯躅污滓中，足破肤穿，血流濡袜，脱以示生。生流泪曰："仆飘泊穷途，孽所自取。乃累卿如此，实觉不忍于心。"姬曰："是何言也，妾从君出门时，早知今日。但患难亦寻常事，人不能极苦，必不能极甘；不能极贫，必不能极富。只求立志坚定，便可由塞而通。所虑者君家夙称素封，今颠踬归来[3]，其能免邻里姗笑乎[4]？”生曰：“卿意将若何？”姬曰：“妾意小作贸易，较跋涉少安，且可稍权什一。异日阖家饱暖，热闹还乡，或不至旁人齿冷。君以为然否？”生曰：“卿言良是，顾何从得货殖资？”姬曰：“君果有志，容妾图之。”

【注释】

〔1〕白金：白银。笏：锭。

〔2〕迍（zhūn）邅（zhān）：难行的样子。

〔3〕颠踬（zhì）：困顿，挫折。

〔4〕姗笑：嘲笑，讥笑。

行三日，抵闽之漳浦[1]，既安栖宿，重问曩言。姬笑取旧衣，出宝石一，大如椒，付生入市，易五十金。乃于阛阓税屋数椽[2]，设当垆业[3]，生着犊鼻裈应客[4]。间作一画，而江城斗大，风雅绝稀，故再世龙眠[5]，绝少知音问鼎。生遂专习贾事，琐细必亲。暇惟搔首问天，长呼负负而已[6]。

半年许，食用粗给。姬笑问生：“君作此不厌乎？”生曰：“以今视昔，较长途靡定者，相去不啻天渊。虽有壮心，且为自抑。”曰：“君言固然，但所操太狭，恐为冷眼嗤。必稍扩充乃可。”生曰：“然则何如？”姬又笑取旧衣，出钻石一枚，比前稍巨，付生鬻得三百金。居然设巨肆，持筹握算，生计益宏，能畜佣媪。生大志已淡。至此，日亲会计，夜拥丽人，以为人生至乐无有过于此者。

【注释】

〔1〕漳浦：今福建漳浦。

〔2〕税：租。

〔3〕当垆：指卖酒。

〔4〕犊鼻裈：无裤管、合裆的贴身短裤。

〔5〕龙眠：指李公麟（1049—1106），号龙眠居士。

〔6〕负负：惭愧，愧疚。

一日，相对小饮。酒半酣，姬问生曰："君本读书，当以显扬自许。兹甘侪市侩，愿终身浮沉耶？"生曰："贾道亦佳，得陇何敢望蜀？"曰："请问贾与仕孰优？"曰："贾贱仕贵，奚可相提并论哉。然贾亦有大小，小者不过负贩之流，大者席丰履厚，出入车马，交结官长，颐指气使，人多仰其鼻息。一旦纳粟入官，头衔有耀，列于缙绅。财多者，指捐某省，即日可以赴任。卿岂可轻视大贾哉？"

姬曰："然则君其歆慕于此乎？"生笑曰："生平读书，所学何事？少时亦尝有志于登仕版矣[1]，期于有益于民生，有裨乎家国，必以实心行实政，实事程实功，庶几以有用之材而为世用。卿不观今时之为仕者乎？民脂民膏，供吾私橐，虽闾阎之疾苦、家国之安危，有所弗恤。但观其旗旄导前，骑卒拥后，出则高车驷马，入则重茵列座，自以为一世之雄。此之谓官，我所弗屑也。不谓卿雅人亦堕世俗之见，遽欲以此动我，浅之乎视丈夫哉！"

曰："君既知之，云何不仕？况今当国家求才孔亟之时[2]，何不出而霖雨苍生，以一展其抱负哉！"曰："卿慎耶[3]？仆纵读书，未经列榜，安能一行作吏、变白屋而青云？"曰："司马长卿之才，尚以赀郎自显。安知市廛之宅[4]，不镌德政之碑乎？况贾可为官，君曾言之矣。兹曷弗步其后尘哉？"曰："卿真妄矣！区区作贾赀，尚赖卿维持，得有今日。又安能一旦得志哉？"曰："君果欲官，妾能谋之。然丞倅府县，分位太卑。惟监司观察之尊[5]，豸冠绣衣之荣，或可稍为吐气。"生曰："计将何出？卿试言之。"姬出旧衲，破以小刀，破絮中所裹，粒粒皆明珠也。盛以雕盘，数之得千余颗。大者如豆，小亦如椒。更于领际剖得一纸，大仅逾掌，令生持赴省中，向某庄领得三万余金。促生赴部，以海防筹饷例铨选〔6〕。

【注释】

〔1〕仕版：指记载官吏名籍的簿册。这里借指仕途、官场。

〔2〕孔亟：紧急，急迫。

〔3〕傎（diān）：同“颠”，精神错乱。

〔4〕市廛（chán）：商店云集之地。

〔5〕监司：负有监察之责的官吏。

〔6〕铨选：选才授官。

仅两月，授湘东观察使〔1〕，挈眷之任〔2〕。时土匪未尽，行旅戒途。历任当道，皆以粉饰因循，致跳梁者益无忌惮〔3〕。姬谓居官之道，务在除莠安良。因劝生力为整顿，雷厉风行；檄饬所属，缉捕从严。未一年，境内大治。

荐章交上〔4〕，升任黔中廉访使〔5〕，旋升方伯〔6〕，改授云南巡抚〔7〕，携眷赴滇。首在察吏安民，杜奸去害。时边徼甫平〔8〕，强邻密迩〔9〕，生一切处之以雍容静镇。内消反侧，外绝觊觎，远近晏然。官民咸倚为长城，在上亦向用方殷。生惟以清廉自矢，白水盟心〔10〕，敷政优游，时与闺中人心膂相资〔11〕。

【注释】

〔1〕湘东：今湖南衡阳。观察使：职官名，唐时设置，负责地方军政。

〔2〕挈眷：携带家属。

〔3〕跳梁者：坏人，恶人。这里指土匪。

〔4〕荐章：推荐人才的奏章，举荐文书。

〔5〕廉访使：职官名，负责监察事务。

〔6〕方伯：泛称地方长官。

〔7〕巡抚：掌管一省军政、民政的官员。

〔8〕边徼（jiào）：边界。

〔9〕密迩：靠近，贴近。

〔10〕白水盟心：对着水起誓，泛指发誓。

〔11〕心膂：心与脊骨，此处指心思。相资：相互扶助。

适境中出一巨案，牵涉某大僚。生惟一秉至公，绝无瞻徇〔1〕。某大僚几以此获罪，心甚衔之。特指使某侍御论奏〔2〕，其党亦复交章弹劾。上不能无疑，特遣大臣按省查办。生虑祸且不测。姬殊坦然，出囊所得珠，穿成珠花二，配以翠石，光怪陆离，不可逼视。密遣人献于大臣之宠妾璇娘，求其乘间缓颊〔3〕，事遂得解。

大臣临行，遍访境中，知其政治之善，浃洽人心〔4〕，舆情爱戴，出自真诚。还朝据实奏闻，上大嘉悦，特赐御书“福”字，以奖其德政。生至是，心乃获安。姬见宦海风波，无端猝起，劝生及时引退。明年，生遂上疏，乞骸骨归故里。优诏不许，再请而后允。

生既罢官，爱光福邓尉之胜〔5〕，遂卜居焉。出囊中资筑一小园，曰潜园。楼台亭榭之华，池石花卉之妙，一时无两。姬之恶叔尚存，劝生收养家中，并不一提前事。姬封夫人，生丈夫子二，皆早贵。姬年四十，望之如二十许人。

【注释】

〔1〕瞻徇：徇顾私情。

〔2〕侍御：唐时称殿中侍御史、监察御史为侍御。后世沿袭此称。

〔3〕缓颊：婉言劝解或代人讲情。

〔4〕浃洽：和谐，融洽。

〔5〕光福邓尉：指邓尉山，在今江苏苏州光福镇。

【评析】

本篇讲金玉蟾与邹莩楼婚恋事。作品塑造了一位有情有义、智谋过人的女性形象。金玉蟾本是良家女子,父母双亡后被恶叔卖到妓院。但她不甘沉沦,遇到自己中意的邹生,就鼓励他为自己脱籍。随后两人艰难跋涉,从小生意做起,渐渐走上仕途,直到归隐山林。这一切都是金玉蟾在谋划和支持,相比之下,其丈夫邹生如同一位学生,在她的鼓励和教育下一步步成长,两人最后得以善终。故事最后,金玉蟾竟然收留将自己推向火坑的恶叔,这种胸怀非一般人可比,令人钦佩。这篇作品受到前代小说的影响,前半段有杜十娘故事的影子,后半段与唐传奇《李娃传》相似。

药 娘〔1〕

郑筱史,汴人〔2〕,僦屋维扬为寓公,其居近小金山〔3〕。后购冶春园遗址〔4〕,葺而新之。楼台亭榭,颇有可观。又复叠石为山,引泉作池。池流曲折,驾以飞桥。东西回廊周绕,随地势高下为参差。最奇者为芍药圃。圃前有门,扁曰“尘飞不到”,字势飞舞,有逸趣,吕仙降乩笔也〔5〕。一入门内,便见高峰插天。循径而上,路殊纡徐。既登绝顶,有亭翼然。倚栏纵眺,全园尽在目中。既达平地,则弥望皆芍药也〔6〕。雕栏石磴,环护倍至〔7〕。中间所植为金带围〔8〕,尤称名种。相距数十武,有楼五楹〔9〕,极轩爽。楼上藏书数万卷,缃帙缥函〔10〕,什袭珍庋〔11〕,多人间未见本。楼左偏葡萄作架,薜荔为墙〔12〕,槐榆千章〔13〕,芭蕉百本〔14〕。觅路而入,绿阴森沉。精庐三楹,为闲时憩息所,盛夏居之,几忘炎熇〔15〕。

【注释】

〔1〕选自王韬《淞滨琐话》卷一。

〔2〕汴:开封的别称。

〔3〕小金山:在今扬州瘦西湖,原名长春岭,系清乾隆年间人工堆筑的山岗。

〔4〕冶春园:在今扬州大虹桥西,系清人王渔洋结社吟诗之地。

〔5〕吕仙：即吕仙翁，传说中的仙人吕洞宾。乩（jī）笔：扶乩时在沙盘上写字的木锥，亦指扶乩中假托神灵书写的字迹。此处指书写的字迹。

〔6〕弥望：满眼。弥：满。

〔7〕倍至：更加周到。

〔8〕金带围：也称金腰带，一种名贵的芍药。

〔9〕楹：量词。旧时计算房屋的单位。

〔10〕缃（xiāng）帙（zhì）：浅黄色书套，泛指书籍。缃，浅黄色的帛；帙，书、画的封套，用布帛制成。缥函：青白色的书套，泛指书籍。缥，青白色的丝织品；函，盛物的匣子、套子。

〔11〕什袭：把物品一层一层包裹起来，形容珍重地收藏。珍庋（guǐ）：珍藏。庋：置放，收藏。

〔12〕薜（bì）荔：又称木莲，一种常绿藤本植物，蔓生，叶椭圆形，花极小。

〔13〕章：量词，棵、根。

〔14〕本：量词，株、棵。

〔15〕炎熇（hè）：暑热。熇，火势猛烈。

生虽坐拥厚资，而不喜居积[1]，会计之事悉委于人。读书之暇，唯知莳花玩石[2]，此外别无所好。纳二妾，一曰绿媚，一曰素修，皆虹桥小家女子[3]，颇识字，生另构二室以处之，月榭云窗，备极幽丽，室外杂植花卉。二室遥隔半里许，通以阁道，如亘长虹于半空。二女有时靓妆炫服[4]，凭朱栏而延伫[5]，见者疑为阆苑神仙[6]，缥缈天外。生分宿二女处，月不过数日，偶有余闲，即课二女以唐宋人诗词。二女志甚相得，序齿以姊妹称[7]。绿媚年十七，素修年十六，花貌玉肌，堪称双绝。

【注释】

〔1〕居积：囤积。

〔2〕莳（shì）：移植，栽种。

〔3〕虹桥：瘦西湖与西园曲水衔接处一座东西向的三孔石拱桥，这里代指扬州。

〔4〕靓（jìng）妆：浓妆艳抹，打扮得很美丽。炫服：华艳的衣服。

〔5〕延伫：久立，久留。

〔6〕阆(làng)苑：传说中神仙居住的地方。

〔7〕序齿：以年龄为序。

素修于书史尤慧警。一夕，素修方临窗握管书字，忽见窗外人影幢幢[1]，疑为绿媚潜踪而至，因隔窗呼曰："绿姊何不即入？乃作门外汉，须知窥观非正道也。"旋闻有弹指声，曰："既欲我入，何又闭门拒客耶？"其音清锐，绝不类绿媚。

姑启双扉，女已掩入[2]。灯下视之，意态妍丽，丰韵娉婷，艳发于容，秀入于骨，世间无此绝色女子也，不觉错愕却步。女曰："姊幸勿惊，妹来伴寂寞耳。请观与卿家绿姊孰胜？"素修曰："小园与外间隔绝不通，姊何由至？"女曰："妹久居尊园，姊自不识耳。妹来欲出小诗奉教，幸勿琐琐固诘[3]，以败清兴。"袖中出诗本一束，掷素修前。素修视其签题曰《紫霞轩吟草》[4]，下署"竹西谢春芬药娘著"[5]，于是始知女字"药娘"。开卷七绝一首，句妙欲仙，心甚好之，竟忘其为宵深地僻，从何处来也，亦出所作示之。相与娓娓谈诗，烛屡见跋[6]。呼婢瀹茗，以解渴吻，佐以饼饵[7]，曰："仓卒未知姊临[8]，不能作咄嗟主人[9]，姊勿怪也。"

俄而村鸡唱晓，女乃别去。素修约以明夕来，女曰："明夕子有心上人至，恐无暇念妹矣。"素修秉烛送之出户，方致声珍重，而女去已远。

【注释】

〔1〕幢(chuáng)幢：回旋的样子，晃动的样子。

〔2〕掩入：趁人不注意偷偷进入。

〔3〕琐琐：啰嗦，絮叨。

〔4〕吟草：诗稿。草，打稿子。此处指非正式的、初步的稿子。

〔5〕竹西：亭名，在扬州城北门外。

〔6〕跋：这里指快要燃尽。

〔7〕饼饵：泛指饼类食品。

〔8〕仓卒（cù）：亦作“仓猝”，匆忙急迫。

〔9〕不能作咄嗟主人：指不能霎时准备好招待之物。

翌晨，红日上帘，素犹未起。梳洗方罢，生适来，见几上诗草，询何人作，答以邻女，并不言其故。生见其词语清新，为易数字，并加评焉。夜果宿素修所，素修讶女若预知者。

越一夕，微雨廉纤[1]，挑灯独坐，正思女不置[2]，隐隐闻远处有屐齿声渐近[3]，并闻笑语声。知是女来，启户俟之，见女已立窗外，更偕一人至。并入室中。女无暇寒暄，即坐几傍，捉足脱屐易履，曰：“今日惫甚。”素修视同来之女子，长短适中，纤秾合度[4]，云鬟雾鬓，飘然若仙，与女固堪伯仲也。爰询姓字。曰：“姓徐，字玉娘。前居蜀冈[5]，今处尊园。以势分悬绝[6]，故未敢骤攀清话耳。”素修曰：“既忝姊妹行[7]，犹过作谦语，是见外也。今而后请勿复尔。”因询玉娘曰：“既与药姊同居，当必能诗。如携佳作来，请以见示，共相欣赏。”玉果出一册于怀袖间[8]，书其眉曰《兰因剩稿》[9]。素读其诗，情致缠绵，远胜己作，更深悦服。

【注释】

〔1〕廉纤：细小，细微。形容微雨。

〔2〕不置：不舍，不止。

〔3〕屐齿：木屐下凸出像齿的部分，这里指履声、脚步声。

〔4〕纤秾：纤细和丰腴。纤秾合度，指胖瘦正好。

〔5〕蜀冈：在今江苏扬州西北。上有蜀井，传说地脉通蜀。

〔6〕势分悬绝：即地位悬殊，差距很大。势分，权势，地位。

〔7〕忝（tiǎn）：辱，有愧于，常用谦辞。

〔8〕怀袖：犹怀抱。

〔9〕眉：书页上端的空白。

由此二女与素修往来綦密。有时二女令侍婢携酒肴来，热气蒸腾，若新出于釜，异馔醇醪[1]，莫能名状。素修益奇之，思礼不可不答，特出己资，密嘱厨娘为备盛筵，今夕将以宴宾客，且戒勿泄于人。

适绿媚之雏鬟曰蔬香者[2]，以事至厨下，闻刀砧之声喧彻于外，鸡豕鱼虾堆案盈几，问："今日岂主人生辰耶？抑别有喜庆事也？"有灶下婢与蔬香相稔者，附耳告之曰："今夕素娘宴客，岂绿媚未见请耶？不然，安有不知？"蔬香匆匆回，面有喜色曰："我娘今日食指动否？夕间素娘大开东阁，我娘当必预列。"绿媚曰："此时已晚，尚未遣使来邀，中必有故，我当往探之。"

【注释】

〔1〕醇醪：酒味醇厚的酒。

〔2〕雏鬟：年纪很小的丫鬟。

逮夕，从复道持灯往。甫近，已闻笑语喧杂，匕箸觥筹交错之声[1]。从窗隙窥之，明灯朗耀，客座二女子美丽异常，玉色双辉，珠光四照。思戚串中并无是人[2]，当必有异。敲扉竟入，笑曰："不速之客一人来。"素修即起相迓[3]，曰："难得阿姊自来。"二女亦殷勤行相见礼，曰："素知绿娘美，今日见之，果然，不觉自惭形秽。"素修遽拍药娘肩，曰："我见犹怜，何况老奴[4]。"玉娘曰："我每见素姊，辄自叹弗如，为不乐者竟日[5]。"

于是四美合尊促坐[6]，洗盏更酌。或折花枝以当酒筹，或击鼓传花，或彼此拇战，钏动花飞。药娘量最豪，饮无算爵[7]。更阑始散[8]。绿媚问二女住何处。曰："距此不远，山后即是蓬庐耳[9]。"

【注释】

〔1〕匕：旧时指勺、匙之类的取食用具。

〔2〕戚串：亲戚。

〔3〕迓（yà）：迎接。

〔4〕我见犹怜，何况老奴：典出《世说新语·贤媛》刘孝标注引宋虞通《妒记》："温平蜀，以李势女为妾。郡主凶妒，不即知之，后知，乃拔刃往李所，因欲斫之。见李在窗梳头，姿貌端丽，徐徐结发，敛手向主，神色闲正，辞甚凄惋。主于是掷刀，前抱之：'阿子，我见汝亦怜，何况老奴。'遂善之。"后以"我见犹怜"形容貌美女子。

〔5〕竟日：终日，从早到晚。

〔6〕促坐：靠近坐。

〔7〕无算：无法算计。形容数量多。

〔8〕更阑：更深夜尽，深夜。

〔9〕蓬庐：茅舍，泛指简陋的房屋。这里是谦辞。

二女既去，绿媚备询颠末[1]，叹曰："其来也突兀，其去也杳忽，其言所居也支离[2]。此渺尔培塿[3]，不过土戴石而成者耳，安有庐舍在其间？如有之，何我出入不一见哉？以我揣之，必是灵物幻化，非鬼即狐。"素修怫然曰[4]："狐鬼而能幻人形，事或有之。至狐鬼而能诗，妹未之闻也。"即出二女诗册与之观。绿媚见药娘诗卷有生笔迹，惊问曰："岂郎君亦与相见乎？"素修曰："郎君但见其诗，未睹其人，妹亦不敢直告也。"是夕，绿媚即与素修同宿。

生诣绿媚所，入房寂然。蔬香告以赴素修宴，有女客在故也。生遂独眠达旦，循阁道而回。遥见二女子，一衣红，一衣白，穿林中而出，由石径登山，入林深处，忽不见。生因默识之[5]。

【注释】

〔1〕颠末：本末，前后经过情形。

〔2〕支离：分散，没有条理。

〔3〕培塿：小土丘。

〔4〕怫（fú）然：愤怒的样子。

〔5〕识（zhì）：记住。

逾数日，绿媚、素修俱集在书楼下，生偶述二女服色形状，曰：“与阿素作诗友者，是此二女欤？”素曰：“仿佛似之。”生曰：“测其踪迹，殆非人欤？”素修闻言殊不悦，约生俟其来，入与之言，疑可立决。

夜间二女偕临，词辩锋起[1]。须臾生入，二女欲避去。素固挽留之，曰：“何妨以通家礼见[2]？昔谢道韫施青纱步障，与小郎解围[3]。此姊家故事，宁不能效之耶？”二女遂出见生，玄言奥旨，持论纵横，生不能屈，叹曰：“女相如[4]，洵辩才无碍哉[5]。”药娘曰：“闻君家多藏书，何不令余入而纵观，以扩眼界？”生订以明午。

【注释】

〔1〕锋起：纷纷发生，一个接一个。“锋”同“蜂”。

〔2〕通家：指世代交谊深厚，如同一家。这里指像一家人一样见礼，不必拘于男女之防。

〔3〕谢道韫施青纱步障，与小郎解围：典出《晋书·列女传·王凝之妻谢氏》，晋王凝之弟献之曾与宾客谈议，词理将屈，凝之妻“道韫遣婢白献之曰：‘欲为小郎解围。’乃施青绫步鄣自蔽，申献之前议，客不能屈”。后遂用以称颂才女。前文药娘诗集自题“谢春芬药娘”，故此处言谢道韫解围为药娘家故事。

〔4〕女相如：司马相如长于辞赋，后人因称有才华能诗文的女子为女相如。

〔5〕洵：实在，确实。

翌日，二女果至。生导登书楼，玉轴牙签[1]，一一指示。二女叹为大观。药娘曰：“世徒知宝宋板书，视若拱璧，空使触手若新[2]，曷尝细心自校[3]？此真耳食目论之士也[4]。虽多，奚足贵哉？”二女由是又与生为谈友，虽日间亦留不去，谈论则并坐，饮食则同席，绝不避嫌。每值花辰月夕，辄置酒宴赏。生居中而四女环侍焉，飞斝传觥[5]，情殊相昵。然皆以礼自持，毫不可狎以私。生愈敬而爱之，曰：“与二姝交，正如对名花，止可餐其秀色耳。”

一日,二女至,容色惨沮。药娘谓素曰:“妹与姊缘尽矣。他日姊如想念,就妹没处掘土三尺余[6],有琥珀一方,即妹精诚之所结。置之佛前,香花供奉,三十年后可得往生净土。姊幸勿忘。”玉娘在旁呜咽,弗能成声,曰:“姊死,妹岂忍独生?”素方曲为慰藉,忽窗外黑云如墨,风雨大作,二女倏不见。顷之,雹下中庭[7],紫芍药蹂躏殆尽。逾月,楼西玉兰一株,亦憔悴死。

【注释】

〔1〕玉轴:卷轴的美称,借指珍美的图书字画。牙签:用象牙制成的图书标签,这里借指书籍画卷。

〔2〕触手若新:形容书籍被保存得很好,摸来同新的一样。

〔3〕曷(hé):何,何时。

〔4〕耳食:轻信别人的话。目论:谓像眼睛一样只见毫毛不见睫毛之论。比喻不自见其过失,无自知之明。

〔5〕斝(jiǎ):旧时青铜制贮酒器。这里借指酒杯。

〔6〕没:同“殁”,去世。

〔7〕中庭:庭院。

【评析】

本篇讲药娘、玉娘两位花妖风雅事。王韬对前代小说特别是《聊斋志异》、唐传奇多有借鉴,这一点论者多有强调,但人们对其创新之处则谈得较少。本篇就题材内容来看,花妖幻形到人间,诗酒风流。这样的情节和场景在前代小说中并不少见,但通常都是女花妖到书生的书房中,少不了男欢女爱。这篇作品则让两位花妖与两位女性畅谈,即便郑生加入,也绝无风月之事,且郑生不过是个配角。这种人物设置及写法在前代小说中都是很少见的,可见作者的锐意创新之处。这种创新在王韬的作品中还是颇为常见的。这是一篇写得极为风雅的作品,结尾却突然以两位花妖的夭折戛然而止,令人扼腕叹息。

《三借庐笔谈》

邹 弢

邹弢(1850—1931),字翰飞,号酒丐、瘦鹤词人、潇湘馆侍者,无锡人。早年游幕山东、湖南,后寓居上海,在启明女校任教。著有《海上尘天影》《三借庐集》《浇愁集》等。

《三借庐笔谈》,十二卷,四百六十篇。所记多当时奇闻轶事。

蒲留仙写书[1]

蒲留仙先生《聊斋志异》[2],用笔精简,寓意处全无迹相[3],盖脱胎于诸子,非仅抗手于左史、龙门也[4]。相传先生居乡里,落拓无偶[5],性尤怪僻,为村中童子师[6],食贫自给,不求于人。作此书时,每临晨携一大磁罂[7],中贮苦茗,具淡巴菇一包[8],置行人大道旁,下陈芦衬[9],坐于上,烟茗置身畔。见行道者过,必强执与语,搜奇说异,随人所知。渴则饮以茗,或奉以烟,必令畅谈乃已。偶闻一事,归而粉饰之[10]。如是二十余寒暑,此书方告蒇[11]。故笔法超绝。

王阮亭闻其名[12],特访之,避不见,三访皆然。先生尝曰:"此人虽风雅,终有贵家气[13],田夫不惯作缘也[14]。"其高致如此。既而渔洋欲以三千金售其稿代刊之,执不可。又托人数请,先生鉴其诚,令急足持稿往[15],阮亭一夜读竟,略加数评,使者仍持归。时人服先生之高品[16],为落落难合云[17]。

【注释】

〔1〕选自邹弢《三借庐笔谈》卷六。蒲留仙:即蒲松龄(1640—1715),字留仙,

一字剑臣,别号柳泉居士,淄川(今山东淄博)人。

〔2〕《聊斋志异》:蒲松龄撰,近五百篇,所记多鬼怪狐妖故事。

〔3〕迹相:痕迹,迹象。

〔4〕抗手:致意,施礼。左史:《左传》作者左丘明。龙门:指司马迁。司马迁出生于龙门。

〔5〕无偶:没有同伴。

〔6〕童子师:启蒙老师。

〔7〕磁罂:一种陶瓷容器,用于盛酒或茶。

〔8〕淡巴菇:西班牙语tabaco的音译,即烟草。

〔9〕芦衬:芦苇编成的席子。

〔10〕粉饰:修饰、润色。

〔11〕告蒇(chǎn):完成,告成。

〔12〕王阮亭:即王士禛(1634—1711),字子真,一字贻上,号阮亭,又号渔洋山人,新城(今山东桓台)人。清顺治十五年(1658)进士,官至刑部尚书。著有《池北偶谈》《古夫于亭杂录》《香祖笔记》等。

〔13〕贵家气:贵家子弟的习气。

〔14〕作缘:结缘,结交。

〔15〕急足:指疾行送信的人。

〔16〕高品:高出世人的品格。

〔17〕落落难合:典出《后汉书·耿弇传》:"将军前在南阳,建此大策,常以为落落难合,有志者事竟成也。"形容人性情孤僻,不易合群。

【评析】

本篇讲蒲松龄创作《聊斋志异》的传说故事,特别是蒲松龄设茶烟搜集创作素材的故事,流传很广,影响也很大。但事实上,根据有关蒲松龄的相关史料,他没有做过这样的事情,《聊斋志异》中的不少故事素材固然来自传闻,但多是他从亲友那里听来的,并没有在村头摆茶烟搜集素材之举。另外,和王士禛的交往也是蒲松龄主动的,他没有作品中写得那么孤傲,是蒲松龄主动把《聊斋志异》寄给王士禛的,得到回复也是相当激动和开心的。对这类传说故事可当文学作品读,不可作史料用,姑妄言之,姑妄听之。

智　女[1]

江宁黄婉梨女史[2]，名淑华，早失怙[3]。岁癸丑[4]，发逆陷金陵[5]。女甫五龄，兄乃珪，邑诸生[6]，以母老且病，弟妹幼，仓卒不及避，匿农圃以免。女天资聪颖，从兄读，渐能文，间作韵语。稍长，有令姿[7]，母兄深以为忧。女曰："无虑，儿读书颇明大义，决不贻父母羞。"

甲子六月[8]，官军复金陵之前二日，有兵至，杀兄于庭。索女出，弟牵其衣，母跪哀之。并杀其母及弟，掠女行。女悲哭痛詈，求速死。兵笑曰："予爱汝，不杀也。"挟之登舟。屡欲犯之，以计免。有金姑、眉寿者，亦被掠，被逼不从，跃江死。女念茫茫大江，非无死所，惟大仇未报，姑隐忍伺隙。

至湘潭，舍舟登陆。女将因此杀之。适有与兵偕行者，不得间[9]。夜投关王庙旅店，张灯哄饮，乃计诱使醉，杀两兵，自缢于梁。

明日，见者莫解其故。有旅人曰："昨有二男子携一女止宿，饮酒嬉笑，杂以歌曲，夜半犹未止。既闻若推拒声者，俄而寂然。想三人之死，必有故也。"鸣诸官[10]，验而殓之[11]。一中毒死，一被创死。女周身缝纫，怀中得一帛书[12]，自述颠末[13]，并附十绝。又一纸糊壁间，与帛书同。此同治甲子九月十八事，时女年十七也。葛隐耕孝廉有长歌咏其事[14]，载《寄庵诗钞》中。

余不奇官兵之死于女手，而独奇女母及兄弟之不死贼手，而反死于官兵之手。而更奇女因计死官兵，遂缢而死，亦不啻死于官兵之手[15]。然则官兵之为官兵可知，而所以使之为官兵者，更可知矣。

【注释】

〔1〕选自邹弢《三借庐笔谈》卷二。

〔2〕女史：旧时对有才德女子的美称。

〔3〕失怙：丧父。

〔4〕癸丑：咸丰三年，即1853年。

〔5〕发逆：对太平军的蔑称。

〔6〕诸生：考取秀才的生员。

〔7〕令姿：姿容美丽。

〔8〕甲子：同治三年，即1864年。

〔9〕间：空隙。

〔10〕鸣诸官：向官府报案。

〔11〕殓：收殓尸身。

〔12〕帛书：写在缣帛上的文字。

〔13〕颠末：本末，前后经历情形。

〔14〕葛隐耕：即葛其龙（1838—1885），字隐耕，号寄庵，浙江平湖人。清光绪五年（1879）举人。著有《寄庵诗钞》《微云词馆吟草》等。

〔15〕不啻：如同。

【评析】

本篇讲黄婉梨为家人复仇事。类似的作品唐传奇中有，比如《谢小娥传》，但这篇作品所写则为真人真事，与《清史稿·列女传》的记载基本相同："同治四年，师克江宁。有兵入其室，杀其母及其兄弟，缚婉梨置舟中，谓将归湖南。婉梨好语兵：'至汝家，当妻汝，舟中毋相逼。'时有金眉姑者，亦被掠，自沉于江，婉梨举以怵兵，兵不敢犯。月余，将至其家，驱就陆，兵遇其侣，与俱投逆旅，二人方共饮，婉梨见牖上有毒鼠药，潜置食中。夜分，一人毒发死，一人毒浅，未即死，婉梨掣所佩刀剸其腹，题诗壁间，述始末，自经死。"正如作者所言，黄婉梨全家没有一个人死于太平军之手，而是死于官军之手。黄婉梨复仇之后自杀，也可以看作是死于官军之手。点明这一点，不难看出作者鲜明的立场。

义　贼〔1〕

桐庐村义贼苗喜凤〔2〕，短小有力。能上五丈余高墙，行城楼上，轻捷如猱[3]。尝行窃江南，过某村，月堕更残，万籁俱寂。闻小屋内有泣声，陟屋窥之[4]，见西室内残灯尚炯[5]，一女子披衣跪庭中，炷香瓦鼎，泣不可仰。闻细语曰：“弟幼家贫，只此老母相依。乌私未报[6]，愿减寿增母寿算。秀玉无力为母服药，请以臂肉和血，为亲起病[7]，求神灵鉴佑。”言已，出小刀，白如霜。

喜知为孝女刲肉疗亲者[8]，哀而敬之，捷下中庭。女大惊，喜摇手曰：“无恐，我义贼某来拯卿者，无恶意也。”探怀出银授之，曰：“此约三十两，可持去作医药资，数月后，当复来。刲股伤身，不足云孝，无学愚人所为。请从此别。”一跃而逝。

女惊定，知遇侠客，望空再拜，不复刲股。乘夜延医[9]，而母竟不起。女哀踊不欲生[10]。丧葬已，女故有戚家，亦务农者，来迎，不可。一灯惨淡，抚弟哭亲，而兵祸又起。数月，喜夙来探，破屋尘封，杳无人迹。惊疑不解，问诸邻，始悉其故。

【注释】

〔1〕选自邹弢《三借庐笔谈》卷十。

〔2〕桐庐：今属浙江桐庐。

〔3〕猱：古书上记载的一种猿猴。

〔4〕陟（zhì）：登上。

〔5〕炯：明亮。

〔6〕乌私：典出李密《陈情事表》：“臣密今年四十有四，祖母刘今年九十有六，是臣尽节于陛下之日长，报养刘之日短也，乌鸟私情，愿乞终养。”后以“乌私”为孝养父母之典。

〔7〕起病：治病，治愈。

〔8〕刲（kuī）：割肉。

〔9〕延医：聘请医生看诊。

〔10〕哀踊：痛不欲生状。踊，用脚顿地。

先是女母佣城中某绅翁家，女从之。翁子，豪猾也[1]，见女，涎其美，出金啖母[2]，欲娶之。以有夫辞，子怒，欲强逼之。母诉于翁，始得直。因返家纺绩以度[3]，然子衔恨未忘也。比翁死，子思报前怨，闻女母亦亡，乃授计家人赚女来，囚密室。比晚，公子来，尽褪其衣，欲污之。女惊叫，则以絮塞其口。

时喜正探得凶耗，密访来绅宅。闻南楼有呼救声，疾往觇之。见其状，大怒。破窗入，手刃公子。救女出，负于背，履屋如平地。至野谓女曰："此地不可复居。卿弟何在，可往吾家避之。"女再拜曰："适堕恶人计，弟寄戚家仅里许。然以两人为累，于心何安。"喜曰："救人救彻，毋作厌听语。"乃觅得其弟，雇船返桐庐村。

女感激殊深，欲委身事。喜曰："我岂好色者？救卿而复娶卿，人将归我不义也。"竟为女缔姻别姓[4]。

【注释】

〔1〕豪猾：指强横狡猾、不守法纪的人。

〔2〕啖：吃。这里指用利益引诱。

〔3〕纺绩：把丝麻等纺成纱或线。纺指纺丝，绩指缉麻。

〔4〕缔姻：结为姻亲。

【评析】

本篇讲义贼苗喜凤侠义事。苗喜凤首先是贼，他身手敏捷，四处行窃，是个不折不扣的盗寇。他其次是侠，良心未泯，看到女子为母割骨治病，深受感动，出资相助。后来遇到女子被强暴，更是挺身相救，杀死施暴者。最值得关注的是故事的结尾，苗喜凤好事做到底，把女子和弟弟接到家里养护，而且坚决拒绝女子以身相许的请求。其实大可不必，因为他救助女子的时候并没有想到这些，而且也没有乘人之危，清者自清，可以坦荡面对这些。也许两人结合才是最好的结局。类似的故事在古代也有，比如"赵匡胤千里送京娘"。

《浇愁集》

《浇愁集》，八卷，五十二篇。仿《聊斋志异》而作，所记多奇人异事，神仙鬼怪。

柳翠云〔1〕

柳翠云，大家女也，美而才。年十四，父欲为选东床〔2〕，因私问女。云凄然曰："儿貌过美，才过丰，非福相，恐不寿。勿害人也。"父故爱女，闻言深怪之，谓曰："女子生而愿为之有家〔3〕，况我膝下无三尺童〔4〕，汝即子，岂竟令丫角老耶〔5〕？"云曰："必欲然，妾媵乃可，否则不利，反促寿耳〔6〕。"父嗤之〔7〕，以其齿尚稚，姑置，为缓图。

后福王闻其名〔8〕，选置后宫，充才人。女临行，泣别其父母，曰："儿命薄，嫡且不可，今为贵人，何以当之矣？"父母忍泪劝之，始就道。入宫，福王宠爱有加，逾于常格，正所谓"陪辇朝随游桂殿，更衣夜侍向椒房"也〔9〕。

【注释】

〔1〕选自邹弢《浇愁集》卷三。

〔2〕东床：女婿。

〔3〕有家：女子出嫁。

〔4〕三尺童：小儿。

〔5〕丫角：梳在头顶两边像犄角的短发辫，为旧时孩童的发型。

〔6〕促寿：缩短寿命。

〔7〕嗤：讥笑。

〔8〕福王：即南明弘光帝朱由崧（1607—1646）。

〔9〕桂殿、椒房：皆指后妃居住的宫室。

国初[1]，王师下金陵，福王亡去，宫人互相奔窜。云为十三王所得，涕泣求免。王询得其故，怜而释之。惘惘无所归[2]，闻福王在钱塘，只身而往，倍形劳顿[3]。偶过丛林，时日已衔山，风摧秋草，虫声绕耳，旷野人稀。此际草木皆兵，中心颇觉疑惧，突闻金鼓一鸣，数骑自林间疾出，一贼绿巾蒙首，弓矢倚戟，大呼："休走。"云一惊，肝胆摧裂，方欲遁，而众贼俱上，推之拥之，遂为所缚。询之从者，知贼为嘉兴土贼王十一也。

时彰氏奴潘茂聚众据溧阳[4]，王十一欲邀功，缚云以献。潘喜，赏赉有加[5]，释云，置姬妾列。翌日就道，云恐终不能免，屡求死，不获。偶过太白酒楼[6]，绐贼欲登眺，贼从之。乃偕上登楼四顾，极目天涯，烟白山青，离怀枨触[7]，白云亲舍[8]，渺焉伤心。于是掩面而泣，良久，贼劝止。云凭栏，故作张观状，欲效坠楼之绿珠[9]，乘贼不备，纵身跃下，而衣为树头藤蔓所牵，卒不能脱。贼大哗，仓皇解救，终未得死，仍献潘。潘重其人，益嬖之[10]，置后营，命婢妇防守，恐其觅死。屡欲淫污，而云则辞以病。阴置复衣[11]，怀利刃，以防其扰。

【注释】

〔1〕国初：清初。

〔2〕惘惘：惶恐而无所适从。

〔3〕倍形：倍速赶路，日夜兼程。形，同"行"。

〔4〕潘茂（？—1645）：江苏溧阳人，明末义军首领。

〔5〕赉（lài）：赐予，给予。

〔6〕太白酒楼：在溧阳城北。

〔7〕枨（chéng）触：触动。枨，用东西触动。

〔8〕白云亲舍：典出《旧唐书·狄仁杰传》："其亲在河阳别业，仁杰赴并州，登太行山，南望见白云孤飞，谓左右曰：'吾亲所居，在此云下。'瞻望伫立久之，云移乃行。"后以"白云亲舍"为思念亲人的典故。

〔9〕绿珠：晋石崇爱妾。石崇失势，孙秀得势，向石崇索取绿珠。石崇不从，招来杀身之祸，向绿珠感叹因她获罪。绿珠流泪说："愿效死于君前。"遂坠楼而死。

〔10〕嬖（bì）：宠爱。

〔11〕复衣：有衣里，内可装入棉絮的衣服。

未几，潘败，将奔广德[1]，挟云下海遁。闻七王驻千口[2]，卢中书驻张渚[3]。潘不敢径过，绕道而行。路出棉岭[4]，舍舟登陆，借乡民宋连寿家投止[5]。

潘久跋涉，寝食未安。是夕，置酒独款云。云故作媚态，以绐之。潘益惑，饮酒无算，颓然醉倒。云令诸婢扶卧榻上，己乃对镜卸妆，佯作伴宿状，叱诸婢去。婢信之，防遂弛。漏三下[6]，众惫甚，皆熟睡。云潜于袖底出利刃，刺贼死，幸众未觉，复拔关遁出[7]。

月明中，循路急奔，至一松林，足力已疲。方欲憩坐，见林中一女子容蹙舌伸，索环秀颔，向云作招手状，心知为缢鬼，笑曰："子即不引，我尚欲偷生耶？我之所以不死者，特欲一见福王，以明心迹耳。今子既相邀，亦甚佳。"遂解带自经。耳中闻人语曰："姊梦醒乎？"启眸视之，见一垂髫女郎手捻花枝，对云微笑，玉貌花容，似曾相识。一转念间，豁然顿悟，知为散花天女后身，授琼仙岛作媲婳词人者[8]。乃泣谓曰："贤妹在此乎？一念之失，堕落人间，几不汝见矣。"遂同女郎驾云而去。

乾隆间，溧阳大旱，请乩叩事[9]。云亲自降坛，其自述如此。

【注释】

〔1〕广德：即今安徽广德。

〔2〕千口：在安徽广德新杭镇。

〔3〕中书：职官名，职能为辅佐主官，系基层文职官员。张渚：在江苏宜兴张渚镇。

〔4〕棉岭：在今江苏溧阳城南六十里。

〔5〕投止：投宿。

〔6〕漏三下：三更时分，指时间已经很晚。

〔7〕关：门闩。

〔8〕姽（guǐ）婳（huà）：娴静美好的样子。

〔9〕叩：询问，请问。

有某生夏月无事，为扶鸾之戏[1]。乩忽飞动，振笔疾书四绝于上，曰：

撇却人间朱与紫，今朝又进蕊珠宫。
廿年小谪缘何事，羞见瑶窗集凤桐。

阿侬生小负聪明，几被聪明误一生。
不愿人间女学士，但从花下数归程。

轮回堕落岂无因？回首当年踏景春。
暗惹尘缘浑不觉，笑提翠袖问同人。

纤纤新月碧栏桥，音乐风飘响九霄。
凤辇辚辚归去也[2]，从今再莫说春宵。

【注释】

〔1〕扶鸾：扶乩，旧时一种算命方式。

〔2〕辚（lín）辚：象声词，车行的声音。

后判云：

我乃元和夫人六宫主，桐宫仙子是也。前因偕姊妹下界游玩，偶动尘念，笑谓七姑曰："人乐耶？仙乐耶？"七姑戏曰："仙不乐，人乐耳。"余颔之[1]。及归，夫人责修道不贞，应谪轮回。乞免，不许。遂降生云南陆氏，父名鉴，为诸生[2]，母许氏，上有二兄，皆幼读。余名仪征，字淑仙。

生而能言，举室骇异，饮以犬血，始止。五岁从父读，甚敏，过辄不忘。九岁毕十三经[3]，即解吟咏，所作必冠诸兄，人咸异之。父尝举诸膝而抚顶曰："此吾家女学士也。"既又叹曰："女子才高，定干天忌[4]。儿艳慧如此，吾甚忧之。以后勿再吟咏，宜从母学女工。"于是搁笔收书，不复咿唔矣[5]。家贫，常赖余绣以助炊。母亦绝爱怜之，择婿綦严，以故世族求婚者均不就。十四岁，从父游南寺观荷，因作《白荷赋》，并题八绝于亭。归而悔之，急令人往削去，已为好事者抄录传诵。由是名益著，求婚者愈众。父将许之，余婉告曰："勿尔。儿自知不寿，徒负污名。"初不应，固求之，父乃谢绝焉。

余自遭挫折，遂深自隐讳。年十七，遇一女子于后园，戟指余曰[6]："六姑六姑，尔莫模糊。"并以余在宫时所作《性灵诀》出示。余恍然悟，执手饮泣。女曰："勿悲。明年四月五日，余来度汝。切勿告人以取祸。"言讫，以手招彩鹤升空而去。余独立良久，怅然若失。归而自秘，至期，斋戒别亲。亲不信，故不留恋。日午，至后园，见前女子乘鹤至，余遂同升而上。

西脊山人曰[7]：柳翠云，姗姗一弱女子[8]，而患难之中不变其节，非前身之有仙根未易几此。余向有《柳翠云行记》，其事载入集中。今观此记，与余心固有脉脉相同者。翠云有知，当骖青凤辇[9]，下绛珠宫，向作者拜倒矣。

【注释】

〔1〕颔：点头以示同意。

〔2〕诸生：明清时期考取秀才的生员。

〔3〕十三经：十三部儒家经典，包括《易经》《书经》《诗经》《周礼》《仪礼》《礼记》《春秋左传》《春秋公羊传》《春秋穀梁传》《论语》《孝经》《尔雅》《孟子》。

〔4〕干：触犯，冒犯。

〔5〕咿唔：象声词，形容读书的声音。

〔6〕戟指：伸出食指和中指指人，其形如戟。表示愤怒或勇武。

〔7〕西脊山人：即秦云，生卒年不详，字肤雨，号西脊山人，长洲（今江苏苏州）人。为诸生。著有《西脊山人诗稿》《富山楼诗钞》等。

〔8〕姗姗：走路从容，不紧不慢的样子。

〔9〕骖（cān）：乘，驾驭。

【评析】

本篇讲柳翠云杀敌殉难事。柳翠云本为福王后宫才人，不幸国破家亡，在战乱中陷于贼手，几度寻死不得，屡屡拒贼，后来终于找到机会，手刃贼寇，然后从容自尽，可谓刚烈女子。之后，作者又写了一个陆仪征升仙的故事。两个故事颇有相似之处，女主人公都是才貌绝世，但她们也都有预感，觉得这是不祥之兆，自己不能长寿。之所以如此，是因为她们都是仙女，偶动凡念，下凡历劫而来，最后都回归仙位。相比之下，陆仪征的生活风平浪静，柳翠云的经历则要丰富复杂得多，她在战乱中饱受磨难，愤而杀敌，非寻常人能做得到。尽管作者用历劫的神话来解释，但读者的内心并不能因此而平静。

恶　僧〔1〕

丙子之春，余自吴门作客归，趁坊桥船〔2〕。同舟老人，齿五十余，善滑稽。因共言僧尼之恶，人其面而兽其心者，比比皆是，死后不知堕入第几层狱。

老人忽抚掌曰："君等所言皆不是奇，奇莫奇于在无锡所闻一事，言之真堪发指。澄江某〔3〕，忘其姓名，少孤，依姑母。年十四，暂业于梁溪米铺中〔4〕。积六七年，其姑为其娶某氏女。择吉于十二月下旬。某闻信，即于前三四日束装就道，将历年积蓄百余金别以包裹，缠诸身。素性节俭，拟步行归。行至塘上，天色渐暝，后一僧随其后，背挑行李，似行脚而走江湖者〔5〕。旋与某语，操常州音，颇相洽。问某何之，答言至澄。僧益喜，云：‘我亦至澄访某僧，将为度岁计。今邂逅遇君，途中有伴矣。’某以僧言语状貌不恶，且是本府人，不以为怪，但问僧夜行否。僧云：‘后一日寺内岁底斋会〔6〕，若不宵征〔7〕，乌得赶到？’某喜，愿请为伴，与僧买灯市烛，且作东道主，请僧晚膳，僧感谢不已。食毕，起同行。一路娓娓喁喁〔8〕，颇不寂寞。

【注释】

〔1〕选自邹弢《浇愁集》卷五。

〔2〕趁：搭乘。

〔3〕澄江：江苏江阴的别称。

〔4〕梁溪：无锡境内一条河流，也用作无锡之别称。

〔5〕行脚：僧人为寻师求法而游食四方。

〔6〕斋会：禅寺在特定日期的集会。

〔7〕宵征：夜行。征，远行。

〔8〕娓娓喁喁：低声细语。

行至燕桥畔，时已半夜，去人家甚远。严霜降天，寒风裂骨，四野悄无人声，某心中不无悔惧。僧在后掷包厉声曰：‘慢走，至矣。’某大惊，齿摇摇震震〔1〕，问：‘老师何云至？’僧张目曰：‘尔死期已至，犹梦梦耶？’某益惧，知僧为暴客〔2〕，阴念将所有付之，或不至损命，遂云：‘老师倘得见恕，身上物皆当奉献。’僧笑云：‘即不饶命，汝身上物可得留乎？我若恕汝，我祸无日矣〔3〕。速速取来，莫待动手。尚呜呜饮泣，作儿女态，欲待救星耶？’言毕，出戒刀，光亮如雪。某骇极股栗，知不能免，任其解衣剥裤脱袜取金，身无寸缕。值此严寒深夜，几于冻极而僵。僧取物已，谓某云：‘因汝心迹尚好，不忍令刀下死，有一处送汝去，莫怪老僧太不情也。’遂将某提起，从桥上掷下，捆包而去。

【注释】

〔1〕摇摇震震：牙齿因恐惧而不停抖动。

〔2〕暴客：强盗，盗贼。

〔3〕无日：不日，不久。

适有米船从桥下过，桥高水浅，上下不闻，更兼黑夜茫茫，两不相见。某适堕船头上，舟子以为桥上石偶坠也〔1〕。出舱烛之〔2〕，见一人尸，精赤无衣履，大惊，哗告。客闻之仓皇失措，曰：‘黑夜何来死尸，此必暴客所为。’因抚胸前，尚温，急为解救，灌以姜汤，薰以薪桂〔3〕，裹以皮裘，良久始醒。客询其故，某具以告。客曰：‘得非某行某先生乎？’曰：‘然。’曰：‘是亦旧宾主。’即以己衣衣之曰：‘和尚太可恶，然去亦未远，明日必在大寺挂褡〔4〕。急往常州天宁寺〔5〕，僧可获也。’某觉身负重伤，呻吟欲绝，客以百补止伤丸投之，遂愈。于是雇舟速行至常州，出十金于天宁寺斋僧〔6〕。寺素有名，其中水陆毕具〔7〕，凡有所需，咄嗟立办。客令某细识众僧，是昨日之僧，即指之。某从其言，认至一僧，指之曰：‘是矣。’僧骤见某，知其未死，大惊，欲遁，被守门僧执之。搜其行李中银衣具在，告之方丈。坐铁椅，炽火焚之。某取金谢客，客不受。谢僧，僧怜其遇，亦却之。某不得已，再拜辞别，雇舟归家，完婚事焉。”

【注释】

〔1〕舟子：驾船的人，船夫。

〔2〕烛：用蜡烛照着看。

〔3〕薪桂：泛指木柴柴火。

〔4〕挂褡：游方僧人投宿寺院。因悬挂衣钵于僧堂钩上，故称。

〔5〕天宁寺：在今江苏常州天宁区，始建于唐代。

〔6〕斋僧：以斋食施给僧人。

〔7〕水陆毕具：形容菜肴丰盛。

西脊山人曰：和尚为释氏弟子，学“我佛慈悲”“普度众生”者也。乃盗贼竟托此门，以行诡计，变清净身为凶恶相。金刚何在？竟容此辈乱宗。

吟香子曰：市廛攫货〔1〕，狭路夺金，此等人为王法所必诛。而托迹法门〔2〕，宜无虑此矣。而乃包藏祸心，瞰其金而杀人昏夜，此固人人发指者也。何物如来〔3〕？只顾莞尔而笑。

梦仙馆主人曰：恶僧黑夜行凶，夺物而去，其心固安安然，不料复有他故矣。讵意天网恢恢〔4〕，疏而不漏。身才获定，仇已来寻。一张铁椅，炽火而焚，所谓坐金莲而送入西天也。南无阿弥陀佛。

【注释】

〔1〕市廛（chán）：集市。廛，古代城市平民的房地。

〔2〕法门：佛教用语，指修行者入道的门径。

〔3〕何物如来：犹言“如来何物”，是愤激语。

〔4〕讵（jù）：岂，怎。

【评析】

本篇讲恶僧谋财害命事。古代小说中多有恶僧形象，或好色，或贪财，这篇作品写的是恶僧贪财，读来惊心动魄。某人带着多年的积蓄，回乡成亲。不料被恶僧盯上，这位恶僧很善于伪装，很快取得某人信任，一起赶路。等夜半行至荒郊，恶僧凶相毕露，不仅劫财，而且灭口。所幸的是某人恰巧落在一艘过路的船上，遂得活命，在船客的帮助下，最终报仇。正所谓天网恢恢，疏而不漏。作者很善于讲故事，写得绘声绘色，如在眼前，读来引人入胜。

侠女登仙〔1〕

会稽冯生，字少文，有豪侠气。以事至都，偶过市上，见人丛中一妪携一少女，哭甚哀。旁一少年，促女登舆。观者如堵，皆曰可怜。冯询其故,知女父为县令,以亏帑褫职[2]。上司籍其家产,数未盈,责令抵之。其父以忧愤卒。今将鬻此女,为丧葬费。母女分离,是以悲耳。

冯恻然,立出百金赠妪,令以鬻价反少年。少年曰:“已有成议,不可改矣。”冯婉劝曰:“彼鬻爱女,良非得已。徒以父死无殓,故勉强从事。今彼已具金返君,君亦宜少怜惜。”少年厉声曰:“汝何人,敢与闲事?如必欲已,非返我千金不可。”冯怒其无礼,遽捽其发[3]。少年亦怒,遂成殴斗。少年力勇,冯渐不支。

时观者愈众,忽一童子,面如冠玉,发髻双丫,从人丛中拉少年颈,叱曰:“清平世界,强买良家女,将谓三尺法不足畏耶[4]?”少年痛不可忍,愿反券罢议[5]。其党十余人纷纷俱上,童一手格之,如摧枯朽。众惧披靡,乃令少年反券收金,交易而退。观者皆咋舌[6],或言少年为某将军之子某者,此仇恐必报。妪女去后,童谓冯曰:“君高义,诚足千古。然旅居于此,恐祸及,不如速归。”

冯从其言,星夜束装返会稽,翌日去都城百余里。

【注释】

〔1〕选自邹弢《浇愁集》卷六。

〔2〕亏帑(tǎng):亏欠国库银两。帑,旧时收藏钱财的府库;褫(chǐ)职:即革职。褫,剥夺。

〔3〕捽(zuó):揪,抓。

〔4〕三尺法:指法律。旧时以三尺长竹简书法律,故称。

〔5〕券:契据。

〔6〕咋(zé)舌:咬舌。形容吃惊害怕,说不出话或不敢说话。

行至三家堡,日将晡[1]。有暴客瞰其行李沉重,乃聚众于堡,待冯过而要劫之[2]。冯大惊,鞭骑疾行。马偶失蹄,颠冯于地。比上鞍欲走,而追者已及。

冯益惊，正仓皇际，忽一美女骑独角兽疾飞而至。盗欺幼稚，略无少惧。女鼻中吐白光一缕，横若白练，飞斩盗魁一人。余皆惊遁，白光追之，良久始返。女自言曰：“贼么麽[3]，虽不即死，然四肢已不可用。”

冯惊定，揖问。女曰：“君尚识我否？”细观之，即丫髻童也。冯咄咄称怪不已，因问何以至此相救，且有此神技。女曰：“实告君，我剑仙张青奴也，向从妙手空空儿学技。见玉面郎君美，偶动凡念。师怒，责罚尘世立功德三十万，今将满数。曩见君义，故来相救。以后如有所须，向西北呼青奴者三，妾当即至。我去矣。”一瞥而逝，声影寂然。冯目瞪良久，始觅归途。

【注释】

〔1〕晡（bū）：申时，即下午三时至五时。泛指下午或黄昏。

〔2〕要劫：胁迫劫持。

〔3〕么麽（mó）：同“幺麽”，微小。

至家，会秋旱无收，城乡大饥，冯倡众议赈。郡有土豪，富而吝，不输一斗粟[1]。冯愤然曰：“守钱奴，与则与，不与岂能败乃公事？”于是尽鬻其产以助赈捐，得其半。已竭力变卖遗产，亦得其半。然犹有许多待哺者，计惟再得五千金，则惠始遍。而家业已空，款又甚钜[2]，辗转无以为计，乃向西北三呼“青奴”。

室中红光一瞬，奴锦带缠头，轻妆艳服，从庭中飞至。冯大喜，伏地拜求，告以所谋。奴曰：“何不再向富室捐去？”冯曰：“都已捐遍。惟某豪梗命[3]，不助一文，遂使郡中多尤而效之者[4]，故尚少三千也。”奴曰：“彼如此可恶，我为若去取来[5]。”遂纵身而逝。俄闻庭中掷金声甚厉，凡数作。冯燃火烛之，青奴已至，笑曰：“幸不辱命，已取得五六千至，尽彀君分发矣[6]。彼始不肯，我以飞剑尽截其发，谓若少吝，当顷刻使汝作断头将军。彼方惧，故任吾所取。”冯曰：“何不用窃取计？致使声张。”奴曰：“英雄涉世，岂肯作暧昧事者？令彼知之，正所以惩一儆百也[7]。”冯叹服，跪谢地下。及起，女已不见。

【注释】

〔1〕输：送给，捐献。

〔2〕钜（jù）：同“巨”，大。

〔3〕梗命：抗命。梗，违抗。

〔4〕尤而效之：效尤，即学着别人做坏事。尤，过失。

〔5〕若：你。

〔6〕彀：同“够”。

〔7〕儆（jǐng）：使人警醒，不犯过错。

余与三四知心友尝作狭邪之游[1]，至一平康，校书以数十计[2]。中有一妓，曰“桃花奴”。余怪其题名之异，诘究之，笑而不答。然观其容貌，固艳如桃李，冷若冰霜，绝异寻常脂粉者，乃敬礼之。寻亦归，阴念此妓名字可疑，恐剑仙之混迹风尘亦未可知，蓦然醒悟。比诘朝再访[3]，则已去矣。余问妓之所从来，皆云自申至此[4]，并不知其从来根底也，昨日之去，众皆不知。观其卧室，亦不少一物，似又非诳骗之流。余顿足曰：“此真侠女也。寄足尘寰，使人不觉耳。”深悔觌面错过[5]，惆怅而回。

西脊山人曰：红线金合[6]，世固有之。但有能者自掩其能，有法者不炫其法，不肯轻易见人耳。冯生以仁爱之心，激而为义，出金慨助。其心其事，固剑仙所愿引为同类者。击盗送行，取金助赈者，皆其侠气感之也。今之吝啬者正多，安得青奴再降，将圆面翁所积均付贫人[7]，吾心庶几大快。

吟香子曰：青奴，其神龙耶？忽而男，忽而女，空中瞥眼，来去自如，扶困济危，何其神也。惜三十万功德立满，遽绝迹尘中。若至今犹在也，我当向西北再拜呼之不已。

梦仙馆主人曰：此篇文字写得隐跃恍惚，光怪陆离。孤灯对坐时，真若有青奴在前，呼之欲出。

【注释】

〔1〕狭邪：小街曲巷，娼妓居住的地方

〔2〕校书：即女校书，妓女的雅称。

〔3〕诘朝：同“诘旦”，平明清晨。这里指第二天清晨。

〔4〕申：上海的别称。

〔5〕觌：相见。

〔6〕红线金合：典出唐袁郊《甘泽谣·红线》。红线原系潞州节度使薛嵩青衣，掌笺表。时魏博节度使田承嗣将并潞州。嵩日夜忧闷，计无所出。红线乃夜至魏郡，入田寝所，盗床头金盒归，以示儆戒。嵩复遗书承嗣，以金盒还之。承嗣遣使谢罪，愿结姻亲。红线也辞去，不知所终。金合：即金盒。

〔7〕圆面翁：指富人。

【评析】

本篇写冯生、张青奴仗义行侠事。作品实际上塑造了两位侠客形象：一是冯生。他虽然没有什么武功，但有侠义精神，路见不平，挺身而出，先是解救县令之女，后是倾家赈灾。二是剑侠张青奴。她前世本为仙人，偶动尘念，下凡历劫，身怀绝技，襄助冯生完成义举。两位侠客形象形成鲜明对比，冯生是现实中人，张青奴则神龙见首不见尾，来无影，去无踪，令人神往。作品虽然是侠义小说，但写得与同类作品不同，颇有新意。

郑　女〔1〕

泗上诸生刘昭〔2〕，游学临淄〔3〕，偶至郊野，见一女郎乘油壁车〔4〕，后随一婢跨卫〔5〕，款段而来〔6〕，蛾黛弯长〔7〕，瓠犀微露〔8〕。神为之夺。目注已久，佯为问道，径至女前。

婢要遮[9]，曰："我家小姑从不与外人通一言。何处狂且[10]，强来絮聒？"生以问道对。婢嫣然曰："殊可笑。观子行径，断非失路者。心怀不善，欲给阿谁耶？"生皇遽无以致词。女在内，低声曰："绮红，个儿郎若真是问路，可令斜从西南道去，毋与絮絮。"婢以帕掩口，曰："闻之否？可去矣。"车遂东发。

生明知给己，而欲令女欢，故向西南行。闻女在车中吃吃笑不止，婢声为之纵，生窃以为喜。俄而车杳，始返旧途。归斋冥念，辗转反侧。次日，遍问居人，无有知者。

【注释】

〔1〕选自邹弢《浇愁集》卷八。

〔2〕泗上：泛指泗水北岸地区。

〔3〕临淄：在今山东淄博临淄区。

〔4〕油壁车：一种车壁用油涂饰的车子。

〔5〕卫：旧时对驴的别称。

〔6〕款段：马行迟缓的样子。

〔7〕蛾黛：旧时妇女画眉用的青黑色颜料。借指美女的眉毛。

〔8〕瓠犀：典出《诗·卫风·硕人》："齿如瓠犀。"后因以"瓠犀"代指美人的牙齿。

〔9〕要遮：拦挡，拦截。

〔10〕狂且(jū)：行动轻狂的人。典出《诗·郑风·山有扶苏》："不见子都，乃见狂且。"

邑有郑翁，巨族也，延生课其子。馆于北斋[1]，斋近后园，解馆之余[2]，时入瞻眺[3]。园有红楼三楹，郑内眷居焉。生一日方眺间，忽楼上飘堕一纸，拾之，得《卖花声》词一阕云：

一桁枣花帘[4]，斜挂雕檐。风来敲动玉钩尖。到得深宵凉似水，月影纤纤。

窗外落红黏，窗内愁添。银屏倦倚病恹恹。多少魂儿销不得，强把毫拈。

书法秀雅，知是闺中手笔，遂袖入书房，珍如拱璧，愁闷则诵之，但不知作者系郑何人。微询其徒，知郑有爱女，字娟娟，颇爱笔墨。生悟即郑娟娟作，阴服其才，而又以未见为恨。自此愈忆车中人不置。

【注释】

〔1〕馆：旧时教学的地方。此处用作动词，意思是设馆教学。

〔2〕解馆：塾中休假或休息。

〔3〕瞻眺：观看，查看。

〔4〕桁（héng）：梁上或门框、窗框等上的横木。这里作帘子的量词。

会郑以小影嘱题〔1〕，生书一绝于上，郑持之去，颇得意。一日晨起，有一婢持《白桃花册》付生，云："我家娟姐慕君佳作，今以此求题，莫见却否〔2〕？"言毕，频以目注生。生见婢亦似曾相识者，忽悟前遇，端审之，愈确。大喜，因戏问曰："卿家妮子亦太狡狯。尔日，仆误走歧道，遂至露宿山中，几饱豺狼，至今心犹惴惴。以后勿如此恶作剧。"婢笑，促云："愿作则速作，不愿，仍即携去。娟姐久待矣，琐琐何为？"生不敢多言，乃立成二绝付之。诗云：

春风吹尽旧脂痕，满眼繁华何足论。
留得美人真面目，偶然相对也销魂。

淡极无言不受尘，分明倩女现真真。
何时得傍仙源种，好与刘郎一问津〔3〕。

【注释】

〔1〕小影：小像。

〔2〕见却：拒绝。

〔3〕刘郎：即刘晨。见本书《刘晨阮肇》篇。刘晨和阮肇入天台山采药，为仙女所邀，留半年，求归，抵家，子孙已七世。

婢持去。生知必将复来，胡思乱想，窃以得知车中人消息为喜。夜深，婢果至，怼曰[1]："先生几误事矣。娟姐读君诗，为主人所遭，见次首，怒君轻薄，疑有他故。幸我代为缓颊置辨[2]，纷始解，不然屈害好人矣。今日之事，尚当谢我否？"生喜，揖之。婢一笑，反身而去。生深悔前行，惟恐见郑。次日，郑入斋。生中心忐忑，惭怍不自安[3]。郑则言笑自若，似无所介。心始慰。由是妄念复萌，冀一见女，时反覆其词。

一夕，友人招饮。至中途，忘词在案头，未锁箧中。急返，闻斋中窸窣声。门隙窥之，则女在内，翻弄案头字纸。大喜，遽入揖之。女仓卒不及回避，红生于颊，以袖障面，曰："先生何太孟浪？"生曰："卿自来此，仆何敢强？"女曰："然则将欲如何？"曰："无他。有一物，请卿观之。"乃遍觅女词，不得，知为藏过，再拜求曰："此仆相思散[4]，日赖之以解愁闷。乞仍赐还。"女曰："词诚在此。然物归旧主，于理亦不为过，何得久落他人？"言次，隐闻步履声。女恐父至，仓皇遁去，遗巾于斋。生喜，纳袖中。

【注释】

〔1〕怼：怨恨。

〔2〕缓颊：婉言劝解，代人讲情。

〔3〕惭怍：惭愧，羞愧。

〔4〕散：药。

少顷，婢至索巾。生云："巾诚有之，但有鄙意，烦为致达。倘蒙慧鉴[1]，不吝与也。"乃走笔历叙倾慕，乞赐矜怜云云。复以金锭一枚纳婢。婢笑曰："操盂酒而祝篝车[2]，子何所持狭而所欲奢哉？特恐齐髡窃笑于后耳。”乃入，食顷即出[3]。女寄一小函云：“君心惓惓[4]，妾知已久。但士重德行，女重名节。造次之行[5]，所不敢焉。如能遣至冰人，则母以爱儿故，可冀允许。罗巾一方，乞即掷还。堂上见问时，恐无以对也。”

生喜，返巾，令婢持进。即遣冰致意于郑。母似许可，而郑以见诗故，力却之。生未免怨郑。郑知之，怒辞西席焉[6]。生怅闷归寓，殊觉失望。在郑时，尚可一见女面。至此，蓬山万里[7]，益阻其缘，即音问亦不能知，又不知目下女意如何。百遍思量，奄奄不乐。友恐其病，解劝令归。

【注释】

〔1〕慧鉴：看到，了解。

〔2〕操盂酒而祝篝车：典出《史记·滑稽列传》：“威王八年，楚大发兵加齐。齐王使淳于髡之赵请救兵，赍金百斤，车马十驷。淳于髡仰天大笑，冠缨索绝。王曰：‘先生少之乎？’髡曰：‘何敢。’王曰：‘笑岂有说乎？’髡曰：‘今者臣从东方来，见道傍有禳田者，操一豚蹄，酒一盂，祝曰：‘瓯窭满篝，污邪满车，五谷蕃熟，穰穰满家。’臣见其所持者狭，而所欲者奢，故笑之。’”后因以“祝篝车”比喻代价甚微而所求甚多。

〔3〕食顷：一顿饭的时间。形容时间较短。

〔4〕惓（quán）惓：深切思念，念念不忘。惓，恳切。

〔5〕造次：粗鲁，轻率。

〔6〕西席：旧时家塾教师或幕友的代称。

〔7〕蓬山：即蓬莱山，传说中仙人所居之处。

比归，遂病，伏枕呻吟，食不下咽。母洪氏早寡，惟此子，大忧，诘得其故，遣其弟至齐委禽[1]。至，则郑已将女许大贾王姓矣。失望而归，复命于姊。母益忧，欲冀病愈，因令弟绐生，言议已成。生始转悲为乐。未几，疾大瘳[2]，促母亲迎[3]。母诡词延缓，阴唤媒媪为择美妇。生思女綦切，急欲成礼，乃日往舅氏促逼之，使讽其母[4]，舅语甚支吾。生疑前议为虚，遣人至齐访女，回覆女已字人[5]。

生嗒然若丧[6],乃复病,尪羸殊甚[7],鸡骨支床[8],奄奄待毙。母慰之曰:“儿莫痴,缘固前定。天下不少佳丽,何必拘拘郑氏女哉?”生曰:“纵有佳丽,终不如郑。儿固不仅以外貌为爱憎也。欲为儿谋,期必如郑。”母曰:“姑表妹李女何如?”生踌躇曰:“可则可,然终不当儿意。”盖姑适李氏[9],有一女,字小香,美而艳。生尝见之,今故许可。母以其意稍夺,竟媒定焉。生亦无如之何[10],亲迎有日矣[11]。

【注释】

〔1〕委禽:下聘礼。旧时婚礼,纳采用雁,故称。

〔2〕瘳(chōu):病愈。

〔3〕亲迎:迎娶新娘。

〔4〕讽:用含蓄的话劝告。

〔5〕字:旧时称女子出嫁。

〔6〕嗒(tà)然:形容懊丧的神情。

〔7〕尪(wāng)羸:虚弱,瘦弱。

〔8〕鸡骨:比喻嶙峋瘦骨,瘦弱的身体。

〔9〕适:旧时称女子出嫁。

〔10〕无如之何:没有什么办法。

〔11〕有日:有期,不久。

适教匪滋乱[1],蔓延数郡。生母子避寇去。贼平而反,姑已不知何适。年余,竟绝音耗[2],料其陷于贼中。不得已,为生谋别娶。生懊悼若痴[3],听母所为,遂订婚于郡中陈姓。亲迎之夕,宾戚盈门,笙歌皇聒[4]。女子以红巾蒙首,交拜已,导入新房。生以金簪挑其方巾,启视之,则郑女也。惊喜欲狂,疑是梦境,细审之,愈确。女亦惊喜,不知所为。举家知之,莫测其故。迨宾众既散,母入房见女,咤曰[5]:“莫怪我儿念念不去,便是老身见之,亦销魂也。”乃询得姓陈之故,始各恍然[6]。

【注释】

〔1〕教匪：官方对白莲教义军的蔑称。

〔2〕耗：音信，消息。

〔3〕懊悼：懊恼伤心。

〔4〕皇聒：形容笙歌之声很大。皇，大。

〔5〕咤(chà)：诧异，惊奇。

〔6〕恍然：忽然明白。

先是，女与生订约后，满拟必获如意。及闻父却聘，遂郁郁不乐，后知生归家，以己故病于床，益深感其情，以死自誓。父为许字于王，女不可，白于母。母袒女，怪郑无识。夫妻由是反目。王固富家，愿妻者甚伙，闻女意钟刘，梗父意[1]，怒曰："贱婢子，无福则已。天下惟郑氏有女耶？"乃索聘绝之。郑丑其事[2]，不敢言。

无何，流寇滋掠，一家遽陷。贼掳得女，欲淫污之，不从。舟过江中，女恐不免，不如寻死，遂跃入水内，飘至洲沚[3]。适陈氏避难归，拯之，见其美，认为义女。故今日改姓嫁刘也。

自是归生，一家大喜。生亦志满意得，尝谓女曰："仆向谓求卿必得，孰料竟违夙愿。今偏无意得之，真谓奇幸。"女曰："天下事，急则易离，缓则易合。好事多磨，古今大抵然也。"生服其论。

【注释】

〔1〕梗：违背，拒绝。

〔2〕丑：惭愧。

〔3〕洲沚：水中小块陆地。

女劝生寻探家耗[1]，杳不可得。一夕，郑母示梦于女，指尸所在地。女大哭而醒，次日告生。同往寻之，则一家遗骨俱在井中。出而埋之，哀毁尽礼[2]。夫妇偕归，至江边，闻女子哭甚哀，使人问之，反命云："母死难存，托身为豪奴婢。以主人无礼，故遁出，将如泗上访亲。孤弱无依，是以悲耳。"生曰："吾固返泗，盍载与去[3]？"娟娟从之，令人引入舟中。生见女非他人，即所聘之李小香也。大惊问故，具答之，涕泪交集。郑女亦泫然。生意郑必妒，而女略无醋意，亲密特甚。私问郑，郑曰："彼曩日与子联婚时，妾与君尚无成议。若论先后，彼应为长。况彼经一番悲苦，千里寻君，其志可嘉，敢相负耶？"于是呼李为姊。李稍长，亦以妹呼之。至家，母大悦，行合卺礼一如郑女[4]，而恐二人不安于室。久之，情好如初，心始慰。二女事姑甚谨。暇时姊妹嬉戏闺中，衣履易著。夫妇亦敦笃无间言[5]。李母柩在齐，女令生携至泗上，与父合葬焉。

西脊山人曰：造化弄人，不令人安享艳福，直至无可如何方得卒然相遇。事愈好，则磨愈多，天公侮弄亦太黠矣。然急则易离，缓则易合，刘生惟以太急，故合之愈缓。若迟迟行去，则主宾相得，安知事不早成耶？

吟香子曰：此篇以"好事多磨"一语为主。刘生陌上倾心，托身于郑而见女。一以词，一以诗，可谓事之至好矣。乃竟遭如许磨折，于一无所望之时，卒然巧合。文章之不可意料也如是。

【注释】

〔1〕家耗：家里的消息。

〔2〕哀毁：居亲丧悲伤异常而毁损其身。后常作居丧尽礼之辞。

〔3〕盍：何不。

〔4〕合卺（jǐn）：旧时结婚男女同杯饮酒之礼。后泛指结婚。

〔5〕敦笃：敦厚笃实。

【评析】

本篇写刘生与郑女悲欢离合事。这篇作品的情节可以用"山重水复疑无路，柳暗花明又一村"来概括。刘生偶遇郑女，一见钟情，后来到郑家坐馆,终于和郑女诉说衷情。随后遣媒议婚,似乎一切顺利。谁知郑父坚决拒绝,并将女儿许配他人。情节突转直下,事情顿时走到绝境。刘生一场大病后,只好接受刘母迎娶表妹李氏的安排。两人各自婚配,几乎没有重合的可能。随后的战乱中断了婚礼,刘生只好又改聘陈氏,与郑女的关系算是彻底结束。谁知新婚之夜,刘生挑起红巾,新娘竟然是郑女,这无疑是意外之喜。意外之后还有意外,刘生竟然又巧遇了自己的表妹李氏,将其迎娶回家。接连的不幸之后是接连的幸运,作品戏剧性极强。作者和评点者都用“好事多磨”一语来概括。问题在于,超级大团圆的结局是靠一连串的巧合完成的,在现实世界里,人在一生中能遇到几次这种巧合呢?这篇作品作为一篇爱情童话来欣赏也许更合适。